PATRICIA CORNWELL publicó su primera novela, *Post Mortem*, en 1990, mientras trabajaba en la oficina del jefe médico forense en Richmond, Virginia, convirtiéndose en la única novela que ha recibido en el mismo año los premios Edgar, Creasey, Anthony y Macavity, así como el francés Prix du Roman d'Aventure. La serie de la doctora Scarpetta se ha convertido en un fenómeno internacional que ha obtenido múltiples galardones.

Patricia Cornwell nació en Miami, se crio en Montreal y en Carolina del Norte, y vive y trabaja en Boston.

Papel certificado por el Forest Stewardship Council®

Título original: *Depraved Heart*

Primera edición con este formato: junio de 2025

©2015, Cornwell Entertainment, Inc.
© 2017, 2025, Penguin Random House Grupo Editorial, S. A. U.
Travessera de Gràcia, 47-49. 08021 Barcelona
© Ramón de España, por la traducción
Diseño de la cubierta: Penguin Random House Grupo Editorial
Imagen de la cubierta: © Ann in the uk / Shutterstock

Printed in Spain – Impreso en España

ISBN: 979-13-87652-72-2
Depósito legal: B-9.993-2025

Impreso en Liberdúplex
Sant Llorenç d'Hortons (Barcelona)

BB 5 2 7 2 2

Inhumano

PATRICIA CORNWELL

Traducción de Ramón de España

Para Staci

Definiciones legales del concepto
«corazón depravado»

Carente de obligaciones sociales y fatalmente inclinado a la maldad.

Mayes contra el Pueblo,
Tribunal Supremo de Illinois (1883)

Una indiferencia depravada con respecto a la vida humana.

El Pueblo contra Feingold,
Tribunal de Apelación de Nueva York (2006)

El dictado de un corazón retorcido, depravado y malévolo; *une disposition à faire une chose mauvaise*; puede ir por su cuenta o en relación a la ley.

WILLIAM BLACKSTONE,
Comentarios sobre las leyes
de Inglaterra (1769)

Herr God, Herr Lucifer.
Beware.
Beware.

Out of the ash
I rise with my red hair
And I eat men like air.

Herr Dios, Herr Lucifer.
Cuidado.
Cuidado.

Porque yo con mi cabellera roja
resurjo de las cenizas
y devoro hombres como si fuesen aire.

SYLVIA PLATH,
«Lady Lazarus», 1965

1

Le regalé el osito vetusto a Lucy cuando tenía diez años, y ella lo bautizó como Mister Pickle. Está sentado sobre la almohada de una cama tensa cual catre militar, con sábanas de aire oficial remetidas en plan hospital.

El osito siempre aquejado de abulia me mira de manera ausente, con la boca de hilo negro torcida hacia abajo, en forma de V invertida, y yo debo haberme imaginado que se sentiría contento y hasta agradecido si le rescataba. Es irracional pensar algo así cuando hablamos de un animal de peluche, sobre todo si la persona que alumbra esos pensamientos es una abogada, científica y doctora a la que se supone fríamente clínica y lógica.

Experimento una mezcla de emociones de sorpresa ante la aparición inesperada de Mister Pickle en el vídeo que acaba de aterrizar en mi teléfono. Una cámara fija debe de estar enfocando hacia abajo desde un ángulo concreto, probablemente un agujero en el techo. Puedo discernir el suave tejido de sus zarpas, los dulces ricitos de su mohair verde olivo, las negras pupilas de sus ambarinos ojos de vidrio, la etiqueta amarilla de la oreja que pone STEIFF. Recuerdo que medía veintidós centímetros, por lo que resultaba un compañero agradable para un cometa veloz como Lucy, mi única sobrina, que, de hecho, era también mi única hija.

Cuando descubrí el oso de juguete décadas atrás, estaba en lo alto de una estropeada estantería de madera llena de inanes libros de lujo que olían a moho y versaban sobre jardinería y casas sureñas en una zona pija de Richmond, Virginia, llamada Carytown. Iba vestido con un mandilón blanco que le quité de inmediato. Arreglé bastantes sietes con suturas dignas de un cirujano plástico y lo metí en un fregadero lleno de agua tibia, donde lo lavé con un champú antibacterias que no dañara el color; luego lo sequé con un secador de aire frío. Decidí que era un macho y que tenía mejor aspecto sin mandilones ni demás disfraces tontos, y luego me dediqué a chinchar a Lucy diciéndole que era la orgullosa propietaria de un oso desnudo. Me dijo que ya se había dado cuenta.

Si te quedas sentada mucho rato y muy quieta, la tía Kay te arrancará la ropa, te pasará la manguera por encima y te destripará con un cuchillo. Luego te coserá y te dejará ahí desnuda, añadió alegremente.

Inapropiado. Espantoso. Nada divertido, francamente. Pero a fin de cuentas, Lucy tenía diez años por aquel entonces, y de repente vuelvo a oír en la cabeza esa voz infantil acelerada mientras me aparto de una sangre en descomposición que luce un tono marrón rojizo y cuyos acuosos y amarillentos extremos se extienden por el suelo de mármol blanco. El hedor parece oscurecer y ensuciar el aire, y las moscas son como una legión de diminutos diablillos quejicas enviados por Belcebú. La muerte es codiciosa y fea. Nos ataca los sentidos. Dispara todas las alarmas de nuestras células, amenazando nuestras propias vidas. *Ten cuidado. Mantente a distancia. Sal pitando hacia las colinas. El próximo podrías ser tú.*

Estamos programados para encontrar los cadáveres desagradables y repulsivos, para evitarlos como a una plaga, literalmente. Pero inmerso en ese marcado instinto de supervivencia hay una rara excepción que resulta necesaria para mantener a la tribu sana y segura. Algunos de nosotros, los más selectos, venimos a este mundo siendo inmunes al espanto. De hecho, hasta nos atrae, nos fascina, nos intriga y nos parece algo bueno. Alguien tiene que prevenir y proteger a los que se han quedado atrás. Alguien tiene que ocuparse de las cosas dolorosas y desagradables, para deducir el porqué, el cómo y el quién y hacerse cargo adecuadamente de los restos en proceso de putrefacción antes de que empeoren y extiendan la infección.

Yo creo que esos cuidadores especiales se crean de forma desigual. Para bien o para mal, no todos somos iguales. Eso siempre lo he sabido. Dadme unos cuantos whiskies cargaditos y reconoceré que no soy normal, entre comillas, y que nunca lo he sido. No temo a la muerte. Rara vez me fijo en sus materializaciones más allá de lo que me tengan que decir. Olores, fluidos, gusanos, moscas, buitres, roedores. Todos contribuyen a las verdades que busco, y es importante reconocer y respetar la vida que precedió a esa biología fallida que examino y recojo.

Todo esto que digo es para declarar que no me molesta aquello que la mayoría de la gente considera inquietante y asqueroso. Pero no por nada que tenga que ver con Lucy. La quiero demasiado. Desde siempre. Ya me siento tan responsable como culpable, y puede que de eso se trate, pienso mientras reconozco la sencilla habitación color crudo en la cinta que acaba de tenderme una emboscada. Soy el sumo hacedor, la viva imagen de la autoridad, la tía cariñosa que colocó a su sobrina en ese cuarto. Yo puse ahí a Mister Pickle.

Está prácticamente igual que cuando lo saqué de aquella polvorienta tienda de Richmond y le di un buen baldeo, al principio de mi carrera. Observo que no recuerdo cuándo o dónde lo vi por última vez. No tengo ni idea de si Lucy lo perdió, se lo regaló a alguien o lo metió en un armario. Mi atención se desvía al oír unos potentes espasmos de tos a varias habitaciones de distancia, dentro de esta hermosa mansión en la que una joven rica ha muerto.

—¡Joder! ¿Pero esto qué es? ¿María la del Tifus?

Se trata del investigador de la policía de Cambridge Pete Marino, haciendo el ganso, hablando y bromeando con sus colegas como hacen los polis.

El agente de Massachusetts cuyo nombre desconozco se está recuperando de un «resfriado veraniego», se supone. Me empiezo a preguntar si lo que tiene no será una tos desmadrada.

—Mira, monigote, ¿pretendes pasarme tu puta dolencia? ¿Quieres contagiarme? ¿Y si te quedas allí de pie?

Más modales versallescos a cargo de Marino.

—No soy contagioso.

Nuevo ataque de tos.

—¡Joder! ¡Tápate la puta boca!

—¿Y cómo quiere que lo haga con los guantes puestos?

—Pues quítatelos, maldita sea.

—Ni hablar. Yo no pienso dejar mi ADN por aquí.

—¿De verdad? ¿Y tus toses no van esparciendo ADN por toda la casa a cada paso que das?

Me desconecto de Marino y el polizonte y fijo la vista en la pantalla de mi teléfono. Van pasando los segundos en el vídeo y la habitación sigue estando vacía. No hay nadie. Solo Mister Pickle en la cama estrecha, incómoda y de aspecto castrense de Lucy. Es como si las sábanas blancas y la manta de color crudo estuviesen pintadas con aerosol sobre ese colchón angosto y esa almohada individual esmirriada, y yo detesto las camas apretadas. Las evito siempre que puedo.

En casa, mi cama, con su mullido colchón ergonómico, sus sábanas del mejor hilo y sus edredones bien rellenos, es uno de mis lujos más adorados. Es donde por fin descanso, donde por fin tengo sexo, donde sueño o, aún mejor, no lo hago. Me niego a sentirme como en una camisa de fuerza. No puedo dormir apretada y constreñida como una momia y sin que la circulación me llegue a los pies. No es que no esté acostumbrada a instalaciones militares, alojamientos a costa del gobierno, moteles cutres o cuarteles de todo tipo. He pasado incontables horas en sitios inhóspitos, pero nunca por elección. Lo de Lucy es otra historia. Aunque ya no lleva una vida sencilla y espartana, la verdad es que no le da la misma importancia que yo a determinadas comodidades.

Puedes meterla en un saco de dormir en medio de un bosque o un desierto y no se quejará mientras tenga armas y tecnología y pueda parapetarse contra el enemigo, cosa que puede ocurrir en cualquier momento. Es incansable a la hora de controlar el entorno, lo cual constituye otro argumento en contra de que tuviese la menor idea de que estaba bajo vigilancia en su propio cuarto.

No lo sabía. De ninguna de las maneras.

Llego a la conclusión de que el vídeo se grabó hace unos dieciséis años, diecinueve a más tirar, con un equipo de espionaje de alta resolución adelantado a su época. Multicámara y megapíxeles. Plataforma abierta y flexible. Control por ordenador. *Software* ligero. Fácil de ocultar. Remotamente accesible. Definitivamente, investigación y desarrollo Nuevo Milenio, pero ni anacrónico ni falseado. Es exactamente lo que yo esperaba.

El entorno técnico de mi sobrina siempre va adelantado a su época, y entre mediados y finales de los noventa, se habría enterado de los nuevos desarrollos en equipos de vigilancia mucho antes que los demás. Pero eso no quiere decir que sea Lucy quien instaló aparatos disimulados de grabación en su propio cuarto mientras estaba de becaria en el FBI, todavía iba a la universidad y ya era tan irritantemente dada a lo privado y lo secreto como ahora.

Palabras como «vigilancia» y «espía» dominan mi diálogo interior porque estoy convencida de que lo que estoy mirando no fue grabado con su conocimiento. Y mucho menos con su permiso, lo cual me parece importante. Tampoco creo que fuese Lucy quien me envió el vídeo, aunque parezca provenir de su móvil En Caso de Emergencia (ECE). Eso es muy importante. Y también problemático. Casi nadie tiene su número ECE. Puedo contar con los dedos de la mano las personas que lo tienen, y me dedico a estudiar cuidadosamente los detalles de la grabación. Empezó hace diez segundos. Once ya. Catorce. Dieciséis. Someto a un profundo escrutinio las imágenes filmadas desde múltiples ángulos.

Si no fuera por Mister Pickle, tal vez no habría reconocido el antiguo cuarto de Lucy, con sus persianas blancas horizontales corridas al revés, cual tejido o piel mal doblado, una costumbre suya que siempre me ha sacado levemente de quicio. Lucy cierra de manera rutinaria las persianas con las lamas hacia donde no es, pero hace tiempo que dejé de decirle que era como ponerse las bragas al revés. Según ella, cuando las lamas cerradas se doblan hacia arriba en vez de hacia abajo es imposible ver nada. Cualquiera que piense así se preocupa porque la vigilen, la observen, la acosen o la espíen. Lucy nunca permitiría que alguien se saliera con la suya.

A no ser que no lo supiera. A no ser que confiara en quienquiera que fuese.

Pasan los segundos y la habitación sigue igual. Vacía. En silencio.

Las paredes de cemento y el suelo de baldosas son extremadamente blancos; el mobiliario, barato, en contrachapado de arce; todo sencillo y práctico y rozando una parte remota de mi cerebro, una parte de mi memoria saturada de dolor que mantengo sellada cual restos humanos soterrados. Lo que estoy viendo en la pantalla del móvil podría ser un cuarto de algún hospital psiquiátrico privado. O la habitación de un oficial de visita en una base militar. O un alojamiento temporal de lo más anodino. Pero sé lo que estoy mirando. Reconocería a ese osito melancólico en cualquier parte.

Mister Pickle siempre iba con Lucy, y mientras contemplo su inquieto rostro recuerdo lo que me ocurría durante los largos días perdidos de los años 90. Yo estaba al frente de los exámenes médicos en Virginia y era la primera mujer en acceder a ese cargo. Me había convertido en la cuidadora de Lucy cuando la egoísta de mi hermana Dorothy optó por echármela encima. Lo que parecía una breve visita improvisada resultó ser algo definitivo, y el momento en que sucedió no pudo ser más inoportuno.

Mi primer verano en Richmond lo pasé en estado de sitio, pues un asesino en serie se dedicaba a estrangular mujeres en sus propios hogares, en sus propias camas. Los crímenes iban en aumento y cada vez eran más sádicos. No podíamos atraparle. No dábamos ni una. Yo era nueva. La prensa y los políticos se me echaron encima cual avalancha. Yo era una marginada. Fría y ausente. Era peculiar. ¿Qué clase de mujer se pone a diseccionar cadáveres en una morgue? Carecía de gracia y de encanto sureño. No procedía de Jamestown ni del *Mayflower*. Una católica rebotada, una nativa de Miami socialmente liberal y multicultural, pero me las había apañado para ejercer mi carrera en la antigua capital de la Confederación, donde el porcentaje de crímenes per cápita era el más alto de Estados Unidos.

Nunca obtuve una explicación satisfactoria de por qué Richmond se llevaba el premio gordo en cuanto a homicidios ni de por qué a los polis les gustaba presumir al respecto. Ya puestos, tampoco entendía las reconstrucciones de la Guerra Civil. ¿Para qué celebrar tu principal derrota? Pero enseguida aprendí a no verbalizar mi escepticismo, y cuando me preguntaban si era yanqui, decía que no prestaba mucha atención al béisbol. En general, con eso bastaba para hacer callar a cualquiera.

La euforia de ser una de las primeras jefas médicas de Estados Unidos se disipó rápidamente, y la medalla moral que me había colgado perdió su brillo a gran velocidad. La Virginia de Thomas Jefferson parecía más una vieja y tozuda zona de guerra que un bastión de la cordialidad y la ilustración, y no transcurrió mucho tiempo hasta que la verdad salió a la luz. El anterior supervisor médico en jefe era un alcohólico intolerante y misógino que murió de forma repentina, dejando un legado desastroso. Ningún patólogo forense veterano con una reputación decente quería ocupar su lugar. Por eso los hombres al mando tuvieron una idea brillante: ¿qué tal una mujer?

Las mujeres son buenas arreglando estropicios. ¿Por qué no encontrar una experta forense? Da igual si es joven y carece de la experiencia requerida para dirigir un sistema de ámbito estatal. Mientras sea una experta cualificada en los tribunales y tenga buenos modales, puede acabar dominando el cargo. ¿Qué tal una italiana perfeccionista adicta a los detalles y con muchos estudios que creció en la miseria, lo tiene todo por demostrar, va a cien por hora y es una divorciada sin hijos?

Bueno, lo de *sin hijos* cambió cuando sucedió lo inesperado. El único retoño de mi única hermana, Lucy Farinelli, era el bebé que me encontré en la puerta. Solo que el bebé en cuestión tenía diez años, sabía más que yo de ordenadores y todo tipo de asuntos mecánicos y desconocía los más elementales rudimentos de una conducta apropiada. Decir que Lucy era difícil es como decir que los rayos son peligrosos, pues bordea la perogrullada.

Mi sobrina era y es un desafío. Inmutable e incurable. Pero de cría era imposible de civilizar. Era un genio de nacimiento, una niña cabreada, hermosa, dura, temeraria, intocable y carente de remordimientos, tremendamente sensible e insaciable. Nada de lo que yo pudiera hacer por ella resultaría suficiente. Pero me esforcé. Lo intenté incansablemente contra todo pronóstico. Siempre he temido ser una madre espantosa. Carezco de motivos para ser buena.

Pensé que un oso de peluche podría alegrarle la vida a una cría abandonada y hacerla sentirse querida, y mientras contemplo en un vídeo de vigilancia, cuya existencia desconocía un minuto antes, a Mister Pickle en la cama del antiguo dormitorio de Lucy, un leve choque del voltaje se convierte en una calma generalizada. Se me queda la mente en blanco. Me concentro. Pienso con claridad, de forma objetiva y científica. Debo hacerlo. El vídeo del móvil es auténtico. Asumirlo resulta crucial. El material no ha pasado por Photoshop ni ha sido manipulado. Sé perfectamente lo que estoy viendo.

La Academia del FBI. Residencia Washington. Habitación 411.

Intento recordar con precisión cuándo estuvo allí Lucy, primero de becaria y luego de agente novata. Hasta que se deshicieron de ella. Hasta que el FBI, básicamente, la despidió. Luego vino la ATF. Después se convirtió en una mercenaria especial que desaparecía en misiones de las que no quiero saber nada, justo antes de poner en marcha su propia empresa de ordenadores para forenses en la ciudad de Nueva York. Hasta que también la echaron de allí.

Entonces se ha convertido en ahora, un viernes por la mañana en mitad de agosto. Lucy es una empresaria técnica de treinta y cinco años, extremadamente rica, que comparte generosamente su talento conmigo y con mi cuartel general, el Centro Forense de Cambridge (CFC), y mientras miro el vídeo de vigilancia, estoy en dos sitios a la vez. En el pasado y en el presente. Están conectados. Hay una continuidad.

Todo lo que he hecho y he sido ha ido avanzando lenta e imparablemente como una masa de tierra, propulsándome hasta este salón de mármol con manchas dispersas de sangre pútrida. Lo que ha ocurrido me ha llevado exactamente adonde estoy, cojeando y con dolores en una pierna seriamente herida y junto a un cadáver en descomposición sobre el suelo. Mi pasado. Pero, más importante aún, el de Lucy, e intuyo una galaxia de formas brillantes dando vueltas y ocultando secretos en un negro y vasto vacío. Oscuridad, escándalos, engaños, traiciones, fortunas ganadas y perdidas y recuperadas, tiroteos malos, buenos y mediocres.

Nuestra vida juntas empezó con esperanzas, sueños y promesas, se fue poniendo cada vez peor hasta que mejoró y, finalmente, se convirtió en algo que no estaba mal y que acabó estando bastante bien hasta que todo se fue al demonio de nuevo el pasado junio, cuando casi me muero. Creí que esa historia de terror había terminado para siempre y que ya no ocupaba ningún espacio en la mente de nadie. No podría haber estado más equivocada. Es como si hubiera esquivado un tren en marcha para acabar atropellada por el que venía en dirección contraria.

2

—¿Alguien le ha preguntado a la doctora? —la voz pertenece al agente Hyde, de la policía de Cambridge—. Me refiero a que la marihuana podría provocar algo así, ¿no? Te inflas a canutos, te colocas, se te llena la cabeza de mierda y se te ocurre algo como «¿Y si cambio una bombilla mientras estoy desnudo?» Suena de lo más cabal, ¿no? Ja, de un ingenio admirable, ¿verdad? Y te caes de la escalera en mitad de la noche, cuando no hay nadie cerca, y te abres la cabeza.

El nombre de pila del agente Hyde es Park, algo horrible a la hora de bautizar a un crío, pues le caen todo tipo de seudónimos insultantes y él responde en consecuencia. Para empeorar las cosas, el agente Park Hyde es rollizo, bajito, pecoso y pelirrojo, de un tono zanahoria que da bastante grima. No lo tengo a la vista en estos momentos, pero dispongo de un oído excelente, casi tan biónico como mi sentido del olfato (o ahí está la broma).

Imagino olores y sonidos como colores en un espectro o instrumentos en una orquesta. Soy muy buena distinguiéndolos. La colonia, por ejemplo. Hay polis que se ponen demasiada, y la masculina fragancia almizclada de Hyde se hace notar tanto como su voz. Puedo oírle en el cuarto de al lado hablando de mí, preguntando qué hago y si estoy al corriente de que la muerta tomaba drogas, era probablemente «una psicótica, una majareta, una chiflada acostumbrada a colocarse». Los polis van de un lado a otro largando en voz alta, como si yo no estuviera aquí, y

Hyde dirige la operación con sus comentarios chungos y sus apostillas. No se corta un pelo, especialmente conmigo.

—¿Qué ha encontrado la doctora Muerte? ¿Cómo tiene la pierna el Zombi en Jefe después de lo que ya sabéis...? —Susurro, susurro—. ¿A qué hora vuelve la Condesa Kay a su ataúd? Mierda. Me temo que no debería decir eso, teniendo en cuenta lo que pasó hace dos meses en Florida. Vamos a ver, ¿sabemos con certeza lo que pasó realmente en el fondo del mar? Estamos seguros de que no fue un tiburón. ¿O igual se ensartó a sí misma accidentalmente? Ahora está mejor, ¿no? Y es que eso tuvo que joderla a base de bien. No puede oírme, ¿verdad?

Sus palabras y sus no muy discretos susurros me rodean cual esquirlas de vidrio que brillan y cortan. Fragmentos de pensamientos. Ignorantes y banales. Hyde es un maestro de los apodos tontos y se le ocurren pullas temibles. Aún recuerdo lo que dijo el mes pasado cuando algunos de nosotros quedamos en el Paddy, un baruch de Cambridge, para celebrar el cumpleaños de Pete Marino. Hyde insistió en invitarme a una ronda, ofreciéndome una «bebida contundente», puede que un Bloody Mary o un Muerte súbita o un Combustión espontánea.

A día de hoy, sigo sin saber en qué consistía la tercera opción, pero él asegura que incluye whisky de maíz y se sirve flambeado. Puede que no resulte letal, pero acabas deseando que lo sea después de oírselo decir cinco veces. Le encanta la comedia y a veces actúa como monologuista en clubs de la localidad. Se considera muy divertido. No lo es.

—¿La doctora Muerte sigue ahí?

—Estoy en la entrada —dejo caer los guantes púrpura de nitrilo en una bolsa roja de residuos tóxicos, mientras las botas cubiertas de Tyvek hacen ruidillos deslizantes cuando recorro el ensangrentado suelo de mármol y miro la pantalla del móvil al mismo tiempo.

—Lo siento, doctora Scarpetta. No sabía que podía oírme.

—Pues sí.

—Lo siento. ¿Qué tal esa pierna?

—Sigue en su sitio.

—¿Puedo traerle algo?

—No, gracias.

—Vamos a ir al Dunkin' Donuts. —La voz de Hyde viene del comedor, y me lo imagino vagamente a él y a otros polis deambulando y abriendo cajones y armaritos.

Ahora Marino no está con ellos. Ya no le oigo y no sé si corre por la casa, algo muy típico. Él va a su bola y es muy competitivo. Si hay algo que encontrar, será él quien lo haga, y yo también debería estar deambulando por ahí. Pero no ahora. En estos momentos, mi prioridad es la imagen del cuatro-once, que es como solíamos llamar al cuarto de Lucy en Quantico, Virginia.

Hasta ahora, la grabación carece de gente, narración y hasta rótulos mientras avanza segundo a segundo, ofreciendo tan solo la imagen estática de los antiguos, austeros y vacíos lares de Lucy. Presto atención a los sutiles ruidos de fondo, subiendo el volumen y escuchando a través del pinganillo inalámbrico.

Un helicóptero. Un coche. Disparos en lejanos campos de tiro.

Pasos que escucho con sumo cuidado. Mi atención vuelve al mundo real, al aquí y el ahora dentro de esta histórica residencia situada en el límite del campus de Harvard.

Detecto los duros pasos de las suelas de goma de los polis uniformados que caminan hacia donde estoy. No llevan envueltos en plástico zapatos y botas. No son investigadores ni expertos en escenas del crimen, ni el agente Hyde ni ninguno de ellos. Más personal no esencial, y ya ha habido bastante entrando y saliendo desde que llegué aquí hace cosa de una hora, poco después de que Chanel Gilbert, de treinta y siete años de edad, fuese hallada muerta en el recibidor de caoba junto a la grande, sólida y antigua puerta principal de su histórico hogar.

Qué horrible debió de ser ese descubrimiento. Imagino a la asistenta entrando por la puerta de la cocina, como cada mañana, según le dijo a la policía. Debió de notar *ipso facto* el calor extremo. Debió de reparar en el pestazo y seguirlo hasta la entrada, donde la mujer para la que trabajaba se descompone en el suelo, con el rostro descolorido y distorsionado como si le irritara nuestra presencia.

Lo que dijo Hyde es casi cierto. Se supone que Chanel Gilbert se cayó de una escalera mientras cambiaba las bombillas de la araña de la entrada. Parece un chiste malo, pero no resulta nada divertido ver ese cuerpo, antaño espigado, en las primeras fases de la putrefacción, hinchado y con la piel pelada en ciertas zonas. Sobrevivió a las heridas en la cabeza lo suficiente como para mostrar arañazos e hinchazones, para que los ojos se pusieran más saltones que los de un sapo y para que su cabello castaño se convirtiera en una masa sangrienta y pegajosa que recuerda a un estropajo oxidado. Calculo que después de sufrir las heridas, se quedó tirada en el suelo, inconsciente y sangrando mientras se le hinchaba el cerebro, comprimiéndole la parte superior del espinazo y acabando por cargársele el corazón y los pulmones.

Los polis no ven nada sospechoso en su muerte, por mucho que discutan o afirmen de manera nada sincera. Lo que de verdad les pasa es que son unos mirones. A su manera inverosímil, disfrutan del drama y este es uno de sus favoritos. *Culpar a la víctima.* Tiene que ser culpa suya. Algo hizo para causar su propia e inoportuna muerte, una muerte francamente idiota. He oído esa palabra muchas veces y no me gusta que la gente cierre su mente a otras posibilidades. No estoy convencida de que se trate de un accidente. Hay demasiadas rarezas e inconsistencias. Si murió a última hora de la noche o a primera de la mañana, como sospechan los maderos, ¿por qué está tan avanzada la descomposición? Mientras trato de calcular la hora de la muerte, no deja de volverme a la cabeza un comentario de Marino.

Un desastre de cojones. Eso es lo que es esto, y mi intuición me lleva a buscar algo más. Siento una presencia dentro de la casa. Aparte de la mujer muerta. Aparte de la asistenta que apareció esta mañana a las ocho y cuarto e hizo un pasmoso descubrimiento que le arruinó la jornada, por decirlo suavemente.

Siento algo que me inquieta y para lo que carezco de cualquier explicación empírica, así que no pienso abrir la boca.

Por regla general, no comparto mis corazonadas, mis arrebatos de intuición, no con los polis, ni siquiera con Marino. Se supone que no debo tener ninguna impresión que no sea demostrable. De hecho, es aún peor si se trata de mí. Se supone que no debo tener sentimientos, y al mismo tiempo se me acusa de no tenerlos. O sea, un callejón sin salida. O sea, que nunca puedo ganar. Pero eso no es nada nuevo. Ya estoy acostumbrada.

—¿Señora?

Una voz masculina que no me resulta familiar. Pero no levanto la vista mientras estoy de pie en la entrada, cubierta de Tyvek blanco de la cabeza a los pies, con el teléfono en las manos desnudas y el cuerpo de la fallecida a varios metros de distancia, junto a la escalera de la que se cayó.

Profesión desconocida. Persona reservada. Atractiva, pero de una manera adusta, cabello castaño, ojos azules, si es que era de fiar la foto del carné de conducir que me habían mostrado. Hija de una importante productora de Hollywood llamada Amanda Gilbert, la propietaria de esta onerosa propiedad y de camino a Boston desde Los Ángeles. Eso es todo lo que sé y explica muchas cosas. Dos polis de Cambridge y un patrullero del estado de Massachusetts atraviesan ahora el comedor, hablando en voz alta de las películas que Amanda Gilbert ha hecho o ha dejado de hacer.

—No la vi. Pero la otra sí, la de Ethan Hawke.

—¿Esa que tardaron doce años en rodar? ¿Donde ves crecer al crío...?

—Esa no estaba nada mal.

—Me muero de ganas de ver *El francotirador*.

—¿Lo que le pasó a Chris Kyle? Increíble, ¿no? Vuelves de la guerra hecho un héroe, con ciento ochenta muertos a la espalda, y se te cepilla un pringado en un campo de tiro. Es como si Spiderman muriese de una picadura de araña.

Es Hyde el que dice eso mientras él y los otros dos maderos

— 26 —

se congregan junto a la escalinata al final del recibidor, sin acercarse a mí ni al hedor que los mantiene alejados cual vaharada de aire caliente.

—¿Doctora Scarpetta? ¿Recuerda lo que le dije? Vamos a ir a por café. ¿Le traemos algo?

Hyde tiene unos ojos amarillentos muy separados que me recuerdan a los de un gato.

—Estoy bien —digo, pero no es verdad.

Ni siquiera estoy pasable, a pesar de mi conducta, pues oigo más disparos y veo mentalmente los campos de tiro. Escucho el anodino impacto del plomo contra los blancos de metal que se incorporan. El contundente tintineo de los casquillos de metal al rebotar en dianas y bancos de cemento. Noto cómo me pega con fuerza en la cabeza el sol sureño y cómo se me seca el sudor bajo la ropa de entrenamiento durante una época de mi vida en la que todo era a la vez lo mejor y lo peor.

—¿Qué me dice de una botella de agua, señora? ¿O tal vez un refresco?

El patrullero me habla entre toses, y aunque no le conozco de nada, sé que no nos vamos a llevar bien si insiste en llamarme «señora».

Fui a Cornell, a la facultad de Derecho de Georgetown y a la de Medicina de la Johns Hopkins. Soy coronel en la reserva especial de las Fuerzas Aéreas. He testificado ante subcomités y me han invitado a la Casa Blanca. Soy la Supervisora Médica en Jefe de Massachusetts y, entre otras cosas, dirijo los laboratorios criminales. No he llegado tan lejos en la vida para que me llamen «señora».

—No quiero nada, gracias —respondo educadamente.

—Deberíamos pillar ocho litros de café en esos cartones. Así tendremos un montón de café y se mantendrá caliente.

—Menudo día para tomar café caliente. ¿Y si lo compramos helado?

—Buena idea, porque esto sigue siendo una sauna. No quiero ni pensar cómo sería hace un rato.

—Un horno. Eso sería.

Más toses terribles.

—Yo creo que ya he sudado un par de litros.

—Deberíamos acabar dentro de poco. Un accidente y nada más, ¿verdad, doctora? El examen toxicológico será interesante. Ya lo veréis. Estaba colocada, y cuando la gente va puesta, se cree que sabe lo que está haciendo, pero no.

«Puesto» y «colocado» son dos estados psicoactivos diferentes, y no creo que la hierba constituya una explicación para lo que ha pasado aquí. Pero no pienso verbalizar lo que me pasa por la cabeza mientras Hyde y el patrullero sigan intercambiando bromas y ocurrencias. Parece que jueguen al pimpón. Ahora tiras tú, ahora yo, de forma monótona y tediosa. Lo que de verdad deseo es que me dejen sola. Mirar el móvil y descubrir qué demonios me está pasando y quién es el responsable y por qué. Continúa la partida de pimpón. Los maderos no se callan.

—¿Desde cuándo eres un experto, Hyde?

—Solo explico las realidades de la vida.

—Mira. Con Amanda Gilbert de camino hacia aquí, más vale que tengamos respuestas aunque no haya preguntas. Lo más probable es que conozca a toda clase de gente importante y bien situada, de esa que nos puede causar problemas. Evidentemente, los medios de comunicación se lanzarán sobre el asunto, si es que no lo saben ya todo.

—Me pregunto si tendría algún seguro de vida, si Mamá se hizo con una póliza sobre su hija drogadicta y desempleada.

—¿Tú crees que necesita el dinero? ¿Tienes la menor idea del patrimonio de Amanda Gilbert? Según Google, ronda los doscientos millones.

—No me gusta que el aire acondicionado estuviese apagado. No es normal.

—Vale, pero a eso voy. Es exactamente la clase de cosas que hacen los drogotas. Le echan zumo de naranja a los cereales y se presentan en las canchas de tenis con zapatos para la nieve.

—¿Y qué pintan aquí los zapatos para la nieve?

—Lo único que digo es que es diferente a estar borracho.

3

Hablan entre ellos como si yo no estuviera, así que sigo mirando el vídeo de mi móvil. Continúo esperando que pase algo.

Llevo más de cuatro minutos y no puedo pararlo ni guardarlo. No me responde ninguna tecla, ningún icono ni el menú, así que la grabación avanza, pero nada cambia. El único movimiento que he detectado hasta ahora consiste en unos sutiles cambios de luz provenientes de las persianas corridas.

Era un día soleado, pero debía de haber nubes que alteraban la luz. Es como si la habitación dependiera de una lámpara de intensidad variable que ahora brilla más y luego menos. *Nubes atravesando el sol*, deduzco mientras Hyde y el patrullero siguen cerca de la escalinata de caoba, opinando en voz muy alta, haciendo comentarios y chismorreando como si creyeran que soy una obtusa o que estoy tan muerta como la mujer que yace en el suelo.

—Si pregunta, no creo que se lo digamos. —Hyde sigue agarrado al tema de la prevista llegada a Boston de Amanda Gilbert—. Lo del aire apagado es un detalle que debemos ocultarle, a ella y a la prensa.

—Es lo único extraño en todo esto. Y me da un mal fario, ¿sabes?

Evidentemente, no es lo único extraño en todo esto, pienso, pero no lo digo.

—Cierto, y es de esas cosas con las que empiezan las tormentas de mierda a base de rumores de conspiraciones que siempre acaban en Internet.

—También es verdad que, a veces, el responsable apaga el aire acondicionado, pone la calefacción y hace cualquier cosa para calentar un sitio de tal manera que se acelere la descomposición. Si embarullan la hora exacta de la muerte, pueden hacerse con una coartada y joder las pruebas, ¿verdad, doctora?

El patrullero con acento de Massachusetts se dirige a mí directamente: cuando no tose, las erres le suenan a uves dobles.

—El calor acelera la descomposición —respondo sin levantar la vista—. Y el frío la retrasa —añado mientras entiendo por qué las paredes de la zona de dormitorios son de color cáscara de huevo.

Cuando Lucy empezó a vivir en la Residencia Washington, las paredes de su cuarto eran de color beige. Luego las repintaron. Reconsidero mi línea temporal. El vídeo se grabó en 1996. O puede que en 1997.

—En el Dunkin hay unos bocadillos para el desayuno bastante buenos. ¿Le apetecería comer algo, señora? —El patrullero de azul y gris vuelve a dirigirme la palabra: tiene más de sesenta, es tripón y no tiene buen aspecto; los círculos oscuros bajo los ojos le echan a perder la cara.

No tengo ni idea de qué pinta en la escena del crimen ni qué utilidad puede aportar al asunto. Y además, parece enfermo. Pero como no fui yo quien le invitó, bajo la vista hacia el rostro muerto y baqueteado de Chanel Gilbert, hacia su ensangrentado cuerpo desnudo con esa decoloración verdosa y esa hinchazón en la zona abdominal causada por las bacterias y los gases que proliferan en sus entrañas debido a la putrefacción.

La asistenta le dijo a la policía que no había tocado el cuerpo ni tan solo se había acercado a él, y a mí no me cabe la menor duda de que Chanel Gilbert fue encontrada exactamente así, con la bata de seda negra abierta y los pechos y los genitales al descubierto. Hace tiempo que perdí el impulso de cubrir la desnudez de una persona muerta, como no sea en un lugar público. No voy a cambiar nada en la posición del cuerpo hasta que esté segura de que todo se ha fotografiado y llegue el momento de envolverlo y trasladarlo al CFC. Lo cual sucederá en breve. Estará al caer, de hecho.

Lo siento, ojalá pudiese decírselo mientras examino unos charquitos de sangre de un rojo oscuro y viscoso que se ennegrecen al secarse en los bordes. *Me ha salido algo urgente. Tengo que irme, pero volveré,* le diría si pudiese, y empiezo a darme cuenta del ruido que hacen las moscas que se han colado en el recibidor. Con las puertas abriéndose y cerrándose con los polis que entran y salen de la casa, se ha producido una invasión de moscas que brillan cual gotas de gasolina, volando y reptando, buscando heridas y demás orificios en los que poder poner los huevos.

Mi atención regresa a la pantalla del móvil. La imagen no ha cambiado. Seguimos en el cuarto de Lucy mientras pasan los segundos. Doscientos ochenta y nueve. Trescientos diez. Ya llevamos casi seis minutos y tiene que pasar algo. ¿Quién me ha enviado esto? No ha sido mi sobrina. No tendría ningún motivo. ¿Y por qué iba a hacerlo ahora? ¿Por qué, después de tanto tiempo? Tengo la sensación de que ya me sé la respuesta: no quiero acertar.

Dios bendito, no permitas que esté en lo cierto. Pero lo estoy. Tendría que negarme a admitir la verdad si no supiera cuánto es dos más dos.

—Tienen bocadillos vegetarianos, si es que le gustan —me está diciendo uno de los maderos.

—No, gracias. —Sigo a la espera mientras observo, y entonces siento algo más.

Hyde me está apuntando con su móvil. Me está fotografiando.

—No va a hacer nada con eso —le digo sin levantar la vista.

—Pues pensaba en tuitearla después de colgarla en Facebook y en Instagram. Es broma. ¿Está viendo una peli en el teléfono?

Le enfoco el tiempo suficiente para pillarle mirándome fijamente. Tiene ese brillo en los ojos, el mismo que se le pone cada vez que está a punto de escupir alguna de sus gilipolleces.

—No la culpo por entretenerse —dice—. Por aquí está todo bastante *muerto.*

—Yo eso no lo puedo hacer. Estoy muy chapado a la antigua —dice el patrullero—. Para ver una peli, necesito una pantalla de un tamaño decente.

—Mi mujer lee libros en el móvil.

—Yo también, pero solo cuando conduzco.

—Ja, ja. Eres todo un humorista, Hyde.

—¿Cree que vale la pena eternizarse aquí? ¿Eh, doctora?

Observo que ha aparecido otro poli de Cambridge. Se pone a hablar de cómo manejar las pruebas sanguíneas. No sé cómo se llama. Pelo gris que ralea, bigote, bajito y fornido, lo que se conoce como macizo. No trabaja en investigaciones, pero le he visto por las calles pijas de Cambridge agarrando a gente o poniendo multas. Otro ser prescindible que no debería estar aquí, pero no me compete echar a polis de la escena del crimen. El cuerpo y cualquier prueba asociada biológicamente son de mi jurisdicción, pero nada más. Técnicamente.

Sí, técnicamente. Porque en general soy yo quien decide en qué consisten mi trabajo y mi responsabilidad. Casi nunca me lo discuten. Por encima de todo, mi relación laboral con las fuerzas del orden es de colaboración, y casi siempre agradecen que me haga cargo de lo que yo quiera. Casi nunca me llevan la contraria. O, por lo menos, no solían poner en duda casi ninguna de mis decisiones. Puede que las cosas hayan cambiado. Igual me están dando un adelanto de lo que han cambiado las cosas en dos breves meses.

—En esa clase de análisis sanguíneo a la que acudí, dijeron que había que recurrir al hilo de señalar porque luego habrá preguntas en el juicio —dice el poli del escaso cabello gris—. ¿Y si declaras que pasaste de esto? Pues al jurado le sienta mal. Es lo que llaman la lista de *NO preguntas.* El abogado defensor hace todas esas preguntas a las que está seguro de que responderás que no, haciéndote quedar como alguien que no hizo bien su trabajo. Te hace parecer incompetente.

—Sobre todo, si los jurados ven *CSI.*

—No jodas.

—¿Qué tiene de malo *CSI*? ¿En tus casos no te dan una caja mágica?

Y así siguen, pero apenas les escucho. Les digo que lo que proponen sobre los hilos sería una pérdida de tiempo.

—Ya lo suponía. Marino no le ve la utilidad —responde uno de los polis.

Me alegro de que Marino lo diga. Eso le da verosimilitud.

—Podríamos traer el equipo completo, si usted quiere. Solo se lo digo para recordarle que disponemos de esa capacidad —me dice el patrullero, y luego se pone a hablar de TSTs, de teodolitos electrónicos con medidores de distancia no menos electrónicos, aunque no usa términos semejantes.

Conozco mejor que usted sus capacidades, y he estado en más escenas del crimen de las que usted puede soñar en su vida.

—Gracias, pero no es necesario —contesto sin prestar la menor atención a los jeroglíficos de negras manchas de sangre que hay bajo el cuerpo y alrededor.

Ya he traducido lo que he visto, y usar segmentos de hilo o sofisticados instrumentos de supervisión para situar y conectar las fugas de sangre, o cepillos, aerosoles, vaporizadores y goteros no aportaría nada nuevo. La zona de impacto es el suelo que está debajo y alrededor del cadáver, y eso es lo que hay. Chanel Gilbert no estaba de pie cuando recibió las heridas mortales en la cabeza, y eso es lo que hay. Murió donde ahora está, y eso es lo que hay.

Lo cual no significa que no hubiese más cosas turbias, nada de eso. No la he examinado en busca de una posible agresión sexual. No he escaneado aún en tres dimensiones el cuerpo ni le he practicado la autopsia, y de momento me dedico a preguntar qué tenía en el cuarto de baño y en la mesita de noche..

—Me interesa cualquier medicamento que necesite receta. Cualquier pastilla, incluyendo medicaciones como la lenalidomida; es decir, terapias no esteroideas de larga duración que no sean inmunomoduladoras —explico—. Una ingesta reciente de antibióticos también podría haber contribuido al crecimiento de bacterias, y si resulta que da positivo en clostridio, por ejemplo, eso podría explicar el rápido proceso de descomposición.

Les informo de que he tenido varios casos así por culpa de una bacteria productora de gases como el clostridio, en los que vi procesos *post mortem* similares a estos en solo doce horas. Y mientras comento todo esto con la policía, sigo con la mirada fija en la pantalla del móvil.

—¿Está hablando del diferencial C? —El patrullero levanta la voz y casi se asfixia con su siguiente sesión de toses.

—Lo tengo en la lista.

—¿No estaría en el hospital por eso?

—No necesariamente, si la cosa era suave. ¿Han encontrado antibióticos en el dormitorio y el baño, algo que pueda indicar que tenía problemas de diarrea o alguna infección? —les pregunto.

—Hombre, no estoy seguro de haber visto frascos con receta, pero lo que sí he visto es hierba.

—Lo que me preocupa es si tenía algo contagioso —interviene sin mucho entusiasmo el poli canoso de Cambridge—. No tengo ningunas ganas de pillar el C.

—¿Te lo puede contagiar un muerto?

—Le desaconsejo entrar en contacto con sus heces —respondo.

—Bueno es saberlo —comenta sarcástico.

—Lleven ropa protectora. Yo misma buscaré medicamentos, y la verdad es que siempre prefiero pillarlos *in situ*. Y cuando vuelvan del Dunkin' Donuts —añado sin levantar la vista—, recuerden que aquí ni se come ni se bebe.

—No se preocupe por eso.

—Hay una mesa en el patio de atrás —dice Hyde—. Pensé que podríamos instalar ahí un área de descanso, siempre que lo hagamos antes de que lleguen las lluvias. Disponemos de un par de horas hasta que se desate esa tormenta en la que van a caer chuzos de punta, según dicen.

—¿Y sabemos que no pasó nada en el patio trasero? —le pregunto con intención—. ¿Sabemos que no forma parte de la escena del crimen y que, por consiguiente, no hay problema en comer y beber ahí?

—Vamos, doctora. ¿No cree que resulta bastante evidente que se cayó de una escalera aquí, en el recibidor, y que eso fue lo que la mató?

—Nunca llego a una escena del crimen dando por sentado que haya cosas evidentes. —Apenas si les miro a los tres.

—Pues si he de serle sincero, yo creo que lo que pasó aquí está bastante claro. Aunque, evidentemente, lo que la mató es cosa de su departamento, señora, no del nuestro —interviene el patrullero en plan abogado defensor. Señora por aquí, señora por allá. Para que los jurados se olviden de que soy el médico, el abogado, el jefe.

—Ni comer, ni beber, ni fumar ni usar el baño —esto se lo digo directamente a Hyde, pues le estoy dando una orden—. Nada de tirar colillas, envoltorios de chicle, bolsas de comida rápida, vasos de café, etc. Todo eso va directamente a la basura. No dé por hecho que esto no es una escena del crimen.

—Pero usted no cree realmente que lo sea.

—La estoy tratando como tal, y usted debería hacer lo mismo —le contesto—. Porque no sabré lo que de verdad pasó aquí hasta que disponga de más información. Había mucha respuesta de los tejidos, mucha sangre, yo diría que varios litros. El cráneo, machacado. Puede haber más de una fractura. Muestra unos cambios *post mortem* que no me habría esperado. Eso es todo lo que le puedo decir, pero no sabré con certeza a qué nos enfrentamos hasta que me la lleve a la oficina. ¿Y lo del aire acondicionado apagado durante una ola de calor en agosto? Definitivamente, eso no me gusta nada. No nos apresuremos a culpar de su muerte a la marihuana. Ya sabe lo que se dice.

—¿Sobre qué? —El patrullero se muestra perplejo y preocupado; tanto él como los demás han retrocedido varios pasos.

—Mejor tratar con canuteros que con borrachos. La priva genera impulsos peligrosos, como encaramarse a escaleras o ponerse al volante o meterse en peleas. La hierba no motiva tanto.

En general, no se la conoce por propiciar agresiones o hacerte correr riesgos. Suele ser al contrario.

—Depende de la persona y de lo que se esté fumando, ¿no? Y puede que también de las pastillas que se haya tomado.

—En general, eso es cierto.

—Entonces permítame una pregunta. ¿Usted cree que alguien que se cae de una escalera tiene que sangrar tanto?

—Depende de las heridas —le respondo.

—Y si son peores de lo imaginado y da negativo en drogas y alcohol, me está diciendo que eso puede ser todo un problemón.

—La verdad es que lo sucedido ya es un problemón —vuelve a hablar el patrullero, entre toses.

—Desde luego, para ella lo ha sido. ¿Cuándo fue la última vez que se vacunó contra el tétanos? —le pregunto.

—¿Por qué?

—Porque la vacunación protege del tétanos, pero también de la pertusis. Y me preocupa que tenga usted una tos recurrente.

—Yo creí que eso solo les pasaba a los niños.

—No es verdad. ¿Cómo empezaron los síntomas?

—Un simple resfriado. Nariz goteante y estornudos, hace cosa de dos semanas. Luego vino la tos. Me dan ataques en los que apenas puedo respirar. Y para serle sincero, no recuerdo cuándo me vacunaron contra el tétanos por última vez.

—Tiene que ir a ver a su médico. Me reventaría que pillara una neumonía o que se le colapsara un pulmón —le digo al patrullero.

Y así es como consigo que él y los demás agentes me dejen por fin en paz.

4

Llevo ocho minutos de vídeo y lo único que veo es la habitación vacía de Lucy. Intento de nuevo guardar el archivo o detenerlo. No puedo. Sigue adelante como si fuera una vida en la que nada sucede.

Nueve minutos ya y la habitación sigue exactamente igual, vacía y tranquila, pero al fondo se detecta actividad en los campos de tiro. Se oyen disparos y puedo ver fogonazos en torno a los extremos de la persiana blanca cerrada al revés. El sol pega directamente en las ventanas y recuerdo que el cuarto de Lucy daba al oeste. Son las últimas horas de la tarde.

Pop-Pop. Pop-Pop.

Detecto el ruido del tráfico que discurre cuatro plantas más abajo, en la J. Edgar Hoover Road, la arteria principal que atraviesa por la mitad la academia del FBI. Hora punta. Terminan las clases por hoy. Polis y agentes vuelven de las prácticas de tiro. Por un instante, imagino el fuerte olor a plátano del acetato de isoamilo, del líquido disolvente Hoppe para la limpieza de armas. Huelo a pólvora quemada como si la tuviese al lado. Siento el agobiante calor de Virginia y oigo el chirrido de los insectos donde los casquillos brillan cual plata y oro sobre la hierba calentada por el sol. Todo me vuelve con fuerza, y de repente, por fin pasa algo.

El vídeo tiene una secuencia de créditos. Empieza a correr muy lentamente:

CORAZÓN DEPRAVADO – SECUENCIA 1
Por Carrie Grethen
Quantico, Virginia – 11 de julio de 1997

El nombre temblequea. Resulta indignante verlo en letras rojas y avanzando tan lentamente, de manera tan lánguida, deslizándose por la pantalla píxel a píxel como si se desangrara en cámara lenta. Han añadido música. Karen Carpenter canta *We've only just begun*. Es irritante ponerle al vídeo esa voz angelical, esa letra de Paul Williams tan dulce.

Tan bonita canción de amor se convertía en una amenaza, una burla, una promesa de ulteriores ofensas, de desgracia, acoso y posible muerte. Carrie Grethen se vanagloria y me amenaza. Me está enviando a tomar por culo. Hace años que no escucho a los Carpenters, pero en los viejos tiempos me harté de escuchar sus casetes y cedés. Me pregunto si Carrie lo sabía. Probablemente. Así que esto es la siguiente entrega de lo que debe de haber puesto en marcha hace mucho tiempo.

Siento el desafío, así como mi respuesta, que empieza a regurgitar como la lava; y soy plenamente consciente de mi ira, de mi ansia por destruir a la mujer más lamentable y traicionera con la que nunca me haya cruzado. No he pensado ni una sola vez en ella durante los últimos trece años, desde que la vi morir al estrellarse su helicóptero. O eso creí ver. Pero me equivoqué. Nunca estuvo a bordo de esa máquina voladora, y cuando lo descubrí, se convirtió en una de las peores cosas que jamás haya tenido que asumir. Es como si te dicen que tu enfermedad fatal ya no remite. O que alguna tragedia horrenda no era únicamente una pesadilla.

Así pues, Carrie sigue adelante con lo que empezó. Era de prever, y ahora recuerdo las recientes advertencias de Benton, mi marido, cuando me previno contra obcecarme con ella, hablarle mentalmente y hacerme la ilusión de que no piensa acabar lo que empezó. No quiere matarme porque ha planeado algo peor. No quiere borrarme de la faz de la tierra: de ser así, lo habría hecho el pasado junio. Benton es analista de inteligencia criminal para el FBI, lo que la gente sigue llamando un perfilador. Cree que me he identificado con el agresor. Insinúa que sufro el síndrome de Estocolmo. Ha insistido mucho en ello últimamente. Y cada vez que lo hace, acabamos discutiendo.

—¿Doctora? ¿Cómo lo llevamos por aquí? —La voz masculina que se acerca se mezcla con el ruido de papel arrugado que hacen los zapatos envueltos en plástico—. Estoy listo para el paseíllo si usted también lo está.

—Aún no —respondo mientras Karen Carpenter sigue cantándome por el pinganillo.

Trabajando juntos día a día, juntos, juntos.

Se asoma al recibidor. Peter Rocco Marino. O Marino a secas, que es como le llama casi todo el mundo, yo incluida. O Pete, aunque nunca le he llamado así y no sé muy bien por qué, como no sea que no empezamos siendo amigos. Luego está *cabronazo*, cuando se porta mal, y *capullo*, cuando se lo merece. Algo más de metro ochenta, cien kilos por lo menos, muslos como troncos de árbol y manos del tamaño de tapacubos: su presencia es tan masiva que me lío con las metáforas.

Tiene la cara ancha y castigada, con dientes fuertes y blancos, una quijada de protagonista de pelis de acción, un cuello de toro y el pecho tan ancho como una puerta. Lleva puesto un polo Harley-Davidson de color gris, unas bambas tamaño Herman Munster, calcetines largos y unos pantalones cortos de loneta abombados y con bultos en los bolsillos. Lleva enganchadas al cinturón la placa y la pistola, pero no necesita credenciales para hacer lo que quiera y obtener el respeto debido.

Marino es un poli sin fronteras. Puede que su jurisdicción se reduzca a Cambridge, pero siempre encuentra la manera de ampliar su alcance legal más allá de los privilegiados límites del MIT y Harvard, saltándose a las luminarias que viven aquí y a los turistas que no. Aparece en cualquier lugar al que se le invite, y aún con más frecuencia donde no se ha requerido su presencia. Tiene un problema con los límites. Y siempre ha tenido un problema con los míos.

—Pensé que querrías saber que la marihuana es de uso medicinal. No tengo ni idea de dónde la sacó. —Sus ojos inyectados en sangre recorren el cuerpo y el ensangrentado suelo de mármol, para luego aterrizar en mi pecho, que es donde más le gusta situar su atención.

No importa que lleve una bata, Tyvek, vestimenta quirúrgica, el uniforme del laboratorio o un equipo completo de protección contra las nevadas. Marino va a lo suyo y siempre me mira fijamente.

—Brotes, tinturas, lo que parecen caramelos envueltos en papel de aluminio. —Moviliza un hombro enorme para secarse el sudor que se le cae por el mentón.

—Eso he oído.

Miro lo que pasa en la pantalla del móvil y empiezo a preguntarme si eso es todo lo que hay, tan solo el cuarto de Lucy vacío, la luz atrapada en las lamas de la persiana y Mister Pickle en la cama con pinta de incomprendido y abandonado.

—Está en una vetusta caja de madera que encontré escondida bajo un montón de mierda en el armario de su dormitorio —dice Marino.

—Ya me pondré con eso, pero todavía no. ¿Y para qué iba a esconder la marihuana con fines medicinales?

—Tal vez porque no la obtuvo de manera legal. Puede que para que la asistenta no se la robara. No sé. Pero será interesante saber su índice de toxicología, cuán elevado es su THC. Eso podría explicar por qué decidió encaramarse a una escalera para manipular bombillas en plena noche.

—Has estado hablando demasiado con Hyde.

—Igual se cayó y eso es todo lo que hay. Es algo lógico a considerar —dice Marino.

—En mi opinión, no. Y no sabemos si sucedió en plena noche. Francamente, lo dudo. Si murió a medianoche o más tarde, eso situaría el encuentro del cadáver en ocho horas o tal vez menos. Y estoy segura de que llevaba muerta más tiempo.

—Con el calor que hace aquí es imposible saber el tiempo que lleva muerta.

—Eso es casi cierto, pero no del todo —replico—. Ya lo averiguaré cuando hayamos avanzado más en la investigación.

—Pero ahora mismo no podemos decirlo con exactitud. Y eso es un problema porque su madre va a exigir respuestas. No es alguien que se conforme con suposiciones.

—Yo no hago suposiciones. Yo calculo. Y en este caso, calculo más de doce horas y menos de cuarenta y ocho.

—¿Y crees que la potentada se va a conformar con eso? A una productora tan importante como Amanda Gilbert no le va a gustar una respuesta así.

—La madre no me preocupa. —Me empieza a reventar tanto Hollywood por aquí, Hollywood por allá—. Pero lo que sí me preocupa es lo que ocurrió aquí, ya que lo que veo no me encaja. La hora de la muerte se presta a todo tipo de conjeturas. Los detalles se contradicen. Creo que nunca he visto nada tan confuso, y puede que esa sea la intención.

—¿La intención de quién?

—Lo ignoro.

—La temperatura más alta de ayer fue de treinta y nueve grados. La más baja, anoche, era de veintisiete. —Noto los ojos de Marino clavados en mí mientras añade—: La asistenta jura que vio por última vez a Chanel Gilbert ayer a eso de las cuatro de la tarde.

—Se lo aseguró a Hyde antes de que llegáramos. Y luego se fue —le recuerdo.

No tenemos por costumbre dar por buena la palabra de nadie, si podemos evitarlo. Marino debería haber hablado en persona con la asistenta. Estoy convencida de que lo hará antes de que acabe la jornada.

—Dijo que vio a Chanel adelantarla por el camino, en dirección a la casa, al volante del Range Rover rojo que está ahí fuera ahora. —Marino repite lo que le han contado—. Pues bueno, supongamos que murió en algún momento posterior a las cuatro de la tarde de ayer y que ya tenía mala pinta a las ocho menos cuarto de la mañana, ¿vale? ¿Coincide eso con tus cálculos? Doce horas o puede que más.

—No funciona —le digo mientras miro el móvil—. ¿Y por qué sigues insistiendo en que murió en mitad de la noche?

—Por cómo va vestida —dice Marino—. Desnuda bajo una bata de seda. Como si estuviese a punto de meterse en la cama.

—¿Sin camisón ni pijama?

—Hay muchas mujeres que duermen desnudas.

—¿De verdad?

—Pues igual ella sí. ¿Y qué demonios haces mirando el móvil? —me desafía con su rudeza habitual, que tan a menudo incurre en la grosería—. ¿Desde cuándo te enganchas al móvil en plena escena del crimen? ¿Va todo bien?

—Puede que haya un problema con Lucy.

—¿Qué le ha pasado?

—Espero que nada.

—Como de costumbre

—Tengo que comprobarlo.

—Eso tampoco es nuevo.

—Haz el favor de no trivializar las cosas. —Miro al móvil en vez de a él.

—Es que no sé qué «cosas» son. ¿Qué coño está pasando?

—Todavía no lo sé. Pero algo va mal.

—Lo que tú digas. —Lo dice como si Lucy le tuviera sin cuidado, pero nada podría estar más lejos de la verdad.

Marino era lo más parecido que Lucy tenía a un padre. La había enseñado a conducir y a disparar, por no hablar de cómo tratar con tarugos de derechas, ya que eso era Marino cuando se conocieron en Virginia un montón de años atrás. El poli era un homófobo machista que intentaba levantarle las novias a Lucy, hasta que por fin se dio cuenta de que se equivocaba. Ahora, pese a sus insultos y jeremiadas, pese a que aparente lo contrario, es el mayor defensor de Lucy. A su manera, la quiere.

—Hazme un favor y dile a Bryce que necesito que vengan ahora mismo Rusty y Harold. Y traslademos ya el cuerpo a mi oficina. —Tuerzo el móvil para que Marino no pueda ver el vídeo, para que no pueda ver ese cuarto vacío del FBI con el osito de peluche verde que no dejaría de reconocer.

—Pero ya tienes la furgoneta. —Hay en su voz un tono acusador, como si le estuviese ocultando algo, lo cual es cierto.

—Quiero que se encargue de esto mi equipo de transporte —le contesto, y no es una solicitud—. No pienso ir directamente a la oficina desde aquí para ponerme a trabajar, y tú tampoco. Necesito que me ayudes con Lucy.

Marino se agacha junto al cadáver, sin pisar la sangre oscura y pringosa, quitándose las moscas de encima, aunque estas sigan zumbando de manera constante y enloquecedora.

—¿Estás segura de que lo de Lucy es más importante que este caso? ¿Estás dispuesta a dejar que Luke se ocupe del asunto?

—¿Hay múltiples opciones?

—Es que no entiendo qué estás haciendo, doctora.

Le informo de que mi ayudante en jefe, Luke Zenner, se encargará de la autopsia o lo haré yo cuando llegue por fin a la oficina. Pero puede que eso se demore hasta la tarde, si es que no se va a la media tarde o al final de la jornada.

—¿Qué carajo? —Marino va levantando la voz—. No lo pillo. ¿Por qué no transportas tú misma el cadáver a la oficina para que podamos saber qué coño le pasó a la chica antes de que aparezca su madre, la de Hollywood?

—Tengo que irme y volver.

—Pero no entiendo por qué no te puedes llevar antes el cadáver.

—Como ya te he dicho, mi primera parada no será el CFC. Tenemos que ir a Concord y, evidentemente, no puedo ir por ahí con un fiambre en la parte de atrás del furgón. Tiene que ir a parar al congelador ahora mismo —insisto en lo de antes—. Y Harold y Rusty tienen que venir ya.

—No lo pillo —persiste él, esta vez en tono burlón—. Te vas de aquí en un pedazo de furgón, ¿pero no en dirección al CFC? ¿Tienes hora en la peluquería? ¿Vas a hacerte las uñas? ¿Te vas a un spa con Lucy?

—Haré como que no te he oído.

—Bromeo. Cualquiera que te vea entenderá que bromeaba. Llevas meses sin hacer una mierda. —La voz de Marino rechina de ira, me está juzgando y me doy cuenta de que todo vuelve a empezar.

«Culpa a la víctima. Castígame porque casi me muero. Échame la culpa.»

—¿Y eso qué se supone que significa? —pregunto.

—Significa que te has abandonado. Y lo comprendo. Ya sé que no te resulta tan sencillo ir de un lado a otro, por lo menos no tanto como antes. Seguro que es complicado vestirse, arreglarse.

—Sí, no ha sido fácil recauchutarme —le contesto con acritud, y la verdad es que a mi pelo le vendrían bien un corte y un peinado.

Tengo las uñas cortas y sin pintar. No me molesté en maquillarme cuando salí de casa a primera hora de la mañana. Estoy algo más delgada que antes de que me disparasen. Pero este no es el momento ni el lugar para tomarla conmigo, cosa que nunca ha disuadido de ello a Marino, que lleva haciéndolo desde que le conozco. Pero ha metido la pata hasta el fondo al criticar mi aspecto en una escena del crimen mientras yo estoy angustiándome por mi sobrina. Debería limitarse a dar por bueno lo que digo cuando insisto es que es importante dar con ella de inmediato. Ya no confía en mí como antes. Y ahí está el problema.

—Joder. ¿Dónde está tu sentido del humor? —dice tras uno de mis largos silencios.

—Hoy no me lo he traído. —Estoy tan irritada que apenas puedo controlar el volumen de la voz, y el suelo de mármol parece irradiarme a través de la bota y dejarme la pierna derecha tiesa.

Me duele y me palpita como una muela careada. Casi no puedo doblar la rodilla, y cuanto más tiempo me quede aquí, peor se pondrá todo.

—Lo siento. No quería cabrearte, doctora, pero es que no se te entiende —dice Marino—. Supongo que le vas a hacer la autopsia de inmediato, ¿no? Antes de que aparezca la madre con un millón de preguntas y de exigencias, ¿verdad? ¿Y no es eso algo más importante que pasar por Concord para ver cómo está

Lucy? A no ser que esté enferma, herida o algo así, claro. Vamos a ver, ¿tú sabes qué le ocurre?

—No. Por eso tenemos que averiguarlo.

—Hay que evitar cualquier problema con Amanda Gilbert, y esa es de las que los fabrican a granel. Más te vale no causar problemas, especialmente ahora. Te lo digo porque no necesitas...

—Sé muy bien qué es lo que no necesito. —Observo el móvil y evito mirarle.

Marino me interroga y me sermonea así porque se lo puede permitir. Tiempo atrás fue mi investigador en jefe, hasta que decidió que no quería seguir trabajando para mí. Conoce mis rutinas y protocolos laborales. Sabe exactamente cómo pienso. Sabe cómo hago las cosas y por qué. Pero de repente soy un enigma. Soy de otro planeta. Y estamos así desde junio.

—Quiero que la transporten ahora y yo no puedo hacerlo —le digo—. Debo ir a Concord. Tenemos que salir cuanto antes.

—Vale. —Se levanta y observa el cuerpo durante un buen rato mientras yo miro fijamente la pantalla del móvil.

Hace rato que acabaron los créditos. Ya no hay música. Sigo frente al cuarto vacío de Lucy desde lo que me parece media vida, y la tensión y la frustración siguen creciendo en mí. Me están chinchando, provocando y torturando, y pienso que Carrie se lo estaría pasando pipa si pudiese verme ahora, si pudiera espiarme igual que hizo con Lucy.

—Reconozco que tiene muy mala pinta tras caerse... ¿Desde qué altura? No llega a dos metros, ¿verdad? —dice Marino—. Drogas y un montón de porquerías escondidas por todas partes. Y vete a saber con quién se trataba. Coincido contigo en que este caso muestra ciertos aspectos que no conducen a nada bueno.

—Por favor, haz la llamada ya. —Sigo enganchada al teléfono.

Soy vagamente consciente de que se aleja y se pone en contacto con mi jefe de equipo, Bryce Clark, mientras veo pasar los segundos. Llevo diez minutos disfrutando del regalito cinematográfico de Carrie Grethen y ya sé que estoy siendo acosada y manipulada, que la tía se divierte sádicamente a mi costa. Pero no lo puedo evitar.

No sé qué más hacer aparte de mirar, entregarme a ello mientras me eternizo en el recibidor sintiendo la morbosa presencia de Chanel Gilbert y el dolor de la pierna. Bajo la vista al móvil y veo un segmento del pasado de mi sobrina desfilar sobre la palma de mi mano sin enguantar. Huelo a carne en descomposición y a sangre pudriéndose. Me entran sudores fríos mientras miro el vídeo y pienso que eso no puede ser real.

Pero lo es. Es innegable: reconozco las paredes blancas de la habitación, las dos ventanas a cada lado de la cama y, claro está, a Mister Pickle apoyado en la almohada. Puedo ver la puerta cerrada que lleva al pasillo de ese dormitorio en la cuarta planta, así como la luz que brilla a la derecha, donde hay un cuarto de baño. Solo las habitaciones de los invitados VIP tienen un baño privado. Lucy era una VIP para mí y por eso exigí que los federales le aplicasen el mismo tratamiento.

Ocupó ese cuarto entre 1995 y 1998, aunque no de forma permanente. Entró y salió de allí mientras acababa sus estudios en la Universidad de Virginia y trabajaba para la Unidad de Investigación de Ingeniería del FBI casi todo el tiempo. Quantico era su hogar lejos del hogar. Carrie Grethen era su mentora. El FBI puso a la sobrina que eduqué como a una hija al cuidado de un monstruo psicótico, y esa decisión alteró el curso de nuestras vidas. La verdad es que lo ha alterado absolutamente todo.

5

Carrie entra en la habitación con un fusil ametrallador colgando del hombro. La Heckler & Koch que lleva a la cintura es del modelo MP5K. La K es de *kurtz*, que en alemán significa «corto».

La metralleta está diseñada para que quepa en un maletín, y algo familiar al respecto me baila por la cabeza. Yo conozco esa arma. La he visto en algún sitio. Noto cómo me aprieta el pecho mientras Carrie se inclina sobre una cámara y la mira fijamente con unos ojos anchos tan fríos y brillantes como un cielo invernal. Lleva el pelo muy corto y teñido de un tono plateado, su enjuto rostro de facciones delicadas impone más que un machete, y la camiseta, el pantalón corto, los zapatos y los calcetines son de un blanco nuclear.

En 1977 tenía veintitantos años, aunque en esa época yo no sabía su edad con precisión. Podía parecer mayor o menor, y hasta sin edad o provecta, gracias a un cuerpo fuerte y espigado y unos ojos azules que cambiaban rápidamente de color, cual volátil océano, dependiendo de sus peligrosos cambios de humor. Está muy pálida, como si nunca la hubiese alcanzado el sol. Su blanca piel parece relucir como una pantalla de lámpara, contrastando notablemente con la negra correa que luce al cuello y la contundente arma, también negra, que ahora está junto a la cámara.

Un modelo primitivo con culata de madera, fabricado probablemente en los años 80, puede que antes, pero no sé muy bien por qué lo intuyo. Puedo ver los tres tipos de disparo señalados en blanco sobre la zona del pulgar. *SA*, en modo semiautomático; *A*, totalmente automático. Está puesto en *S*, de seguro. Me suena esa arma, maldita sea. ¿Dónde la habré visto?

—Saludos desde el pasado. —A Carrie se le han puesto los ojos de un azul muy oscuro al sonreír, mientras apoya el antebrazo en el cargador de la ametralladora—. Pero ya sabes lo que dicen. El pasado nunca termina. Ni siquiera es pasado. Si estás viendo mi obra maestra audiovisual, debo felicitarte. Sigues en esta tierra, Jefa. —El modo en que dice «jefa» suena extraño, puede que esté editado—. Lo que deberías deducir de esto es que aún no te quiero muerta. En caso contrario, ya lo estarías.

»Para cuando veas esto, ¿eres consciente de la cantidad de oportunidades que habré tenido para volarte la cabeza? —Carrie apunta a la cámara con el corto cañón de la metralleta—. O aún mejor. ¿Qué tal aquí? —Se toca el cogote en la base del cráneo, al nivel C2, donde un impacto en la espina dorsal resulta letal al instante.

Mientras la veo describir la situación, no experimento la menor sorpresa. Es la herida exacta que he encontrado en recientes ataques de francotiradores acaecidos en Nueva Jersey, Massachusetts y Florida, donde un sigiloso asesino al que la prensa ha bautizado como Copperhead les reventó el cuello a cuatro de sus víctimas con balas de cobre. Una de ellas era Bob Rosado, un congresista que buceaba cerca de su yate en Fort Lauderdale cuando fue asesinado el pasado junio. Su hijo adolescente, Troy, un psicópata violento de lo más precoz que ya tenía un expediente delictivo, desapareció al mismo tiempo y puede que también cuente como baja. No lo hemos encontrado. No sabemos dónde está. Fue visto por última vez con ella, con Copperhead, con Carrie Grethen.

—Hay muchas maneras distintas de causar la muerte cuando eres un experto. —Habla lentamente en la grabación, y lo hace de forma deliberada—. Y aún no sé muy bien cuál es la que más te conviene. ¿Rápida, para que no tengas ni idea de lo que te ocurre? ¿O lenta y dolorosa para que seas plenamente consciente de todo? ¿Quieres saber que estás a punto de morir o no? Esa es la cuestión. Hmmm.

Levanta la vista hacia el techo de azulejos blancos con fluorescentes grises, ahora apagados.

—Probablemente, aún les estoy dando vueltas a estas opciones, y con mucho cuidado. Me pregunto cuánto me voy a tener que acercar para acabar contigo cuando veas esto. Pero empecemos mientras estamos solas. Lucy regresará pronto. Esto es entre tú y yo. Chsss. —Se lleva un dedo a los labios—. Es nuestro secreto.

»Lo he escrito todo en una narración que explica lo que estás viendo y oyendo. —Sostiene unas hojas de papel escritas en forma de guion.

Está montando un número. Quiere atención. ¿Pero de quién? Ese vídeo me lo enviaron a mí. Pero algo me dice que no soy el destinatario previsto. *Igual ya no puedes ser objetiva.*

—Aquí hay seis cámaras ocultas, en el acogedor cuartito juvenil de Lucy.

Señala con la ametralladora los carteles de películas de la pared. *El silencio de los corderos* y *Sneakers*. Camina hacia otra pared, en la que un rampante *Tyrannosaurus rex* de *Parque jurásico* se ha convertido en una silueta negra sobre un fondo naranja muy brillante. Las pelis favoritas de Lucy. Me costó lo mío encontrarle los carteles cuando empezó de becaria en el FBI.

Carrie anda hasta la cama y le clava el arma en la cara a Mister Pickle. Sus grandes ojos de cristal parecen aterrorizados, como si supiera que está a punto de morir, y yo me sorprendo proyectando emociones en un objeto inanimado, en un osito de peluche.

—Es una cría, ya lo sabes. —Carrie no deja de moverse mientras habla—. Puede que tenga un CI de doscientos y pico y que sea un supergenio, pero siempre ha gozado de la madurez emocional de un mocoso. Una pasmada. Lucy es una pasmada sin arreglo. No tiene ni idea de la brujería desplegada en su habitación, cubriendo cada ángulo sin que nadie repare en ella.

»¿Te imaginas cómo paso el tiempo libre cuando ella no está? Siempre estoy vigilando. —Se señala los ojos con dos dedos—. Como el cartel de *El gran Gatsby*. El doctor T. J. Eckleburg observando a través de sus gafas, vigilando el Valle de las Cenizas, el vertedero moral de la sociedad americana y su gobierno ciego, avariento y mentiroso.

Levanto la vista de la pantalla hacia Harold y Rusty. Parecen los Cazafantasmas con esos monos de Tyvek con capucha, las manos metidas en guantes de nitrilo azul y los respiradores en la nariz y la boca. Están discutiendo con Marino la mejor manera de meter a la muerta en la bolsa y si sería buena idea envolverle la cabeza. Puede que haya pruebas importantes en el pelo. El tejido cerebral se escapa de una fractura abierta en la calavera. Igual ha perdido algunos dientes. Uno estaba arrancado, la pieza frontal que yo misma recuperé del suelo, entre la sangre.

—No queremos cambiar nada de sitio. Por no hablar de lo que tiene pegado a la sangre, sobre todo en el cabello —dice Marino mientras Carrie sigue hablándome al oído.

—Érase una vez una habitación pequeña y ordenada —lee de su guion mientras Marino despliega una camilla y las patas de aluminio crujen—. Estaba suavemente iluminada por un flexo en el escritorio, que al igual que la silla a juego, el armario, la cómoda y la cama individual, estaba hecho de contrachapado barato con un barniz de falsa madera.

Carrie recorre la habitación dando una vuelta, y yo no aparto la vista de la pantalla mientras les digo a Marino, Rusty y Harold que embolsen la cabeza de Chanel Gilbert y también las manos y los pies. Después de eso, hay que envolverla en sábanas desechables. Estoy bastante segura de haber recogido todo lo que igual no sobrevive a un viaje hasta mi oficina, pero seamos meticulosos. No hay que dejarse nada. No hay que perder nada. Ni un cabello. Ni un diente.

—Luego podéis envolverla y sacarla de aquí —les digo mientras Carrie sigue a lo suyo:

—En lo alto de un frigorífico tamaño hotel hay una cafetera Mr. Coffee, una jarra de leche de marca blanca, un paquete de la Mezcla de la Casa Starbucks, tres tazones del FBI, una jarra mellada de cerámica con el emblema del departamento de policía de Richmond —la coge y muestra el golpe—, una navaja del ejército suizo y seis cajas de Speer Punta Dorada 9, munición militar que va con el MP5K que Lucy le robó a Benton Wesley y escondió en este cuarto.

Hay algo extraño en la manera de incluir el apellido de Benton. Pero no puedo parar la grabación. Ni puedo volverla a ver. Si Carrie hizo esta grabación para mí, ¿por qué iba a incluir el apellido de Benton como si el que la oyese lo desconociera? No entiendo qué ocurre, pero no veo capaz a Lucy de robarle un arma o cualquier otra cosa.

Carrie miente acerca del MP5K y, mientras tanto, insinúa que tanto Benton como Lucy violaron la Ley Nacional de Armas de Fuego, delito castigable con severas penas de cárcel. El estatuto de limitaciones ya debería haberse aplicado a estas alturas. Pero eso depende. Todo depende. Esto es potencialmente malo, pero ahora capta mi atención un ruido de papel a menos de tres metros.

Harold abre lo que parece una bolsa marrón de colmado sin asas. Sabiamente, la rechaza. La cabeza de Chanel Gilbert es un gurruño ensangrentado. Las bolsas de plástico van mejor, siempre que el cuerpo sea refrigerado con rapidez, cosa que le digo sin levantar la vista.

—Mientras entre en el congelador en cuanto la metas en el edificio, claro —enfatizo, ya que el plástico y la humedad combinan mal, sobre todo cuando la descomposición va avanzando.

—Estoy de acuerdo —dice Harold—. Y eso es exactamente lo que haremos, Jefa.

Harold solía trabajar en una funeraria, y a veces me pregunto si dormirá con traje y corbata, calcetines oscuros y zapatos de gala. Dada su manera de pensar, siempre lleva ropa protectora propia, pero igual va hecho un pincel por debajo del Tyvek.

—Creo que tiene algo en el pelo. Puede que sea cristal. —La

luz le parpadea en esas gafas de montura negra que le agrandan los ojos castaños, que parecen como de búho por culpa de sus muchas dioptrías.

—Buen trabajo —dice Rusty, que sigue con la misma pinta de siempre, como de Beach Boy pasado de moda: hoy luce pantalones anchos y fofos y sudadera con capucha, así como el largo cabello gris recogido en una coleta—. Hay cristales rotos por todas partes.

—Yo solo intento ser preciso. No parecía cristal de bombilla. Pero solo lo vi una vez y ahora no lo encuentro.

—Envuélvela especialmente bien. Asegúrate de que no perdemos nada —le digo mientras Carrie se acerca a un cuarto de baño pequeño e impersonal y enciende la luz.

—Luego la volveré a inspeccionar. Yo no le encontré ningún cristal en el pelo —añadó.

—¿Pero no le parece que podría haberlo? —Harold mira fijamente el aplique del techo, los agujeros vacíos en los que se habían enroscado las dos bombillas.

Mira en torno a sí mismo, hacia los cristales rotos desparramados por el suelo, y luego pone en práctica lo que ha pensado al respecto en el mismo instante en que Carrie se pone dramática en el vídeo. Harold hace como que está cambiando bombillas y que de repente se cae de la escalera de espaldas.

—Si tenía bombillas y la cúpula de vidrio de la araña en las manos y todo se cae al suelo a la vez con ella, la cosa sería como la explosión de una bomba de cristal. ¿No debería estar cubierta de vidrios? —pregunta mientras Carrie mira fijamente el espejo situado sobre el lavabo del baño y le dedica una gran sonrisa a su propio reflejo, para luego atusarse ese pelo blanco y dorado tan corto.

—Tú envuélvela muy bien y que se vaya directa al congelador, que ya me apañaré yo con ella —repito mis instrucciones.

No puedo poner el vídeo en pausa. Es como si Carrie me hubiese secuestrado el móvil en el peor momento, en plena escena de una muerte sospechosa que requeriría toda mi atención.

6

La única manera de detener la grabación es apagando el móvil. No pienso hacerlo porque me pasa por la cabeza la idea de que lo que está ocurriendo podría volver para atormentarme. ¿Y si la policía se queja de que estaba enganchada al teléfono, viendo una peli, enviando mensajes o vete a saber qué? Sería un desastre.

—A un lado de la única puerta por la que se entra y se sale del cuarto de Lucy hay un baño privado. —Carrie pasa la mano alrededor como si fuese la presentadora de *La ruleta de la fortuna*, mientras Rusty va abriendo bolsas de plástico y se pone a envolver los pies descalzos de Chanel Gilbert.

»Y las agentes novatas no disponían de semejante lujo. —Carrie consulta el guion y luego vuelve a una cámara oculta, cosa que hace repetidamente—. Todas tenían compañeras de cuarto. Compartían retretes, tocadores y duchas al otro extremo del pasillo. Pero la joven y precoz Lucy no se mezclaba con esas hembras de tercera, todas mayores que ella y algunas con licenciaturas en Derecho y Filosofía. Una era ministra presbiteriana ordenada. Otra había sido reina de la belleza.

»Un grupo inusualmente bien educado sin sentido común ni gramática parda, y para cuando veas esto... —concluye abruptamente la frase, de una manera muy extraña, pero es evidente que la grabación no ha sido editada—. Me pregunto cuántas de ellas habrán muerto. Lucy y yo solíamos realizar predicciones. Resulta que ella había recopilado información sobre todas las residentes de su planta. Pero no llamaba a ninguna por su nombre. No hablaba con nadie al pasar, y su reserva se interpretaba correctamente como superioridad y arrogancia. Lucy era una niña mimada. La tiíta Kay había conseguido echarla a perder.

Carrie se refiere a ti como si hablase con otra persona.

Pasa una página del guion:

—Adolescente civil con dotes especiales y contactos no menos especiales, Lucy disfrutaba de un estatus especial en la academia del FBI, equivalente al de un testigo protegido, un alto cargo policial de visita, un director de agencia, un secretario general o, en otras palabras, una *persona muy importante*, cosa que Lucy es gracias a sus conexiones, no a sus logros.

»La tiíta Kay dio instrucciones anticipadas de que durante la vida de becaria de su querida sobrina, y hasta que cumpliese los veintiuno, dispondría de su propio cuarto con baño, vistas y toque de queda. Estaría bajo constante supervisión, cosa a la que ella se prestaba de manera ostensible y oficial. Figuraba en su expediente, breve y anodino. Pero con el tiempo es probable que crezca: sucederá en cuanto el gobierno federal se ponga las pilas con Lucy Farinelli y se dé cuenta de que hay que pararle los pies.

¿Dónde está ese expediente? Esa pregunta me baila por la cabeza como el globo de una viñeta de cómic. *Benton debería saberlo.*

—Pero en esta luminosa tarde de julio de 1997 —Carrie camina y habla de manera sombría y pensativa, como el presentador de algún programa de crímenes reales—, el profesorado y la gente de la Academia no tenía ni idea de que la carabina de la joven Lucy, tu segura servidora, solía quedarse a dormir con ella y no era la inofensiva tipa rara que aprobó su muy completa investigación al respecto, así como las entrevistas y un polígrafo con colores chillones, antes de ser contratada para controlar el ordenador del FBI y el sistema de gestión de casos.

»Hasta a los perfiladores psicológicos de la Unidad de Ciencias de la Conducta, incluyendo a su legendaria jefa, se les pasó por alto que *yo soy una psicópata*. —Lo de «legendaria jefa» lo dice de una manera extraña—. Al igual que mi padre y que el suyo antes que él. —Ante la cámara, sus ojos son de color cobalto—. La verdad es que soy muy especial. Menos del uno por ciento de la población femenina sufre de psicopatía. Y ya sabes cuál es el motivo evolutivo de la psicopatía, ¿verdad? Somos los elegidos que sobrevivirán.

»Recuérdalo cuando creas que he desaparecido. ¡Uy! Debo dejar de leer mi maravillosa historieta, de momento. Tenemos compañía.

El susurro de una larga cremallera de plástico: miro a Marino mientras se incorpora desde una posición agachada. El cuerpo es un capullo negro en el suelo, y Marino, Rusty y Harold se quitan los guantes sucios y los tiran a la bolsa roja de residuos tóxicos.

Se ponen guantes nuevos. Cuando levantan el cadáver no ofrece la menor resistencia. El *rigor mortis* estaba muy avanzado y ya no rige, por lo que el cuerpo está fláccido. Eso suele exigir un mínimo de ocho horas, dependiendo de otros factores, entre los que figura la temperatura ambiental, que es extremadamente cálida, el estado de la vestimenta y la talla del cuerpo; en este caso, lo que hay es desnudez, agilidad y buena musculatura.

Chanel Gilbert mide cosa de un metro setenta, puede pesar entre cuarenta y cuarenta y cinco kilos y sospecho que era atlética y estaba en forma. Se le ven las marcas del bronceado, a causa del traje de baño, pero está pálida de cintura para abajo, pues parece haberles ahorrado la exposición solar al estómago, las caderas y las piernas. Un traje de submarinista podría dejar marcas similares, y recuerdo lo que siempre hacemos Benton y yo entre zambullidas. Nos quitamos los zapatos de goma y nos bajamos el traje, atándonos los brazos de neopreno en torno a la cintura. El sol nos da en la cara, los hombros, los brazos y el empeine, pero no mucho más.

—¿Sabemos si Chanel Gilbert practicaba deportes? —le pregunto a Marino, sorprendida al reparar en que se parece físicamente a Carrie Grethen—. Tiene los hombros y los brazos bien desarrollados, y las piernas parecen fuertes. ¿Estamos seguros de quién es? —Le lanzo una mirada—. ¿Alguien ha hablado con los vecinos?

—¿Pero qué coño? —Me mira fatal, como si le hubiese dicho que la Tierra es plana—. ¿Qué es lo que estás pensando?

—Estoy pensando que no es visualmente identificable y que hemos de proceder con cautela.

—¿Te refieres a que está hinchada, pudriéndose y con la cara machacada?

—Deberíamos confirmar que sabemos quién es. No hay por qué asumir que es la mujer que vivía en esta casa. —No pienso mencionar que la muerta del suelo podría pasar por la hermana gemela de Carrie Grethen.

Pienso en mi reciente visión de Carrie, cuando me disparó en Florida, comparando ese rostro con la fotografía del carné de conducir de Chanel. Las dos mujeres se parecen de un modo muy inquietante, pero si me atreviese a decirlo parecería obsesionada e irracional. Marino querría saber por qué me ha venido ahora esa idea, y no puedo decirle que estoy viendo a Carrie en el móvil. Marino no puede saberlo. Nadie puede. No sé muy bien cuáles serían las implicaciones legales, pero me preocupa que el vídeo sea una trampa.

—¿Qué te lleva a sospechar que no es la mujer que vivía aquí? —pregunta Harold, acuclillado en su escena del crimen, recogiendo.

Contesto con una pregunta:

—¿Tenemos algún motivo para pensar que podría haber sido submarinista?

—No he visto ningún equipo de buceo por ninguna parte —dice Marino mientras Lucy aparece en el vídeo, en la inopia y natural—. Pero vi que había unas fotografías submarinas en una de las habitaciones del pasillo. Volveré a mirar en cuanto la hayamos metido en la furgoneta.

Contemplo a Lucy recorriendo ese espacio privado que Carrie ha invadido y violado.

—Necesito una muestra del ADN de Chanel Gilbert, puede que de un cepillo de dientes o del pelo —le recuerdo a Marino, pero es difícil concentrarse mientras veo la imagen de mi sobrina—. Y averigüemos quién es su dentista para que nos pase el historial. No le vamos a desvelar su identidad a nadie, incluida su madre, hasta que estemos seguros.

—Parece que hay un problemilla con eso —dice Marino, pero ya no le estoy mirando—. Alguien avisó a la madre, ¿recuerdas? Y está en un avión, de camino desde Los Ángeles, ¿recuerdas? Así que si tienes algún motivo para pensar que no es su hija... Vaya, que se va a armar la de Dios es Cristo cuando aparezca Mamá.

—¿Has averiguado quién puede haberle informado? —pregunto.

—No

—Porque no fuimos nosotros —repito lo que he dicho antes—. Le dije explícitamente a Bryce que no informase de nada hasta que yo se lo dijera.

—Pues alguien lo ha hecho, coño —dice Marino.

—Igual fue la asistenta después de descubrir el cadáver —sugiere Rusty, y la verdad es que suena lógico—. Puede que avisara a la madre. Sería lo previsible, ¿no crees?

—Sí, puede ser —contesta Marino—. Porque intuyo que, probablemente, Mamá lo pagaba todo, incluyendo a la asistenta. Pero necesitamos saber quién la contactó y le dio la mala noticia.

—Lo que necesitamos saber antes que nada y de manera fehaciente es quién es esta mujer muerta. —Levanto la vista hacia los ojos inyectados en sangre de Marino, para luego bajarla hacia el móvil, a Lucy, vestida con ropa de trabajo y con su cabello dorado tan corto como el de un chico.

Podría aparentar dieciséis, pero tenía tres años más cuando se filmó eso, y verla me provoca una sensación indescriptible. Siento rabia y ganas de vomitar. No dejo de recordarme que no debo sentir nada en absoluto, y apenas miro a Rusty y a Harold mientras sacan la camilla por la puerta principal. Estoy recogiendo mi escena del crimen y dejándolo todo arreglado mientras miro el vídeo que desfila por la pantalla del teléfono y lo escucho por el pinganillo inalámbrico.

«Multitarea. No debería hacerlo.»

Marino ha empezado a recorrer la casa, comprobando puertas y ventanas, cerciorándose de que todo está seguro antes de recoger y marcharnos. Yo no he terminado. Pero no me quedo. Volveré cuando esté segura de que Lucy está a salvo... cuando me cerciore de una puñetera vez de que no es ella quien me ha enviado la grabación.

7

Conozco a mi sobrina. Sé cuándo cree que lo que esté haciendo o diciendo es privado y nadie lo controla.

Ella cree que su conversación con Carrie es solo entre ellas. No me imagino cómo se sentiría Lucy si supiera que, en cierto sentido, yo también estaba en la habitación. Podría haber estado entonces como lo estoy ahora, y me siento desleal. Siento que estoy traicionando a alguien de mi propia sangre.

—¿Qué tal el gimnasio? —Los ojos de Carrie recorren la habitación, encontrando cámaras que Lucy no puede ver—. ¿Abarrotado?

—Deberías haber hecho pesas cuando podías.

—Como ya te dije, tenía cosas de las que encargarme, entre ellas una sorpresa.

Carrie lleva la misma ropa de correr, pero no hay ni rastro de la metralleta. La grabación no incluye la hora en que se hizo, solo cuenta con un marcador de tiempo según el cual ya llevamos cerca de veinte minutos. La veo abrir el frigorífico.

—Te he traído un regalo. —Agarra dos St. Pauli Girls, les quita las chapas y le pasa una de las botellas verdes a Lucy.

Ella se la queda mirando, pero no la prueba:

—No la quiero.

—Podemos tomarnos un trago juntas, ¿no? —Carrie se pasa los dedos por el pelo corto y teñido.

—No deberías haberlas traído. Y yo no te pedí que lo hicieras.

—No hacía falta. Yo soy muy atenta. —Carrie coge la navaja del Ejército suizo que hay sobre el frigorífico, sosteniendo en la palma de la mano el contundente mango rojo, y saca una hoja de acero inoxidable con la uña.

—Deberías habérmelo consultado antes. —Lucy se queda en bragas y sujetador, sudorosa y colorada por el cansancio—. Si me pillan con alcohol en mi cuarto, me crujen. —Tira la ropa en una cesta de bambú que yo le regalé y, tras hacerse con una toalla, empieza a secarse.

—Más te vale que no descubran que tienes un arma —dice Carrie en un tono sombrío, a ver cómo lo encaja la otra, mientras observa la hoja de la navaja, que brilla de manera tan leve como clara—. Un arma de lo más ilegal.

—No es ilegal.

—Puede que esté a punto de serlo.

—¿Qué has hecho? Tú has hecho algo.

—Bueno, sería una lástima que desapareciese. Pero total, ¿qué coño significa legal? Son reglas arbitrarias inventadas por mortales cargados de defectos. Benton es más o menos tío tuyo. Igual no es un robo si se la mangaste a tu tío.

Lucy se acerca al armario, abre la puerta, mira en su interior.

—¿Dónde está? ¿Qué carajo has hecho con ella?

—¿No has aprendido nada durante el tiempo que llevamos juntas? Tú no puedes impedir nada que yo quiera hacer y yo no necesito tu permiso. —Carrie mira directamente a la cámara y sonríe.

Veo a Lucy sentada en una esquina de la mesa de su cuarto, con sus piernas delgadas y musculosas colgando. Es evidente que se está enfadando.

La luz que se cuela por los extremos de las persianas cerradas es diferente, y solo hace unos segundos, Lucy llevaba puestas las deportivas y los calcetines. Ya no están. Va descalza. El vídeo ha sido editado a conciencia, con habilidad, y me pregunto qué es lo que habrán borrado o montado junto en pro de la propaganda y las manipulaciones de Carrie.

—Tú siempre te las apañas para pillar lo que quieres —le está diciendo Lucy—. Siempre intentas que yo haga cosas que no están bien, que son malas para mí.

—Yo no te obligo a hacer nada. —Carrie se acerca a Lucy y le alborota el pelo, pero Lucy aparta la cabeza—. No me rechaces.

—Carrie está a unos centímetros de la cara de Lucy, casi nariz con nariz, y la mira fijamente a los ojos—. No me rechaces.

La besa y Lucy no reacciona. Se sienta de manera estoica y se queda rígida como una estatua.

—Ya sabes lo que pasa cuando te comportas así —dice Carrie con un tonillo indicador de lo que es capaz de hacer—. Nada bueno. Y tienes que dejar de culpar a los demás de tu conducta, francamente.

—¿Dónde está la puta pistola? —Lucy se levanta de la mesa—. Te gustaría meterme en líos, ¿verdad? Me tenderías una trampa de mil amores. ¿Por qué? Pues porque si me desacreditas, nadie creerá lo que yo diga o haga. Y no conseguiré nada de todo lo que me he ganado y merezco. Jamás. Sería una manera espantosa de vivir.

—¿Cuán espantosa? Dímelo —A Carrie le brillan los ojos de color azul plateado.

—Estás enferma —le dice Lucy—. Vete a la mierda.

—Tranquila. Ocultaré las pruebas, me llevaré las botellas vacías de cerveza y me desharé de ellas. —Carrie echa un trago de su cerveza alemana—. Así no te enviarán al despacho del director.

—¡Me importa una mierda la cerveza! ¿Dónde está la pistola? No te pertenece.

—Ya sabes lo que dicen sobre la posesión, que constituye las nueve décimas partes de la ley. Se puede arreglar, claro. Esa MP5K va a disparar de maravilla.

—¿Te haces idea de lo que podría pasar? Evidentemente. Y de eso se trata, ¿no? Todo lo que haces en la vida consiste en sacar ventaja, en encontrar mierda que te otorgue una posición de privilegio, y ese ha sido siempre tu *modus operandi*. Dame el arma. ¿Dónde está?

—A su debido tiempo —dice Carrie en un tono meloso y paternalista—. Te prometo que aparecerá cuando menos lo esperes. ¿Qué me dices de un masaje? Déjame que te recorra con los dedos. Sé exactamente cómo curar el dolor que te aflige.

—No me la pienso beber. —Lucy recoge la botella de St. Pauli que estaba encima de la mesa.

Camina descalza hasta el baño, donde también hay una cámara oculta. La veo deshacerse de la cerveza. Oigo cómo se derrama en el lavabo, y cuando Lucy se mira en el espejo, su bonito rostro muestra una mezcla de tristeza, dolor y rabia, pero básicamente tristeza y dolor. Lucy quería a Carrie. Fue su primer amor. Y en cierta medida, también el último.

—No me fío de nada que tú me des o que tú hagas. —Lucy levanta la voz mientras abre el grifo al máximo, para que el agua arrastre la cerveza.

Se mira de nuevo al espejo y su rostro se ve muy joven, casi infantil, pero tiene los ojos llorosos. Trata de ser valiente, de controlar sus volubles emociones, y se echa agua a la cara y se la seca con una toalla. Vuelve al dormitorio mientras yo llego a la conclusión de que Carrie debe de haber instalado unos mecanismos de grabación que se activan con el movimiento, programados para solaparse cuando alguien pasa de una habitación a otra. He podido ver lo que Lucy hacía en el baño, pero no a Carrie. Ahora sí. Vuelvo a verlas a ambas.

—Eso ha sido un despilfarro. Y una muestra de ingratitud. —Carrie roza la entrada de su botella con la punta de la lengua, lamiendo levemente el círculo húmedo.

Mira fijamente una cámara y se chupa lentamente el labio inferior. Tiene los ojos vidriosos. Son casi de color azul Prusia, cambian como sus estados de ánimo.

—Por favor, vete —le dice Lucy—. No quiero discutir. Tenemos que poner fin a esto sin una puta guerra.

Carrie se inclina para recoger las deportivas y los calcetines.

—¿Me pasas la crema, por favor? —Tiene los tobillos extrañamente pálidos y se le marcan mucho las venas azules; la piel es casi translúcida, como si fuese cera de abeja.

—No te vas a duchar aquí. Tienes que irte. Yo tengo que prepararme para la cena.

—Una cena a la que no estoy invitada.

—Y ya sabes exactamente por qué. —Lucy coge del tocador un neceser con estampado de camuflaje.

Rebusca en su interior hasta dar con un frasco de plástico sin etiqueta, que le lanza a Carrie. Esta lo atrapa en el aire como en un pase de béisbol.

—Te la puedes quedar. Yo no la uso, ni se me ocurriría. —Lucy vuelve a su sitio ante el escritorio—. Los efectos secundarios a largo plazo de frotarte la piel con péptidos de cobre y otros metales y minerales se desconocen. O sea, que no se ha hecho ni una puta prueba al respecto. Compruébalo. Pero lo que sí se sabe es que un exceso de cobre es tóxico. Consúltalo también, ya puestos.

—Me recuerdas a la pesada de tu tía. —A Carrie se le oscurecen los ojos, y me sigue sorprendiendo que se refiera a mí como si yo no la estuviera viendo.

—No es verdad —dice Lucy—. La tía Kay no dice «puta» con tanta frecuencia como yo. Y aunque te agradezco que me regalaras esa crema de chichinabo a base de colágenos...

—¿Crema de chichinabo? Ni hablar. —A Carrie, la arrogancia la hace hincharse como un dragón de Komodo—. Es una fórmula que regenera la piel —dice de manera condescendiente—. El cobre es esencial para una buena salud.

—Y también propicia la producción de células de sangre roja, y eso es lo último que tú necesitas.

—Qué conmovedor. Te preocupas por mí.

—Ahora mismo me importas una mierda. ¿Pero por qué coño te tienes que frotar con cobre? ¿Le preguntaste a algún médico si alguien con un desorden como el tuyo podía aplicarse una crema con cobre? Tú sigue usando esas mierdas y te acabará circulando una gelatina de sangre por las venas. Acabarás reventando de un infarto.

—Ay, Dios, te estás volviendo igual que ella. Ya eres la pequeña Kay Junior. Hola, Kay Junior.

—No metas en esto a la tía Kay.

—Es imposible dejarla fuera de nada, Lucy. ¿Tú no crees que si no fueseis familia podríais ser amantes? Porque yo lo entendería. Yo misma le entraría. Sin duda alguna. Lo intentaría. —Carrie aplica la lengua a la botella de cerveza y la inserta por el cuello—. Nunca volvería a su vida anterior. Eso te lo prometo.

—Cállate de una puta vez.

—Solo estoy diciendo la verdad. Podría hacerla sentirse de maravilla. De lo más *viva*.

—¡Cierra el pico!

Carrie deja a un lado la cerveza y se pone a abrir el frasco de crema, aspira su fragancia y hace como que se desmaya de placer:

—¡Ohhhhh, qué bien huele! ¿Seguro que no quieres? ¿Ni siquiera un poquito en esos sitios de difícil alcance?

—A ver si te queda claro de una vez. —Lucy se pasa un poco de bálsamo por los labios—. Lamento enormemente haberte conocido.

—Y todo eso porque la *Reina de la Belleza* corría por el Camino de Ladrillos Amarillos al mismo tiempo que nosotras. Una coincidencia. Y a ti se te va la olla.

—¿Coincidencia? ¡Una mierda!

—De verdad lo fue, Lucy, te lo juro.

—¡Mentira!

—Te lo juro por la Biblia. No le dije a Erin que andaríamos por allí a las tres en punto. Y ya ves. —Carrie chasquea los dedos—. Resulta que aparece.

—Corriendo a solas, nos encuentra y se nos une. Y me ignora como si yo no estuviese allí. Centrada únicamente en ti. Por supuesto. Menuda coincidencia.

—No fue culpa mía.

—No, claro. Ella solo aparecía por todos los sitios en los que habíais follado, Carrie.

—¿Quieres hablar de una amenaza para la salud?

—¿Te refieres a ti misma?

—Celos. Son tóxicos.

—¿Y qué me dices de mentir, que es lo que tú haces siempre? Una y otra vez.

—Tienes que empezar a ponerte esto cada vez que salgas, incluso en los días nublados de pleno invierno. —La crema viscosa y traslúcida que Carrie se pasa por las manos parece semen—. Y tú sueltas demasiados tacos. La vulgaridad es inversamente proporcional a la inteligencia y al don de lenguas. Jurar con profusión suele ir asociado a un IQ bajo, un vocabulario limitado y una hostilidad incontrolable.

—¿Me estás escuchando? Porque no hablo en broma. —Lucy parece vibrar de emoción, furia y dolor.

—¿Qué me dices de un poquito en la espalda? Te prometo que te sentirás mejor.

—¡Estoy harta de tus mentiras! ¡De tus engaños y trapacerías! —Lucy está llorando—. ¡De todas las cerdadas que haces! Tú no sabes lo que es querer a alguien. ¡Eres incapaz de amar!

Carrie está completamente en calma, le da igual lo que pase y lo que se diga, su atención bascula de una cámara oculta a otra, es como un reptil que prueba el aire con su lengua bífida.

—¡Eres una puta infiel!

—Algún día te recordaré lo que has dicho. Y puede que desees haberte quedado callada. —Carrie levanta la mano con una dosis de crema y sonríe satisfecha.

—Tengo miedo. —Lucy le lanza una mirada asesina mientras se le marcan las venas del cuello.

Carrie empieza a frotarse con la crema, lenta y lúbricamente, por la cara, por el cuello. Le chasquea la lengua a Lucy como si fuese un perro, mostrándole el frasco de crema como si fuera un hueso.

—Ven, que te la pondré. Te la extenderé como a ti te gusta. —Se frota rápidamente las manos—. Me calentaré las manos y te pasaré por la piel mi poción mágica. Es una especie de nano-tecnología improvisada.

—¡Aléjate de mí! —Lucy se limpia furiosamente las lágrimas con el dorso de la mano, y el vídeo termina de repente.

Intento rebobinarlo, pero no puedo. Tampoco puedo volverlo a pasar. No puedo hacer nada en absoluto.

8

Los iconos están inertes. Cuando le doy al link de los mensajes de texto, no pasa nada.

Y de repente, el enlace ya no está ahí, como si yo hubiese borrado cualquier huella suya de mis mensajes. Cosa que, evidentemente, no he hecho. La grabación se ha desvanecido ante mis ojos cual sueño inquietante. Se ha ido como si fuera producto de la imaginación, y yo miro al salón que me rodea, la sangre oscura y seca, los cristales hechos añicos, la zona sangrienta del suelo donde había estado el cuerpo. Mi atención se detiene en la escalera de mano.

Fibra de vidrio, bases de goma, cuatro peldaños y una plataforma en lo alto, perfectamente centrada, y eso empieza a molestarme como tantos otros detalles de este caso. La escalera está colocada directamente bajo el aplique de luz, que en algún momento se hizo añicos sobre el suelo de mármol. Si Chanel perdió realmente el equilibrio, lo normal es que la escalera se moviera, se echara a temblar y acabara desplomándose al caerse ella. Detecto las marcas dejadas por su cabello ensangrentado en el perímetro de suciedad pútrida, enloquecida y oscura donde había estado la parte superior de su cuerpo. Parece que en algún momento movió la cabeza.

O la movió alguien.

No hemos encontrado huellas de pies ni de manos, nada que permita sugerir la presencia de una segunda persona en el edificio, incluyendo a la asistenta que descubrió el cadáver. Recuerdo que Chanel tenía las plantas de los pies completamente limpias. Una vez en el suelo, allí se quedó. No caminó sobre su propia sangre. Parece que nadie lo hizo, pero ahora me pongo a inspeccionar un escenario que cada vez se me antoja más sospechoso mientras escucho a Marino, esperando que vuelva para poder vigilar a Lucy. Espero a medias otro tono de alerta en el móvil, que llegue otro enlace de vídeo, y sigo confiando en que Lucy me llame. Le escribo un mensaje y al mismo tiempo estudio a fondo el salón, centrándome en las zonas limpias del mármol blanco, buscando el menor indicio de que alguien pueda haber fregado el suelo con la intención de alterar la escena, de hacerla pasar por otra.

Todavía no hemos buscado sangre latente, algún residuo que pueda haber quedado si han limpiado la sangre y ya no podemos verla sin ayuda de la química. Pero no estoy muy convencida de que la policía se tomara esa molestia, pues parecen muy seguros de que la muerte es accidental, así que me acuclillo junto a mi maletín y lo abro de nuevo.

Encuentro el frasco del reactivo. Lo agito y empiezo a extenderlo por las zonas del suelo que parecen limpias. De inmediato, una forma rectangular adopta un vívido tono azul fluorescente a pocos centímetros de la sangre en descomposición que queda donde había estado el cadáver. La mancha la causó algún objeto, se me ocurre que probablemente un cubo, y tanto esa como otras marcas resaltan de manera inquietante sobre el mármol blanco.

Este producto químico en concreto no necesita oscuridad, así que la luz del sol que entra por el travesaño, así como la iluminación ambiental, no interfieren con su luminiscencia azul zafiro. Lo veo claramente mientras detecto un patrón de gotas alargadas, algunas tan pequeñas como cabezas de alfiler, que parecen haber impactado en ángulo agudo. Velocidad media. Lo que yo asocio con golpes.

Inspecciono a conciencia una mancha azul cerca de donde había estado la cabeza. Probablemente, sangre expirada, y pienso en el diente frontal que recuperé nada más llegar aquí. Chanel debería estar sangrando por dentro de la boca, y cuando estaba tirada en el suelo, inconsciente y moribunda, expulsaba sangre mezclada con aire. Parece que alguien fregó esta parte del suelo, tratando de erradicar todo lo que no coincidiera con una muerte accidental.

Eso es lo que parece, pero necesito ser prudente y cautelosa. Podría haber otras explicaciones, como una reacción química falsamente positiva ante algo que no es sangre. Y aunque se trate de sangre no visible, podría llevar tiempo en el suelo. Podría no tener nada que ver con la muerte de Chanel Gilbert. Pero no lo creo.

A continuación, llevo a cabo una prueba rápida y sencilla, humedeciendo un trapo con agua destilada y frotando suavemente una pequeña parte de la forma rectangular de color azul fluorescente. Luego le echo al trapo una solución de fenolftaleína y peróxido de hidrógeno y se vuelve rosa al instante, lo cual quiere decir que había sangre. Luego tomo unas fotografías, sirviéndome de una regla de plástico para cuestiones de escala.

—¿Marino? —Lo busco.

En la casa solo quedamos nosotros dos. Hyde, el agente canoso de Cambridge y el patrullero estatal van de camino al Donkin' Donuts o vete a saber dónde. Detecto ruidos en la zona de la cocina. Luego oigo cerrarse una puerta —el sonido es distante y apagado—, probablemente abajo, lo cual me deja perpleja. Podría haber jurado que se había ido todo el mundo, que no quedaba nadie en la propiedad a excepción de Marino y yo. Igual me he confundido, así que presto atención. Detecto más movimiento en la zona de la cocina.

—¿Marino? —grito—. ¿Eres tú?

—No, es el hombre del saco.

No puedo verlo, solo oírlo, y ahora los ruidos proceden del pasillo que hay más allá de la escalinata.

—¿Estás seguro de que no hay nadie, aparte de nosotros? —le pregunto al aire vacío y maloliente.

—¿Por qué lo preguntas?

Se acercan unos pasos lentos y pesados.

—Me pareció oír cerrarse una puerta. Oí un golpe. Parecía venir del sótano.

No hay respuesta.

—¿Marino? —Froto más manchas fluorescentes y la prueba sigue dando positivo en sangre—. ¿Marino?

Silencio.

—¿Marino? ¡Hola!

Le grito varias veces más, pero no contesta. Le envío otro mensaje a Lucy. Luego llamo a su número profesional y salta el buzón de inmediato. Luego trato de llamarla al móvil en el que suelo localizarla. Tampoco descuelga. Cuando introduzco el número de su casa, que no figura en ningún sitio, suenan un tono de error y una grabación.

El número al que llama ya no está disponible...

Otro ruido de puerta al cerrarse, distante y ahogado. No suena como una puerta normal. Demasiado contundente.

Como la puerta de una cripta al cerrarse.

—¿Hola? —digo en voz alta—. ¡Hola!

Nadie responde.

—¿Marino?

Miro a mi alrededor, completamente inmóvil, a la escucha. La casa está en silencio, salvo el ruido incesante de las moscas. Sobrevuelan la sangre y se mueven pringosas cual avioncitos en busca de heridas putrefactas y orificios de la carne podrida en la que pusieron los huevos. Sus zumbidos parecen airados y depredadores, como si les hubiesen robado a sus bebés nonatos y se les hubiese negado una carcasa, una alimentación que les pertenecía. Las moscas parecen hacer más ruido que cuando había más, y el hedor es el mismo que cuando estaba el cadáver, pero eso no es posible.

Tengo los sentidos en alerta máxima, pasados de rosca, y la sensación de que se me acerca una especie de vapor nocivo. Siento una presencia. Siento algo maligno agazapado en esta casa, y pienso en lo que dijo Marino. Chanel Gilbert andaba metida en rollos ocultistas, pero no sé a qué se refería. Igual frecuentaba el lado oscuro, suponiendo que exista, y me digo a mí misma que es comprensible que me sienta espiada porque es lo que le pasó a Lucy. Yo solo fui testigo de ello.

—¿Marino? —lo intento de nuevo—. Marino, ¿estás aquí? ¿Hola?

Enfilo la puerta que conduce a un sótano en el que aún no he estado.

No he tenido la oportunidad de registrar la casa, pero estoy bastante segura de que la puerta es la de la cocina, que es por donde entré la primera vez que estuve aquí. Entré de la misma manera que lo hizo antes la asistenta, y recuerdo haber reparado en la puerta cerrada que había enfrente de la despensa. Pensé que llevaba a lo que debía de ser la zona de lavandería, una bodega o puede que una cocina para el servicio, siglos atrás.

Escucho atentamente y creo que ya he esperado lo suficiente. Estoy a punto de ponerme a buscar a Marino cuando vuelvo a escuchar pasos, grandes y pesados. Me quedo donde estoy y oigo cómo se aproximan. Luego le veo junto a la escalera.

—Gracias a Dios —murmuro.

—¿Pasa algo? —Marino entra en el salón y sus ojos dan enseguida con las formas azules luminosas del suelo—. ¿Qué tenemos aquí?

—Puede que alguien haya alterado la escena.

—Sí, algo veo. No sé qué es, pero es algo. Has tenido una buena idea al recurrir al aerosol, aunque solo sea para asegurarnos.

—Creí que te habías esfumado.

—Registré el sótano y no hay señales de nadie —dice Marino mientras observa la luminiscencia azul desde distintos ángulos—. ¿Pero y la puerta que lleva al exterior? Estaba sin cerrar y sé que la chapé antes, después de echar un vistazo.

—Igual lo hizo otro de los polis, ¿no?

—Puede ser. Y déjame adivinar cuál. ¿Tú ves el espanto al que me enfrento? —Tiene los rollizos pulgares muy ocupados en el móvil mientras envía un mensaje—. Sería algo idiota y de un descuidado de la hostia. O sea, que, probablemente, Vogel. Se lo estoy preguntando. A ver qué dice.

—¿Quién?

—El patrullero. ¿No tendrá el tifus? Ese no rige bien. Lo más probable es que le diera el *patatús*, como tú dijiste, y lo que debería hacer es irse a casa y no moverse de allí.

—En cualquier caso, ¿qué pintaba aquí la policía estatal? —pregunto.

—No tendrían nada mejor que hacer. Y además resulta que es amigo de Hyde, que seguramente le informó acerca de la madre. Cuando Hollywood entra en escena, ya sabes cómo se pone la gente. Todo el mundo quiere subirse al tren de la fama. Menos mal que fui a ver la puerta del sótano. Si alguien se cuela aquí porque nos dejamos una puerta abierta, se nos cae el pelo. —Mira el teléfono—. Bueno, vamos allá. Vogel ha contestado. Y dice que la puerta estaba cerrada sin duda alguna. La chapó desde dentro. Dice que debería estar totalmente cerrada. —Marino redacta una respuesta.

—Salgamos de aquí. —Me voy con el maletín más allá de la escalinata y voy a dar a un corto y oscuro pasillo de paredes de madera que es por donde entré—. En cuanto veamos cómo está Lucy, volvemos. Y lo miraremos todo con sumo cuidado. Luego nos encargaremos del resto en mi oficina. Haremos lo que haya que hacer.

—¿No has sabido nada de ella?

—No.

—Podría enviar... —empieza a decir Marino, pero no termina.

No hay por qué. Marino sabe mejor que nadie que no se envía a la policía a Lucy para «ver si está bien». Si está en casa y a salvo, no va a abrir la verja, y si la policía entra sin su ayuda, se dispararán todas las alarmas. Y Lucy también dispone de un montón de armas.

—Estoy seguro de que está bien —dice Marino.

Ya estamos en la cocina. Ha sido remodelada durante los

últimos veinte años o así, la madera original la han sustituido por una de pino nudoso, más ligera que las anchas planchas del suelo. Tomo notas mentales de los blancos enseres, minimalistas, con lámparas colgantes de acero inoxidable, así como de la mesa de roble con un solo plato, una copa de vino y cubiertos de plata frente a una ventana con vistas laterales de la casa.

Me acerco a la mesa dispuesta para uno, y me ataca de nuevo la intuición mientras echo mano al bolsillo y me pongo unos guantes limpios. Cojo el plato, que es de tamaño cena y luce una colorista imagen del rey Arturo a lomos de un caballo blanco con atavíos rojo sangre, rodeado por Caballeros de la Mesa Redonda que cabalgan tras él, mientras al fondo se ve un castillo. Le doy la vuelta al plato y veo que pone «*Wedgwood Bone China. Made in England*». Inspecciono la cocina y reparo en un colgador de platos junto a una puerta que lleva al exterior.

—Esto es curioso —digo mientras devuelvo el plato a la mesa—. Es de Wedgwood; es decir, un plato de coleccionista. —Camino hacia el muestrario vacío de platos—. Parece que colgaba de la pared. —Abro alacenas, compartimentos de sencilla piedra blanca, práctica y duradera, así como el lavaplatos y el microondas, pero no hay ni rastro de Wedgwood ni de nada similar—. ¿Para qué sacarías un plato decorativo de la pared y lo pondrías en la mesa?

Marino se encoge de hombros:

—Ni idea.

Se acerca a la pila; debajo hay una alacena abierta. Al lado, sobre las baldosas blancas y negras típicas del metro, hay un cubo de basura de acero inoxidable. Pisa el pedal y se abre la tapa, mira dentro y adopta una expresión de pasmo e ira.

—¿Pero qué coño? —masculla.

—¿Y ahora qué pasa? —le pregunto.

—El merluzo de Hyde. Se debió llevar la basura al irse. La bolsa entera, y sin revisarla. ¿Pero qué le pasa a ese tío? No se llevan al laboratorio bolsas enteras de basura, y además no es inspector, que yo sepa. ¿Ves lo que quiero decir cuando te hablo de lo que tengo que aguantar?

Marino saca el móvil mientras yo abro la puerta que lleva al exterior, la misma por la que entré a las 8:33 de esta mañana. Sé la hora exacta. Siempre me encargo de controlarla.

—¿Qué carajo has hecho? —está diciendo Marino de la manera más desagradable posible, con el pinganillo parpadeando en azul mientras sostiene el teléfono para que yo pueda ver en la pantalla el nombre del agente Hyde—. ¿Cómo que no has hecho nada y que no sabes nada? —Marino usa un tono elevado y acusador—. ¿Me estás diciendo que no la tienes tú ni el laboratorio? ¿Que alguien se largó con la basura de la cocina y no tienes ni idea de quién fue? ¿Eres consciente de lo que puede haber en esa maldita basura?

»Para empezar, escúchame bien, capullo. Parece que la chica puso la mesa para ella sola, lo cual significa que no llevaba mucho tiempo por aquí cuando murió y que algo pasó para que no llegase a comer. —Marino tiene la cara de color carmesí—. Y además, la doctora halló indicios de que alguien pudo intentar limpiar la sangre del salón, puede que simulando algo. Conclusión: más vale que te arrastres hasta aquí y asegures este sitio como si fuera una puta escena del crimen. Me suda la polla lo que piensen los vecinos de que envolvamos todo esto con un gran lazo amarillo. ¡Hazlo!

—Pregúntale qué había en la basura, lo que recuerde —digo mientras él sigue crujiendo a Hyde por teléfono.

—No lo sabe. —Marino me mira y cuelga—. Dice que aún no le había echado mano a la basura. Ni la cogió ni sabe qué contenía. Eso dice.

—Pues parece que alguien se la llevó.

—Dice que lo averiguará. Que la deben de tener Vogel o Lapin. ¡Maldita sea!

Vogel es el patrullero de la estatal. Lapin debe de ser el poli canoso de Cambridge al que he visto rondando por aquí, el que fue al seminario y ahora es un experto en manchas de sangre, según él.

—¿Y si lo compruebas con Lapin? —le digo a Marino—. Para cerciorarnos de que hizo algo con la basura. Porque esto es muy inquietante.

—No me lo imagino llevándosela. —Pero Marino le llama igualmente.

Le pregunta por la basura de la cocina. Me mira a los ojos y menea la cabeza mientras se saca unas gafas de sol de un bolsillo de los pantalones. Son las Ray-Ban de aviador con montura de alambre que le regalé el mes pasado por su cumpleaños. Se las pone y dejo de verle los ojos. Cuelga.

—No —me dice mientras echa a andar hacia la puerta de salida—. Dice que no le consta que nadie haya hecho nada con la basura todavía, y que él no la tocó. Que ni siquiera la vio. Y está totalmente seguro de no habérsela llevado. Pero alguien debió de hacerlo porque la cosa no estaba así cuando llegué aquí.

Salimos a la sofocante mañana de verano; el viento que mece los viejos árboles del jardín lateral es ligero y cálido.

—Igual se la llevó la asistenta antes de irse —sugiero la única posibilidad que se me ocurre—. ¿La vio alguien marcharse y se fijó en si llevaba algo en las manos?

—Buena pregunta —dice Marino mientras bajamos tres peldaños de madera que acaban en el viejo sendero de ladrillos para el coche.

A un lado, pegados a la casa, hay dos enormes cubos de basura. Marino levanta las pesadas tapaderas de plástico verde.

—Vacíos —dice.

—La recogida de basura debe de ser semanal, probablemente. Aquí, en la zona media de Cambridge, es los miércoles, y hoy es viernes —comento—. Así pues, ¿Chanel Gilbert lleva varios días sin tirar nada a la basura? Un poco extraño, ¿no? ¿Has visto algo que pueda sugerir que estaba fuera de la ciudad y acababa de volver?

—Hasta ahora no. —Marino se seca las manos en los pantalones cortos—. Pero puede tener su lógica. Regresa a casa, ve que hay un par de bombillas fundidas y decide cambiarlas.

—O eso no es en absoluto lo que sucedió. Si tomamos en

consideración otras pruebas, veremos que la historia empieza a cambiar. —Le recuerdo lo que he descubierto al pasar el reactivo por el salón—. Asegurémonos de que Lucy está bien y luego volvemos y acabamos. Si Hyde y los demás van a asegurar el perímetro, igual les puedes sugerir que no registren la casa hasta que volvamos.

—Menos mal que te tengo a ti para decirme lo que hay que hacer...

—He enviado un mensaje a mi oficina. Que pongan en marcha el escaneo ahora mismo, a ver si sale algo de utilidad —respondo.

Aparcado en el sendero de ladrillo, frente a mi furgoneta, está el Land Rover rojo registrado a nombre de Chanel Gilbert. Miro por la ventanilla del conductor sin tocar nada. En el asiento trasero hay una bolsa de botellas de cristal vacías, todas iguales y sin etiqueta; el salpicadero está polvoriento y el vehículo sucio de polen y porquerías de los árboles. Hojas y pinaza ocupan el espacio entre el maletero y el parabrisas. Los coches no se mantienen muy limpios por aquí. Los que tienen garaje lo usan como almacén.

—Parece que lleva aquí fuera un buen rato. Pero eso no quiere decir que no haya sido conducido recientemente —empiezo a decir mientras detecto un ruido distante que se acerca rápidamente.

—Pues sí. —Marino está distraído, observando mi pierna derecha—. Solo para que lo sepas, caminas mucho peor que antes. Creo que hace semanas que no te veía andar tan mal.

—Bueno es saberlo.

—Solo te lo comento.

—Gracias por indicármelo con tu habitual diplomacia.

—No te cabrees conmigo, Doc.

—¿Por qué iba a hacerlo?

El helicóptero es un macizo artefacto de color negro que está a unos quinientos metros de altura y a varios kilómetros en dirección oeste, volando sobre el río Charles. No se trata del Agusta de Lucy pintado de azul y plata en plan Ferrari. Saco las llaves del bolso que llevo al hombro e intento caminar sin tirones, rigideces o cojeras, pues los comentarios de Marino me chinchan y me dan qué pensar.

—Tal vez debería conducir yo. —Marino me observa con escepticismo.

—Ni hablar.

—Hoy llevas mucho tiempo de pie. Necesitas descansar.

—Quítatelo de la cabeza —le digo.

—No hay m_...

9

A unos treinta kilómetros al noroeste de Cambridge, la carretera apenas abarca mi furgoneta grande y cuadrada.

Blanca, con ventanillas tintadas y construida a partir de un
chasis de un Chevy G 4500, es básicamente una ambulancia
con los caduceos y balanzas de la justicia pintadas en azul en
las puertas. Pero no hay luces relampagueantes. No hay sirena ni
sistema de megafonía. No me dedico a las emergencias médicas. Suele ser algo tarde cuando me llaman, y nadie espera que
me lance a una conducción agresiva de alto riesgo. Sobre todo,
no aquí, en el pulcro y orgulloso lugar de nacimiento del disparo que se oyó en todo el mundo durante la Guerra Revolu-
cionaria.

Concord, Massachusetts, es conocida por sus famosos residentes de antaño, como Hawthorne, Thoreau y Emerson, así
como por sus excursiones, pistas para caballos y, claro está, la
Laguna Walden. Aquí la gente va a lo suyo, a veces con cierto
esnobismo, y lo de tocar la sirena, emitir luces estroboscópicas
de color rojo y azul, romper el límite de velocidad y saltarse semáforos no resulta normal ni es bienvenido. La gente pasa mucho de lo que hacemos los examinadores médicos.

Pero si ahora dispusiera de una sirena, berrearía de lo lindo.
Y animaría a todos los coches que me cruzara a apartarse de mi
camino. Este furgón es una vergüenza. Ojalá condujese algo
menos llamativo. Me conformaría con cualquier cosa. Todo me-

nos esto. Todos los que nos cruzamos se quedan mirando el «Transportafiambres», el «Armario de tres cuerpos», como lo llama Marino. Pasa tan desapercibido como un ovni en esta parte del mundo con tan escasa criminalidad en la que vive Lucy. No es que la gente no se muera por aquí. Sufren accidentes y súbitas catástrofes cardíacas, y se suicidan como cualquier hijo de vecino, pero esa clase de casos raramente exige una unidad móvil de escenas del crimen, y yo no conduciría una si no viniese directamente de la casa de Chanel Gilbert.

Lo suyo habría sido cambiar de vehículo, pero no hay tiempo. No puedo permitirme el lujo de ducharme y cambiarme de ropa. La preocupación que siento se está convirtiendo rápidamente en miedo a secas, y eso me acelera. Ya estoy en movimiento, adoptando una actitud de hierro muy concreta, basada en el estoicismo, ideal para partir huesos. He llamado repetidamente a Lucy y no contesta. Lo he intentado con su compañera Janet. Tampoco responde, y el número de la casa principal parece seguir averiado.

—Detesto decírtelo, pero lo huelo. —Marino baja un poco la ventanilla y se nos cuela un aire caliente y húmedo.

—¿Qué es lo que hueles? —Presto atención a la conducción.

—El pestazo que te llevaste puesto de la casa y que metiste en esta puta furgoneta. —Se abanica el rostro con la mano.

—Yo no huelo nada.

—Ya sabes lo que se dice. El zorro no huele a los suyos —Marino no respeta ni los tópicos y cree que un idioma es una persona estúpida.

—El dicho es: «El zorro huele primero su propio agujero» —respondo.

Marino baja la ventanilla del todo, y el ruido del aire que sopla es discreto porque avanzamos despacio. Oigo el helicóptero. Llevo escuchándolo desde que salimos de Cambridge y tengo la impresión de que nos siguen, probablemente un equipo de televisión. Lo más probable es que los medios ya se hayan enterado de quién es la madre de la muerta, suponiendo que esta sea realmente Chanel Gilbert.

—¿Sabes si es un helicóptero de noticias? Sería lo normal, pero suena demasiado fuerte —le digo a Marino.

—Ni idea. —Está torciendo el cuello, mirando hacia arriba con su mejor intención, y el sudor de su calva reluciente parece rocío—. No puedo verlo. —Mira fijamente por la ventanilla unos árboles enormes, un seto desmadrado, un buzón que se pierde rápidamente en la distancia.

A lo lejos, un halcón de cola roja vuela en círculos, y a mí las aves de rapiña siempre me han parecido una buena señal, un mensajero positivo. Me recuerdan que debo estar por encima de la brega, mantenerme ojo avizor y seguir mis instintos. Otra puñalada de dolor en el muslo, y por mucho que diseccione lo ocurrido, no doy con lo que calculé mal, con aquello en lo que no reparé o con lo que podría haber hecho de otro modo. Fui un halcón al que cazan como a una paloma. De hecho, fui como una diana inmóvil.

—Lo que pasa es que esto no es propio de ella —dice Marino, y me doy cuenta de que no he oído lo que ha dicho antes—. Y tampoco es muy propio de ti, Doc, permíteme que te lo diga.

—Perdona. ¿De qué estamos hablando?

—De Lucy y su supuesta emergencia. No dejo de preguntarme si no te habrás confundido. Porque no me suena nada a Lucy. No me gusta abandonar una escena que puede no ser un accidente.

—¿No es propio de Lucy tener una emergencia? —Le echo un vistazo—. Todo el mundo puede tener una emergencia.

—Pero esto no lo entiendo y te juro que lo intento. ¿Te envía un mensaje desde su línea de emergencia y ya está? ¿Qué decía exactamente? ¿Ven corriendo ahora mismo o algo por el estilo? Porque, como ya te he dicho, eso no me parece propio de ella.

No le he contado lo que decía el mensaje. Que era nada. Era un enlace de vídeo. Eso es todo. Y ahora ha desaparecido sin dejar huella y él no tiene ni idea de nada.

—Déjame ver el texto. —Extiende una de sus manazas—. Déjame ver qué dice exactamente.

—No mientras conduzco. —Me estoy hundiendo cada vez más en un pantano de mentiras, y la sensación no me gusta.

Me revienta la situación en que me han puesto y no encuentro la salida. Pero protejo a la gente, o por lo menos esa es mi intención.

—¿Y qué decía exactamente? Dime sus palabras exactas. —Marino sigue chinchándome.

—Había la posibilidad de un problema. —Tengo mucho cuidado al explicarme—. Y ahora no atiende ninguno de sus teléfonos. Y Janet tampoco —me repito.

—Como ya te he dicho, eso no es propio de ella. Lucy nunca actúa como si tuviera un problema o como si necesitara a alguien —dice Marino, y está en lo cierto—. Puede que alguien le robara el teléfono. Igual no era ella la que envió el mensaje. ¿Cómo sabes que no nos la están jugando para que acudamos a su propiedad y nos puedan montar una emboscada?

—¿Y quién nos la está jugando? —analizo a fondo mi propia voz.

Parezco calmada y con todo controlado. Mi tono de voz aún no revela lo que siento.

—Ya sabes de sobra quién. Es el tipo de cosas que haría Carrie Grethen. Para tendernos una emboscada, nos atrae hasta donde quiere que estemos. Si aparece, me la cargo nada más verla. —La amenaza de Marino no es ninguna baladronada. Habla totalmente en serio—. Y sin preguntar.

—No te he oído decir eso. No lo has dicho y no lo volverás a decir —respondo, y el motor diésel suena con una potencia inusual.

Soy un elefante blanco en esta carretera. No debería estar aquí, sobre todo al volante de un furgón de examinador médico, e imagino que si lo viera y no supiese por qué iba en dirección del vecindario de Lucy...

¿Por qué no se pone al teléfono? ¿Qué ha ocurrido?

Dejaré de pensar en eso. No lo soporto. Estoy siendo bombardeada por imágenes que no puedo borrar de un vídeo que nunca debí ver. Y al mismo tiempo, me pregunto qué es lo que vi en realidad. ¿Cuánto metraje sacaría Carrie de contexto? ¿Cómo podía tenerme presente como futuro público? ¿O no era así?

¿Cómo podía saber entonces Carrie lo que haría al cabo de casi dos décadas? No lo veo posible. O igual es que no quiero creer que sea capaz de hacer planes con tanto adelanto. Eso sería terrorífico, y ella ya lo es bastante. Repaso obsesivamente todo lo que ha pasado hoy. Recorro mi propia mañana como si fuese una escena del crimen, detalle a detalle, segundo a segundo. Cavo, excavo y reconstruyo mientras conduzco con las dos manos en el volante.

El enlace de vídeo llegó a mi móvil exactamente a las 9:33, hace poco más de una hora. Reconocí la alarma de la línea ECE de Lucy. Suena como un guitarrazo eléctrico, y me quité de inmediato los guantes manchados y me aparté del cadáver. Vi la grabación y ahora ya no está. Imposible recuperarla. Eso es lo que ocurrió. Eso es lo que quiero explicarle a Marino. Pero no puedo y estoy consiguiendo que todo sea más difícil con él de lo que ya era.

No se fía de mí al completo. Lo he notado desde que casi desaparezco en Florida.

Culpar a la víctima.

Solo que esta vez la víctima soy yo, y él cree que tiene que ser culpa mía. Eso implica que yo ya no soy la que era. Por lo menos, no para él. Me trata de un modo diferente. Es algo difícil de señalar y definir, algo tan sutil como una sombra que antes no estaba. La veo ante mí cuando él anda cerca, es como el tono cambiante entre azul y gris que se aprecia en un mar agitado. Ese hombre me bloquea el sol. Me altera la realidad cuando aparece.

La duda.

Creo que de eso se trata, básicamente. Marino duda de mí. No siempre le he caído bien, y al principio de mi carrera puede que me detestara, aunque luego, durante mucho tiempo, me quiso en exceso. Pero en ningún momento del proceso dudó de mi buen juicio. Me ha criticado por un montón de cosas, pero nunca por mostrarme errática, irracional o poco de fiar. Lo de no confiar en mí como profesional es nuevo y no me sienta nada bien. Sienta fatal, vamos.

—Cuanto más lo pienso, más te doy la razón, Doc. —Marino sigue hablando mientras conduzco mi gran furgón—. No llevaba tanto tiempo muerta como para estar tan mal. No sé cómo se lo vamos a explicar a su madre. Eso y lo que salió azul en el suelo. Un caso que empezó sin ser nada del otro jueves, pero ahora todo son preguntas, preguntas muy serias. Y no podemos responderlas. ¿Y por qué? Para empezar, porque estamos en Concord y no en Cambridge, tratando de llegar al fondo de las cosas. ¿Cómo le cuento a Amanda Gilbert que recibiste una llamada personal y dejaste el cadáver de su hija tirado en el suelo para darte el piro?

—No dejé el cadáver en el suelo —le contradigo.

—Lo decía en sentido figurado.

—Pues en sentido literal el cuerpo está a salvo en mi oficina y yo no me di el piro. No hay nada figurado al respecto. Todo se ha dejado como estaba y pronto volveremos. Y además no te toca a ti dar explicaciones, Marino; y de momento no pienso entrar en detalles con Amanda Gilbert. Por no hablar de que primero hay que confirmar la identidad de la difunta.

—Para no liarla más —contraataca Marino—, supongamos que se trata de Chanel Gilbert, porque, si no, ¿quién más podría ser? Su madre va a hacer un montón de preguntas.

—Mi respuesta es sencilla. Le diré que tenemos que confirmar la identificación. Necesitamos más detalles y testimonios fiables. Necesitamos hechos indiscutibles que nos digan cuándo fue vista viva su hija por última vez, cuándo envió su último e-mail o hizo su última llamada telefónica. Ese es el eslabón perdido. Si lo averiguamos, tendré más oportunidades de saber cuándo murió. La asistenta es importante. Es la que puede disponer de la mejor información.

Me escucho utilizando términos como *fiables*, *hechos* e *indiscutibles*. Estoy a la defensiva por lo que Marino me hace sentir. Noto sus dudas. Las noto como si fuesen una montaña que me acecha desde lo alto.

—Si he de serte sincero, desconfío de la asistenta —dice Marino—. ¿Y si resulta que está en el ajo y es la que apagó el aire acondicionado?

—¿Se lo preguntaron?

—Hyde dijo que ya estaba así cuando él llegó a la casa. Y ella no parecía saber nada de por qué hacía tanto calor.

—Tenemos que sentarnos con ella. ¿Cómo se llama?

—Elsa Milligan. Edad, treinta años. Natural de Nueva Jersey. Parece que se trasladó a esta zona cuando Chanel Gilbert le ofreció el trabajo.

—¿Por qué Nueva Jersey?

—Es donde se conocieron.

—¿Cuándo?

—¿Eso importa?

—Ahora tenemos tantas preguntas que todo importa —replico.

—Tengo la impresión de que Elsa Milligan no llevaba mucho tiempo trabajando para Chanel Gilbert. ¿Un par de años? No estoy seguro. Eso es todo lo que sé porque aún no había llegado a la casa cuando aparecí yo. Solo te transmito lo que dijo Hyde. Ella le contó que al entrar por la puerta de la cocina pudo sentir un olor espantoso, como si alguien hubiera muerto, y vive Dios que así era. En la casa hacía un calor de la hostia y ella siguió el olor hasta el salón.

—¿Y a Hyde le pareció que era sincera? ¿A ti qué te dicen las tripas?

—Ya no estoy seguro de nada ni de nadie —reconoce Marino—. Por lo general, podemos contar con el cadáver para decir la verdad. Los muertos no mienten. Solo los vivos. Pero el cuerpo de Chanel Gilbert no nos dice una mierda porque el calorazo aceleró la descomposición, liándolo todo, y me pregunto si una asistenta puede entender nada de eso.

—Si ve series policíacas, igual sí.

—Supongo —dice Marino—. Pero no confío en ella. Me está entrando muy mal fario con este asunto y preferiría que no nos hubiésemos dado el piro.

—No nos hemos dado el piro, y el problema acabarás siendo tú si sigues hablando así.

—¿De verdad? —Me mira—. ¿Cuándo fue la última vez que hiciste algo parecido?

La respuesta es nunca. No acepto llamadas personales en mitad de una situación e interrumpo lo que estoy haciendo. Pero esta vez era diferente. Escuché el tono de alarma de la línea de emergencia de Lucy, y ella no es de las que sobreactúan o dicen que viene el lobo. No tenía más remedio que comprobar si ha sucedido algo horrible.

—¿Qué me dices de que la alarma antiladrones estuviera encendida cuando ella llegó esta mañana? —le pregunto a Marino—. Me dijiste que la asistenta la había apagado. ¿Estamos seguros de que estaba conectada cuando ella abrió la puerta?

—La desconectaron a las siete cuarenta y cuatro, que es cuando le dijo a Hyde que había llegado. A las ocho menos cuarto, le dijo exactamente. —Marino se quita las gafas de sol y se pone a limpiarlas con el faldón de la camisa—. La empresa de seguridad certifica que la alarma se apagó a esa hora de la mañana.

—¿Y qué me dices de anoche?

—Fue conectada, apagada y vuelta a conectar muchas veces. La última vez que se puso en marcha fue cerca de las diez de la noche. Se introdujo el código y después no se rompió ningún contacto de las puertas. En otras palabras, no parece que nadie conectara la alarma y luego saliera de la casa. La persona en cuestión pensaba pasar allí la noche. Así pues, es posible que Chanel aún estuviese viva para entonces.

—Suponiendo que fuese quien reseteó la alarma. ¿Tiene un código propio que solo utiliza ella?

—No. Solo hay un código compartido. La asistenta y Chanel usaban la misma birria de código. Uno-dos-tres-cuatro. Parece que Chanel no se preocupaba mucho por la seguridad.

—Con su ambiente de Hollywood, me extrañaría. No me la imagino como una persona confiada. Y uno-dos-tres-cuatro suele ser el código por defecto cuando se instala un sistema de seguridad. Se supone que lo cambiarás por algo más difícil de intuir.

—Pues resulta evidente que ella no se tomó la molestia.

—Tenemos que averiguar cuánto tiempo ha vivido ahí y cuán a menudo está en Cambridge. Aunque no tuve tiempo de echarle un vistazo, puedo asegurarte que la casa no parecía muy vivida.

—Mientras le explico esto, me muero de ganas de contarle la verdad acerca de por qué salimos pitando hacia la casa de Lucy.

Quiero mostrarle el vídeo, pero no puedo. Aunque fuese capaz, no podría dejarle que lo viera. Legalmente, no me atrevería. No puedo probar ni quién lo envió ni por qué. El vídeo podría ser un montaje, una trampa, puede que cocinada por nuestro propio gobierno. Lucy reconoce a cámara que está en posesión de un arma de fuego ilegal, una metralleta automática que Carrie le acusa de haberle robado a mi marido, Benton, que es agente del FBI. Cualquier violación relacionada con un arma de Clase III trae serios problemas, de los que Lucy no necesita en absoluto. Sobre todo ahora.

Durante los últimos meses, la policía y los federales la han estado vigilando. No sé cuán de cerca. Dada su relación previa con Carrie, a casi todo el mundo le preocupa cuál puede ser su complicidad con ella. Si es que Carrie sigue viva. Esa es la pregunta más inquietante que llevo oyendo este verano. Puede que Carrie esté realmente muerta. Puede que todo lo que ocurre lo esté fabricando mi sobrina, y esa idea me lleva de vuelta a Marino. Ojalá pudiera enseñarle el vídeo.

Sigo sosteniendo ante mí misma que si eso fuese posible y prudente, no serviría de nada. Sé cómo reaccionaría. Se mostraría convencido de que alguien —probablemente Carrie— me está acosando. Diría que ella sabe exactamente cómo manipularme, cómo enganchárseme, y que lo más idiota que podría haber hecho es lo que estoy haciendo ahora. Debería haberme quedado en mi sitio. No debería haber reaccionado. La he dejado que abuse de mí, y seguro que luego vendrán más marranadas.

Que empiece el juego, imagino el comentario de Marino. Y me pregunto qué diría si supiera en qué fecha se filmó.

11 de julio de 1997. El día de su cumpleaños de hace diecisiete años.

10

No lo recuerdo. Pero los cumpleaños son importantes y debería haberle preparado una cena, uno de sus platos favoritos, lo que él quisiera.

También hace mucho de cuando Lucy estaba en la academia del FBI, en su cuarto, rompiendo con Carrie. Suponiendo que la fecha del vídeo sea la correcta, las dos habían superado el curso de carreras de obstáculos del FBI conocido como el Sendero de Ladrillos Amarillos. Después, Lucy pasó por el gimnasio. No tengo ni idea de dónde estaba yo y no sé por dónde andaría Marino ni qué estaría haciendo. Así que se lo pregunto.

—No sé a qué viene esto ahora —responde—. ¿Por qué te interesa mi cumpleaños de 1997?

—Tú dime si lo recuerdas.

—Pues sí. —Me mira mientras yo mantengo la vista hacia delante—. Me sorprende que tú no.

—Ayúdame. No tengo ni idea.

—Fuimos juntos a Quantico. Recogimos a Lucy y a Benton y fuimos a El Globo y el Laurel.

El legendario local del Cuerpo de Marines aparece repentinamente en mi cerebro. Veo las jarras de cerveza en torno a la barra de madera pulida, el techo cubierto de escudos policiales y militares de todo el mundo. Buena comida, buena bebida y un sello enorme de los Seals sobre la puerta, el águila, el globo y el ancla con la leyenda «Semper fidelis». Formábamos parte de los que siempre tenían fe, de los que siempre eran leales, y lo que allí pasaba, allí se quedaba. No he estado en años, y luego atisbo algo más. Marino borracho. Fue desagradable. Lo veo con los ojos desquiciados a la incompleta oscuridad del aparcamiento, chillando, poniendo verde a Lucy, con los brazos rígidos a los costados y los puños cerrados, como si fuese a pegarle.

—A Lucy le pasaba algo esa noche. —Me muestro deliberadamente imprecisa con él—. Los dos lo estabais pasando mal, os cabreasteis mutuamente. Eso sí lo recuerdo.

—Permite que te refresque la memoria —dice Marino—. Lucy no podía comer nada. Le dolía la tripa. ¿Y yo? Pues pensé que tenía la regla.

—Lo cual no te impidió soltarlo delante de todo el mundo.

—Creí que sufría de rampas y del síndrome posmenstrual. Eso es lo que recuerdo de mi cumpleaños del 97. Me moría de ganas de ir al Globo, pero ella lo echó todo a perder.

—Creo que dijo que se había lesionado un músculo abdominal durante la carrera de obstáculos. —Sé que Lucy estaba dolorida y recuerdo que no me dejó examinarla.

—Estaba rarísima y se portó fatal. Peor de lo habitual —dice Marino.

Recuerdo a los dos gritándose junto al coche. Ella no quería subir. Nos amenazó con volver caminando a su residencia, estaba enfadada y llorosa y puede que ahora ya sepa por qué. Carrie y ella habían estado corriendo el Sendero de Ladrillos Amarillos esa mañana y se toparon, de manera no del todo accidental, con la nueva agente entrenándose, una antigua reina de la belleza llamada Erin. Lucy creía que Carrie la engañaba con Erin, como se puede ver en el vídeo.

Más piezas de un rompecabezas del pasado, y yo sigo volviendo a mi pregunta. ¿Cómo podía saber Carrie en aquel momento que algún día me ofrecería un asiento de primera fila para asistir a lo que ocurría en la vida privada de mi sobrina? ¿Y también podría haber previsto que yo empezaría a interpretar y, en cierta medida, embellecer el vídeo mientras lo miraba? Cada segundo del vídeo rescataba información que yo había enterrado y bloqueado. Otros detalles son nuevos, lo cual es igual de inquietante. ¿Qué más ignoramos de Carrie Grethen?

Pienso en su obsesión con los efectos dañinos del sol y la polución. Yo no sabía nada de sus creencias mágicas ni de su vanidad patológica. Que yo sepa, nunca mencionó nadie que tuviese un desorden sanguíneo, y todo el asunto va a dejar en muy mala posición a Lucy ante las autoridades. Ella conocía esos detalles. Es evidente porque habla de ellos en la grabación que yo he visto. Pero no me consta que nunca le pasara esa información a nadie, y entonces es cuando me entra el complejo de culpa.

Yo era la fuerza motriz tras la estancia de Lucy en Quantico. Carrie decía la verdad cuando aseguraba que yo era fundamental en todo el asunto y que había marcado unas líneas estrictas a la hora de explicarle al FBI cómo debía tratar a mi sobrina adolescente. Así pues, supongo que lo justo es reconocer que el hecho de que Lucy conociera a su mentora, a su supervisora Carrie, es culpa mía. La pesadilla consiguiente tuvo lugar gracias a mí. Y ahora la cosa continúa. Y yo no me lo esperaba. Y la verdad es que no sé qué hacer a excepción de dar con Lucy cuanto antes y cerciorarme de que está a salvo.

Marino se palpa los bolsillos en busca de cigarrillos. Es el tercero que se enciende desde que salimos de Cambridge. Si llega al cuarto, igual me rindo. Me fumaría un pitillo ahora mismo. Muy a gusto. Intento eliminar imágenes del vídeo, trato de olvidar cómo me he sentido —como una traidora, como una tía espantosa— mientras veía a Lucy y Carrie juntas en la intimidad y apenas vestidas, escuchando al mismo tiempo los comentarios irrespetuosos y despectivos que Carrie hacía sobre mí. Me pregunto lo mismo de siempre. ¿Cuánto de eso me merezco? ¿Cuán preciso es el retrato de quién y qué soy realmente?

Estoy tan tensa que podría explotar si me tocaran, y la pierna derecha me palpita; el dolor se extiende muslo abajo hasta el músculo del tobillo. El más mínimo ajuste del acelerador tiene consecuencias. Cuando aprieto el cambio de marchas como acabo de hacer, las paso canutas, y Marino levanta el hombro y se huele la camisa para cerciorarse de que no huele mal.

—No soy yo —concluye—. Lo siento, Doc, pero apestas cual contenedor y más vale que no te acerques al perro de Lucy.

Conduzco lentamente por curvas ciegas en las que unos espejos convexos cuelgan de viejos y gruesos árboles. Observo y escucho por lo que pueda pasar.

El sol brilla a través de las copas de los árboles, pintando trazos de luz y sombras que adoptan la forma de nubes. El viento sopla con fuerza, arrastrando las hojas, que giran como pompones, y los postes eléctricos manchados de creosota me hacen sentir muy sola. Los rostros de los viejos hogares por los que pasamos muestran cansancio, la tierra es un espeso magma de parras entrelazadas, hierbajos muertos y hojas podridas.

A las construcciones se les cae la pintura. Se inclinan y se tuercen. Nunca entenderé por qué a casi nadie parece importarle lo gastado e infeliz que se ve todo. Muy pocos residentes de Concord se toman la molestia de segar la hierba, y nada está protegido por verjas o vallas, a excepción de la zona en que está Lucy. Los perros y los gatos deambulan a su aire y tengo que estar atenta a su presencia cuando circulo por aquí. Lo que suele ocurrir una o dos veces al mes, para comer, cenar, salir de excursión o, si Benton no ronda por allí, pasar la noche en la *suite* para invitados que Lucy diseñó y amuebló para mí.

Más adelante, detecto una serpiente verde, tan brillante como una esmeralda, estirada en un trozo soleado del pavimento, con la cabeza en alto, sintiendo las vibraciones del que se acerca. Bajo la velocidad mientras el bicho se pone a ondular por la carretera hasta desaparecer entre el verdor del denso follaje estival. Aprieto el acelerador. Y luego aminoro de nuevo porque veo una ardilla rolliza y gris que se alza sobre las patas traseras, meneando el bigote como si se estuviera riendo de mí antes de darse el piro.

A continuación, me paro del todo para dejar pasar una furgoneta con los flancos de madera. Pero esta también se para y nos quedamos un momento en paralelo. Pero no pienso retroceder. Es imposible. El vehículo me pasa a unos centímetros de distancia, con dificultad. Siento la mirada severa del conductor.

—Creo que les estás amargando el día a todos los de aquí —dice Marino—. Ya se están preguntando a quién se habrán cargado.

—Confiemos en que se respondan que nadie.

Le echo un vistazo al móvil para ver si hay otro texto de Lucy, pero no hay ninguno. Sigo adelante por la carretera, la carretera que me lleva hasta ella, la carretera que tan bien conozco y que he acabado odiando.

Hierbas y hierbajos llegan a la altura del pecho en los extremos del cemento, mientras las pesadas ramas de los árboles cuelgan bajas, dificultando aún más la visibilidad. Hay pocos semáforos, y cuando aparezco, por regla general, siempre me topo con alguna pobre criatura arriesgándose al atropello. Siempre me detengo. Si me encontrara una tortuga, creo que la recogería y la depositaría sana y salva en el bosque. Presto atención de manera habitual a posibles conejos, zorros, ciervos o pollos ornamentales fugados.

Sé que hay bebés mapaches que se salen del bosque y se tumban a la bartola en esa carretera calentada por el sol, tan dulces e inocentes como los de los dibujos animados. El otro día, tras una fuerte lluvia, animé a un batallón de ranas a abandonar el puesto. Parecían farfullar mientras les metía prisa. No aprecié el menor gesto de gratitud por salvarles la vida. Pero también es verdad que mis pacientes tampoco me lo agradecen.

Recorro un asfalto resquebrajado y que se dobla por los extremos, cual magdalena revenida, evitando socavones lo bastante hondos como para cargarse neumáticos y destrozar ruedas, y me imagino esos supercoches tan bajos que conduce Lucy. Me sorprendo como lo hago siempre que pienso en cómo se las apaña con un Ferrari o un Aston Martin en semejantes condiciones. Pero ella es ágil cual delantero centro y consigue esquivar todo lo que pueda dañarla o cruzarse en su camino. La Fitipaldi de mi sobrina es la reina del eslalon.

Pero esta vez algo la ha pillado. Lo puedo ver al instante mientras una estrecha curva nos deja a la entrada de su propiedad de cincuenta hectáreas. Las altas verjas de hierro negro están abiertas de par en par y, bloqueando el sendero de entrada, hay un monovolumen Ford de color blanco y sin distintivos.

—Mierda —dice Marino—. Vamos allá.

Paro el coche mientras un agente del FBI con pantalones de loneta y un polo de color oscuro sale del monovolumen y se nos acerca. No lo conozco. No me resulta familiar. Rebusco en el macuto y rozo con los dedos la forma dura de mi Rohrbaugh de nueve milímetros metida en su funda. Encuentro la fina cartera de cuero negro en la que llevo la placa y las credenciales. Bajo la ventanilla y oigo el potente repiqueteo del helicóptero, que es de los grandes y, probablemente, el mismo bimotor que ya he visto antes, aunque ahora vuela más bajo y más lento. Y está mucho más cerca.

El agente tiene veintitantos o treinta y pocos; es musculoso, con cara de póker y venas que se le marcan en los antebrazos y en las manos. Probablemente, hispano, y desde luego no es de por aquí. Los nativos de Nueva Inglaterra suelen mostrar una actitud discreta, pero al acecho. Cuando llegan a la conclusión de que no eres del enemigo, intentan ser serviciales. Este tipo no va a ser ni amable ni comprensivo, y sabe perfectamente quién soy aunque yo no le conozca.

Estoy segura de que sabe que estoy casada con Benton Wesley. Mi marido trabaja en la división de Boston. Lo más probable es que este agente también. Seguro que se conocen y que hasta mantienen una buena relación, pero se supone que debo pensar que nada de eso tiene la menor importancia para el tipo duro que vigila la propiedad de mi sobrina. Pero el mensaje que envía es exactamente lo contrario de lo que pretende. La falta de respeto es un síntoma de debilidad, de pequeñez, de un problema existencial. Al portarse groseramente conmigo, me está mostrando lo que realmente piensa de sí mismo.

No le concedo la oportunidad de hacer el primer movimiento. Abro la cartera y le enseño lo que hay dentro. Kay Scarpetta, doctora en Medicina, Departamento de Justicia. Ocupo el cargo de examinador médico en jefe de Massachusetts y dirijo el Centro Forense de Cambridge. Tengo el deber de investigar las causas de cualquier muerte según el Capítulo 38 de las Leyes Generales de Massachusetts y de acuerdo con el Departamento de Defensa, Instrucción 5154.30.

No se molesta en leerlo todo. Apenas si les echa un vistazo a mis credenciales antes de devolverme la cartera, y luego se queda mirando a Marino. A continuación, me mira fijamente, aunque no directamente a los ojos, sino en medio de ellos. El truco no es nada original. Yo hago lo mismo en el juzgado cuando me topo con un abogado defensor hostil. Se me da muy bien lo de mirar a las personas sin mirarlas. A este agente no se le da tan bien.

—Señora, necesito que dé usted la vuelta —dice con una voz tan inexpresiva como su rostro.

—He venido a ver a mi sobrina, Lucy Farinelli —le respondo de forma calmada y agradable.

—Esta propiedad está bajo el control del FBI.

—¿Toda ella?

—Tiene que irse, señora.

—¿Toda la propiedad? —insisto—. Pues ya es curioso.

—Señora, tiene que irse ahora mismo.

Cuanto más me llama «señora», más tozuda me pongo, y cuando ha dicho lo de «ahora mismo» ya me ha sacado de quicio. No hay marcha atrás. Pero disimularé y por eso evito la mirada de Marino. Siento su agresión y me niego a mirarle. Si lo hago, se catapultará del furgón y le plantará cara al agente.

—¿Tiene usted una orden para acceder a toda la propiedad y registrarla? —pregunto—. Si la respuesta es no y carece usted de una orden para la propiedad entera, tendrá que apartar su vehículo y dejarme pasar. Si se niega a ello, tendré que llamar al fiscal general, y no me refiero al de Massachusetts.

—Tenemos una orden de registro —dice el agente sin alterarse, pero los músculos de la mandíbula se le están tensando.

—¿Una orden de registro para cincuenta hectáreas, incluyendo el sendero para coches, el bosque, la línea de la costa, el muelle y el agua que lo rodea? —Sé que el FBI no dispone de algo así.

El hombre no dice nada, y yo vuelvo a llamar a Lucy por su línea ECE. Casi espero que descuelgue Carrie, pero no es así, gracias a Dios, aunque no puedo dejar de considerar otra posibilidad que es aún peor. ¿Y si fue Lucy la que me envió el vídeo? ¿Qué demonios significaría eso?

—Estás aquí. —Lucy me sorprende descolgando, y entonces recuerdo que mi muy tecnológica sobrina tiene cámaras de vigilancia repartidas por toda la zona.

—Sí, estamos en la verja —le digo—. Llevo una hora llamándote. ¿Estás bien?

—Perfectamente —responde ella, y no hay duda de que es su voz.

Está tranquila y apagada. No detecto el menor temor. Lo que siento es la calma del combate. Está en modo autodefensa, su familia contra el enemigo, que en este caso es el gobierno federal.

—Hemos venido lo más rápidamente posible. Es lo que tú querías. —Esto es la mayor alusión que pienso hacer en relación al enlace de vídeo que aterrizó en mi móvil—. Me alegro de que me informaras.

—¿Perdona? —Es todo lo que piensa decir, pero la implicación es evidente.

No está al corriente del texto. No lo envió ella. No esperaba que apareciéramos así.

—Vengo con Marino —le digo en voz muy alta—. ¿Él tiene permiso para estar en tu propiedad, Lucy?

—Sí.

—Muy bien. Lucy, le acabas de dar permiso al investigador Pete Marino de la policía de Cambridge. Y también me lo has dado a mí, que soy tu tía y la examinadora médica en jefe. Ambos tenemos tu permiso para estar en tu propiedad —le digo—. ¿El FBI está dentro de tu casa?

—Sí.

—¿Dónde están Janet y Desi? —Me preocupan la compañera de Lucy y su crío: ya han aguantado lo suyo.

—Están aquí.

—Parece que el FBI no nos va a dejar entrar en tu casa ahora mismo —le informo de algo que seguramente ya sabe.

—Lo siento.

—No lo sientas. Ellos son los que deberían sentirlo, no tú. —Miro fijamente al agente, clavando la vista en un punto entre sus ojos, y me entran aún más ganas de proteger a alguien a quien quiero más de lo que puedo describir—. Veámonos fuera, Lucy.

—No les va a gustar.

—Me da igual que no les guste. —Miro fijamente entre los ojos del agente—. No estás bajo arresto. No te han detenido, ¿verdad?

—Están buscando un motivo. Evidentemente, creen que me van a colgar algo, cualquier cosa. Ensuciar. Hacer autostop. Alterar la paz. Traición.

—¿Te han leído tus derechos?

—Aún no hemos llegado tan lejos.

—No han llegado tan lejos porque carecen de causa probable, y no pueden encerrarte si no estás detenida. Sal ahora mismo. Nos vemos en el sendero para coches —le digo, y colgamos.

A continuación, empieza el juego de resistencia. Yo me mantengo en mi sitio, sentada en el monstruoso furgón blanco de examinador médico, mientras el agente se queda de pie junto a su monovolumen del Buró, que parece haber encogido. No piensa subirse a él. Pretende bloquear el paso, y yo me quedo a la espera. Le doy un minuto y sigo esperando. Dos minutos, tres minutos, y cuando nada cambia, pongo el motor en marcha.

—¿Qué estás haciendo? —Marino me mira como si se me hubiese ido la olla.

—Moviéndome para no interrumpir el tráfico —No es verdad. El furgón está a sus buenos siete metros de la calle.

Tiro para delante con el volante bien apretado. Aparco en un desnivel, casi perpendicular al monovolumen y apenas a unos cinco centímetros del parachoques de atrás. Si el agente recula, chocará con mi furgón. Si tira adelante y da la vuelta, tampoco arregla nada.

—Vámonos. —Apago el motor.

Marino y yo bajamos de un salto y cierro las puertas. Clic. Dejo caer las llaves en el bolso.

—¡Eh! —Ahora el agente se ha despertado y me mira directamente a los ojos, adoptando una expresión de perro rabioso—. ¡Eh! ¡Me ha bloqueado!

—¿A que sienta mal? —Le sonrío mientras cruzamos la verja abierta: la casa de Lucy está a menos de quinientos metros de aquí.

11

—No me puedo creer lo que has hecho —dice Marino.

—¿Por qué no? —El zumbido incansable del helicóptero me está poniendo de los nervios mientras me cuesta avanzar.

La casa de Lucy está en una loma alta, por encima del río Sudbury, y el sendero se muestra escarpado en esa dirección. No es precisamente un paseíto. Y no puedo adecuarme a las despreocupadas zancadas de Marino. Parece haber olvidado lo que ocurrió no hace mucho. Tal vez porque no estaba allí. Tal vez porque se niega a asumirlo. Sería muy típico de él suponer que podría haberme salvado, y que esa es la causa real de todo y no cómo estoy y cómo me siento.

—Una cosa te puedo asegurar. No hay ni un solo poli en Massachusetts capaz de llevarse con la grúa el furgón de un examinador médico —dice él a continuación.

—Pesa casi cinco toneladas y podría contener cadáveres. Así que no es una buena idea. —He acabado caminando a varios metros por detrás de Marino, obligándole a aminorar la marcha y darse la vuelta para hablar.

—No es ninguna broma, no. —Mira hacia atrás, en mi dirección, y luego hacia arriba, al helicóptero—. ¿Pero qué coño? ¿Eso es lo que llevamos oyendo desde Cambridge? ¿Tú crees que es el mismo trasto?

—Sí.

—Desde luego, no es un equipo de noticias. Son los malditos federales y nos han seguido desde la escena del crimen. ¿Por qué? ¿Qué interés pueden tener en Chanel Gilbert o en nosotros? —pregunta.

—Dímelo tú. —Me duele el muslo.

—Evidentemente, sabían que veníamos para aquí.

—Yo no sé qué es lo que sabían.

—Es como si nos escoltaran hasta la propiedad de Lucy.

—No creo que sea eso lo que están haciendo. Hace un minuto he tenido la clara impresión de que no somos bienvenidos aquí. Puede que nos hayan seguido. Pero desde luego, no nos están escoltando. —Tengo que detenerme un instante.

Dejo caer el peso sobre la pierna izquierda, y toda esa sinfonía de dolor que suena en el muslo derecho remite hasta convertirse en un fondo de percusión o en el lento tañido de un violonchelo. Los pinchazos potentes, que son los insoportables, han desaparecido. Con los demás ya he aprendido a convivir, pues el ritmo de su dolor es más suave y profundo.

—Caramba, Doc. —Marino hace una pausa—. ¿Estás bien?

—Estoy igual.

Mira fijamente hacia arriba y seguimos andando.

—Está pasando algo muy raro y muy jodido —declara.

Ni se imagina lo raro que es.

—Es algo importante —le respondo—. Eso, seguro.

El helicóptero es un contundente bimotor Bell 429. Completamente hermético y tan ominoso como el modelo Apache; observo que lleva instalada una cámara giratoria estabilizada debajo del pico, y que en la tripa transporta un FLIR, sistema de imágenes térmicas, que parece la cúpula de un radar. Reconozco las plataformas de operaciones especiales conocidas como *cargo racks*, que están diseñadas para desplazar al SWAT o a miembros de una unidad de élite del FBI, el Equipo de Rescate de Rehenes. Ahí dentro debe de haber, por lo menos, media docena de agentes sentados en bancos, preparados para deslizarse por cuerdas e infestar la propiedad en cuanto se lo ordenen.

—Igual te están espiando a ti —dice Marino, cuyo comentario me recuerda otros tipos de espionaje en los que no puedo dejar de pensar.

Por un momento, veo a Carrie dentro del cuarto de Lucy. Veo sus ojos penetrantes y su cabello teñido y casi al rape. Siento su agresión a sangre fría. La siento como si estuviese a mi alcance, si es que no lo está.

—En ese caso, deberían pensar en algo menos obvio que un helicóptero táctico. —Sigo diciendo una cosa mientras el cerebro está con otra sin dejar de avanzar por un sendero circular lo bastante largo como para hacer *jogging*.

En el centro hay hectáreas de pradera, salpicadas de flores silvestres, en las que unas enormes esculturas graníticas de criaturas fantásticas parecen deambular y ponerse cómodas. Ya hemos dejado atrás un dragón, un elefante, un búfalo, un rinoceronte y hasta una mamá osa con sus oseznos, esculpidos todos con piedra nativa en algún lugar del oeste y colocados en su sitio por grúas. Lucy no tiene que preocuparse de que alguien quiera robarle sus toneladas de arte, y yo la busco mientras sigue ahí arriba el ruido monótono, las aspas que azotan el aire. Dum-Dum-Dum-Dum.

Estoy acalorada y pegajosa y me hago daño al andar bajo ese sonido enloquecedor. ¡DUM-DUM-DUM-DUM! Me encantan todos los helicópteros menos este. Lo noto cargado de odio, como si viviese y respirara, y le considero un enemigo personal. Me someto a un autochequeo, concentrándome en el oído, la vista, la respiración y el dolor que me castiga la pierna a cada paso y a cada desequilibrio.

La concentración me mantiene centrada y tranquila. Siento el pavimento caliente a través de las suelas de las botas hasta el tobillo. Y la luz del sol que impregna el suave tejido de la camisa de algodón. El sudor está frío cuando se me desliza por el pecho, el vientre y el interior de los muslos. Soy consciente de la atracción de la gravedad mientras sigo colina arriba, y el cuerpo parece pesarme el doble de lo normal. Moverse por ahí resulta lento y pesado, mientras que cuando estaba bajo el agua, yo no pesaba nada. Flotaba.

Flotaba y flotaba, cada vez más al fondo de la oscuridad, y no es cierto eso que dicen de que te mueves hacia la luz. Yo no veía ninguna luz, ni brillante ni tenue. Es la oscuridad la que nos reclama, la que nos seduce cual sopor inducido por las drogas. Yo quería rendirme. Era el momento que siempre había esperado, el momento para el que había vivido, y eso es, más que cualquier otra cosa, lo que no puedo superar.

Vi a la muerte en el fondo del mar mientras los sedimentos formaban una nube y un hilo negro salía de mí y se disipaba en burbujas. Me di cuenta de que estaba sangrando y sentí el deseo irracional de sacarme el regulador de la boca. Benton dice que lo hice, que en cuanto volvía a ponérmelo yo pugnaba por volvérmelo a quitar, obligándole a mantenerlo en su sitio. Tuvo que dominar mis manos y obligarme a respirar, obligarme a vivir.

Luego me explicó que arrancarse el regulador es la reacción típica del que entra en pánico bajo el agua. Pero yo no recuerdo ese pánico. Recuerdo querer quitarme todo el equipo, liberarme porque tenía un motivo para ello. Y quiero saber cuál era. Sigo teniéndolo presente. No pasa un día sin que no piense por qué morirse parecía la mejor idea que hubiese tenido jamás.

Lucy aparece en un recodo.

Camina rápidamente hacia nosotros, y el ruido atronador parece incrementarse repentinamente. Es mi imaginación, claro está. Pero lo que ella lleva no imagino. Los viejos e informes pantalones cortos de hacer gimnasia y la camiseta llevan bordada la leyenda FBI ACADEMY, que es como enarbolar de manera deliberada un estandarte bélico. Es como aparecer en uniforme después de un consejo de guerra o como lucir una medalla olímpica después de que te la hayan retirado. Se está burlando del FBI, y puede que haya algo más bajo su actitud.

Me la quedo mirando como si fuese un fantasma del pasado. Acabo de verla hecha una adolescente en su cuarto de la academia del FBI y casi me pregunto si no me estarán traicionando los ojos. Pero su forma de vestir es la misma y aún podría aparentar una extrema juventud. Es como si la Lucy del vídeo caminara hacia mí en la vida real, una Lucy que ya tiene treinta y tantos años, pero no los aparenta. Dudo mucho que llegue algún día a aparentar la edad que tenga.

Muestra una energía ferozmente infantil, su cuerpo no ha cambiado en realidad y su disciplina a la hora de mantenerse en forma y vital no es vanidad. Lucy vive como una criatura en peligro que salta al menor movimiento o ruido y apenas duerme. Puede parecer volátil, pero es sensible. Es absolutamente lógica y racional, y mientras acelero para alcanzarla, el dolor que experimento me recuerda que no estoy muerta.

—Tu cojera ha empeorado. —Su cabello dorado brilla al sol, y aún conserva el bronceado de un reciente viaje a las Bermudas.

—Estoy bien.

—No, no lo estás.

La expresión de su bonito y cincelado rostro es difícil de interpretar, pero detecto tensión en esos labios tiesos. Siento su ánimo más negro, que le roba la luz de alrededor. Cuando la abrazo, la noto pegajosa.

—¿Tú estás bien? ¿De verdad? —Me agarro a ella un segundo más, aliviada porque no está herida ni esposada.

—¿Qué estás haciendo aquí, tía Kay?

Le huelo el pelo y la piel y capto ese olor salino y pantanoso típico del estrés. Noto su estado de alerta máxima en la presión de sus dedos y en su constante control del entorno, pues los ojos se le van en todas direcciones. Está buscando a Carrie. Lo sé. Pero no vamos a hablar de eso. No puedo preguntarle si está al corriente del enlace de vídeo que me enviaron al móvil, ni decirle que parece que fue ella quien lo envió. No puedo revelar que he visto unas imágenes grabadas en secreto por Carrie. En otras palabras, ahora estoy implicada en el espionaje de Carrie Grethen y en vete a saber qué más.

—¿Qué hace aquí el FBI? —le pregunto a Lucy.

—¿Y tú? —No parará hasta obtener una respuesta—. ¿Te insinuó Benton que esto iba a pasar? Muy bonito. ¿Ya tiene cojones para mirarse al espejo?

—Él no me ha dicho nada. Ni siquiera por omisión. ¿Y a qué vienen esos tacos? ¿Por qué usáis tantas palabrotas Marino y tú?

—¿Qué?

—Me molestan las groserías. Todo el rato es *joder* esto, *joder* lo otro —respondo mientras noto que me estoy poniendo emotiva.

Es como si la Lucy que tengo delante volviese a tener diecinueve años, y de repente tiemblo por dentro, superada por la pérdida de tiempo, por la traición de la naturaleza al darnos la vida y empezar a recuperarla al instante. Los días se convierten en meses. Los años devienen una década y aún más, y aquí estoy yo con mi sobrina, recordando cómo era a su edad. Sabía mucho de la muerte, pero no gran cosa de la vida.

Solo creía que sí, y ahora soy consciente de mi aspecto mientras recorro cojeando la propiedad de Lucy mientras la asalta el FBI, dos meses después de que me dispararan con un arpón. Estoy más delgada y necesito un corte de pelo. Voy lenta y lucho contra la inercia y la gravedad. No puedo silenciar la voz de Carrie en mi cerebro y no quiero oírla. Siento un pinchazo de dolor y, súbitamente, me enfado.

—Oye. ¿Estás bien? —Lucy me observa con atención.

—Sí. Lo siento. —Miro al helicóptero, respiro hondo y me tranquilizo—. Solo intento averiguar qué está pasando.

—¿Qué haces aquí? ¿Cómo supiste que debías venir?

—¿Porque tú enviaste un mensaje urgente? —interviene Marino—. ¿Cómo lo íbamos a saber si no?

—No tengo ni idea de qué estás diciendo.

—Yo diría que sí. —Marino le clava las Ray-Ban de coleccionista—. Tú nos informaste de que tenías algún tipo de emergencia y nosotros dejamos lo que estábamos haciendo. Dejamos literalmente en el suelo un maldito cadáver.

—No exactamente —le corrijo.

—¿Qué? —Lucy parece sinceramente sorprendida y atónita.

—Me llegó al móvil un mensaje de texto —le explico—. De tu línea de emergencia.

—Te prometo que no lo envié yo. Igual fueron ellos. —Se refiere al FBI.

—¿Cómo?

—Te digo que no fui yo. Así que recibiste un mensaje, ¿no? ¿Y por eso decidisteis aparecer por aquí en un furgón para escenas del crimen? —No nos cree—. ¿Por qué carajo estáis exactamente aquí?

—Centrémonos en por qué están ellos. —Levanto la vista hacia el helicóptero.

—Benton —acusa nuevamente Lucy—. Estáis aquí porque él te informó.

—No. Te lo prometo. —Hago un alto en el sendero, para descansar un momento—. No nos insinuó nada a ninguno de los dos. No tiene nada que ver con mis motivos para venir corriendo hacia aquí, Lucy.

—¿Qué has hecho? —Marino siempre actúa como si todo el mundo fuese culpable de algo.

—No sé muy bien por qué están aquí —responde Lucy—. No estoy segura de nada, a excepción de que esta mañana, a primera hora, me entraron sospechas de que se estaba tramando algo.

—¿Sospechas basadas en qué? —inquiere Marino.

—Había alguien en la propiedad.

—¿Quién?

—No llegué a verle, fuera quien fuese. No había nadie en las cámaras. Pero los sensores de movimiento se dispararon.

—Igual algún animalillo. —Echo a andar de nuevo, muy despacio.

—No. No había nada y al mismo tiempo había algo. Y alguien se ha metido en mi ordenador. La cosa hace una semana que dura. Bueno, no debería decir *alguien*. Creo que podemos deducir de quién se trata.

—Déjame adivinar. Teniendo en cuenta quién se ha dejado caer por aquí para una visita inesperada... —Marino no disimula lo mucho que detesta al FBI.

—Los programas se abren y se cierran solos y todo tarda mucho en cargarse —dice Lucy—. El cursor se mueve cuando no lo toco. Y además, mi ordenador iba lento y el otro día palmó. Nada grave. Todo vuelve a funcionar. Y todo lo que es vital está encriptado. Tienen que ser ellos. No son especialmente sutiles.

—¿Algo se ha filtrado o corrompido? —le pregunto—. ¿Nada de nada?

—Eso parece. Una cuenta de usuario no autorizada fue creada por alguien muy espabilado, pero sin llegar a genio, y ahora me estoy encargando de eso, controlando conexiones inusuales y todos los e-mails enviados, tratando de averiguar qué quiere el *hacker*, o *hackers*. No es un ataque sofisticado, ya que lo hemos descubierto antes de que fuese demasiado tarde.

—¿Pero seguro que se trata del FBI? —pregunta Marino—. Sería lo lógico, teniendo en cuenta que aparecieron por aquí con una orden.

—No puedo decir con certeza quién me está atacando. Pero lo más probable es que sean ellos o alguien relacionado con ellos. El FBI utiliza a menudo servidores externos para investigar delitos cibernéticos. Y ese supuesto delito cibernético es la excusa que usan para meter la nariz. Por ejemplo, si tienen algún motivo para sospechar que estoy lavando dinero o navegando por webs de porno infantil, mierdas así. Si son ellos, dirán que me estaban investigando por cualquier rollo que se hayan inventado para espiarme.

—¿Y mi oficina? —Me intereso por la posibilidad más problemática—. ¿Está a salvo? ¿Hay alguna posibilidad de que nuestros ordenadores hayan sido asaltados?

Lucy es la encargada de sistemas y la administradora de la red informática del CFC. Hace todas las programaciones. Examina de manera forense todos los equipos electrónicos y de almacenamiento de datos que se presentan como pruebas. Aunque sea la cortafuegos que rodea la información más sensible asociada a cualquier muerte, también es la más vulnerable.

Si la persona equivocada la superara, sería una catástrofe. Los casos podrían verse afectados antes de que llegaran a juicio. Las acusaciones podrían ser retiradas. Los veredictos podrían verse alterados. Miles de asesinos, violadores, narcotraficantes y ladrones podrían salir de la cárcel en Massachusetts y en cualquier otro lugar.

—¿Y por qué de repente? —le pregunto—. ¿Por qué ese interés justo ahora, suponiendo que se trate del FBI?

—Empezó cuando volví de las Bermudas —dice Lucy.

—¿Qué cojones has hecho? —le pregunta Marino con su tacto habitual.

—Nada —contesta ella—. Pero están decididos a inventarse un caso que se sostenga.

—¿Qué caso?

—Algo —dice Lucy—. Cualquier cosa. No me sorprendería que ya hubiesen reunido un gran jurado, casi podéis darlo por hecho. Yo estoy convencida de ello. Los federales tienen esa asquerosa costumbre de asaltar un sitio cuando ya cuentan con un gran jurado dispuesto a culparte. Sus casos no se basan en pruebas. Basan las pruebas en el caso que se les ha metido en la cabeza, aunque se equivoquen. Aunque sea mentira. ¿Sabéis lo difícil que es que un gran jurado *no* acuse a nadie? Sucede menos de un uno por ciento de las veces. Les gusta agradar al acusador. Solo escuchan una versión de la historia.

—¿Dónde podemos hablar? —No quiero continuar con esta conversación en el sendero.

—No pueden oírnos. Le acabo de quitar el sonido a esa lámpara, a la siguiente y a la de más allá. —Señala a los postes de cobre—. Pero vayámonos a algún sitio en el que no tengamos que preocuparnos al respecto. Mi Triángulo de las Bermudas particular. Nos están vigilando y de pronto desaparecemos de su radar.

Los agentes que registran la casa nos vigilan por las cámaras de seguridad de Lucy, lo cual me hace sentir frustrada. La batalla de mi sobrina con los federales es tan antigua como las guerras en Oriente Medio. Es una lucha de poder, un enfrentamiento que hace tanto que dura que ya no sé si nadie recuerda por qué empezó. Probablemente, Lucy era una de las agentes más brillantes que jamás hubiese contratado el Buró, y cuando acabaron por echarla, las cosas deberían haberse acabado ahí. Pero no fue así. Y nunca lo será.

—Seguidme —dice Lucy.

12

Atravesamos como podemos una hierba verde y brillante salpicada de amapolas más rojas que la sangre y enlazadas con girasoles dorados, margaritas blancas, hierbajos naranjas y áster púrpura.

Es como si avanzara por un cuadro de Monet, y más allá de un sombreado y fragante matorral de piceas, vamos a dar a una zona baja que nunca he visto antes. Parece un lugar de meditación o una iglesia al aire libre con bancos de piedra y rocas esculpidas que evocan una laguna llena de agua y enmarcada en piedras de río. No puedo ver la casa ni el sendero desde aquí, no hay más que hierba, flores, árboles y el rumor constante del helicóptero.

Lucy toma asiento en un pedrusco mientras yo opto por un banco de piedra al que llegan los rayos del sol que ilumina el bosque. Las superficies duras y que no ceden no son mis favoritas últimamente, así que me siento con sumo cuidado, haciendo todo lo posible por reducir mi incomodidad.

—¿Esto siempre ha estado aquí? —pregunto, y la luz se mueve por mi rostro cual ramas al viento—. Porque yo nunca lo había visto.

—Es reciente —dice Lucy, pero no le pregunto cuán reciente.

Desde mediados de junio, intuyo. Desde que casi me muero. Miro alrededor y no veo cámara alguna; vigilando el jardín de piedra hay otro dragón esculpido, aunque más pequeño y de aspecto cómico, pues yace sobre un buen pedazo de cuarzo rosa. Sus ojos de color granate me miran fijamente mientras Marino prueba el banco que está delante del mío, cambiando de postura varias veces.

—Mierda —exclama—. ¿Pero qué somos? ¿Cavernícolas? ¿Qué me decís de unos bancos de madera o de unos sillones con cojines? ¿Nunca lo habíais pensado? —Chorrea sudor por culpa del calor y la humedad, mientras se defiende de los bichos que lo irritan y se sube los calcetines para que no le piquen—. ¡Joder! ¿Os olvidasteis de darle al aerosol por aquí? —Sus gafas oscuras se vuelven hacia Lucy—. Los putos mosquitos están por todas partes.

—Uso un espray de ajo, inofensivo para personas y animales domésticos. Los mosquitos lo odian.

—¿De verdad? Pues estos deben de ser italianos, porque les encanta. —Le atiza un manotazo a algo.

—Esteroides, colesterol, personas corpulentas que sueltan más dióxido de carbono que los demás —le dice Lucy—. Y además sudas mucho. No creo que sirviera de mucho colgarte al cuello una ristra de ajos.

—¿Qué quiere el FBI? —Miro al helicóptero que planea a no más de trescientos metros—. ¿Qué exactamente? Tenemos que averiguarlo mientras dispongamos de unos minutos para hablar en privado.

—La primera parada la hicieron en mi cripta de las armas —responde Lucy—. De momento, han arramblado con todos mis rifles y carabinas.

De repente, Carrie vuelve a asomarse a mi cerebro. La veo dentro del cuarto, con el MP5K colgando del cuello.

Le pregunto a mi sobrina:

—¿Han mostrado interés por algún arma en particular?

—No.

—Tienen que estar buscando algo en concreto.

—Todo lo que tengo es legal y no tiene nada que ver con los tiroteos de Copperhead —dice Lucy—, que saben perfectamente que se cometieron con el arma de precisión encontrada en el yate de Bob Rosado. Confirmaron que esa era el arma hace dos meses, así pues, ¿por qué siguen buscando? Puestos a dar con alguien, debería tratarse del puto mierdecilla de su hijo, Troy. Ese sigue suelto. Igual que Carrie. Pueden ser la nueva versión de Bonnie y Clyde, ¿pero dónde se mete el FBI? Pues en mi propiedad. Esto es acoso. Esto va de otra cosa.

—Tengo un par de trabucos para prestarte —se ofrece Marino—. Y un pedazo de Bushmaster del cuatro cincuenta.

—No hace falta. Tengo más material del que ellos creen —dice Lucy—. No tienen ni idea de lo que se están perdiendo, aunque lo tengan en sus narices.

—Haz el favor de no provocarles —le aviso—. No les des la excusa para hacerte daño.

—¿Hacerme daño? Pues yo diría que de eso se trata, y ya han empezado. —Me mira con sus brillantes ojos verdes—. Quieren hacerme daño. Pretenden dejarme desprotegida para que no pueda cuidar de mi familia, de mi hogar. Confían en que todos nosotros acabaremos derrotados, aniquilados, lanzándonos al cuello unos a otros. O aún mejor, muertos. Nos quieren muertos a todos.

—Si necesitas algo, solo tienes que pedirlo —le dice Marino—. Con gente como Carrie suelta, deberías tener algo más que simples pistolas.

—Ahora las pillarán, si es que no lo han hecho ya —responde Lucy, y es realmente indignante que incluyeran las armas cortas en la orden—. Y además, se están llevando los cuchillos de cocina, los cuchillos Shun Fuji que nos regalaste —me dice a mí, sumando otra humillación.

Hasta donde sabemos, el reciente frenesí mortal de Carrie Grethen incluye un apuñalamiento con un cuchillo táctico. No hay pruebas, ni un atisbo de que Lucy haya tenido algo que ver con eso, y sus pistolas y cuchillos no guardan la menor relación con las características de las armas del crimen. Vaciarle la cripta y la cocina es absurdo.

Por un instante, las últimas víctimas de Carrie desfilan por mi mente; parecían personas elegidas al azar, hasta que reparé en que todas ellas tenían alguna conexión conmigo, por remota que fuese. Nunca supieron qué era lo que las había atacado, exceptuando a Rand Bloom, el rastrero investigador de seguros al que Carrie apuñaló y dejó tirado en el fondo de una piscina. Ese seguro que vivió un momento, si no varios, de terror, pánico y dolor.

Pero Julie Eastman, Jack Seagal, Jamal Nari y el congresista Rosado no sufrieron. Estaban dedicados a sus asuntos y, de repente, les llegó la nada, la aniquilación, y me imagino a la Carrie que he visto en vídeo tocándose el cogote entre la primera y la segunda vértebra cervical, familiarizándose con ese punto concreto de fractura que dominan los verdugos, consciente de que tan catastrófica herida causa literalmente una muerte instantánea.

Ha vuelto. Está viva y es más peligrosa que nunca, pero incluso cuando lo pienso, me invaden las dudas. ¿Y si nos están engañando a todos? No puedo probar que haya visto u oído hablar de Carrie Grethen desde los años 90. No dejó pruebas reales que la relacionen con la ola de crímenes que empezó a finales del pasado año. ¿Y si no es ella la que me envió el vídeo de Lucy?

Miro a mi sobrina.

—Desde el principio —le digo—. ¿Que ha ocurrido?

Sentada en su pedrusco, Lucy nos cuenta que esta mañana, exactamente a las 9:05, le sonó el teléfono fijo.

El número no figura en listas y listines, pero eso no le impediría al FBI localizarlo, como no le impide a ella aplicar sus esfuerzos y hasta intensificarlos. Dispone de una tecnología que puede superar fácilmente a cualquiera que intente pillarla por sorpresa, así que en cuestión de segundos descubrió la identidad del que llamaba: la agente especial Erin Loria, recientemente trasladada a la División del FBI en Boston; treinta y ocho años de edad, natural de Nashville, Tennessee, cabello moreno, ojos castaños, un metro setenta, 55 kilos... Oculto mi sorpresa mientras escucho lo que dice Lucy.

No le cuento que sé quién es Erin Loria. No reacciono mientras Lucy sigue explicando que cuando Erin estaba al alcance de las cámaras de seguridad, el *software* de reconocimiento facial verificó que era, ciertamente, Erin Loria, una antigua reina de la belleza, licenciada en Derecho por la universidad de Duke, que entró en el Buró en 1997. Se pateó las calles durante un tiempo y se casó con un negociador de rehenes que dejó el FBI y entró a trabajar en un bufete de abogados. Vivían en Virginia del Norte, no tenían hijos y se divorciaron en 2010; poco después, ella se casó con un juez federal que le llevaba veintiún años.

—¿Qué juez? —pregunta Marino.

—Zeb Chase —le responde Lucy.

—No puede ser. ¿El Juez Afable?

Le llaman así porque es exactamente lo contrario. Recuerdo sus ojillos depredadores, que le asomaban bajo los pesados párpados mientras se hundía en el estrado, con la barbilla casi encima del pecho, cual negro buitre a la espera de que algo se muriese. Era fácil confundir su postura con la relajación o la somnolencia, cuando la verdad es que no podía estar más alerta o agresivo, esperando que los abogados o los testigos experimentados metieran la pata. En ese momento, se lanzaba en tromba sobre ellos para tragárselos vivos.

Durante mis primeros años en Virginia, cuando él aún era un fiscal del estado, trabajamos juntos en muchos casos. Aunque mis descubrimientos solían favorecer a la acusación, Zeb Chase y yo chocábamos con frecuencia. Parecía que yo le molestaba, y se ponía especialmente hostil cuando ocupaba su lugar en la sala. Sigo sin saber por qué, pero creo recordar que siempre se mostraba a favor del juez al que más le gustaba desautorizarme. Ahora está casado con Erin Loria, que tiene su propia historia con Lucy y, por consiguiente, también la tiene conmigo. Mi veleta interior se mueve. Y apunta. No sé a qué. O igual es que no quiero saberlo.

—Así pues, la agente especial Loria se trasladó a Boston, pero su marido el juez sigue en Virginia —apunta Marino.

—Tampoco puede recoger los bártulos e ir a por ella —le contesta Lucy, y tiene razón.

La zona de influencia del juez Chase sería el distrito este de Virginia, donde ocupará su asiento a no ser que dimita, se muera o lo echen. No puede mudarse a Massachusetts aunque su mujer lo haya hecho. Por lo menos, eso es algo de agradecer.

—¿Estás segura del año en que Erin Loria empezó a trabajar en el FBI? —le pregunto a Lucy—. ¿Mil novecientos noventa y siete? ¿El año en que tú estabas aquí?

—No fue el único año que estuve aquí —dice mi sobrina mientras pienso en Erin Loria casada con un funcionario federal designado por la Casa Blanca.

Eso no está bien. Nada bien. Ella asegurará que él no ejerce mayor influencia en sus casos que la de Benton en los míos. Jurará que Su Señoría no está relacionado profesionalmente con ella, que ambos se mantienen dentro de las fronteras y reglas legales. Pero, claro está, eso no es verdad. Nunca lo es.

—Ya sé que estuviste en Quantico antes y después de 1997 —le comento a Lucy mientras mis pensamientos siguen chocando entre ellos como bolas de billar—. Que una vez empezaste con el FBI, nunca lo dejaste realmente.

—Hasta que me echaron de Dodge —dice ella como si no fuera nada que, a efectos prácticos, la despidieran—. Incluso antes de ser agente, pasé allí veranos, vacaciones, la mayoría de los fines de semana y cada momento libre del que disponía. Seguro que lo recuerdas. Empezaba organizando mis clases para poder salir de Charlotteville a primera hora de la mañana del jueves y no volvíamos hasta el domingo por la noche. Pasaba más tiempo en Quantico que en la universidad.

—Dios bendito —farfulla Marino—. Erin Loria estaba allí al mismo tiempo que tú. Y no es precisamente un sitio muy grande.

—Eso es verdad —reconoce Lucy.

—Otro horror del pasado, igual que Carrie. Hay que ver

con lo que te topaste en esa época informativa de tu vida, ¿eh? Mierda de perro modelo Super Glue que no hay quien la arranque, ¿verdad?

Quiere decir «formativa», pero Lucy y yo se lo dejamos pasar. Ni nos sonreímos. No es el momento, ahora que ocupamos unos asientos duros e implacables en el lugar de meditación de Lucy, en su iglesia, en su Stonehenge.

—Pisaste una clase muy especial de excrementos —está diciendo Marino—. Y no solo la sigues llevando en los putos zapatos, sino que la arrastras de un lado a otro para que los demás también la pisemos.

—¿Coincidisteis? —No puedo creer que esto esté pasando.

—Nos solapamos —dice mi sobrina—. Erin estaba en Quantico mientras yo hacía de becaria en el ERF cuando Carrie también estaba allí, sí. Eso es cierto. Y ambas se conocían.

—¿Como cuánto? —le pregunto con temor.

—Lo suficiente. —Lucy ni pestañea—. Se hicieron muy amigas.

—Por el amor de Dios. —Marino se lleva la mano a la espalda y se rasca otro picor, real o figurado—. No es fácil creer que se trate de una coincidencia, a la luz de todo lo demás. Y lo que espolvorearas por aquí no funciona, que lo sepas. Me han picado, a lo grande. A esos bichos se les ve desde el puto espacio exterior.

—Erin y yo estábamos en la misma planta de la Residencia Washington, pero no la recuerdo muy bien, a excepción de que me esquivaba. —Lucy habla mientras Marino sigue rascándose, quejándose y renegando—. No la conocí de cerca. No hice amistad con ninguno de los agentes nuevos del entrenamiento, no en esa época, solo en la mía, que no tuvo lugar hasta al cabo de dos años. Lo que más recuerdo es que había sido Miss Tennessee. Eso es lo más lejos que llegó en su carrera de reina de la belleza; en la parte intelectual del concurso de Miss América fracasó por completo, luego fue a la facultad de Derecho y después solicitó entrar en la academia del FBI. Lo de trabajar infiltrada es ideal cuando pareces una muñeca Barbie, intuyo. En fin, por lo menos sirve para casarse con un juez, supongo. Y así consigues que te inviten a las fiestas navideñas de la Casa Blanca.

—Estabais en Quantico al mismo tiempo. Eso quiere decir que Erin debía saber más cosas de tu entorno de las que figuraban en tu expediente. —Aquí aludo al espectro de Carrie.

Lucy no abre la boca.

—Carrie Grethen. —Ya lo he soltado—. Erin sabría de ella por una serie de motivos. Erin sabría exactamente quién y qué es Carrie.

—Ahora sí —dice Lucy—. Dalo por seguro. Pero en 1997 nadie tenía ni idea de a lo que se enfrentaban. Incluyéndome a mí.

Hasta donde sabemos, Carrie aún no había cometido ningún crimen por aquel entonces. No figuraba entre los Diez Criminales Más Buscados. No estaba encerrada en una instalación psiquiátrico-forense para criminales trastornados ni se había escapado aún de una, y no se suponía que había muerto en un helicóptero que se estrelló en la costa de Carolina del Norte. Desde luego, cuando trabajaba en el ERF no era una delincuente conocida ni se la daba por muerta, y puede que Erin Loria y ella fuesen aliadas. Igual eran amigas. Igual habían tenido un romance y se seguían viendo, una posibilidad extravagante a tener en cuenta.

Una de las fugitivas más peligrosas del planeta puede estar en términos amistosos con una agente del FBI casada con un juez federal designado por el presidente de Estados Unidos. Se me acelera el cerebro hacia posibles conexiones, y si sumo dos más dos, igual me da cuatro. O puede que cinco o cualquier otra cifra equivocada. O igual no me da nada y ya está.

Pero me molesta considerablemente que aunque Erin Loria estuviese abriéndose camino hacia la propiedad de Lucy hace apenas dos horas, yo recibiera un mensaje de texto que incluía un enlace a una grabación clandestina que Carrie llevó a cabo en el cuarto de Lucy mientras la antigua Miss Tennessee-convertida-en-agente-del-FBI vivía en esa misma planta. Y lo que es aún peor, Carrie y Lucy discutían por su culpa en el vídeo.

—Espera un momento —le dice Marino a Lucy—. Antes de tomarnos el ácido y empezar a imaginar toda clase de chifladuras, volvamos a cuando te sonó el teléfono. Tu *software* recogió información sobre quién llamaba. Descubriste que la agente especial Loria dirigía el ataque, ¿y luego qué?

—¿Literalmente?

—Punto por punto.

—Sabía que ella estaba en un vehículo que avanzaba a treinta por hora por el mismo camino que vosotros. —Lucy alza las piernas, plantando los pies en el pedrusco y estrechándose las rodillas con los brazos.

Ninguno de nosotros se siente cómodo en esa iglesia al aire libre. Lo único bueno es que el sol sienta bien, aunque la humedad resulte opresiva, y el aire es pegajoso pero agradable cuando me roza la piel sudada. Es esa clase de clima cálido y pesado que promete tormentas violentas, y hay una prevista para esta tarde. Levanto la mirada hacia unas nubes gruesas y oscuras que avanzan desde el sur, y la clavo en ese helicóptero que ronda ruidosamente cerca del agua, colgando en el aire cual enorme Orca negra flotando en el desfile de Macy's.

—Sabía cuando llamó que estaba a unos cincuenta metros de la verja —prosigue Lucy—. Y cuando le pregunté en qué podía ayudarla, me informó de que el FBI tenía una orden de registro para mi casa y para cualquier edificación relacionada con ella. Me ordenó que abriera la verja y la dejara así, y en cosa de unos minutos, cinco coches del Buró, incluyendo un K9, estaban delante de la casa.

—¿A qué hora te fijaste en el helicóptero? —Sigo viendo cómo nos sobrevuela: ahora está encima de un tupido bosque situado a la izquierda de la casa de Lucy que no podemos ver desde donde nos encontramos.

—Más o menos a la misma hora en que aparecisteis vosotros.

—A ver si lo entiendo. —Marino pone mala cara—. Por algún motivo, ¿un helicóptero del FBI resulta que andaba por Cambridge cuando nosotros seguíamos un caso? Vale. Ahora sí que lo veo todo realmente chungo, ¿sabes? Tengo una de esas intuiciones realmente malas que me ponen los pelos de punta.

—No te queda ni un pelo —le dice Lucy.

—¿Qué mierda están haciendo? —Marino lanza una mirada asesina al cielo, como si el FBI fuese Dios.

—Lo que es seguro es que no me lo van a decir —comenta mi sobrina—. No sé por dónde han estado volando ni por qué, y no he tenido tiempo de averiguarlo. Cuando aparecieron sus coches, me quedé sin vida privada. No tuve la brillante idea de consultar al ATC o de intervenir su frecuencia para oír quién rondaba por ahí y por qué. Y además, tenía un montón de cosas que hacer. El K9 resulta especialmente inquietante... Lo han traído aposta. Y eso es obra de un gran merluzo.

—¿Quién?

—Yo diría que Erin. Si ha reunido alguna información sobre mí, habrá visto que tengo un bulldog inglés llamado *Jet Ranger* que apenas puede caminar ni ver, y disponer de un Malinois belga para registrar la casa es ideal para aterrorizarlo. Por no hablar de asustar a Desi. Por no hablar de chinchar a Janet hasta el punto de llevarla a matar a alguien. Esto es personal.

Detecto la intensidad de sus ojos verdes. Me sostiene la mirada.

—Yo no llegaría tan rápido a esa conclusión. —Soy precavida con lo que digo—. No me tomaría personalmente nada de esto —aconsejo a mi sobrina mientras me hago preguntas al respecto—. En estos momentos, todos nosotros necesitamos ser fríamente objetivos y pensar con claridad.

—Parece que alguien quiere vengarse.

—Reconozco que yo me pregunto lo mismo —dice Marino.

—Esto está planeado. —Lucy parece convencida de ello—. Y los planes han llevado su tiempo.

—¿Qué venganza y a cargo de quién? —pregunto—. No puede ser Carrie.

—¿Que no puede ser Carrie? ¡Los cojones! —comenta Marino con rabia.

—Os lo voy a decir —sigo adelante, pero con cuidado—. Carrie no está dando órdenes al FBI aunque pueda haber conocido a Erin Loria cuando estabais las tres juntas en Quantico.

—Esas dos no eran precisamente unas extrañas. —Lucy estira sus ágiles y fuertes piernas y se pone a hacer ejercicios abdominales, con los ojos clavados en las deportivas de color naranja chillón que se mueven arriba y abajo—. Os aseguro que no —añade.

—Ay, coño. No me digas que también dormían juntas. —Marino cambia de postura en el duro banco, frotándose la rabadilla—. ¿El juez lo sabe?

—No sé cuánta cama hubo —dice Lucy como si ya no le importara, pero no me lo trago.

—Bueno, algo que sí sabemos de Carrie es que está a favor de la igualdad de oportunidades —dice Marino—. Edad, raza, sexo... Nada la detiene. Esta historia va de mal en peor.

—Recuerdo una vez que entré en la cafetería y las vi comiendo en la misma mesa. —Lucy me lo dice a mí, no a Marino—. De vez en cuando las veía hablando en el gimnasio, y luego vino aquella mañana de lluvia en la que Carrie recorría el Sendero de Ladrillos Amarillos y se resbaló al escalar una roca, de bajada. Se hizo una herida muy contundente con la soga y me dijo que una de las nuevas agentes la había ayudado, limpiado la herida y vendado. Era Erin Loria. Recuerdo haber sospechado que el motivo de Erin para ayudarla no era el hecho de encontrarse en el mismo sitio al mismo tiempo. No es que se cruzaran la una con la otra. Corrían juntas la carrera de obstáculos. ¿Pero más allá de eso? —Lucy se encoge de hombros, alzando la cara al sol y cerrando los ojos—. Carrie era mucho más directa que yo. No sé si me explico.

—¿Alguna vez la oíste hablar de Erin, de manera concreta? —le pregunta Marino.

—La verdad es que no. Pero Carrie es un genio de la manipulación. Es como un político. Se le da mejor la gente que a mí y puede convencer a casi todo el mundo de cualquier cosa.

—Exactamente. Y no sabemos con quién se puede estar comunicando —asegura Marino—. Y tampoco sabemos con quién puede estar hablando el FBI. La gente rastrera saca información de cualquier manera y de cualquier fuente. Siempre están pactando con el diablo.

—Estoy de acuerdo —dice Lucy—. Ella les ha dado algo de comer. Aunque sea de manera indirecta.

13

Mientras habla, aporta más imágenes de ese vídeo del que no sabe nada. O que yo supongo que no sabe nada, lo cual me lleva a una posibilidad mucho menos satisfactoria.

Si Carrie es, efectivamente, la persona que me envió el enlace del vídeo, puede que también sea ella la que envíe cosas semejantes al FBI. Puede haberle enviado la misma grabación a Erin Loria, y no quiero pensar lo que podrían hacer los federales con ella. Qué bochorno para Lucy. Y qué peligro. A continuación, vuelvo a pensar en la metralleta ilegal.

Igual por eso están aquí.

—¿Sabéis qué pienso de que Carrie pueda pasarle información al FBI o tener algo que ver con el asunto? —añade Marino—. Dudo mucho que ellos crean que existe. En serio. Igual están convencidos de que está muerta, como lo estábamos nosotros hasta hace un par de meses. Olvidaos del juez. Olvidad vuestro pasado en Quantico. Olvidaos de todo menos de que no hay pruebas de que Carrie esté viva. Nuestra opinión no importa.

—¿Nuestra *opinión*? —Me lo quedo mirando—. ¿Te parece una simple opinión que me disparase con un arpón y que no me haya muerto o ahogado de milagro?

—Eso es lo que más le gusta: hacerte creer que no existe —dice Lucy con los ojos cerrados y una expresión apacible a la brillante luz solar.

Está tranquila, pero en el fondo no puede estarlo. No conozco a nadie más reservado que mi sobrina. Que unos agentes escudriñen toda su vida personal le resulta una idea inimaginable. Se me ocurre que igual la próxima soy yo, y me pregunto qué haría Benton si un escuadrón de sus colegas se presentase en nuestra pulcra e historiada casa de Cambridge.

—Quedémonos con lo que tenemos delante de las narices. —Marino se rinde ante su banco, se levanta y se estira—. ¿Qué dicen que hiciste, Lucy?

—Ya conoces a los federales. —Lucy se encoge de hombros desde el pedrusco—. No te dicen de qué te consideran culpable y no te preguntan nada. Se dedican a arrojar cosas contra la pared hasta que alguna se queda enganchada. Basta con que no recuerdes algún detalle a la perfección. Igual dices que fuiste a la tienda un sábado y en realidad era domingo, y así ya te trincan por falso testimonio, que es un delito.

—No creo que hayas llamado a Jill Donoghue. —Estoy segura de saber la respuesta.

Jill es una de las abogadas defensoras más reputadas de Estados Unidos, así como una luchadora brillante y experta en el juego sucio. Es exactamente lo que necesitamos ahora mismo. Lo cual no quiere decir que me caiga bien.

—No he contactado con ella ni con nadie. —Lucy confirma mis sospechas.

—¿Por qué no? —inquiero—. Debería haber sido tu primera llamada.

—Vamos, Lucy. Con lo lista que tú eres —dice Marino—. No puedes enfrentarte a ellos sin un abogado. ¿Se puede saber qué te pasa?

—Yo fui una de ellos. Y sé pensar como ellos —dice Lucy—. Quería cooperar con ellos el tiempo suficiente para reunir información sobre qué es exactamente lo que tanto les preocupa. O lo que hacen como que les preocupa.

—¿Y? —pregunto.

Vuelve a encogerse de hombros. No sé si carece de respuesta o si se niega a dármela.

—Me voy a acercar a la casa para ver qué coño están haciendo —decide Marino—. Tranquilas. No entraré. Pero me aseguraré de que me vean. Que se jodan.

—Janet, Desi y *Jet Ranger* están en el cobertizo de la barca —le informa Lucy—. Igual puedes ver cómo se encuentran. Asegúrate de que no se muevan de ahí. Tienen que quedarse donde estén, y recuerda que *Jet Ranger* no sabe nadar. Que no se acerque al extremo del embarcadero —añade con énfasis—. *Que no se acerque al agua. Que no lo pierdan de vista* —dice, y es entonces cuando lo capto.

Veo un quiebro en su rostro, una reacción muscular involuntaria a una idea intensamente desagradable.

—Y diles que enseguida voy para allá —dice Lucy, y yo detecto en ella una ira criminal.

Una ira que enseguida se oculta bajo varias capas, en el fondo de un espacio inaccesible. Como un nadador rompiendo la superficie que se sumerge en el agua hasta desaparecer. Solo quedan el mar en movimiento y la luz atrapada por el agua, así como la planicie de un horizonte vacío.

No lo recuerdo. Solo sé que sucedió. Así me imagino el nacimiento, sentirse cálido y sumergido y, de repente, verse violentamente evacuado por el conducto natal, asustado y manoseado para que respire, para que viva esta vida. No recuerdo que Benton me ayudara a salir a la superficie. No recuerdo haber alcanzado la popa del barco ni cómo me subí a él. Seguro que no pude hacerlo por la escalerilla.

Mi primer recuerdo real es el de alguien que me coloca una mascarilla en la cara, para darme oxígeno, y de lo seca que tenía la boca. Tenía un calambre tan fuerte en el muslo derecho que parecía estar quebrándome el fémur. Era el peor dolor que jamás hubiese experimentado, o por lo menos así lo siento ahora. El arpón negro de fibra de carbono había atravesado el cuádriceps, perforando el *vastus medialis*, y por el camino había afectado al hueso antes de asomar por el otro lado de la pierna. Cuando lo vi, no lo entendí.

Por un extraño instante, tuve la impresión de haber sufrido un accidente laboral en el que algo me había atravesado el muslo. Luego no me creía que lo que estaba viendo era real hasta que toqué la punta del arpón y el dolor se extendió hasta mi cuerpo. Vi que tenía sangre en las manos y que había también restos de ella en el suelo de fibra de vidrio del barco. No dejaba de acariciarme la parte interior del muslo, cerciorándome de que el arpón no me había rozado la arteria femoral.

Dios mío, no me dejes morir desangrada, por favor. Te vas a desangrar hasta la muerte. No, de ser así, ya habría ocurrido. Recuerdo todo lo que me pasaba por la cabeza. Las ideas eran como pinchazos en la conciencia, trozos y fragmentos desconectados, y de repente la oscuridad, y luego de vuelta otra vez. Tenía la vaga sensación de estar tumbada en el suelo del barco. Recuerdo sangre y un montón de toallas, y Benton inclinado muy cerca de mí.

«¿Benton? ¿Benton? ¿Dónde estoy? ¿Qué ha pasado?»

Me mantenía suavemente la pierna quieta, hablándome mientras me hacía respirar. Me lo explicó todo. O dice que lo hizo, pero yo no puedo reproducirlo, ni una palabra. Es todo tan difuso... Es tan extrañamente inalcanzable...

—¿Desi tiene la más mínima idea de lo que está pasando? —le pregunto a Lucy, centrándome en ella, observando que ya no está sentada.

—¿Te encuentras bien? —Está de pie junto a mí—. ¿Dónde estabas ahora mismo?

No le digo que cuando me voy «allí», esté donde esté ese «allí», es como enfrentarse a unos fragmentos desconectados de una ilusión aterradora. Me pasa constantemente por la cabeza la idea de que morí y volví a la vida, algo que no pienso compartir con nadie. No mencionaré las intrusiones, las sensaciones y las imágenes que me asaltan de repente, cuando menos las espero. Las señales son imperceptibles. Alguien encendiendo un cigarrillo, alguien regando. Un movimiento en el rabillo del ojo.

Y de repente, con la violencia de un infarto, me recorre el cerebro un dolor insoportable. Era como si tuviese la pierna entre las fauces de un tiburón que tiraba de ella y se me llevaba.

Acepté mi destino. Me iba a ahogar. Y luego todo era vacío y oscuro, como si hubiese habido un apagón. Y de repente, de manera enloquecida, lo vuelvo a oír.

El acorde en mi mayor de una guitarra eléctrica.

Mis ojos aterrizan en el teléfono que aprieto de manera ausente con la mano y veo un mensaje en lo alto de la pantalla.

«Mensaje Lucy ECE.»

Introduzco la contraseña y voy a mis mensajes: este es igual que el otro. Un enlace y nada más. Pero no puede ser de Lucy. ¿Cómo va a serlo? Es imposible. La tengo a menos de dos metros. Mi sobrina reconoce el tono de alarma que se sabe de memoria y me mira a los ojos.

Luego mira su propio móvil, y de nuevo a mí.

—No te acabo de enviar un mensaje —dice.

—Ya lo sé. O, mejor dicho, no te he visto enviarlo.

—¿Que no me has visto? Acabo de escuchar el tono de alarma de mi línea ECE, la segunda de este móvil. —Sostiene el artefacto en alto y pone cara de pasmo y preocupación—. Y no te he enviado nada.

—Ya. Soy consciente de que no te he visto tocando el móvil.

—¿Por qué hablas así?

—Solo comento lo que he visto y lo que no —respondo.

—¿Le has asignado ese tono a alguien más?

—Tú arreglaste las llamadas a tu gusto y creaste este tono para mí porque es único, Lucy. Nadie más de mi lista de contactos tiene...

—Vale —me interrumpe, impaciente—. ¿Qué número aparece?

—Ninguno. Solo pone «Lucy ECE», que es como lo tengo apuntado en mi lista de contactos. ¿Y si voy ahora a los contactos y lo compruebo? Mira. —Levanto el móvil, pero no le dejo acercarse—. Pone exactamente lo mismo de siempre. Lucy ECE. —Recito el número de teléfono—. Es el tuyo. —La miro a los ojos—. ¿Es posible que alguien te lo pirateara? Y en concreto, ¿es posible que alguien haya encontrado una manera de piratear tu línea de emergencia para que parezca que estás llamando o enviando un mensaje con urgencia cuando en realidad no lo estás haciendo?

—Una estupenda manera de captar tu atención. De obligarte a interrumpir lo que estés haciendo... que es lo que acaba de suceder. Una manera estupenda de manipularte para que vayas adonde te digan a una hora precisa y por algún motivo. —Lucy mira alrededor como si alguien nos vigilara, luego se me acerca y extiende la mano—. Déjame ver.

No pienso darle mi móvil, así que me levanto de la silla y me aparto de ella.

—Tengo que echarle un vistazo. —Sigue con la mano extendida para que le pase el teléfono—. Te prometo que lo que hayas acabado de recibir no procede de mí. Déjame ver qué es.

—No voy a hacerlo.

—¿Por qué no?

—Imposibilidad legal. No puedo ser tan descuidada a nivel legal. No sé quién está haciendo esto, Lucy.

—¿Haciendo qué?

—Enviarme cosas como si fuesen tuyas.

—Y temes que pueda ser realmente yo quien lo haga. —Se la ve dolida, y luego irritada.

—No sé de quién se trata en realidad —repito.

—¿A qué te refieres con lo de la *legalidad*? —Empieza a reaccionar de forma airada, y yo también—. Eres igual que ellos. Crees que he hecho algo. El FBI ha invadido mi propiedad, ¿me convierte eso en culpable de algo?

—No estamos hablando de eso. Tú no has oído nada, ni siquiera un tono de llamada, maldita sea, y más vale que retrocedas. —Me deprime el tono que empleo, y Lucy está a punto de perder los estribos.

—¡No puedo ayudar si me ocultas cosas, tía Kay!

—Puedes ayudar respondiendo una pregunta muy sencilla, Lucy. ¿Podría alguien haberte usurpado el número? ¿Te lo podrían haber pirateado?

—Sabes mejor que nadie que no voy por ahí dando mis números de teléfono. —Cruza los brazos de manera desafiante—.

Casi nunca llamo a nadie por la línea de emergencia, además. Y nadie tiene ese número, exceptuándote a ti. Y a Benton, Marino y Janet, claro.

—Pues parece que alguien más lo tiene. Me pregunto cómo ha podido ocurrir algo así. Sobre todo a ti.

—No lo sé. Todavía no sé lo bastante.

—Casi nunca te oigo decir que no sabes algo. —Cuidadosa y dolorosamente, me incorporo de mi pedrusco—. Necesito unos minutos para mí sola, por favor.

Echo mano al bolsillo en busca del pinganillo. Me lo pongo mientras pincho el enlace y aparece un texto de inmediato, de color rojo sangre, como el anterior.

CORAZÓN DEPRAVADO – VÍDEO 2
Por Carrie Grethen
11 de julio de 1997

Siento el dragón de piedra que me observa desde el cuarzo rosa. Sus brillantes ojos granate parecen seguirme mientras me alejo todo lo que puedo de Lucy.

El rostro de Carrie se ve grande y recuerda al de una marsopa mientras observa una microcámara camuflada de sacapuntas a pilas de plástico beige en forma de ladrillo.

La coge y se filma a sí misma desde distintos ángulos, para luego dirigir el diminuto objetivo a la oscura caverna rosada de su boca. Saca la lengua y la mueve, grande y gorda, a ritmos diversos, cual metrónomo obsceno. De arriba abajo, lentamente. De un lado a otro, muy rápido. Junta los labios rosados, que se ponen a emitir ruidillos musicales. Luego sostiene en alto el sacapuntas, como si fuese la calavera de *Hamlet*, y le dirige la palabra.

—¿Ser o no ser Dios? Esa es la cuestión. ¿Es más noble sufrir la abstinencia de demorar el placer o debería ceder a la gratificación instantánea? La respuesta es no. No debo ceder. Debo ser paciente, todo lo paciente que haga falta, por difícil o exigente que resulte. Dios planea cosas con millones de años de antelación. Y yo también puedo, Jefe —dice Carrie, y yo reparo en que, de nuevo, una frase ha sido editada.

¿Con quién habla cuando dice Jefe?

—Hola. ¿Otra vez por aquí? —Carrie camina hasta el ordenador que hay encima del escritorio, deja encima el sacapuntas, extrae la silla de debajo y toma asiento.

Se hace con el ratón, clica y la pantalla se llena con una imagen congelada de Lucy y yo. Estoy haciendo un gesto a media frase mientras Lucy está sentada sobre una mesa de pícnic de madera, escuchando, sonriendo. Reconozco el traje de seda color gris perla que yo llevaba puesto y del que hace tiempo que me desprendí. Carrie debía de disponer de un zum. Debía de estar donde no se la pudiera ver, pero reconozco al instante la perspectiva, el clima, el follaje.

El aparcamiento del ERF. Sol y calor. Muy avanzado el día.

Las marquesinas de los árboles son de un verde denso y maduro. No hay señal de que las hojas vayan a cambiar de color, ni el más leve atisbo de rojo o dorado. Es verano. Julio o agosto. Podría ser la segunda mitad de junio, pero en ningún caso la primera. Igual Carrie estaba dentro de un coche, filmándonos a Lucy y a mí en las mesas de pícnic de la zona boscosa situada junto al aparcamiento para los empleados: lo veo, lo siento y lo huelo como si estuviese allí.

Llevo puesto el elegante traje de seda que me regaló Benton para mi cumpleaños, el 12 de junio, casi exactamente un mes antes del de Marino. Estoy bastante segura de que estamos en 1995, y sé que solo me puse ese traje una vez para ir a juicio porque se arrugaba de mala manera. Para cuando me llamaron al estrado, la falda parecía haber estado hecha un gurruño en algún cajón antes de ponérmela, y las arrugas que irradiaban de los sobacos de la chaqueta parecían enormes patas de gallo. Veo claramente ese traje. Y recuerdo haber bromeado con Lucy al respecto.

Era un caso en Virginia del Norte, no lejos de Quantico, e

hice un alto allí después del juicio para almorzar con mi sobrina en la zona de pícnic. No era 1997. De ninguna de las maneras. Ella estaba empezando a hacer de becaria y yo me estaba riendo de mi traje. Le dije que también se veían las manchas de sudor, y que Benton era el típico tío que no pensaba en esas cosas. Puede que sea sensible y de lo más intuitivo, y que tenga un gusto exquisito, pero no debería escogerme la ropa.

«Yo no trabajo para el Buró», recuerdo haberle dicho a Lucy, o algo parecido. «No me visto para reuniones en gabinetes de guerra, sino para el trabajo de campo. Lavar y poner, esa soy yo.»

Solo estábamos en 1995 y Carrie ya estaba espiando. Igual empezó a grabarnos a Lucy y a mí nada más conocernos. Miro la pantalla del móvil y veo a Carrie levantándose del escritorio dos años después, en julio de 1997. La veo atravesar la habitación. *Presta atención. No dejes que tus recuerdos te distraigan de sus manipulaciones.*

—¿Te lo pasas bien recordando cosas, Jefe? Porque tengo la sensación de que estás dando un paseíto muy largo y agradable por el ayer, recordando toda clase de cosas en las que llevas mucho tiempo sin pensar. —Carrie encuentra otra cámara y le habla directamente—. Ojalá supiera en qué andas ahora mismo. Estoy dentro del abarrotado y poco imaginativo refugio de Lucy en esta tierra de pollas andantes que llevan armas y te enseñan la placa.

Carrie va descalza y lleva la misma ropa blanca de correr. La luz que se cuela por los extremos de las persianas no es tan intensa como antes. El día ya está avanzado.

—Lucy ha salido unos minutos por asuntos domésticos. ¿Sorprendida? Supongo que te estás rascando la cabeza. Y me pregunto... Vamos, dime la verdad. —Carrie se inclina sobre la cámara de forma conspiratoria—. ¿Arrima el hombro cuando está en casa de la tiíta Kay? ¿Friega los platos o limpia los baños o saca la basura o, por lo menos, se ofrece a hacerlo? Si no es así, deberías trabajar con ella en ese aspecto concreto de su considerable inmadurez y su actitud de niña mimada. Porque a mí no me cuesta nada conseguir que se muestre responsable. Simplemente, le digo: «Lucy, haz esto o lo otro. ¡Y rapidito!» —Carrie se ríe mientras chasquea los dedos—. Ahora mismo, se está ocupando de nuestra ropa sucia.

»Así pues, ya que tenemos un segundito para nosotras solas, te voy a explicar un poco lo que puedes esperar. Para cuando veas esto, habrán pasado meses y años. No sé cuántos. Podrían ser cinco. Podrían ser treinta. Pasarán en un santiamén; y cuanto más viejas seamos, más rápido correrá el tiempo, acercándonos velozmente a la dilapidación y la inexistencia física.

»Los días ya parecen pasarme más rápido que a Lucy, y los tuyos deben de ir a mayor velocidad que los nuestros porque el reloj biológico del cerebro, el núcleo supraquiasmático del hipotálamo —se da unos golpecitos en la frente—, envejece como el resto de nosotros. Lo que cambia no es el tiempo, sino la percepción que tenemos de él, ya que los instrumentos que hay dentro de nuestro envoltorio biológico están sometidos al estrés, a la fatiga y al desgaste. Pierden exactitud, como las aspas de un helicóptero o una brújula mojada que se descompensa, y lo que percibes ya no es exacto.

»Tus saltos de memoria ya deberían llevarte hacia atrás. El pasado ya está siendo reconstruido y restaurado de manera tan rápida como milagrosa mientras revives lo que ves, ¡y qué trayecto tan maravilloso te espera! Considéralo un regalo que te hago. Una pizca de inmortalidad, una salpicadura de la Fuente de la Juventud. Pero, como sigo insistiendo a modo de disculpa, *no puedo decirte cuándo.*

»En esta coincidencia del tiempo y el espacio, no puedo predecir con sinceridad cuándo decidiré que la historia del mundo está perfectamente adecuada para ti, para que por fin veas la luz acerca del sentido de tu vida y de tu muerte, así como de los principios y los finales de todas las personas de este mundo que te importan. Incluyéndome a mí. Sí, a mí. Nunca hemos tenido la oportunidad de ser amigas. Nunca hemos mantenido una conversación de peso. Ni siquiera una charla cordial. Y eso resulta sorprendente cuando consideras lo que podrías aprender de mí. Déjame que te dé algunos datos sobre Carrie Grethen.

Otra cámara oculta la recoge mientras atraviesa el cuarto hasta una mochila de lona verde del Ejército que hay en el suelo. Se agacha y rebusca en su interior. Encuentra un sobre de papel manila que no está sellado y saca unas hojas de papel dobladas, más páginas de un guion.

—¿Sabías que soy escritora, una narradora, una artista? ¿Que siento devoción por Hemingway, Dostoievski, Salinger, Kerouac o Capote? Claro que no. No te conviene humanizarme. No te conviene asignarme nada positivo o destacable, como el interés por la poesía y la prosa. O que tengo un sentido del humor muy retorcido.

»Te ofrezco un breve apunte del personaje que te dará algunas pistas, y tú puedes salir pitando y compartirlas con quien te apetezca. Métalas en uno de tus aburridos libros técnicos. Gran idea, ¿eh? Disculpa, por favor, si prefiero la tercera persona para hablar de mí misma. No voy a hablar de *mí*. Voy a hablar de *ella*. ¿Estás preparada? ¿Seguro?

14

«Érase una vez una alquimista que preparaba sus propias pócimas protectoras, las cuales la mantenían siempre joven.»

Carrie sostiene el frasco de crema mientras va leyendo su guion.

«Con su piel muy clara —se toca el pelo platino— se mimetizaba cual polilla dentro del cuarto del FBI de color crudo, como si la selección natural explicara en qué se había convertido. Pero no era así. Algo más le había desleído el color del alma, alterándola y creando antojos y conductas paranormales que la dirigían hacia lo sombrío y carente de luz.

»De pequeña, Carrie ya sabía que no era buena. Cuando la gente en la iglesia hablaba de buenos pastores, buenos samaritanos o buenos creyentes puros de corazón, ella sabía que no formaba parte del grupo. Supo desde la más corta edad que era diferente a todos los de la escuela y a los que vivían en su propio hogar. No se parecía a nadie en absoluto, y aunque eso le resultara confuso, también le complacía enormemente haber sido bendecida de forma tan especial. Era un don muy extraño lo de no acusar las temperaturas extremas, lo de apenas sentir el frío y el calor o lo de ver en la oscuridad como un gato. Qué maravilla poder abandonar el cuerpo durante el sueño y viajar a tierras lejanas o al pasado, hablar idiomas que nunca había aprendido y recordar lugares en los que jamás había estado. El CI de Carrie era demasiado alto como para ser medido.

»Pero a quien mucho se le da, también mucho se le puede quitar, y un día su madre pronunció esas terribles palabras que ningún niño debería oír jamás. El destino de la pequeña Carrie era morir joven. Era tan especial que Jesús no podía estar demasiado tiempo sin ella y se la llevaría muy pronto al cielo.

»"Considéralo un plan de reserva sagrado", le explicó a Carrie su madre. "Jesús estaba de compras y, mientras revolvía entre los millones de bebés a punto de nacer, te eligió a ti y te puso a un lado. Pronto volverá para recogerte y llevarte con Él a casa para siempre."

»"¿Y Él tiene dinero para pagar por mí?", inquirió Carrie.

»"Jesús no necesita dinero. Jesús puede hacer lo que le plazca. Es perfecto y todopoderoso."

»"En ese caso, ¿por qué no se limitó a pagar cuando me encontró y se me llevó a casa con Él?"

»"No nos corresponde juzgar a Jesús."

»"Pero parece que sea pobre y no muy poderoso, a fin de cuentas, mamá. Parece que no se podía permitir tenerme, que es lo que te pasa a ti cuando pones en reserva lo que no te puedes comprar."

»"Nunca debes decir nada irrespetuoso sobre nuestro Señor y Salvador."

»"Pero si no lo he hecho, mami. Tu sí. Tú has dicho que Él no se me podía permitir ahora mismo, pues de ser así, yo ya estaría en el cielo con Él. Y ya no sería una carga para ti. Tú no me quieres y desearías verme muerta."

»La madre de Carrie respondió lavándole la boca a su hijita con una pastilla de jabón Ivory, y lo hizo tan a lo bestia que la pastilla se volvió roja a causa de las encías sangrantes de la niña. Después de eso, su madre se olvidó de la analogía de la reserva, pues se dio cuenta de que se parecía a lo que quería decir, pero no del todo. En vez de eso, se dedicó a recordarle a Carrie que debería vivir una vida ejemplar y pura de corazón y darle las gracias por ella a Dios mientras pudiese, ya que, total, ninguno de nosotros sabe cuánto tiempo va a pasar aquí.

»Mamá explicó que lo que realmente quería decir cuando se

le ocurrió lo del plan de reserva era que la vida en la tierra es como estar en la trastienda de unos grandes almacenes. Algunos nos quedaremos en la trastienda menos tiempo que otros, dependiendo de "lo que hayamos traído antes de ser almacenados en esta tierra, a la espera de Jesús".

»En otras palabras, a lo que su madre se refería en realidad cuando recurría a esa analogía cursi de la reserva era a la imperfección familiar, una potencialmente fatal que Carrie había heredado. Esto no era un invento. Era un hecho desafortunado, y para cuando Carrie alcanzó los catorce años de edad, ya había perdido a su abuela materna y a su madre por culpa de una trombosis causada por una anormalidad de la médula ósea. Carrie pactó con Dios que ella no sufriría un destino semejante, y cada dos meses justos se sometía a una flebotomía, llegando a extraerse hasta medio litro de sangre, que luego conservaría para su uso personal. Y ese no era el único ritual de interés que conservaría en la edad adulta.»

Carrie deambula por el cuarto, gesticulando y mirando a cámara. Se lo está pasando bien. Está encantada.

«Finalmente, acabaron circulando extraños rumores sobre ella en las Instalaciones de Investigación Científica del FBI —continúa—, donde habría constituido una violación de los derechos civiles preguntar a su más veterana sabia de los ordenadores por su salud, sus creencias personales y cómo estas se manifestaban. No era asunto de nadie si guardaba o se bebía su propia sangre o si era polisexual o se comunicaba con el Otro Mundo. Sus apetitos y fantasías eran cosa suya mientras se los guardara para sí misma.

»Cuánto viviría tampoco era relevante; solo lo era que acabase ese importante trabajo para el que la había reclutado el gobierno federal, un logro técnico que no requería un agente especial del FBI, cosa que Carrie no era. Profesionalmente, estaba clasificada como sujeto no policial, como contratista independiente no militar con accesos especiales de seguridad. Personalmente se la consideraba una empollona, un bicho raro, una infeliz a la que se le ponían motes ridículos y groseros cuando no escuchaba.»

Tiene los ojos oscuros y fríos cuando los planta en la cámara. «Motes sexistas y vulgares, chanzas groseras que el FBI creía que Carrie no oía. Pero sí lo hacía, y su educación la había preparado muy bien para no reaccionar ante las provocaciones y no vengarse ni hacer nada que le otorgase el más mínimo poder al enemigo.

»El castigo no es tal si no te sientes castigado, si no experimentas el sufrimiento premeditado. Todo se basa en la percepción. Todo consiste en la manera en que reaccionas ante algo, y esa reacción es el arma real. El arma es lo que hiere, y en tu caso, cuento con que ya te has herido a ti misma con tus propias reacciones, pues aún tienes que aprender una lección que a mí nadie tuvo que enseñarme: si no sientes dolor y no muestras heridas es que no hubo arma, solo un tímido intento...»

Su voz suave y agradable, con un leve acento virginiano, se interrumpe de repente y hay un fundido en negro. Igual que antes. El enlace se desconecta. Y se desvanece al instante, igual que el primero.

Jill Donoghue no se puede poner, pero yo le insisto a su secretaria para que la interrumpa. No doy órdenes a no ser que lo considere necesario, y ahora mismo me siento como un motor a punto de explotar. Sé que no parezco muy simpática, pero no puedo evitarlo.

—Lo siento, doctora Scarpetta, pero es una declaración. —La secretaria intenta negociar conmigo—. Se supone que harán un alto a mediodía.

—Eso no me basta. La necesito ahora y lo siento mucho. Estoy convencida de la importancia de lo que esté haciendo, pero no puede ser tan importante como esto. Por favor, pásemela —respondo mientras pienso en la paciencia, en si soy una persona paciente, pues la verdad es que no lo parezco.

Y es por un buen motivo, decido. Esta mañana no, pues Carrie sabía lo que estaba haciendo. Me está dando pistas, y aunque no soporto pensar en lo manipulada que me siento, sería una tontería y una temeridad taparme los ojos. Ha dejado muy claro que todo se basa en el tiempo. Por consiguiente, resulta razonable que la frecuencia con que los textos aterrizan en mi móvil no sea aleatoria.

Me pregunto si sigue espiando mientras estoy en el jardín de piedra de Lucy, con el sol entrando y saliendo de unas nubes blancas en forma de tabla de planchar por abajo y ascendiendo verticalmente por arriba. Se acerca una tormenta, un buen chaparrón estival, y huelo el ozono que se aproxima mientras empiezo a aventurarme más allá del santuario al aire libre de Lucy, con esa hierba espesa y verde bajo las botas. Me acerco a la sombra parcial de un árbol, esperando a que me bajen las pulsaciones. La musiquilla de la línea telefónica del despacho de Donoghue es horrorosa y me irrita considerablemente. Siento que la cara me arde de rabia.

Siempre me he considerado una persona deliberadamente disciplinada, una científica hecha al sufrimiento, paciente, lógica y nada emocional, pero es evidente que no soy lo bastante paciente, ni tan siquiera voy escasa de paciencia, y las ideas se me atropellan mientras aparecen ciertas imágenes. Sigo viendo el rostro de Carrie Grethen, la impavidez de esa piel tan blanca como el papel, y el modo en que sus ojos cambian de color y se oscurecen durante el sermón, el soliloquio. Primero son azul oscuro y luego de un pálido gélido, como los de un husky siberiano, y a continuación tenía los iris tan oscuros que parecían casi negros. Estaba viendo lo que pasaba en su psique, atisbando su monstruo interior, su malignidad espiritual, y por eso respiro hondo nuevamente y expulso el aire con lentitud.

El vídeo y su abrupto final han tenido el efecto de un café triple o puede que una buena dosis de digitalina. El corazón está a punto de salírseme del pecho. Me siento envenenada. Siento tantas cosas que ni puedo describirlas, así que trago aire a fondo y lentamente. Abro los pulmones e inhalo y exhalo con fuerza, muy lenta y silenciosamente, mientras espero a Donoghue. Finalmente, escucho un clic en la línea y la musiquilla se interrumpe.

—¿Qué pasa, Kay? —Jill Donoghue va directa al grano.

—Nada bueno, o no te llamaría de esta manera. Lamento la interrupción. —Avanzo unos pasos y el muslo derecho me recuerda que sigue allí.

—¿Qué puedo hacer por ti? ¿Y qué es ese ruido? ¿Es un helicóptero? ¿Dónde estás?

—Es un helicóptero del FBI, probablemente —le digo.

—O sea, que estás en una escena del crimen...

—Estoy en la propiedad de Lucy, que está siendo tratada como una escena del crimen. Quisiera contratarte como mi abogada, Jill. Me gustaría hacerlo ahora mismo. —Veo a Lucy sentada a cierta distancia en un banco, haciendo como que no se interesa por mi conversación.

—Podemos hablar de eso luego, naturalmente, pero... ¿qué está pasando? —empieza a decir Donoghue.

—Hablémoslo ahora —la interrumpo—. Por favor, toma nota del asunto. El quince de agosto, a las once y diez de la mañana, te contraté como abogada y te pedí que representaras también a Lucy. Suponiendo que estés disponible.

—Con lo cual, las tres estamos protegidas por el privilegio entre abogado y cliente —considera—. Si exceptuamos que tú no gozas de protección si hablas con Lucy sin estar yo presente.

—Lo entiendo. Total, tengo la impresión de que ya nada es privilegiado ni privado.

—Probablemente, esa es una actitud inteligente a adoptar en los tiempos que corren. De momento, la respuesta es sí en cuanto a la representación. Pero si hay algún conflicto, tendré que dejar de representar a una de las dos.

—Me parece justo.

—¿Puedes hablar ahora?

—Lucy dice que donde estoy ahora mismo es seguro. Yo diría que la mayor parte de su propiedad no lo es, y lo mismo puede ocurrir con el móvil si es que me lo han intervenido. Puede que el correo electrónico de la oficina sea seguro. La verdad es que no tengo ni idea de qué lo es y qué no.

—¿Ha hablado Lucy con el FBI? ¿Ha conseguido no darles ni los buenos días?

—Ha estado cooperando con ellos hasta cierto punto. Me temo que se siente excesivamente cómoda. —Levanto la vista hacia el helicóptero y me imagino a los agentes de dentro mirando hacia abajo—. No me gusta que no te llamara de inmediato.

—No fue una buena idea, no. Pero la conozco. Es muy suyo subestimarlos. Algo que nunca debería hacer.

Ahora Lucy pasea, mirando el móvil, escribiendo, y no debe de preocuparle mucho que el FBI acceda a su e-mail o a lo que sea. Supongo que no debería sorprenderme, y la verdad es que no envidio a quien intente invadir su privacidad. Se lo tomará como un desafío, como una competición. Encantada de devolver el favor. No quiero pensar en el ciberdesastre y la destrucción de los que es capaz si se pone, y recuerdo el aspecto de los ojos de Carrie cuando decía lo mimada que estaba mi sobrina. El vídeo que acabo de ver sigue proyectándose en mi cabeza. No puedo pararlo.

No me puedo deshacer del tono burlón de Carrie, de su grandilocuente autoabsorción y su pozo sin fondo de odio, y me parece indignante y dañino verme sometida a eso. Me siento triste, rabiosa y frustrada de un modo difícil de definir. Me pregunto si en eso consistirá lo que me está haciendo, y a continuación me viene otra idea. Si se lo cuento a alguien —incluyendo a Jill Donoghue—, habrá un problema de credibilidad.

Nadie me creerá, y no me extraña. Los enlaces que recibí están muertos. Es imposible demostrar que alguna vez estuvieron conectados a unas grabaciones llevadas a cabo por Carrie Grethen o por quien fuera.

—Aparte de ti, ¿quién más está en la propiedad? —Donoghue sigue haciéndome preguntas, para prepararse antes de salir por la puerta.

—Marino, Janet y el hijo adoptado, Desi —contesto—. Bueno, aún no ha sido adoptado oficialmente. Su madre, que era la hermana de Janet, murió de cáncer de páncreas hace tres semanas.

Donoghue dice que lo siente mucho, y cada vez que intenta mostrar empatía o amabilidad adopta un determinado tono de voz. Me recuerda una tecla de piano algo desafinada o el sonido inane del cristal barato. Para ella, lo de ponerse en la piel de otro es una acción muy ensayada. Lamentablemente, no es sincera, y yo me tengo que obligar a tener siempre presente que su carisma y su supuesta empatía son tan de verdad como un pollo de goma: si tienes hambre y le hincas el diente, descubrirás que es falso.

—¿Y Janet y Lucy? —pregunta Donoghue—. ¿Están casadas?

Me pilla por sorpresa y siento otra oleada de recelo y hasta de vergüenza al responder:

—La verdad es que no lo sé.

—¿No sabes si la sobrina que criaste como a una hija está casada?

—Nunca han dicho nada. Por lo menos a mí.

—Pero si estuviesen casadas lo sabrías.

—No necesariamente. Sería muy propio de Lucy casarse en secreto. Pero me extrañaría —le explico—. Tampoco hace tanto que le dijo a Janet que se fuera de casa.

—¿Por qué?

—Lucy teme por la seguridad de Janet y Desi. —Miro a mi sobrina para cerciorarme de que no puede oírme.

Está de espaldas a mí mientras mira algo en el móvil.

—¿Y no estarán más seguros con ella? —pregunta Donoghue.

—Pues hace meses que Lucy parece pensar que no.

—Las personas casadas pueden echarse mutuamente de la casa. No hay por qué estar soltero para que eso ocurra.

—Lo cual me devuelve a lo mismo. No sé lo que son. No sé si están protegidas por el privilegio conyugal. Tendrás que preguntárselo.

—¿Sabe Janet que no tiene que decirle ni pío al FBI? —pregunta Donoghue—. Porque intentarán liarla para que hable, para cualquier cosa que se les ocurra. Si le preguntan la hora o qué desayunó, que no les diga nada.

—Janet estuvo en el FBI. Es abogada. Sabe cómo manejarlos.

—Ya lo sé, ya. Tanto ella como Lucy pasaron por el FBI, lo cual implica que confían demasiado en su habilidad para tratarse con el FBI. ¿Benton sabe lo que ocurre? Supongo que sí.

—No tengo ni idea. —Ni quiero tenerla.

Hay aún otra posibilidad impensable. Una posibilidad muy potente. De hecho, es difícil creer que Benton no supiera que su propia familia iba a ser asaltada. ¿Cómo podría ignorarlo? Esto no es un asunto improvisado. Los federales lo planearon.

—Me lo he cruzado esta mañana en el juzgado, en una vista previa —añade Donoghue—. Te iba a decir que se comportaba como si no pasara nada, pero la verdad es que siempre se comporta así.

—Muy cierto. —No recuerdo que Benton me dijera que tenía juzgado esta mañana.

—Y tú no le has dicho dónde estás ahora ni qué está ocurriendo. —Donoghue quiere cerciorarse—. ¿Y no te ha dado ningún motivo para sospechar que lo sepa?

Benton y yo tomamos café juntos. Pasamos unos minutos en silencio, en el porche, antes de prepararnos para ir a trabajar; visualizo su hermoso rostro, rescatándolo de hace unas horas.

—Pues no —contesto.

No detecté el menor atisbo de nada que pudiera estarle inquietando. Pero Benton es un estoico. Es uno de los tipos más crípticos que jamás haya conocido.

—¿Qué posibilidades hay de que no sepa nada, Kay?

No hay ninguna. Y esa es, probablemente, la triste verdad. ¿Cómo podría no tener ni idea de que sus colegas estaban a punto de tomar la propiedad de Lucy y hacerse con sus pertenencias? Claro que lo sabía, ¿y cómo no iba a inquietarle esa evidencia? ¿Cómo podía dormir en la misma cama que yo, y hacerme el amor, mientras sabía que iba a ocurrir algo así? Me entra un arrebato de rabia, de traición, y luego ya no siento nada. Así es nuestra vida en común. Tenemos más no conversaciones que cualquier otra pareja que yo conozca.

De forma rutinaria, nos ocultamos los secretos. A veces mentimos. Puede que sea por omisión, pero nos despistamos deliberadamente el uno al otro y alteramos la verdad porque a ello nos obligan nuestros trabajos. En momentos así, mientras un helicóptero del FBI hace ruido por allí arriba y los agentes asaltan la propiedad de mi sobrina, me pregunto si vale la pena. Benton y yo respondemos ante un poder superior que en realidad es inferior. Servimos fielmente a un sistema de justicia criminal lleno de fallos que no tiene la menor intención de corregir.

—No he hablado con él desde que salimos de casa esta mañana —le resumo la situación a Donoghue—. No le he contado nada.

—Dejémoslo así de momento —dice ella, y tras un denso silencio, añade—: Tengo una pregunta para ti, Kay, ya que estamos en ello. ¿Has oído alguna vez el término «ficción de datos»?

—¿Ficción de datos? —repito, y Lucy se da la vuelta y fija la mirada en mi dirección, como si hubiese oído lo que acabo de decir—. No, no lo he oído. ¿Por qué?

—Es un término fundamental en el caso por el que estaba en el juzgado esta mañana. No es un caso que, en sí mismo, tenga ninguna relación directa contigo. Bueno, ya lo hablaremos cuando nos veamos. Voy para allá.

15

Cuelgo y me apoyo contra el árbol, pensando. El helicóptero es un enorme y amenazador avispón negro. Ha estado volando bajo y haciendo mucho ruido, por encima del río, subiendo y bajando, girando bruscamente a derecha e izquierda, como si peinara la zona en busca de alguien.

Siento el calor del sol en el cogote y miro alrededor, hacia la hierba recién segada y los frondosos árboles. El prado que hay más allá del jardín de piedra es un lienzo pintado en colores primarios y eléctricas mezclas de estos. Todo lo que veo es de un hermoso que quita el hipo. Se supone que es un lugar apacible, pero el FBI lo ha convertido en una zona de guerra y yo me doy cuenta de lo sola que estoy. No puedo confiar en nadie, francamente, y sobre todo no puedo confiar en Benton.

Jill Donoghue estaba esta mañana en una vista preliminar y se lo cruzó. ¿Qué es lo que le llevó al juzgado federal de Boston y por qué ni lo mencionó antes de que ambos nos fuésemos a trabajar? Lo que de verdad me inquieta es que Donoghue sacara a colación algo llamado ficción de datos en relación a por qué acababa de llamarla. ¿Qué tendrá que ver eso con Lucy, conmigo o con cualquiera de nosotros? ¿O lo dejó caer tan solo porque se le pasó por la cabeza en ese momento? Doy la vuelta y miro al helicóptero, que va en dirección este, pero da media vuelta y se lanza directamente sobre la casa de Lucy y hacia nosotros.

—¿Estamos preparados? —Lucy tiene el rostro pétreo.

No puedo estar segura de que no oyera mi conversación. No tengo la menor idea de lo que realmente sabe.

—Sí, deberíamos movernos —respondo, y echamos a andar juntas hacia la casa—. Antes de decirnos nada más, permíteme que te recuerde que cualquier comunicación entre nosotras carece de protección.

—Eso no es ninguna novedad, tía Kay.

—O sea, que voy a ser muy cautelosa con lo que te pregunte o te diga, Lucy. Solo quiero cerciorarme de que lo comprendes.

—La espesa hierba me roza las botas haciendo ruido, mientras la humedad se va convirtiendo rápidamente en rocío.

En cosa de una hora nos caerá un diluvio como el del arca de Noé.

—Lo sé todo sobre privilegios. —Lucy me echa una mirada—. ¿Qué quieres saber? Pregunta mientras puedas. En unos minutos, esta conversación ya no será segura.

—Jill Donoghue mencionó algo sobre un caso relacionado con la ficción de datos. Tengo curiosidad por saber si tienes alguna idea de a qué se refería, ya que ese término no me resulta familiar.

—Ficción de datos es un concepto de moda en la Undernet, la parte subterránea de Internet.

—Y casi todo lo que ocurre en la Undernet es ilegal, ¿no?

—Depende de con quién hables. Para mí solo es una frontera extrema del ciberespacio, como el salvaje oeste, una especie de mina de datos por la que puedo soltar mis mecanismos de búsqueda.

—Háblame de la ficción de datos.

—Es lo que pasa cuando dependemos tanto de la tecnología que acabamos totalmente a disposición de cosas que no podemos ver. Por consiguiente, ya no podemos juzgar por nosotros mismos lo que es verdad, lo que es falso, lo que es fiable y lo que no. En otras palabras, si la realidad viene definida por un *software* que nos hace todo el trabajo, ¿qué pasa si ese *software* miente? ¿Qué pasa si todo aquello en que creemos no es verdad, sino tan solo una fachada, un espejismo? ¿Qué pasa si entramos en guerra, nos liamos la manta a la cabeza y tomamos decisiones de vida o muerte basándonos en datos ficticios?

—Yo diría que eso pasa más de lo que nos gustaría creer —le comento—. Desde luego, es algo que me preocupa cada vez que generamos nuestras estadísticas anuales de delitos y el gobierno toma decisiones basadas en nuestros datos.

—Imagina unos drones armados bajo el control de un *software* no fiable. Un clic del ratón y le vuelas la casa a quien no debes.

—No tengo que imaginarlo —contesto—. Me temo que ya ha ocurrido.

—¿Y qué me dices de la desinformación y la manipulación económicas, algo mucho peor que un timo piramidal? Piensa en todas esas transacciones *online* y saldos digitales de lo que tienes en tus cuentas bancarias. Tú te crees que dispones de una determinada cantidad de dinero, de unos activos o de una deuda, porque te lo dice la pantalla del ordenador o un informe trimestral generado por *software*. ¿Y si ese *software* crea datos que cuentan hasta el último céntimo, pero en realidad es falso? ¿Y si es la tapadera de un fraude? Ahí tienes la ficción de datos.

—Y ahora mismo hay un caso al respecto en la corte federal. —Vuelvo a caminar lentamente cuesta arriba—. Aparentemente, Jill Donoghue tiene algo que ver. Y puede que Benton también.

—¿Quieres parar un minuto, tía Kay? —Lucy se detiene para esperarme.

—Habría que poner al día el tratamiento. No puedes seguir llamándome tía Kay.

—¿Y cómo quieres que te llame?

—Kay, a secas.

—Suena raro.

—Doctora Scarpetta. Jefa. Eh, tú. Cualquier cosa menos tía Kay. Ya no eres una cría. Las dos somos adultas.

—Parece que duele lo suyo —dice Lucy—. Hay que llevarte a algún sitio en el que te puedas sentar.

—No te preocupes por mí. Estoy bien.

—Te hace daño. No estás bien.

—Lamento ir tan lenta, joder.

El dolor de la pierna es una palpitación irradiante a la que me he ido acostumbrando, más o menos. Cada semana estoy mejor, pero no puedo moverme con rapidez. Las escaleras me resultan difíciles. Tirarme horas de pie sobre las baldosas de la sala de autopsias es un horror. Pero una actividad vigorosa como triscar monte arriba en condiciones extremas de calor y humedad es algo que cualquier médico me prohibiría. Se supone que debo mantener a raya la presión sanguínea.

Cuando lo hago, recuerdo que el hueso es un tejido vivo, y que el hueso más largo y pesado del cuerpo humano es el fémur. Consta de dos supernervios, el femoral y el ciático, que van de la rabadilla a la rodilla cual trenes de gran velocidad que transportan dolor por sus vías. Dejo de andar un momento y me froto el muslo, aplicando un suave masaje a los músculos.

—Deberías utilizar un bastón —dice Lucy.

—Ni hablar.

—Lo digo en serio. —Nos observa, a mí y a mi pierna, mientras echo a andar algo rígida—. Estás en desventaja. No puedes dejar atrás a nadie y, por lo menos, si tuvieses un bastón, podría servirte de arma.

—Me suena a lógica de crío de siete años, a algo que podría decir Desi.

—El hecho de que se te vea tan claramente lesionada y vulnerable te convierte en un blanco fácil. Los malos huelen tu debilidad como los tiburones la sangre. Metafóricamente, es un mensaje equivocado.

—Ya fui un blanco fácil este verano para una especie de tiburón. No volverá a ocurrir. Y llevo una pistola en la bolsa. —Sueno algo ofendida.

—No dejes que la vean. Les encantaría tener una excusa para dispararnos.

—No tiene gracia.

—¿Acaso me estoy riendo?

Aparece su casa, madera y vidrio con tejado de cobre, sobre una loma con vistas a una parte del río que es tan ancha como una bahía. El helicóptero vuelve a sobrevolar el bosque, muy bajo esta vez, rozando casi las copas de los árboles.

—¿Qué coño estarán buscando? —pregunto.

—Quieren la grabación —dice Lucy como si tal cosa, ante mi pasmo.

Hago un alto en el camino y me la quedo mirando fijamente:

—¿Qué grabación?

—Creen que la tengo escondida en alguna parte, puede que enterrada como un tesoro, o tal vez en un búnker. ¿Cómo es posible? —Habla en un tono burlón—. ¿Creen que voy a meter la cámara en una cajita de metal e introducirla en un hoyo y, ¡guau!, ya está a salvo? Si no quiero que encuentren algo, no lo encontrarán en un millón de años.

—¿Qué grabación?

—Te puedo garantizar que usan un radar de los que penetran en el terreno, en busca de parámetros geológicos que les puedan indicar que tengo algo enterrado —Lucy tiene la atención puesta en el helicóptero, que está tan cerca y hace tanto ruido que hemos de hablar a gritos—. Luego lo más probable es que aparezcan con unas putas excavadoras para informarme de que van a tener el placer de destruirme el jardín. Porque aquí lo más importante es la venganza, se trata de ponerme en mi sitio.

—¿Qué grabación? —Espero que lo siguiente que me diga es que a ella también le han enviado los vídeos del *Corazón depravado*.

—La de Florida.

Se refiere a la grabación en la que a mí me disparan mientras trabajo en un naufragio acaecido en la costa de Fort Lauderdale hace dos meses.

—No hay nada útil, pero supongo que ellos no lo saben. Depende de lo que realmente estén buscando —dice Lucy mientras me doy cuenta de que me ha estado mintiendo, a mí y a todo el mundo—. O mejor aún, lo que no están buscando, que es lo más probable. Y no puedo darles ese premio. Estoy muy segura de saber lo que es y ellos no lo van a conseguir por cortesía mía.

Mi máscara submarina con la minigrabadora incorporada ha desaparecido. O eso creía yo. Nunca se recuperó tras el intento de Carrie por asesinarme. O eso me habían hecho creer.

La explicación que me dieron es que encontrarla no era una prioridad policial. Salvarme la vida, sí. Para cuando los submarinistas se lanzaron a buscar la máscara, la corriente la había desplazado y, probablemente, cubierto de sedimentos.

—Querían esa grabación hace dos meses. —Tengo sumo cuidado con lo que digo—. ¿Por qué vuelven con eso ahora?

—Antes solo tenían teorías. Ahora están convencidos de que la tengo yo.

—El FBI está convencido —digo, y ella asiente—. ¿Y en qué se basan? ¿Cómo puedes saber tú de qué están convencidos?

—Cuando volví hace poco de las Bermudas, aterricé en Logan y al cabo de unos minutos se me llenó el avión de agentes de Aduanas.

—Para. —Levanto la mano y me vuelvo a detener en el sendero—. Antes de que continúes, ¿qué más les daba a los federales que estuvieras en las Bermudas? ¿Para qué te irían a vigilar allí?

—Puede que por quién sospechaban que yo iba a ver.

Pienso en Carrie y pregunto:

—¿Y de quién se trataba?

—Iba a ver a una amiga de Janet. Nadie que deba preocuparte.

—Pues yo diría que esa persona debería preocuparme si es alguien que ha captado el interés del FBI.

—Piensan seguir fisgoneando por si Carrie sigue realmente existiendo.

—Si no existe, ¿quién me hizo esto en la pierna? —Le lanzo una mirada airada.

—En resumen, el FBI me echó encima a los de Aduanas. Registraron todo el avión y me hicieron un montón de preguntas sobre mi viaje, sobre los motivos del mismo y sobre si había practicado submarinismo. Me tuvieron una buena hora y ya sé por qué. Les dijeron que buscaran la máscara y aparatos de grabación; es decir, objetos en los que el FBI mostraba interés, pero de los que no quería hablar conmigo. El FBI no podía arrastrarse por todo el avión y registrarme a fondo el equipaje sin llamar la atención. Pero Aduanas sí.

No sé cómo podría haberse hecho Lucy con mi máscara de buceo, y a continuación pienso en Benton. Si la encontró y nunca la entregó, sería culpable de alterar pruebas, de obstrucción a la justicia y de cualquier cosa que se les ocurriera a sus compadres del FBI.

—¿Deberíamos...? —No termino la pregunta mientras señalo los postes de luz, las cámaras montadas en ellos.

—Me he ido cargando el sonido de todas las cámaras por las que hemos pasado. Estoy segura de que ellos saben que lo estoy haciendo. En cuanto acceda al interior, me intervendrán el teléfono para que no pueda controlar mi propio sistema de seguridad —dice Lucy—. El equipo de buceo ya lo han manoseado antes.

—Pero tú no buceabas conmigo cuando sucedió aquello.

—Ellos insistirán en que sí.

—Es absurdo. Si ni siquiera estabas en Florida.

—Demuéstralo.

—¿Insisten en que estabas conmigo cuando me dispararon? ¿Que estabas en aquella inmersión? ¿Pero de dónde van a sacar algo así? Tú no estabas con nosotros.

—¿Y quién puede probar de manera irrefutable que yo no estaba? —Sigue insistiendo en su punto de vista—. ¿Benton y tú? Porque nadie más piensa decir nada.

Se refiere a que los dos buceadores de la policía que llegaron en primer lugar a los restos del naufragio fueron asesinados. No me consta que hubiese ningún testigo cuando me dispararon, a excepción de Benton y de quien lo hizo, Carrie.

—Creen que tengo tu máscara de buceo —dice Lucy.

—¿Y la tienes?

—No exactamente.

—¿No exactamente?

—En el momento en que activaste la cámara de la máscara —le dice Lucy—, se puso a retransmitir en directo a un sitio concreto.

Pienso de nuevo en las Bermudas. Pienso en esa amiga de Janet a la que se supone que Lucy iba a ver.

—¿Qué sitio? —pregunto.

—No vamos a entrar en eso.

—Ya llevamos dos cosas que no piensas contarme. La persona que viste en las Bermudas y dónde se emitía en directo el vídeo.

—Exacto.

—Pues yo no sé de nadie que tenga mi máscara —añado, pero Lucy me responde con el silencio mientras estamos ya muy cerca de su casa—. Que yo sepa, nunca se ha encontrado. La principal prioridad, claro está, era mantenerme viva cuando me subieron al barco. Y además, había una escena submarina del crimen en la que trabajar, un doble homicidio.

Evoco los dos cuerpos alanceados en el cascarón de la nave hundida, a los buceadores de la policía asesinados unos momentos antes de que Benton y yo nos acercásemos al barco. Cuando los encontré, supe que yo era la siguiente, y entonces apareció Carrie en una sección del cascarón oxidado. Escucho el leve zumbido que emitía al propulsarse por el agua hacia mí, y el ruido a lata que hizo el primer arpón al impactar en el tanque de oxígeno, y luego la impresión cuando el segundo se me clavó en el muslo.

—Había cuerpos que recuperar, además del equipo que pudiese haber perdido después de que me dispararan —le recuerdo a Lucy—. Pasaron horas antes de que el barco hundido y la zona de alrededor fuese registrada a fondo, y a mí siempre me han dicho que la máscara nunca apareció —sigo insistiendo en ello.

—Pero saben que existía —comenta Lucy—. Saben de esa máscara que llevabas puesta cuando se supone que Carrie te atacó. Y ahí está el problema. Es lo que a ellos les dijeron.

—¿Que se supone que me atacó?

—Esa es la manera de verlo, sí —dice Lucy—. Ellos saben que llevabas una minicámara enganchada a la máscara y que resulta razonable que el vídeo grabado en esa inmersión fuese retransmitido en directo. Puede que a mí. Darían por hecho que yo estaba en algún sitio con un chisme que captaba todo lo que te estaba ocurriendo.

—¿Y por qué iban a dar por hecho algo así?

—Porque sí.

—Tiene que haber algún motivo más. —Me está entrando una creciente sensación de inquietud—. Dime cuál es —digo mientras esa sensación se va haciendo más fuerte y me recorre el pecho.

—El motivo eres tú —dice Lucy, y ahora lo recuerdo—. Tú mencionaste la máscara en las entrevistas. Tú le dijiste al FBI que yo había instalado una minicámara en la máscara que llevabas puesta cuando Carrie te disparó, por lo que debería haber una grabación irrefutable de lo que sucedió con exactitud. Solo que no la hay.

—¿Qué quieres decir con lo de que no la hay?

—¿Recuerdas habérmelo comentado después de que hablaran contigo en el hospital?

—Apenas.

—¿Recuerdas haberle contado al FBI lo de la máscara y sus prestaciones?

—Apenas.

No recuerdo realmente lo que le dije a Lucy, a los federales o a nadie. Esas conversaciones iniciales son inconexas y vagas, y no puedo rescatar palabra por palabra ni las preguntas ni las respuestas. Pero sé que habría dicho la verdad si me preguntaban, sobre todo si estuviese herida y medicada, si estuviera tan ida como debía de estarlo.

No habría podido tener ningún motivo para considerar inseguro el exponer con precisión lo que sabía o creía saber, pues nunca habría pensado que esa información se fuese a utilizar en nuestra contra. No podría haber visto venir que al cabo de dos meses el FBI estaría reptando por la propiedad de Lucy y controlándola desde el aire.

—Lo lamento si te he causado problemas. Bueno, nada de *si*. Es evidente que lo he hecho —le digo.

—No es cierto.

—Pero parece que solo he conseguido empeorar las cosas —respondo cuando ya casi hemos llegado a la acera—. Lo siento mucho, Lucy, porque te aseguro que no era mi intención.

—No tienes nada que lamentar, y ahora, basta de cháchara. Tres, dos, uno y vuelve el sonido. —Pulsa una app del móvil, me mira y asiente.

Nuestra vida privada ha desaparecido de golpe.

16

Como si nos esperara, una mujer vestida con pantalones cargo de loneta y un polo oscuro abre la puerta principal. Nos podía ver a través de las cámaras de vigilancia aunque no pudiese
oírnos.

La Glock del calibre 40 y la reluciente placa de metal que
cuelgan del cinturón de Erin Loria se imponen a su delgada estructura ósea mientras yo realizo un inventario instantáneo.
Hombros ligeramente redondos, con tendencia a hundirse.
Dientes fuertes y naturales sin decoloración debida a la pérdida
de esmalte. Brazos cubiertos de un fino vello. Más anoréxica
que bulímica. Si no se cuida, desarrollará problemas cardíacos y
una osteoporosis precoz. No me resulta familiar. No creo que
nos hayamos visto antes. Pero sé perfectamente quién es.

La agente especial al cargo que tal vez tuvo un lío con Carrie
Grethen nos ve llegar a la acera de piedra. La recorremos mientras ella nos observa en silencio, con el rostro enmarcado por
una melena negra que clarea prematuramente en las sienes y en
la coronilla. Tiene una sonrisa torcida que, en el mejor de los
casos, resulta poco sincera y que, en el peor, es tan condescendiente como ahora, por lo que debo estudiarla a fondo para detectar que allí hubo una reina de la belleza. Tengo que buscar
aplicadamente la fina estructura ósea bajo esa piel quemada por
el sol, así como las curvas que han sido sustituidas por huesos
mondos y lirondos, nalgas planas y pechos colgantes. Tiene los

ojos negros muy espaciados, con bolsas por debajo, y luce unos morritos cuarteados.

Los restos de su belleza a lo Barbie se erosionan con rapidez, y si la conocí en Quantico cuando Lucy estaba allí, no me consta, y mira que soy buena recordando a la gente. No hay ni una chispa de reconocimiento, que es lo que habría ocurrido si ya hubiéramos sido presentadas o hubiésemos charlado alguna vez. Como mucho, nos habremos cruzado en un pasillo. Igual compartimos ascensor. No lo sé, y tampoco me importa si realmente mantuvo una relación sexual con Carrie. Lo importante es lo que Lucy creía entonces, por lo que me resulta de lo más inapropiado que sea Erin Loria quien haya dirigido el asalto a la propiedad de mi sobrina y que tenga nada que ver con ella.

—Me viene a la cabeza un curioso conflicto de intereses. —No me dirijo a ella de forma amigable.

—¿Perdón?

—Piénselo un poco e igual descubre de qué estoy hablando. —No me ofrezco a estrecharle la mano.

Es imposible no pensar en lo que vi rodado, y me imagino a Lucy ofendida y celosa cuando Erin apareció en el Sendero de Adoquines Amarillos. No fue una coincidencia. Parecería que Carrie y Erin mantenían una relación en las narices de Lucy, y ni me imagino lo que le ha debido de pasar por la cabeza a esta cuando, al cabo de diecisiete años, se encuentra a la tal Erin en su propiedad privada y con una orden de registro.

—Soy Kay Scarpetta, la examinadora médica en jefe.

—Ya lo sé.

—Solo me cercioro de que así sea. Puedo enseñarle mi identificación, si es necesario —le digo mientras ella bloquea la entrada, sin moverse un centímetro en ninguna dirección—. Creo que usted y Lucy ya se conocen —añado con un punto de ironía.

—Sé quién es usted. Y conozco a su sobrina. Supongo que ya sabe que lo nuestro viene de antiguo. —De nuevo esa sonrisa enloquecedora al quedarse mirando a Lucy—. Me alegra ver que no has salido corriendo.

—Estoy segura de que ese es el motivo de que tengas un helicóptero ahí arriba: por si intento huir de mi propia casa. Me suena a pensamiento brillante del FBI. —Lucy se las apaña muy bien para fingir aburrimiento cuando lo que alberga es desprecio.

—Ha sido un comentario banal. Es lo que pasa cuando dices lo primero que se te ocurre. O igual era una broma privada. —El humor inteligente de Erin suena arrogante—. Evidentemente, no serías tan tonta como para salir pitando. Solo te chinchaba.

—Déjame adivinar quién es el piloto. —Lucy alza la mirada hacia el bimotor militar negro—. John, metro noventa y el cuerpo trufado de esteroides. El grandullón de John, más sutil que un Hummer. Deberías haberle visto el otro día en el hangar que los tuyos utilizan en Hanscom. Oh, lo siento. ¿No sabías que es del dominio público que el FBI tiene un hangar para operaciones especiales secretas en la base militar de Hanscom? ¿Ese hangar financiado con dinero del contribuyente que han remozado últimamente y que está al lado de MedFlight?

»En cualquier caso —Lucy sigue lanzándole pullas sobre ese hangar no tan secreto que tiene el FBI a las afueras de Boston—, Big John necesitó tres intentos para centrar la cámara, con las aspas a su bola, una de ellas rebotando en el chisme cual bebé que tropieza al subir las escaleras. Siempre sé cuándo es Big John el que agarra el mando. Podría darle algunos consejos sobre el exceso de control. Ya sabes: piénsalo, no lo hagas, cosas así.

Puedo ver ideas corriendo tras los ojos de Erin. Está que trina y buscando alguna respuesta a la altura, pero no le concedo esa oportunidad.

—Me gustaría entrar en casa de mi sobrina.

Paso a su lado y accedo a un vasto espacio de madera y cristal que flota sobre el agua.

—Perfecto —dice Erin sin hacerse a un lado—. Porque yo tengo que hacerle algunas preguntas.

Observo las polvorientas huellas que cubren los suelos de

madera de cerezo rojo y los montones de cajas apiladas contra una pared.

Dentro del salón, las lámparas han perdido sus pantallas de mica y el mobiliario antiguo ha sido redistribuido con cuidado, aunque los almohadones se han vuelto a colocar de cualquier manera. Me fijo en los vasos de café de cartón y las arrugadas bolsas de comida que hay encima de las mesas y desperdigadas sobre la chimenea de caoba africana labrada a mano. Sobres vacíos de azúcar y palitos de remover el café llenan un bol muy bonito que le compré a Lucy en Murano. En el espacio de dos breves horas, parece que un pequeño ejército se haya dedicado a destrozar una imagen del *Architectural Digest*. El FBI se dedica a jorobar a mi sobrina. O, mejor dicho, su antigua compañera de cuarto.

—Puede guardarse las preguntas para Jill Donoghue —le digo a Erin—. Pronto estará aquí. ¿Y sabe usted qué no hacemos en el mundo del que provengo? —Me enfrento a su habitual mirada fría—. Ni comemos ni bebemos en los escenarios. No nos traemos café, bebemos agua del grifo. Y desde luego, no dejamos los detritos. Parece que haya olvidado su entrenamiento básico para escenas del crimen, lo que resulta sorprendente si tenemos en cuenta que está casada con un juez. Debería saber mejor que nadie que los errores de protocolo pueden volverse en su contra en el juzgado.

—Pasen, por favor —dice Erin como si viviera ahí y yo no hubiera dicho lo que acabo de decir.

—Voy a ver cómo están todos. —Lucy empieza a alejarse.

—No tan deprisa. —Erin la coge suavemente del brazo.

—Quítame las manos de encima —le dice Lucy en voz baja.

—¿Qué tal esa pierna? —me pregunta Erin mientras sigue agarrando del brazo a Lucy, algo más fuerte esta vez—. Cuando me enteré, lo primero que pensé es en cómo se las habría apañado para no ahogarse. Y por cierto, Zeb le manda recuerdos.

Estoy segura de que el juez me echa tanto de menos como a un agujero en la cabeza. Pero lo que digo es:

—Dele los míos, por favor.

—Te he pedido educadamente que me quites las manos de encima —dice Lucy, y Erin se da cuenta de que lo mejor es soltarla.

—Parece que últimamente le resulta muy difícil caminar. —Erin deriva su atención hacia mí—. ¿A cuánto estaba? ¿A treinta y tantos metros de profundidad cuando perdió el conocimiento? Si alguien me disparara un arpón, estoy convencida de que me desmayaría.

—Aún falta lo suyo para que la pierna vuelva a la normalidad. Pero espero recuperarme por completo. —Suena preparado y no me extraña, pues me limito a recitar lo que escribí hace varias semanas de dolor—. Y esa es la única pregunta que voy a responder antes de que aparezca Jill Donoghue.

—Por supuesto. Usted a lo suyo, pero yo no veo que haya nadie por aquí leyéndole los derechos, doctora Scarpetta. No la estamos interrogando, solo le pedimos una pequeña ayuda. —A continuación le dice a Lucy—: Me temo que voy a tener que confiscarte el móvil. Hasta ahora me he portado bien. Podría habértelo quitado cuando llegué y no lo hice. Te concedo el beneficio de la duda, ¿y qué haces tú? Te pones a marranear el sistema de seguridad.

—No es *el* sistema de seguridad —se defiende Lucy—. Es *mi* sistema de seguridad. Puedo hacer lo que se me antoje con él.

—Te concedo el beneficio de la duda —repite Erin— y me das las gracias interfiriendo en la investigación. —Se hace con el teléfono de Lucy—. Ya no pienso portarme tan bien.

—Tu *beneficio de la duda* consistía en dejármelo el tiempo suficiente para ver a quién contactaba y qué más podía hacer mientras tú me intervenías todo lo que creías que tengo —dice Lucy—. Y yo te lo agradezco. Me ha sido muy útil ver en qué estabas interesada, aunque no lo haya sido tanto para ti. Lo que de verdad quieres es nombres de usuarios y contraseñas, pero no los has obtenido, ¿verdad? ¿Y sabes qué? Nunca los obtendrás. Ni la NSA ni la CIA han podido atravesar mis cortafuegos.

Pero alguien lo logró.

Parece que alguien, probablemente Carrie, está colándose en el móvil de Lucy y ha accedido al sistema de su ordenador, a su red inalámbrica, la cual podría amenazar a su vez el sistema de seguridad doméstica. En el mundo de Lucy todo forma parte de una red demasiado compleja como para abarcarla. Sus redes tienen otras redes, sus servidores, otros servidores, y sus sustitutos cuentan con sustitutos.

La verdad es que nadie sabe realmente qué hace ni cuán amplio es su alcance, ¿y si alguien se está colando en su vida privada, aunque se trate de Carrie? Entonces debo preguntarme si Lucy lo ha permitido. Si lo ha propiciado de algún modo. Si expuesta a un ciberdesafío su reacción consiste en aceptarlo. Ella cree que ganará.

—Podemos acceder a todo lo que queramos —fanfarrona Erin—. Pero si eres lista, optarás por colaborar y nos proporcionarás todo lo que necesitemos, incluyendo contraseñas. Cuanto más difícil nos lo pongas, peor te van a ir las cosas.

—Ahora sí que estoy aterrorizada. —El tono de Lucy tiene una mordiente seca y helada que me lleva a recordarla en el vídeo, cuando le dice a Carrie: «Tengo miedo».

Lucy no lo tenía. No como lo tendría cualquier otro.

—Siempre has estado muy segura de ti misma. —Erin bloquea la puerta con el brazo, y yo llego a la conclusión de que el numerito que está montando va dedicado a mí.

Es impresionante. Se está haciendo la chula. Me sonreiría si algo de lo que está pasando fuese divertido.

—Y eso es lo que te metió en líos la primera vez —le dice Erin a Lucy.

—¿La primera vez? —Lucy observa cómo el helicóptero vuelve a sobrevolar en círculos su propiedad—. Déjame que intente averiguar cuándo fue. Veamos. ¿Cuándo me metí en líos por primera vez? Lo más probable es que tuviera dos o tres años, o igual fue antes de nacer.

—Veo que estás dispuesta a dificultar las cosas todo lo posible.

—¿A doscientos y pico metros, con este calor y esta humedad, a cambio, eso sí, de una buena paga? —Lucy no ha quitado los ojos del helicóptero, que ahora casi roza el bosque cercano a la casa—. Déjame adivinar. Por lo menos, seis hombres detrás. Probablemente, tíos musculosos con mucho equipo. Pero yo no me eternizaría en la curva del muerto si fuese Big John. Adiós a la autorrotación en una emergencia. Si yo fuera él, ya habría aterrizado ante el tiempo que se acerca. Quizás estaría bien que se lo dijeras por radio, y recuérdale también que puede que le queden treinta minutos de navegación decente antes de que todo se deteriore y la palme. Igual sale pitando hacia Hanscom mientras puede y prefiere aparcar el pajarraco en el hangar antes de que se haga daño.

—No has cambiado. Eres la misma arrogante... —Erin va a soltar alguna vulgaridad, pero se calla antes.

—¿Arrogante qué? —Lucy la mira a los ojos.

—Eres la misma de siempre. —Erin le lanza una mirada asesina y luego me dice—: Su sobrina y yo estuvimos juntas en Quantico.

—Pues qué raro que no me acuerde de ti. —Lucy miente con facilidad y de manera convincente—. Igual puedes enseñarme alguna foto de la clase y señalarme quién eres.

—Me recuerdas perfectamente.

—Qué va. —Lucy parece de lo más inocente.

—Me recuerdas. Y yo a ti.

—¿Y por qué se supone que debo creer que me conoces?

—Yo ya me entiendo —le dice Erin mientras me mira a mí.

—La verdad es que no me conoces —dice Lucy—. No sabes una mierda de mí.

Ahora no es el momento de largarle un sermón a Lucy. Pero si pudiera, le diría lo peligroso que es hablar así. La ira se ha llevado por delante su tapadera. La ira se ha impuesto y le ha proporcionado al FBI más incentivos para cortarle las alas y enjaularla.

—Me gustaría ver la orden —le digo a Erin.

—Esta no es su propiedad.

—Algunas posesiones personales, incluyendo materiales

posiblemente relacionados con ciertos casos, se encuentran en esta casa. Más le vale ser cuidadosa con las cosas que le podrían causar problemas.

—Empezaré por esto. Usted solo está aquí porque yo se lo permito. —Erin ha optado por convertir el asunto en una competición—. Porque me muestro amigable e inclusiva.

Echo mano a la bolsa que llevo colgada al hombro y saco un bolígrafo y un cuaderno:

—Solo hago lo mismo que usted: tomar notas.

—Yo no estoy apuntando nada. —Erin alza las manos vacías.

—Pero lo acabará haciendo. —Le echo un vistazo al reloj—. Son las once y veinticinco de la mañana del viernes quince de agosto. Estamos en el salón de la casa de Lucy en Concord —anoto—. Y le acabo de pedir la orden de registro a la agente especial Erin Loria porque también soy una ocupante de esta casa. No a tiempo completo, pero dispongo aquí de un apartamento que contiene posesiones personales e información confidencial. Por eso me gustaría ver la orden.

—No es su casa.

—Citando la Cuarta Enmienda de la Ley de Derechos —contraataco—, las personas tienen el derecho a estar «seguras con respecto a sus personas, casas, documentos y efectos personales frente a registros y daños no razonables». Quisiera ver la orden para cerciorarme de que está debidamente firmada por un juez, y que no resulte que ese juez sea el marido de la agente especial Erin Loria, el honorable Zeb Chase.

—¡Esto es ridículo! —me interrumpe Erin—. Está en Virginia.

—Es un juez federal y, en teoría, podría firmar cualquier orden judicial que usted requiriese. Aunque, claro está, no sería muy ético. —Voy tomando notas—. Quisiera ver la orden. Se lo he pedido tres vece. —Esto lo subrayo para darle más peso.

17

Se trata del documento habitual, nada especial o inesperado. La orden de registro lo incluye todo, menos el fregadero de la cocina: escondrijos secretos, puertas, habitaciones y salidas que puedan estar pegadas, o no, a la residencia principal y sus instalaciones exteriores.

El inventario de lo que el FBI ha apuntado hasta ahora incluye armas largas, pistolas, munición, chismes de recarga, cuchillos y cualquier clase de objeto que sirva para cortar o apuñalar, equipos de buceo y lancha, aparatos electrónicos de grabación, ordenadores, dispositivos externos y cualquier otra forma de almacenaje electrónico. La lista legal de los Reyes Magos incluye posibles fuentes de pruebas biológicas, sobre todo ADN, y eso me resulta extraño. Aunque nada de lo que ocurre hoy guarde la más mínima relación con la normalidad.

Yo creo que el FBI ya tiene el ADN de Lucy. Mi sobrina trabajaba para ellos. Tienen su perfil de ADN y sus huellas dactilares, y también las de Janet, Marino y yo misma para poder descartarnos. Supongo que no muestran interés por Desi, que solo tiene siete años. El chaval no pinta nada en todo esto, y tampoco entiendo muy bien qué buscan los agentes. Pero es evidente que aún no han terminado, y como piensan hacerse a lo bestia con todos los ordenadores y lo que contengan, me veo obligada a plantearme otra posibilidad siniestra. ¿Y si los federales buscan un modo de acceder a información confidencial de mi cuartel general, el Centro Forense de Cambridge?

Lucy es la llave maestra para todo lo que hacemos en el CFC. Es la guardiana de mi reino electrónico y, por consiguiente, un portal potencial para los federales. Podrían servirse de ella para acceder a cuentas de correo electrónico de la oficina y expedientes de hace décadas, pero enseguida me pregunto qué interés podrían tener en ello. Me pregunto por qué me habrá seguido el helicóptero hasta aquí. ¿Lo hizo realmente? ¿O solo lo aparentó? ¿El FBI solo va a por Lucy? ¿No será a mí a quien quieren y ella, en realidad, les da igual?

—Los casos del CFC, así como todos los documentos de investigación y laboratorio aquí reseñados, son material reservado. —Le devuelvo la orden a Erin Loria—. Están protegidos por la ley estatal y federal, y usted no puede aprovecharse de la situación de Lucy en mi equipo para acceder a una información que es propiedad del CFC. Ya sabe lo inadecuado que sería.

No digo *ilegal* porque el FBI ya se encargaría de que no lo fuese. Retorcerían y alterarían la verdad para justificar cualquier movimiento. Enfrentarse a ellos es peor que lo de David contra Goliat. Es como un David sin piedra y un Goliat con un fusil de asalto. Pero aunque eso me consta, nunca me ha apartado de una buena pelea con agentes del gobierno. No me olvido de que se supone que trabajan para el pueblo y que no representan a la justicia, aunque actúen como si así fuera. Siempre me superan en número, algo que tampoco olvido nunca.

—¿Se da usted cuenta de que una violación así podría impactar muy negativamente en los casos criminales del CFC? —añado—. Yo sería incapaz de garantizar la integridad de ninguno de nuestros expedientes, incluyendo los miles que pertenecen a casos federales, casos del FBI. La supongo al corriente de las consecuencias potenciales. Y también imagino que el Departamento de Justicia no necesita más artículos de prensa sobre violaciones de privacidad, espionaje e investigaciones enviadas al carajo.

—¿Me está amenazando con mala prensa?

—Le estoy recordando las posibles consecuencias de ciertos

actos que le dé por acometer. —Repito mi cuidadosa verbalización mientras la sigo por un pasillo con paneles de cerezo en el que cuelgan reproducciones de Miró y algunas fotografías—. Su orden para registrar la propiedad de mi sobrina no le da ningún derecho a acceder al CFC. O a mí personalmente, ya que estamos.

—Como se le ocurra ir a la prensa con nada de esto —dice Loria cuando llegamos al dormitorio principal—, la acusaré de obstrucción a la justicia.

—Yo a usted no la he amenazado en absoluto. —Lo apunto—. Soy yo la que se siente amenazada. —Escribo también esto—. ¿Por qué me amenaza? —Lo subrayo.

—No lo estoy haciendo.

—Pues lo parece.

—Y yo respeto lo que usted siente. —Ahora ha sacado un cuaderno y está apuntando lo que digo, puede que para defenderse.

Nunca me olvido de que el Buró es taimado como un zorro al insistir en utilizar los primitivos papel y pluma para apuntar lo que sus agentes supuestamente presencian. Para tomar notas. Así es mucho más fácil malinterpretar aposta lo que han hecho o dicho un sospechoso o un testigo.

—No basta con respetar lo que siento —le digo, y no es fácil atisbar lo que está ocurriendo en el dormitorio principal—. Carece de causa probable y de cualquier justificación para revisar expedientes médicos confidenciales o comunicaciones relativas a ellos, algunos de los cuales incluyen materiales reservados relacionados con nuestras tropas, con los hombres y mujeres que están en el Ejército. Usted no tiene derecho a acceder a los e-mails y demás comunicaciones de mi equipo o mías.

—Entiendo su postura —dice Erin.

—La entenderá mejor si pone en peligro alguno de mis casos —respondo no muy educadamente—. Y no es una amenaza. Es una promesa.

—Voy a tomar nota de eso.

Gracias a Dios, Lucy no está aquí para ver cómo dos agentes femeninas se meten en su armario e introducen sus enguantadas manos en los bolsillos de todo lo que se ha puesto, sus tejanos, sus monos, su ropa de vestir.

Observan sus zapatos y sus botas y manosean maletines y cajones mientras, al otro lado de la habitación, un agente registra el armario de Janet y otro descuelga cuadros de la pared, lienzos espectaculares y fotografías de la vida salvaje americana. Los deja de pie en el suelo, golpea la pared con la palma de la mano, supongo que en busca de compartimentos secretos, y siento un nudo en el estómago del tamaño de una pelota.

—Esto se puede llevar a cabo de forma más sencilla si mantenemos una comunicación sincera —dice Erin mientras yo me acerco a una ventana y dejo entrar la luz—. Se pueden evitar muchas cosas si obtenemos la verdad sobre lo ocurrido.

—¿Lo ocurrido? —No me doy la vuelta.

—En Florida —dice ella—. Necesitamos saber la verdad.

—Usted está insinuando que los que estábamos allí mentimos, como si eso fuera lo que da siempre por supuesto. —Miro por la ventana hacia la mañana ya avanzada porque no pienso mirarla a ella—. Y puede que tenga razón. Lo más probable es que en su mundo todos mientan, incluyendo la organización para la que trabaja. En su mundo, el fin justifica los medios. Puede hacer lo que quiera y la verdad es irrelevante. Suponiendo que la reconozca.

—¿Cuando usted resultó herida en junio...?

—Querrá decir cuando me atacaron. —Recorro el espacioso jardín trasero que se desploma precipitadamente por una empinada ladera trufada de árboles.

—Cuando le dispararon. Estipulo que hay sobradas pruebas de que le dispararon.

—¿Estipula? Parece que esté declarando en un juicio...

—Permítame una pregunta —me interrumpe—. ¿Usted ha tenido alguna vez un fusil arponero?

—Me lo puede preguntar cuando llegue Jill Donoghue.

—¿Y Lucy? Es evidente que le gustan las armas. ¿Sabe cuántas armas de fuego almacena en la cripta? ¿Le sorprendería si le dijese que son casi cien? ¿Para qué necesita tantas armas?

La respuesta que tenía ganas de darle era que Lucy colecciona lo que ella llama armas pequeñas artesanales. Le encanta la tecnología más intrincada, el arte y la ciencia de cada brillante innovación, incluyendo las que matan. Le atraen los símbolos del poder y tanto le da hallarlos en armas, coches o máquinas voladoras, y los colecciona porque puede. Se lo puede permitir casi todo. Si quiere una Glock rediseñada o una 1911 para zurdos de una belleza exquisita, no le importa lo que cuesten.

No respondo a las preguntas de Erin, pero eso no le impide seguir haciéndolas mientras observo los destellos de la luz en el agua, la suave corriente y el muelle de madera de ciprés de treinta metros con el cobertizo de teca y cristal al final. Lucy se fue a ver cómo estaban Janet, Desi y *Jet Ranger*, y yo la animé a no volver a la casa hasta que llegara Donoghue. Espero que sea pronto. Busco a Marino y no lo veo por ningún lado.

—No me voy a callar nada contigo, Kay. Y supongo que no te importa que te tutee.

No digo nada, pero sí me importa.

—Solo tenemos que seguir con lo que dices que pasó, y lo que Benton dice haber visto. Tú afirmas que Carrie Grethen te disparó...

—No se trata de lo que Benton y yo afirmemos. Se trata de hechos verdaderos. —Me doy la vuelta para mirarla.

—Tu afirmación de que Carrie Grethen te disparó se basa únicamente en tu reconocimiento visual de ella. Una mujer a la que no habías visto en... ¿Cuánto tiempo? ¿Trece, catorce años, por lo menos? Una mujer cuya muerte tuvo testigos.

—Eso no es del todo exacto. —Esto se lo tengo que decir de todas, todas—. Su muerte se dio por supuesta. Nunca llegamos a verla a bordo del helicóptero que se estrelló. Nunca se hallaron sus restos. No hay pruebas de que muriese. De hecho, más bien hay pruebas de lo contrario, y el FBI está al corriente de todo esto. No hace falta que te diga...

—Es tu prueba. Una prueba especulativa y frívola. —Erin

me interrumpe de nuevo—. Atisbas el rostro de una persona con un traje de buceo de camuflaje y la reconoces de inmediato.

—¿Un traje de buceo de camuflaje? —pregunto—. Qué dato tan interesante.

—Tú nos lo proporcionaste.

No digo nada. Le ofrezco un silencio muy incómodo de llenar.

—Igual no lo recuerdas. Puede que haya muchas cosas que no recuerdas después de un trauma semejante —dice ella—. Por cierto, ¿qué tal andas ahora de memoria? Me he preguntado si no te tirarías un buen rato bajo el agua sin respirar.

Me mantengo en silencio.

—Algo así puede tener graves consecuencias para la memoria.

No reacciono.

—Tú afirmaste que la persona que te disparó llevaba puesto un traje de buceo de camuflaje —dice entonces—. Ese detalle vino de ti.

—No recuerdo haberlo dicho, pero puede que sí porque era verdad.

—Es obvio que no lo recuerdas. —Adopta un tono de voz que rezuma condescendencia.

—No recuerdo haberles dicho eso a tus agentes —respondo—. Pero sí recuerdo lo que vi.

—De algún modo, reconociste a una persona que se daba por muerta —reordena su teoría sobre Carrie—. Aunque no la habías visto, ni en persona ni en fotografía, desde hacía más de una década, no tienes duda de que era ella. Y cito libremente de tu propia declaración jurada, la que diste a nuestros agentes en Miami el diecisiete de junio, mientras aún estabas en el hospital.

—Una declaración que no fue grabada —le recuerdo—. Solo escrita. Lo que los agentes apuntaron y lo que realmente se dijo puede que no coincida, ya que no existe una grabación inapelable. Y me pregunto cómo podemos estar seguros de que mi declaración fue bajo juramento.

—¿Estás diciendo que si no juraste decir la verdad, puede que no...?

La interrumpe una voz familiar desde el pasillo:

—¡Hola ¡Hola! ¡Ya basta! ¡Es de mala educación empezar sin mí!

Jill Donoghue entra sonriendo, tan elegante como de costumbre en uno de sus trajes de diseño, esta vez de color azul medianoche. Lleva el cabello oscuro y ondulado más corto que la última vez que la vi. Aparte de eso, luce el aspecto de siempre, perpetuamente enérgico y juvenil, permanentemente situada entre los treinta y cinco y los cincuenta.

—Creo que no nos conocemos. —Se presenta a Erin, y sigue un breve rifirrafe destinado a demostrarle que el FBI no va a ganar—. Así que es usted nueva en la zona de Boston —resume Donoghue—. Pues déjeme que le diga cómo funcionan aquí las cosas. Cuando mi cliente dice que no hablará hasta que aparezca, ¿sabe qué debe hacer usted? Callarse.

—Manteníamos una conversación superficial sobre el hecho de que hubiese reconocido a Carrie Grethen...

—¿Lo ve? Yo diría que sigue hablando.

—... Y sobre cómo podría haberla reconocido, a ella o a cualquier otra persona, ya puestos, si tenemos en cuenta lo rápido que ocurrió todo y la extrema crudeza de la supuesta situación.

—¿Supuesta? —Donoghue casi se echa a reír—. ¿Le ha visto la pierna a la doctora Scarpetta?

—Que me la enseñe. —Erin se muestra desafiante, segura de que no me voy a desvestir.

Pero no podía estar más equivocada. Me bajo la cremallera de los pantalones.

18

—Está bien —dice rápidamente—. No tienes que demostrar nada.

—En mi profesión, prescindes de la decencia con bastante rapidez. —Me levanto la pernera derecha hasta la rodilla—. Cuando acabas de trabajar en un cuerpo descompuesto, en algo que flota, ya no te importa compartir la ducha con nadie. Las cicatrices de entrada y salida están justo aquí.

Se las señalo, redondas, muy rojas y más pequeñas que una moneda.

—El arpón se cargó los músculos del cuádriceps —le explico—. Entró por aquí, casi a medio muslo, y salió justo por encima de la rótula. La punta sobresalía de la piel unos siete centímetros. Evidentemente, el músculo y el hueso sufrieron los daños más significativos, empeorados gracias a la cuerda. Un extremo estaba atado al arpón y el otro a un flotador en la superficie. Puedes imaginarte todo el tira y afloja.

—Un espanto. Muy doloroso —Erin hace una pausa dramática—. Pero cabe dentro de lo posible que la herida fuese auto-infligida, y que tú te inventaras algo sobre un fantasma vestido de camuflaje.

Sostengo un arpón imaginario y trato de apuntar a la herida de entrada del muslo:

—Difícil, pero no imposible. ¿Y cuál sería el motivo?

—Tú harías cualquier cosa por tu sobrina, ¿verdad?

—No tienes por qué responder a eso —interviene Donoghue.

—No, no lo haría —respondo—. Y no me disparé a mí misma. Y no sé nada de un traje de buceo de camuflaje, pero eso no quiere decir que Carrie no llevara uno.

—¿Y si significara salvarle la vida a Lucy? ¿Mentirías?

—No tienes por qué responder a eso —repite Donoghue.

—¿Mentirías para disimular el hecho vergonzoso de portarte como una suicida?

—Lo normal sería disparar a la fuente de la amenaza —contesto.

—No tienes por qué dar explicaciones —me dice Donoghue.

—Dispararme a mí misma, lo que desde luego no hice, carecería de sentido —añado—. ¿Y qué es lo que tiene sentido? Porque estoy confusa. ¿Estoy mintiendo para proteger a Lucy? ¿O miento sobre mi conato de suicidio? ¿Tienes alguna otra teoría que añadir al fregado?

—¿Sentiste pánico? —A Erin cada vez le cuesta más mantener la compostura—. Hablo de cuando te diste cuenta de que te habían disparado. ¿Sentiste pánico?

—No tienes por qué responder a eso —dice Donoghue.

—¿Alguna vez has albergado la menor duda de que la persona que te disparó fuese Carrie Grethen? —Erin quiere hacer sangre.

—No tienes por qué responder a eso.

—¿Nunca se le ha ocurrido, doctora Scarpetta, que pensó que era ella porque estaba aterrorizada, pero se equivocó?

—No tienes por qué responder a eso.

—Perfecto, porque la verdad es que no he entendido la pregunta. Estoy confusa ante otra teoría. —Mi atención se centra en el río que hay más allá de la ventana, en las lentas ondas y burbujas.

El agua muestra el color verdoso del cristal de botella vieja mientras se tuerce lánguidamente en torno a la tierra propiedad de Lucy. Me aparece una imagen en el cerebro. Veo mi rostro a través de una máscara submarina velada en aguas turbias y cenagosas. Me veo muerta.

—Lo siento —dice Erin con una frialdad a punto de congelación—. Déjame intentarlo de nuevo. ¿Alguna vez te ha pasado por la cabeza la idea de que la persona que viste pudiera ser otra?

—No tienes por qué responder a eso.

—Ah, ya lo pillo. Abandonamos la teoría del suicidio y volvemos a lo de que alguien me disparó —contesto.

Erin sigue con su inconexa línea de interrogación:

—¿No es más probable que, durante el nanosegundo en que viste a esa persona dieras por hecho de inmediato que se trataba de Carrie Grethen? No lo sabías, lo supusiste. ¿Y por qué no ibas a hacerlo? Desde luego, a esa mujer la tenías muy presente.

—A eso tampoco tienes por qué responder —dice Donoghue.

—Tenías motivos para temerla, para mirar hacia atrás en cada momento. —Erin me ha echado el cebo y pretende que reaccione—. Por consiguiente, ¿no sería justo concluir que si *la estabas buscando*, te la imaginaste durante el citado nanosegundo?

Piensa insistir en el uso del término «nanosegundo». Ensaya para un jurado, sosteniendo la teoría de que el encontronazo fue tan rápido que yo no vi nada en realidad. Por consiguiente, no vi a quién me disparó. Simplemente, me entró miedo y di por sentado algo de lo que no me pienso retractar. Y si esa historia no funciona, supongo que siempre puede recurrir a presentarme como una loca que se disparó un arpón a sí misma vaya usted a saber por qué. Al cabo de unos minutos más en ese tono, Donoghue dice que tiene que hablar en privado con su cliente.

—Yo nunca había estado aquí —me dice para que la oiga Erin—. ¿Te importa enseñarme la casa, Kay? Parece de lo más impresionante.

Salimos al pasillo y caminamos por un suelo de madera rojiza con lentitud, en silencio, bajo unas lámparas de mica que emiten un agradable fulgor de un amarillo cobrizo. Tengo controlado el sistema de seguridad de Lucy, cada dispositivo, cámara y sensor de movimiento junto a los que pasamos. Me preocupa que aquí la privacidad sea imposible.

—¿Te gustaría ver algo en concreto? —le pregunto a Donoghue en plan inocente, aunque me consta que hay cámaras repartidas por toda la casa.

—Observé nada más entrar que si hubiese torcido a la derecha en vez de a la izquierda, parecía haber una zona de interés al final de este pasillo. —Ese comentario casual apunta a un serio problema.

Se refiere a la habitación de invitados que Lucy renovó para mí. Es mi dormitorio y mi espacio privado cuando estoy aquí. Mientras nos acercamos a la entrada, entiendo a qué se refiere Donoghue. Más allá hay otro pasillo. Y al final de él, la puerta de mi *suite* está abierta. Mientras llegamos hasta allí, un tipo con un traje barato de loneta emerge con un paquete sellado y envuelto en papel marrón que lleva en brazos. Fuerte y nervudo, es un sujeto cetrino con brillantes ojos castaños, el pelo casi al cero en las sienes y al uno en el cráneo. Parece militar.

—Buenas tardes —nos dice, como si estuviésemos en el mismo equipo—. ¿Puedo ayudarlas en algo?

—¿Adónde se lleva eso y por qué? —Donoghue señala el paquete envuelto en papel marrón que lleva en brazos.

—Oh, no quisiera aburrirlas con cada cosilla que hacemos por aquí. Pero ahora no pueden entrar. Soy Doug Wade. ¿Y ustedes?

—Jill Donoghue. ¿Puedo ver su placa?

—Se la mostraría gustoso si la tuviera —dice él—. Pero solo soy un funcionario de Hacienda. No nos dan placas ni pistolas ni nada igual de divertido.

Cuando llego a mi habitación, no entro en ella. Pero hago sentir mi presencia.

Me quedo en el umbral abierto, observando cómo dos agentes me deshacen la cama, le dan la vuelta al colchón y casi lo tiran al suelo, donde están apiladas las sábanas de algodón egipcio color miel. Sus manos enguantadas palpan en busca de cualquier atisbo de escondrijo. No son de Hacienda, a no ser que estén buscando un colchón lleno de dinero sin declarar. Están buscando otra cosa. ¿Pero qué?

¿Más rifles? ¿Un fusil arponero? ¿Mis gafas de bucear? ¿Drogas?

Como la puerta del armario está abierta, puedo ver mi ropa y mis zapatos, chapuceramente devueltos a sus estantes tras ser sometidos estos a registro. Confirmo que mi ordenador iMac no está sobre el escritorio de mi despacho campestre con vistas al río. Lucy se esmeró en que mis instalaciones de invitada fuesen exactamente como ella creía que me gustarían, mucho cristal, una colorida alfombra de seda en el reluciente suelo de madera de cerezo, apliques de cobre, una barrita para tomar café, una chimenea de gas y grandes fotografías de Venecia.

He pasado ratos muy buenos y muy confortables aquí, lapsos suaves e inocentes que igual no se repiten. Siento que me invade la ira cuando pienso en ese paquete grande envuelto en papel marrón que acabo de ver desaparecer. El cerebro se pregunta qué puede haber en el escritorio o archivado en documentos. ¿Qué podrá encontrar Hacienda o el FBI o cualquier otra agencia que pueda representar un problema?

Soy muy diligente a la hora de deshacerme de archivos y de vaciar la papelera, pero eso no impedirá que los laboratorios del gobierno recuperen todo lo que tenía en el ordenador. Lucy podría haber limpiado el disco duro y asegurarse de que nada de lo borrado pudiera ser restaurado. Pero supongo que no le dio tiempo. Ella asegura que no se enteró de que su propiedad estaba siendo asaltada hasta que Erin Loria la llamó al teléfono fijo para anunciar su presencia, y eso solo le habría dado a Lucy unos pocos minutos para encargarse de los problemas de seguridad. Pero no sé cuál es la verdad. Mi sobrina puede ser tan manipuladora y poco de fiar como el FBI. Puede que lo aprendiese ahí.

—Buenos días —digo, y ambos agentes levantan la vista hacia mí; no tienen ni cuarenta años, van tan pulcros como acostumbras y da gusto verlos con sus polos y sus pantalones cargo—. ¿Se me está haciendo una auditoría?

—Quiero creer que no, pues eso no es nada divertido —dice uno de ellos, tan contento.

—Me preguntaba si me estaban auditando y si por eso me acabo de cruzar con un funcionario de Hacienda que se ha largado con mi ordenador; lo cual, por cierto, no me parece muy correcto. Por lo que tengo entendido, los funcionarios de Hacienda no pueden acceder sin permiso a una residencia privada. ¿Lucy les ha dado permiso a los de Hacienda?

No hay respuesta.

—¿Y su compañera, Janet?

Nada.

—Porque yo, desde luego, no se lo he dado —les digo—. Por eso me pregunto quién dio permiso a Hacienda para registrar esta casa y requisar propiedades personales. Y no solo las de mi sobrina, sino también las mías.

—La verdad es que no podemos comentar una investigación en curso, señora —dice el otro agente en voz alta y tajante.

—Si soy objeto de una investigación en curso y me están auditando, tengo derecho a saberlo. ¿No es cierto? —le pregunto a Donoghue, pero no hace falta que me conteste—. Me siento confusa y creo necesario seguir señalando que los funcionarios de Hacienda no pueden colarse en los sitios y pillar lo primero que encuentran.

Les estoy retando y lo saben. Se acabaron las sonrisas.

—Tendrá que apañarse con ellos, señora —dice el agente fuerte y tajante, y lo dice en un tono más marcado—. Nosotros no trabajamos para Hacienda.

No estoy segura de que el tío del traje de loneta que se acaba de largar con mi iMac trabaje realmente para Hacienda. No tenía el aspecto habitual, no se parecía a ningún auditor que yo hubiese visto. Y además, se presentó como funcionario de Hacienda, no como inspector, y a los funcionarios se les suelen asignar casos relacionados con la evasión de impuestos, mientras que son los inspectores los encargados de las auditorías. Tampoco sé qué pinta en casa de Lucy ningún tipo de empleado de Hacienda.

—Ella es mi abogada, y me congratulo de que sea testigo de su investigación en curso —les digo—. Una imagen vale por mil palabras. Que tengan un buen día, caballeros.

—¿Cómo supieron que esa es tu habitación? —me pregunta Donoghue mientras nos alejamos de allí.

—¿Y cómo lo has sabido tú? —le respondo con otra pregunta.

—Porque oí a alguien haciendo una referencia al respecto cuando entré en la casa. Cacé al vuelo unas palabras que me hicieron reparar en que lo que acababan de empaquetar era el ordenador de la Doctora y que era evidente que lo que contuviera ese cuarto era tuyo —se explica—. No tenían la menor duda. ¿Hay algún motivo por el que puedas tener problemas con Hacienda?

—No más que cualquier otra persona, que yo sepa.

—¿Y Lucy?

—Yo no tengo nada que ver con sus finanzas. Y ella no me las comenta. Doy por sentado que paga sus impuestos —respondo.

—¿Y por qué la iba a investigar Hacienda por delitos de impuestos?

—No se me ocurre motivo alguno. —No añado que Doug Wade, el tío del traje de loneta, no es de esa clase de empleados de Hacienda.

Si tenía la capacidad de investigar presuntas evasiones de impuestos, habría llevado un arma y una placa. Los agentes especiales de Hacienda suelen ir en parejas. No digo que haya algo turbio en quién es Doug Wade y por qué está aquí, pero estoy bastante segura de que su presencia no se debe a motivos aparentes. El FBI tiene un plan. Aunque nunca será evidente y, en este caso, puede que carezca de justificación.

—¿Concretamos un poco? —le digo a Donoghue lo bastante alto como para que me oiga todo el mundo—. ¿Los federales tienen derecho a cualquier cosa mía? ¿Solo porque resulta que está en casa de Lucy? —Ya sé lo que me va a decir, pero eso no me impide confiar en algún cabo suelto, y tengo ganas de recordarle al FBI que no me pienso dejar avasallar.

—Tienen acceso a todo lo que haya en el lugar del registro, así que tienen bula para lo que quieran —me dice la abogada—. Te dirían que no pueden saber si los ordenadores que hay repartidos por la casa son de Lucy o pertenecen a otra persona, como Janet o tú misma. Sostendrían que la única manera de cerciorarse sería examinar lo que contienen.

—O sea, que acaban haciendo lo que les parece.

—Pues más bien sí —dice Donoghue—. Es lo que suelen hacer.

Fuera de la casa, bajo el calor abrasador, no veo a ningún agente rondando por ahí. Miro hacia los vehículos aparcados delante, una caravana de cuatro Tahoes blancos. Detrás de ellos hay un sedán negro de la marca Ford, y me pregunto de quién será. Puede que del agente chungo de Hacienda.

El helicóptero ha desaparecido, y puedo escuchar el viento en los árboles y los lejanos repiqueteos del trueno. Hacia el sur, las nubes se alzan como la Gran Muralla china, fabricando una especie de edificio formidable que debe de verse desde el espacio exterior. El aire es húmedo y ominoso.

—¿Por qué? —Donoghue levanta la vista hacia el cielo amenazador.

—¿Por qué, qué?

—¿Por qué se han traído un helicóptero? ¿Qué coño estaba haciendo? ¿Deambuló mucho rato?

—Casi una hora.

—Igual están filmando todo lo que pasa por aquí.

—¿Por qué motivo?

—Precaución política —decide Donoghue, refiriéndose al bochorno público o a la mala imagen.

—Sugiero que bajemos al muelle. —Le señalo todas las farolas y algunos árboles con cámaras que tienen sonido.

Soy lenta bajando los peldaños de madera que llevan del jardín trasero a la orilla del agua. La marea está baja y huelo el pantanoso hedor a vegetación descomponiéndose; el aire cálido y deprimente se ha quedado quieto y promete un arrebato de violencia. Hacia el sur, unas nubes amenazantes se congregan con rapidez. Estamos a punto de que nos caiga una buena tormenta, y no quiero que el maldito FBI siga por aquí cuando ataque. No quiero que me lo pongan todo perdido de agua y barro. Ya han causado bastantes desperfectos.

Nuestros pasos son golpes huecos sobre el castigado muelle de madera grisácea. El cobertizo de la barca se sostiene sobre pilones, y debajo hay unos pintorescos kayaks que casi nunca se usan. Lucy muestra muy poco interés por cualquier clase de transporte que no lleve motor. Sospecho que todo lo que va a remo es cosa de Janet.

—¿Qué tal tu reunión preliminar de esta mañana? —Nos dirijo hacia la parte frontal del cobertizo mientras pienso en la ficción de datos; le pregunto por el caso que, aparentemente, Donoghue abordaba en la corte federal esta misma mañana.

Benton estaba allí. ¿Tendrá algo que ver la ficción de datos con que el FBI ronde ahora por aquí? No se lo pregunto directamente a Donoghue, que no saca el tema.

—Solo me lo preguntaba porque tú lo mencionaste. —No digo qué es lo que mencionó, pero ella me entiende perfectamente.

—Sí que lo hice —me contesta finalmente—. Ha habido una moción para que el caso sea rechazado porque las pruebas no son fiables.

—¿Y en qué se basan?

—Creo que deberíamos asumir que, por su naturaleza, los medios digitales pueden ser corrompidos —responde, y mientras sigue hablando de manera tan cuidadosa como críptica, se me hace evidente que fue ella la letrada que solicitó el rechazo.

Donoghue es una abogada poderosa y hábil que no perdería la más mínima oportunidad de conseguir que un jurado pusiera en duda la integridad de cada aspecto del caso de la acusación. Para ella, la ficción de datos sería un sueño hecho realidad. Pero me pregunto por la coincidencia temporal. ¿Por qué hoy? ¿Por qué estaba allí Benton? ¿Por qué está el FBI en la propiedad de Lucy?

—Todo está relacionado —digo por lo bajini, y luego lo escucho de nuevo.

El acorde de sol en una guitarra eléctrica. Miro el mensaje que se acaba de materializar en mi móvil, y Donoghue se da cuenta de mi inquietud por la cara que pongo.

—¿Todo bien? —Contempla descaradamente mi teléfono y dice muy suavemente, sin apenas mover los labios—. Extrema la precaución. Estoy segura de que han intervenido sus redes.

Dejo de andar.

—Necesito un minuto.

—¿Te puedo ayudar en algo? —Sigue con su cauta conversación.

—La vista aquí es estupenda. —Miro hacia el agua y Donoghue entiende que no debe hacerme más preguntas.

Me han enviado una comunicación que ella no debería ver, y si lo que me voy a encontrar está relacionado con alguna actividad delictiva, más vale que no se involucre. Ya es suficientemente malo que yo lo esté, así que la observo caminar por delante de mí mientras me quedo a solas en el muelle y me vuelvo a colocar el pinganillo. Estoy de cara al río y sostengo el móvil muy cerca de mí, protegiendo cualquier atisbo de privacidad del que pueda disponer, calculando la situación más probable de las cámaras de Lucy y dándoles la espalda, recogiéndome en mí misma, preparándome para algo nuevo que me resultará difícil mirar.

Como los dos mensajes anteriores, este parece haber sido enviado desde la línea ECE de Lucy, y no hay texto, solo un enlace. Clico en él y, sin más dilación, el vídeo empieza de nuevo dentro del cuarto de Lucy. Luego los créditos empiezan a desfilar, goteando lentamente en letras rojo sangre:

CORAZÓN DEPRAVADO – VÍDEO III
Por Carrie Grethen
11 de julio de 1997

19

Deja de leer y sus dedos frágiles y pálidos pliegan rápidamente las hojas de papel blanco sin rayas con su formato de guion.

Carrie mete el sobre en la mochila verde del Ejército mientras se cierra una puerta al fondo y la cámara recoge a Lucy entrando en la habitación. Parece que se haya duchado desde el último vídeo, y eso refuerza mi creciente convicción de que las grabaciones están enganchadas para implicar un determinado mensaje. Tengo que prestar mucha atención por muy manipulado que esté todo y muy desagradable que me resulte. Es crucial recordar todo lo visto y oído, pues lo más probable es que el vídeo se autodestruya al terminar.

Lucy tiene el pelo mojado. Lleva puestos unos tejanos viejos, un polo verde del FBI y unas chanclas. Sostiene en los brazos ropa interior doblada, pantalones cortos, camisas y calcetines hechos una bola; lo deja caer todo al pie de la cama mientras es observada por Mister Pickle con sus ojos ambarinos.

—Lo tuyo está encima —le dice con frialdad a Carrie, sin mirarla—. Casi todo lo blanco es tuyo. Es curioso, pero no suelo asociar el color blanco con la maldad. Creo haberte pedido que te fueras. ¿Por qué cojones sigues aquí?

—Lo de la bondad y la maldad es subjetivo. Y en realidad, tú no quieres que me vaya.

—No es subjetivo y más vale que te vayas al carajo.

—Llevo prendas blancas por el mismo motivo que tú deberías tener. La exposición crónica a los colorantes químicos es tóxica. —Carrie mete su ropa blanca en la mochila—. Ya sé que no prestas la menor atención a esas minucias tan vulgares porque crees que nunca tendrás que preocuparte por que nada te envejezca. No quiera Dios que te caiga un desorden neurológico o un cáncer o algo que te destruya el sistema inmunológico de tal manera que tu propio cuerpo se ataque a sí mismo. No es una buena forma de morir.

—No hay ninguna forma buena de morir.

—Pero hay muchas realmente malas —dice Carrie—. Es mejor que te disparen. O diñarla en un accidente aéreo. No te gustaría que te envenenaran. No te gustaría acabar perdiendo tu capacidad motriz. Imagínate una lesión cerebral. O ser viejo, que es el peor enemigo y el más ofensivo, y también lo que yo pretendo derrotar.

—¿Cómo? ¿Con esas estúpidas cremas que llevan cobre?

—Algún día recordarás este momento y desearás haberlo hecho todo de otro modo. Me refiero a absolutamente todo. —La mirada fija de Carrie no cede; ni tan solo parpadea—. Muchas gracias por hacer la colada. ¿Estaba muy lleno?

—Me he tirado un buen rato esperando una secadora. Odio compartir. —Lucy adopta una actitud discreta y ni la mira.

—Vaya, vaya, qué sobradas vamos. Deberías escucharte. ¿Acaso hemos olvidado que eres la única elitista de esta planta que no tiene compañera de cuarto ni comparte el baño?

—Cállate, Carrie.

—Tienes diecinueve años, Lucy.

—Cállate la puta boca.

—Eres una cría. Ni deberías estar aquí.

—Quiero que me devuelvas el MP5K. ¿Dónde está?

—A salvo.

—No es tuyo.

—Ni tampoco tuyo. Somos muy parecidas. ¿Eres consciente de ello?

—No nos parecemos en nada. —Lucy va guardando la ropa, abriendo cajones y cerrándolos de golpe.

—Somos exactamente iguales —dice Carrie—. Somos caras distintas del mismo cubito de hielo.

—¿Y eso qué coño quiere decir?

Carrie se quita la camiseta, se pasa el sujetador deportivo por encima de la cabeza y se planta ante Lucy semidesnuda:

—No me creo lo que acabas de decir. No lo sentías. Tú me quieres. No puedes vivir sin mí. Sé que no pensabas lo que decías.

Lucy la mira fijamente y luego cierra otro cajón de golpe mientras Carrie deja caer al suelo sus prendas sudadas. Observo que no hay línea de demarcación en la piel expuesta, ninguna variación en la pigmentación. Los pechos, el estómago, la espalda, el cuello... todo es del mismo color.

—Yo creo que Benton acabará dándose cuenta de que ha desaparecido —dice Lucy—. ¿Dónde coño está? Esto no tiene gracia. Devuélvemelo y déjame en paz.

—Me muero de ganas de ponerlo en buenas condiciones y pegar unos cuantos tiros cuando ya viaje en su bonito estuche. ¿Te lo imaginas? De pie en una acera abarrotada, sosteniendo el estuche mientras pasa la caravana de vehículos.

—¿La caravana de quién?

—Hay muchas para elegir.

—Estás mucho peor de lo que pensaba.

—No te pongas dramática. —Carrie coge la St. Pauli Girl del escritorio y le da un trago a escasos centímetros de la cara de Lucy—. Sé que no tenías mala intención. —Se inclina hacia ella mientras se bebe la cerveza, deslizando una mano bajo el polo de Lucy.

—Ni se te ocurra. —Lucy le aparta la mano—. Y el agua no tiene caras, y como un cubito de hielo es agua, lo que dices es una chorrada, como de costumbre.

—¿Ah, sí? —Carrie la besa, y los rostros de ambas comparten el desconcierto.

—No —dice Lucy.

Ambas tienen rasgos marcados, ojos decididos, mandíbulas fuertes, dientes blancos y rectos, una agilidad y una gracia extremas. No resulta sorprendente. Benton dice que Carrie es la típica narcisista que se enamora de sí misma y pasa de una imagen parecida a la siguiente. El mundo es una sala de espejos llena de sus propios reflejos, y en Lucy encontró a su doble perfecto. Benton describe a Carrie como el *doppelgänger* de Lucy, su gemela maligna.

—No, Carrie, ni hablar.

Las dos están exquisitamente bronceadas, cual corredoras olímpicas: metro setenta, pechos generosos, caderas estrechas, tableta abdominal y brazos y piernas cincelados. Podrían pasar tranquilamente por hermanas.

—¡No! —Lucy se la quita de encima—. ¡Basta!

—¿Por qué lo has dicho? —Carrie no le quita los ojos de encima—. Sabes que no puedes dejarme de ninguna manera.

—Voy a salir a cenar, y más vale que no estés aquí cuando vuelva. —A Lucy le tiembla la voz mientras se sienta en el extremo de la mesa para ponerse los calcetines y unas deportivas de cuero negro.

—Deséale un feliz cumpleaños a Marino —Carrie se mantiene agresivamente cerca de Lucy—. Espero que os divirtáis en El Globo y el Laurel. No te olvides de decirle por qué no he venido.

—No estás invitada. Nunca lo has estado y no deberías haber pensado lo contrario. Y total, tampoco te apetecería ir.

—No me lo habría perdido, pero lo entiendo. Marino prefiere estar rodeado por sus personas favoritas en su tugurio favorito. —Los ojos de Carrie son de un frío azul acero—. Te daré dinero para que se pague una ronda o un pastel especial con su velita y todo.

—Él no quiere verte y tampoco quiere tu dinero.

—Pues no me parece bien. Mira que no invitarme a su gran fiesta de cumpleaños... —dice Carrie—. Pero cuidadito, que luego igual viene la manzana envenenada.

—Sabes perfectamente que no puedes cenar con nosotros.

—Déjame adivinar de quién fue la idea de excluirme esta noche. De Marino, no. Fue tu encantadora tía Kay.

—No te negaré que tiene muy mala opinión de ti, la peor de cualquier ser humano con quien yo haya estado o vaya a estar algún día.

—No seas tan aburrida.

—Tu manía de competir y controlar es francamente patológica. —Lucy recorre el cuarto, cada vez más molesta.

—Y tú eres inmadura y tediosa, y cuando te pones así, resultas muy aburrida. —Carrie lo dice con una voz mortecina mientras se mantiene totalmente tiesa y calmada junto al escritorio—. Detesto aburrirme. Puede que sea lo que más odio en el mundo. Pero no quisiera perder mi libertad. ¿A ti qué te daría más asco, Lucy *Lagrimitas*? ¿Estar muerta o estar en la cárcel?

Lucy entra en el cuarto de baño. Llena un vaso con agua del grifo y vuelve al dormitorio, donde Carrie sigue junto al escritorio, jugando con la navaja del Ejército suizo.

—¿Por qué lo has dicho? Nunca lo habías dicho antes. —Carrie persevera sin la menor inflexión en la voz.

Lucy se aclara la garganta y desvía la mirada:

—No hagas esto más duro de lo que ya es.

—Estás siendo petulante. —Carrie la contempla con actitud de reptil.

—No es verdad. —Lucy vuelve a aclararse la garganta mientras bebe agua.

—Pues claro que estás montando un numerito —dice Carrie—. Porque nunca podrías dejarme. No puedes cumplir tu amenaza y nunca has sido capaz de cumplirla. Haz el favor de mirarte. Estás a punto de llorar. Estás a punto de desintegrarte por completo ante la mera posibilidad de no estar conmigo. Me quieres más de lo que nunca has querido a nadie en toda tu vida. Tú me amaste primero. Soy tu primer amor. ¿Y sabes cómo funcionan esas cosas? La verdad es que no. Comparada conmigo, eres una cría. Pero que no se te olvide una cosa. —Carrie se da unos golpecitos en la sien con el índice—. Nunca se olvida el primer amor —dice de manera lenta y enfática—. Nunca lo superas porque siempre será lo más intenso que jamás hayas sentido, tu deseo y tu lujuria más insoportables. El flechazo. El rubor. Los latidos del corazón. El torrente rugiente de sangre que te sube por el cuello hasta el cerebro y te salta la tapa de los sesos. No puedes pensar. No puedes hablar. Lo único que quieres hacer es tocar. Quieres tocar a esa persona con tantas ganas que matarías para conseguirlo. ¿Hay algo mejor que la lujuria?

—Eres tú la que se está tirando a la reina de la belleza. Así que supongo que lo sabes todo sobre la lujuria. Hemos terminado.

—¿Estás segura? —Carrie observa la contundente navaja roja del Ejército suizo que sostiene en la palma de la mano—. Porque más vale que te lo creas. Las palabras pueden cambiarlo todo. Ten cuidado con lo que quieres o no quieres decir.

—Debería haberme dado cuenta la primera vez que nos vimos. —Lucy aprieta el paso y gesticula con furia—. Cuando me acompañaron al ERF y me entregaron a ti, mi supervisora, mi tutora, mi plaga personal.

—Esa no fue la primera vez que nos vimos, Lucy. Solo fue la primera vez que tú me viste. —Carrie acaricia la navaja con el pulgar, comprobando lo afilada que está—. Ven aquí. Tienes que tomártelo con calma.

—Eres una traidora y una falsa, un fraude, una ladrona intelectual, y eso es lo peor que hay porque le robas el alma a alguien. Yo creé CAIN y eso no lo puedes soportar. Siempre te has apropiado de lo que realmente he hecho yo. Te deshaces de la gente cuando has decidido quedarte con algo.

—Ay, Señor, otra vez con eso —se echa a reír Carrie.

—¿La Criminal Artificial Intelligence Network (Red de Inteligencia Criminal Artificial) y quien debería llevarse todos los aplausos? ¿Quién se los llevaría si tú dijeras la verdad? —A Lucy le arden los ojos y los clava en la cara de Carrie—. ¿Quién inventó el nombre, el acrónimo CAIN? ¿Quién escribió todo el código que realmente importa? No me puedo creer cómo te he dejado utilizarme. Lo más probable es que aún me hagas más daño antes de que se acabe.

—¿Se acabe qué?

—Todo.

—¿Crees que pienso hacerte daño? No lo sabrás hasta que lo decida —dice Carrie mientras suenan a lo lejos unos disparos, cual distantes fuegos artificiales de una celebración a punto de concluir.

Agarra a Lucy, besándola a fondo, y Lucy grita de dolor inesperado. Veo la navaja del Ejército suizo en la mano de Carrie, la pequeña y reluciente hoja de acero. Veo cómo la sangre oscurece el polo verde de Lucy, manchándole los dedos de rojo púrpura mientras se agarra el abdomen, mirando fijamente a Carrie: está sorprendida, rabiosa, incrédula, destrozada.

—¿Qué has hecho? —le grita a Carrie—. ¿Qué coño acabas de hacer, puta lunática?

—La marca de la bestia. —Carrie se hace con una toalla y le levanta el polo a Lucy, quedando al descubierto la sangre que mana de una incisión horizontal en la zona inferior izquierda del estómago—. Por si se te olvida a quién perteneces realmente.

—Por el amor de Dios. ¡La madre que te parió! ¿Pero qué has hecho? —Lucy se deshace de la toalla, y luego la nada.

La pantalla del móvil se queda en negro.

20

El porche delantero cuenta con unas tumbonas de madera de teca con brillantes cojines verdes y otomanas a juego.

El agua acaricia los pilones, y el río tiene por aquí una anchura de casi quinientos metros; al otro lado, bosques inhabitados. Observo a un par de águilas calvas que sobrevuelan las copas de los árboles. Me recuerdan que hay un montón de nidos por aquí, y me vuelvo a rebotar con el helicóptero del FBI atronando sobre esta tranquila tierra, alterando su vida salvaje e inquietando a todo lo imaginable.

En otras circunstancias, el cobertizo de la barca sería el lugar perfecto para sentarse a tomar una copa al final de un día tan espantoso como este, y me pregunto por qué no habrá salido Lucy a recibirnos. Debería haberse dado cuenta de que nos acercábamos. Debe de tener unas cincuenta cámaras en su propiedad, y seguro que hemos sido vigiladas mientras veníamos. Es raro que no haya salido a saludarnos, así que llamo a la puerta principal. Oigo risas, música, gente hablando en japonés. La tele está puesta.

Suena la cerradura y Lucy abre la puerta, momento en que los ojos se me van involuntariamente hacia su camiseta gris, como si esperara encontrar sangre, como si Carrie acabase de rajarla con la pequeña hoja de la navaja del Ejército suizo que le regaló Marino. Recuerdo que fue después de que él empezara a llevársela a aparcamientos desiertos, para enseñarle a conducir su Harley, y que le dijo que nunca debería quedarse sin herramientas. «Lleva siempre algo de dinero en el bolsillo y una navaja a mano», recuerdo que le aconsejaba en aquellos tiempos.

Carrie se hizo con esa navaja, la navaja de Marino. La utilizó para marcar a Lucy, para hacerle daño, y evoco el delicado y colorista tatuaje de una libélula en la parte inferior izquierda del abdomen de mi sobrina. La primera vez que lo vi, me explicó que las libélulas son los helicópteros del mundo de los insectos y que eso era lo que la había inspirado. No era cierto. La inspiración provenía de una cicatriz que nunca quiso enseñar. Porque le daría vergüenza. Sobre todo, no quería que yo supiera la verdad.

—Hola. —Lucy sostiene la puerta.

—¿No nos has visto venir? —le pregunto.

—No vigilo la propiedad porque ya sé quién está —responde Lucy mientras Donoghue y yo entramos—. Y lo que es más importante, sé algo que ellos desconocen.

—¿A saber? —inquiere Donoghue.

—¿Qué es lo que sé que ellos no saben? Tengo una lista muy larga. Ahora os desvelaré una parte.

—Solo si es seguro hablar —matiza Donoghue.

—Ahora abordamos eso también. —Lucy cierra la puerta.

—Esto apesta. —Marino está sentado en el sofá y parece medir sus palabras.

Lo que realmente quiere decir es que la cosa está jodida o que es para cagarse. Pero tiene a un crío de siete años sentado a su lado.

—¿No puedes hacer nada? —le espeta a Donoghue—. Esto es ridículo. ¿Qué me dices de registro ilegal e incautación no menos ilegal? ¿Y de persecución maliciosa?

—Legalmente, no puedo hacer nada. Aún no.

—¿Qué maldito juez firmaría una orden que permitiera todo eso? —Marino se hace con un tazón que hay en la mesa, mientras yo atisbo la Keurig en la cocina.

—Uno que probablemente conoce al juez federal que está casado con Erin Loria —apunto—. ¿Alguien quiere café?

—Pues no me parece bien. ¿Pero dónde coño estamos? ¿En Rusia? ¿En Corea del Norte? —se queja Marino.

—Estoy de acuerdo en que esto me parece exagerado e indignante. Y me vendría bien un café —me dice Donoghue.

—Pues sí. Es una p...eme, eso es lo que es —añade Marino desde el extremo del sofá.

En el centro está Desi, y junto a él, Janet, y oigo a *Jet Ranger* antes de verlo roncando bajo la mesa del desayuno. Me inclino para acariciarle la cabeza y las sedosas orejas, y él me lame la mano y menea el rabo mientras me dirijo al mostrador de la cocina. Hago café y realizo un inventario del entorno, empezando por la pantalla plana de sesenta pulgadas colgada de la pared.

La han pasado del modo seguridad a su función habitual: se ve una sitcom japonesa a bajo volumen que emite la Radiotelevisión de Tokio. Nadie muestra el más mínimo interés al respecto. No está puesto ese programa porque sí. La pantalla plana es más que una tele o un monitor, concluyo mientras el café cae sonoramente en un tazón. Lo que Lucy tiene ahí es un dispositivo similar a una emisora que manipula las comunicaciones vía móvil y hace que quien intercepte el torrente de datos encriptados no oiga nada más que ruidos.

Miro alrededor, hacia los altavoces empotrados, hacia las espesas paredes de madera de ciprés y los cristales triples que ejercen de espejo en el exterior para que la gente no pueda ver lo que pasa dentro. Ya he estado aquí antes, no muy a menudo, solo en ocasiones, y esta es la primera vez que se me ocurre que el cobertizo de la barca no es únicamente un cobertizo para barcas. Lucy ha instalado un sistema para enmascarar el sonido, y me pregunto si es una novedad, como el jardín de piedra. Mi sobrina vio venir la visita de los federales. Desde mediados de junio, por lo menos. Desde que me dispararon. O eso creo.

—¿No han estado aquí? —le pregunto mientras le paso un café a Donoghue.

—Han hecho un barrido. Les dije que era lo primero que debían hacer y que luego se largaran, que necesitábamos un sitio tranquilo para Desi y *Jet Ranger*.

—Hay que ver lo comprensivos que son —dice Donoghue con ironía.

—Exigí un lugar tranquilo para ellos.

—Y qué sensibles se han mostrado los del FBI al hacerte caso —digo con retranca, ya que los federales no son ni amables ni sensibles y se la sudan los deseos de Lucy—. Más bien extraño, ¿no? —Miro los altavoces y luego levanto la vista hacia las baldosas del techo—. ¿No pusieron pegas ni insistieron en dejarte aquí a un agente?

—No.

—O sea, que no les preocupan las mejoras domésticas. —Hablo con eufemismos, pues aún no estoy del todo convencida de que la conversación sea segura.

—No pueden hacer nada con respecto a mi manera de ordenar la casa y sus edificaciones aledañas. Una orden de registro no les da derecho a destruir la propiedad ajena —dice Lucy con razón, aunque solo en teoría.

Se supone que los agentes del FBI no dañan las pertenencias ajenas ni desmontan la infraestructura residencial de alguien o crean deliberadamente problemas de seguridad. Pero eso no quiere decir que no acaben haciéndolo. No quiere decir que les cause el menor problema inventarse una justificación para sus actos. Me pregunto si descubrieron el sistema de alteración del sonido que hay aquí, y si así fue, por qué no insistieron en que el cobertizo podía ser puesto patas arriba.

¿Por qué, realmente?

¿Cuál es el auténtico motivo de que nos permitan refugiarnos aquí? ¿Y habrá alguna manera de tenernos vigilados aunque Lucy diga que eso es imposible? Ella jura que estamos a salvo cuando se lo vuelvo a preguntar. Asegura que todo lo que decimos es privado. Pero yo sigo albergando mis dudas por mucho que ella insista. No confío absolutamente en nada.

—Espero que tengas razón y que estemos tranquilos. —Le sostengo la mirada a Lucy—. ¿Qué tal todo lo demás? ¿Todo el mundo bien? —Esto se lo digo a Janet mientras me acerco al sofá—. ¿Cómo lo lleváis Desi y tú?

Les doy un abrazo. Janet está tranquila y entera. Está en su naturaleza, su personalidad es así, y mi atención se demora en su rostro atractivo y juvenil.

No lleva maquillaje. Tiene el corto cabello rubio alborotado, como si se lo hubiera estado mesando, y las uñas sucias. Lleva una especie de pijama de médico. Ya sé que duerme de esa guisa, pero no se muestra así en público. Nunca la he visto de esa manera por la casa, excepto justo antes de irse a la cama o cuando se acaba de levantar. Es hora de comer y va de cualquier manera, lo cual debe de significar algo que necesito averiguar.

Si el FBI se plantó aquí a media mañana, ¿qué estaban haciendo antes Lucy y Janet? Estoy bastante segura de que no descansaban. Cuando he abrazado a Janet ahora mismo y la he besado en la mejilla, sabía a sal. He captado los olores pungentes de la suciedad mezclados con el leve aroma almizclado del sudor. Lucy también sudaba. Puede que llevaran a cabo algún tipo de trabajo forestal a primera hora.

Ellas no hacen esa clase de cosas. Disponen de un servicio de poda y de un jardinero.

Miro alrededor, hacia las estanterías empotradas, las vigas a la vista, el suelo de pizarra gris, la cocinita con su horno de gas, sus pilas de acero inoxidable y sus cachivaches eléctricos, así como esos azulejos de cristal veneciano ahumado. La casita de la barca es sencilla y reluciente: una zona pequeña para vivir y un baño. Está limpia, pero tiene la pátina vacía de los sitios que apenas se usan. Puede que solo cuando Lucy necesita cargarse las conversaciones. O cuando se siente acosada. Y puede que se sienta así más de lo que yo creía.

—Aquí estamos a salvo. —Lucy mira cómo lo controlo todo—. Es el único sitio de toda la propiedad que ahora mismo resulta seguro. No pueden oírnos. Lo prometo. No pueden vernos. Mientras nos quedemos dentro.

—¿Y eso lo permiten? —pregunta Donoghue, suspicaz, y Lucy se ríe.

—Sí, pero no tienen ni idea de lo que están permitiendo. La casita de la barca depende de una red inalámbrica segura de la que basta decir que está oculta. —De repente, Lucy se muestra chula y alegre, pero vuelve rápidamente a su estado sombrío.

Pero lo he visto. Se ha toreado al FBI o, por lo menos, cree haberlo hecho. Nada le divertiría más.

—Hay otras cosas a prueba de tontos. Pero no me voy a extender al respecto. —Mira a Donoghue y luego a mí—. Lo único que necesitáis saber es que, ahora mismo, aquí estamos a salvo.

—¿Estás segura? —Sorbo mi café y me doy cuenta de lo mucho que lo necesitaba—. ¿Totalmente segura?

—Sí.

—Entonces voy a hablar con libertad.

21

—Adelante —dice Lucy.

—Crees que buscan la máscara de bucear que yo llevaba.
—No lo pregunto, lo afirmo—. Crees que están en tu propiedad por culpa del vídeo grabado por la mini cámara que llevaba
en la máscara... La máscara que me han hecho creer que nunca
fue hallada.

—La verdad es que no sé por qué están aquí. Podría ser por
eso —dice Lucy—. Pero también podría ser por más de una
cosa —añade, como si eso fuera lo que realmente piensa.

—Yo no he oído nada de una máscara desaparecida o de una
minicámara. —Donoghue se ha instalado en un sillón frente al
sofá y ha sacado un cuaderno y un boli.

—No ha salido nada al respecto en las noticias —respondo.

—Pues hay muchas más cosas sobre lo que ocurrió en Florida, incluyendo los dos buceadores de la policía asesinados y que
casi te eliminan. —Donoghue se dirige exclusivamente a mí.

—Vamos a ver —dice Lucy—. Tú no recuerdas haber visto
el nombre de Carrie Grethen por ningún sitio.

—No, no lo he visto.

—Ni lo verás —interviene Janet—. El FBI negará su existencia. Ya la están negando, y piensan seguir así.

—¿Cómo puedes estar tan segura? —le pregunta Donoghue.
—Porque los conozco.

—Es evidente que tienes que ponerme al corriente de muchas cosas. —La abogada apunta el nombre de Carrie Grethen en mayúsculas y traza un círculo alrededor.

—Ya me doy cuenta.

—No han querido avisar a nadie de que la máscara ha desaparecido —dice Lucy—. O creen que ha desaparecido. Es de lo más idiota. Y ni siquiera resulta lógico.

—Cosas del FBI —sentencia Donoghue.

—Sí —dice Lucy—. Se han estado encargando de informar a la prensa sobre lo que ocurrió en Fort Lauderdale.

—¿Y cómo has podido saberlo? —pregunto—. ¿Por qué ibas tú a saber nada de cómo se tratan con la prensa?

—Mis dispositivos de busca. Veo todo lo que sale.

Está pirateando.

—Ni se ha mencionado la máscara desaparecida, lo cual es del género tonto, ya que la persona a la que intentan ocultar ese detalle es la persona que te disparó —me está diciendo Lucy—. Esa persona es Carrie y sabe perfectamente que la máscara que llevabas ha desaparecido porque ella es la causante de la desaparición.

—Y en el vídeo lo puedes comprobar. Puedes verla llevándose mi máscara. —Espero estar en lo cierto, aunque no entiendo cómo—. Cuando me percaté de que ya no tenía la máscara, lo más lógico era que Carrie me la hubiese arrancado de la cara como despedida. Habría reconocido la cámara empotrada en la zona de encima de la nariz. Es lógico que quisiera hacerse con la grabación.

—No te arrancó la máscara —dice Lucy—. Pero seguro que quería la grabación.

—¿Y entonces cómo la perdí? Supongo que respiraba por el regulador. Eso dice Benton, pero nunca ha mencionado que me quitara yo misma la máscara. Y desde luego, él no lo habría hecho. —Cada vez siento más incertidumbre a medida que hablo—. Y tampoco le habría permitido a ella acercárseme lo bastante como para arrancármela. —Con cada minuto que pasa, se incrementa mi inseguridad acerca de todo—. No puedo imaginarme que las cosas sucedieran así.

—No se te acercó, tía Kay. Te disparó y luego se perdió de vista.

—¿Se perdió de vista? ¿No la grabó la cámara? —Me empieza a entrar una sensación gélida, un tremendo apretón en las entrañas.

—La máscara saltó mientras tú luchabas, cuando te llevaba de un lado para otro la soga que unía el arpón a la boya de superficie —dice Lucy, y yo trato de mantenerme positiva mientras siento que la bomba está a punto de estallar.

—Bien. Vale. O sea, que tenemos documentación. —Me estoy engañando a mí misma, pero no sé cómo parar—. O sea, que estamos empezando a unir las piezas para mostrar exactamente lo que sucedió y quién es el responsable. —Se me levanta el ánimo aunque no logro entender el sentido de nada de lo que digo.

—Ojalá fuese tan sencillo. —Lucy anuncia las malas noticias que están al caer—. Carrie no necesita enterarse por la prensa de que esa prueba fundamental se ha perdido, ha desaparecido o la han robado o lo que sea. —Lo dice sarcásticamente, y a mí se me cae el alma a los pies, de vuelta a ese espacio oscuro en el que lleva semanas.

—¿Qué coño importa lo que salga en la prensa? —interviene Marino.

—El FBI cree que sí importa —dice Janet en voz baja, muy seria—. Pero no por el motivo adecuado, y ahí está el problema. Ahí está siempre el problema.

—Presentas la información como si fuese un hecho indiscutible —le dice Donoghue a Lucy—. Básicamente, manifiestas de manera irrefutable que Carrie tiene algo que ver con la desaparición de la máscara de buceo de Kay. Y lo que yo me sigo preguntando es cómo sabes algo al respecto.

—Creo que lo que trata de decir es que Carrie puede haberme arrancado la máscara, pero haberla conservado, y que ahora Lucy tiene la grabación. —Miro directamente a mi sobrina para ver si lo va a negar, pero sé al instante que no lo hará.

«Dios bendito. ¿Qué has hecho?»

—Me explicaré. —Lucy mira por la ventana hacia el cielo que se oscurece.

—Joder. Por favor, dime que estás bromeando. —Parece que a Marino le vayan a saltar los ojos de la cara.

—No entiendo cómo la conseguiste a través de ella —le digo a Lucy mientras se me dispara la alarma interior.

—¡Hay que joderse! —clama Marino—. Perdón —le dice a Desi.

—Yo no he dicho que consiguiera la máscara a través de ella —se defiende Lucy—. Ni ninguna otra cosa.

—No copies mi manera de hablar, chaval. ¿Lo pillas? —Marino abraza a Desi, se lo acerca y le tamborilea vigorosamente en la cabeza.

—¡Ay! —Desi chilla y se troncha.

—¿Sabes cómo se llama esto? Pues se llama colleja.

—Y es la especialidad de los matones de patio de colegio —dice Janet.

—Mamá me hace pagar cuando digo palabrotas. Veinticinco centavos por *maldita sea*, cincuenta por *mierda* y un dólar si digo eso que empieza por jota. Hasta ahora, ya llevas gastado un dólar y cuarto, por lo menos —informa Desi a Marino, mientras sigue hablando de su madre en presente.

—¿Has tenido contacto con Carrie? ¿La has visto? —le pregunto a Lucy con toda la calma que puedo.

—No es lo que puedas pensar —dice Janet, y sigo teniendo presente el reciente viaje de Lucy a las Bermudas.

Sé que ha estado, pero no supe en su momento que se iba. Nunca lo mencionó. Y luego, hace unos días, descubrí que había estado allí y que Janet y Desi no fueron con ella. Lucy no parece interesada en explicarse, más allá de lo que ya me ha contado. Se fue a bucear. No de vacaciones. Iba a ver a una amiga de Janet. Tengo la impresión de que esa persona solo era una conocida.

—¿Qué se supone que hemos de saber? —le pregunta Donoghue a Lucy.

—Nada. No supongáis nada.

—Tienes que contármelo todo.

—Yo nunca lo cuento todo. A nadie.

—Conmigo vas a tener que hacer una excepción, si debo representarte.

—No puedo revelar ciertos detalles, y cómo te lo tomes es cosa tuya. —Lucy se está poniendo farruca.

—En ese caso, no sé si puedo ser de mucha utilidad.

—No soy yo quien te llamó —le dice Lucy mientras me mira a mí.

—No te vayas —le digo a Donoghue mientras ella recoge sus cosas y se levanta del sillón.

—Tienes que quedarte —le digo—. También me representas a mí.

—Temo que esto no va a funcionar —Donoghue recoge el cuaderno.

—Lucy, por favor. —Le lanzo a mi sobrina una mirada de advertencia, pero ella se encoge de hombros.

—Deberías quedarte. —La manera en que Lucy lo dice no es muy convincente, pero basta con eso.

—De acuerdo entonces. —Donoghue toma asiento mientras Desi mira a un lado y otro, dependiendo de quién hable.

Es un alma vieja y sabia, bajito para su edad y con una mata de pelo castaño y unos enormes ojos azules. No se le ve inquieto ni angustiado, pero no debería estar escuchando todo esto; hasta Marino se da cuenta de lo que pienso.

—Me lo llevaré a dar una vuelta —se ofrece, rascándose las picaduras de mosquito que le están destrozando las piernas.

—Eso parece divertido, ¿verdad, Desi? —Lucy retira unas sillas de una mesita de la cocina y las coloca cerca del sofá.

Llevo todo el rato de pie porque me ha dado por resistirme a ser la primera en sentarse. La gente supone que lo necesito por lo de la pierna, así que me quedo de pie más de lo que debería aunque me encuentre fatal.

—¿Qué tal un paseíto con Marino? —Lucy anima a Desi.

—No. No quiero. —El crío niega con la cabeza y Janet le pasa un brazo por los hombros y se pega a él.

—Sí que quieres. —Marino se hace con un tubo de After Bite que hay en el mostrador de la cocina.

—Háblame de la minicámara —me dice Donoghue—. Con todo lujo de detalles.

Pero es Lucy quien le responde. Le explica que el congresista Bob Rosado fue asesinado a tiros el 14 de junio, hace dos meses, mientras buceaba junto a su yate en el sur de Florida. No se encontraron ni las botellas de aire ni parte de su cráneo, y como es un caso federal y yo tengo jurisdicción federal gracias a mi afiliación militar, decidí quedar con el equipo táctico de Benton en Fort Lauderdale. Aparecí al día siguiente, el 15 de junio, para ayudar en su búsqueda y en las tareas de recuperación.

—¿Es habitual para ti enganchar una minicámara a la máscara de buceo cuando intentas recuperar algo hundido? —me pregunta Donoghue.

—Yo no lo diría así, ya que la cámara está permanentemente montada. —Huelo a amoníaco y a aceite de árbol del té mientras Marino se pasa el gel por las picaduras de mosquito.

—Pero sí enciendes y apagas la cámara. Lo haces de forma manual y deliberada. —La abogada le da vueltas lentamente al tazón sobre el brazo del sillón, como para indicar que estamos hablando en círculos.

—Sí —respondo—. Por el único motivo de evitar preguntas sobre mis procedimientos, sobre la veracidad de mi testimonio. Me gusta que los jurados vean dónde encontré la prueba. Les ayuda poder ver por sí mismos que esa prueba ha sido adecuadamente manejada y conservada, algo especialmente importante en la búsqueda y recuperación submarina porque no se habla, no hay una narración ni una explicación. Bajo el agua no se oye gran cosa, aparte de las burbujas.

—Entonces, cuando dijiste que creíste ver a Carrie Grethen, la cámara de la máscara lo estaba grabando todo —me dice Donoghue—. Y por eso la habías puesto en marcha.

—Correcto.

—Entonces Carrie debería aparecer en la grabación.

Empiezo a responder que desde luego aparecerá, pero la mirada de Lucy me detiene. Algo va mal.

—La cámara grababa lo que yo estuviese mirando —le explico a Donoghue mientras me ataca la incertidumbre—. Y no se trata de suposiciones. No se trata de lo que yo crea, sino de lo que es verdad. Sé a quién vi.

—No dudo que eso es lo que crees.

—No es solo que yo lo crea.

—Pero es exactamente eso —dice Donoghue—. Es lo que tú crees, Kay, pero que no es necesariamente cierto. Todo sucedió muy deprisa. No lo viste venir. Pasó en un abrir y cerrar de ojos. Tenías a Carrie Grethen en la cabeza y, de repente, te ataca alguien en unas condiciones no especialmente óptimas. Estabas aún bajo la impresión de haber descubierto a los dos buzos asesinados por quien fuera...

—Por ella.

—Ya sé que eso es lo que crees. Estoy convencida de tu sinceridad. La visibilidad tenía que ser muy escasa. ¿Llevas lentillas cuando buceas? ¿O la máscara tiene cristales graduados?

—Sé a quién vi.

—Esperemos poder probarlo —dice la abogada, y Lucy me mira igual que ella.

Algo va mal.

—¿Eso es lo que realmente piensas? —Me estoy cabreando—. ¿Crees que estaba en *shock*, que no podía ver, que estaba tan confusa que me equivoqué al identificar al que iba por ahí abajo con un fusil arponero?

—Tenemos que probarlo —repite Donoghue—. Te estoy administrando una dosis de lo que dirá la oposición.

—Y la oposición es el FBI —afirmo—. Qué manera más triste de ver las cosas, y parece que se da con mucha frecuencia últimamente. Cuando empecé, me dijeron que el ejercicio de la ley era un servicio público. Se supone que debemos ayudar a la gente, no adoptar una actitud inquisitorial y persecutoria.

—Es evidente que consideramos al FBI la oposición —me confirma Donoghue—. Y te estoy avisando de lo que dirán, de lo que me apostaría algo a que ya están diciendo. Tenemos que probar sin duda alguna que era Carrie Grethen, que resulta que no está muerta, sino que es la que va por ahí disparando a la gente, incluyéndote a ti. Tenemos que demostrar sin asomo de duda que ella es... ¿Cómo le llaman al francotirador?

—Copperhead.

—Exacto. Que ella es Copperhead.

Tengo la mirada puesta en la cara de Lucy mientras ella observa fríamente la sitcom japonesa que no está viendo nadie. Luego me mira y no me gusta lo que veo. Me noto el corazón flotando en agua helada. Escucho el susurro de un destino fatal.

¿Algo va mal?

—Vi a Carrie apuntarme con un fusil arponero y apretar el gatillo. —Siento que me estoy defendiendo ante Donoghue, y eso no me gusta—. Me miró directamente desde no más de siete metros y la contemplé mientras me disparaba. Oí cómo el primer arpón se clavaba en el tanque, y luego vino el segundo. Solo que este no lo oí. Lo sentí. Fue como si un camión de cemento me machacara el muslo.

—¡Debió de hacerte mucho daño! —exclama Desi, como si lo que acabo de decir fuese nuevo para él.

Y no lo es. Hemos mantenido muchas conversaciones sobre el ataque y su significado y el daño que me hizo y si tuve miedo a morir. Desi quiere saberlo todo sobre la muerte y se esfuerza por comprender cómo es posible que nunca vaya a volver a ver a su madre. No me ha resultado fácil enfrentarme a sus preguntas.

Yo entiendo la muerte biológica. Es demostrable. Un organismo muerto no se va a recuperar ni a calentarse de nuevo. No se va a mover ni a hablar ni a entrar repentinamente en una habitación. Pero no le voy a hablar a Desi de la finalidad clínica de la no vida, de la no existencia física. No pienso introducir el miedo y el fatalismo en la mente de un crío que acaba de perder a su madre.

Sería muy egoísta y desagradable por mi parte no recurrir a las metáforas, a un par de analogías capaces de ofrecer esperanza y consuelo. *La muerte es como un viaje a un lugar en el que no hay e-mail ni teléfono. O igual te lo puedes imaginar como un viaje en el tiempo. O como algo que no puedes tocar, como la luna.* Me he hecho bastante hábil a la hora de proporcionarle a Desi explicaciones patológicas inofensivas en las que solo creo a medias.

Marino deja el tubo de gel antipicaduras sobre el mostrador de la cocina.

—Vámonos, chavalote.

Janet le está frotando la espalda a Desi:

—Aquí te vas a volver tarumba. ¿Qué me dices de un poco de aire fresco antes de que llueva?

—No. —El crío vuelve a menear la cabeza.

—Marino es muy bueno pescando —le dice Lucy—. Es tan bueno que los peces tienen una foto suya en la oficina de correos para prevenir a todo el mundo. ¡Agarrad a ese hombre! ¡Cuidado con él! ¡Se ofrece recompensa!

—¡Los peces no tienen oficina de correos!

—¿Y eso cómo lo sabes, eh? No lo sabrás hasta que tengas una experiencia directa. —Marino agarra a Desi y lo levanta en el aire mientras el niño chilla de placer—. ¿Quieres saber qué clase de peces hay por aquí en el agua? ¿Quieres saber qué pez gordo podríamos pillar si tuviésemos cañas de pescar?

Desi decide que quiere saber todo eso, y Marino se lo lleva. Los oigo en el muelle. Y luego ya no.

22

—No tengo la máscara —dice Lucy—, pero sí tengo acceso a la grabación.

—Tú no recuperaste la máscara personalmente. —Debo cerciorarme de que no estaba cerca de mí cuando la perdí y casi la diño.

—Claro que no.

—No podrías haberla recuperado si no estabas allí cuando me dispararon. —Me quedaría hecha polvo si descubriera que sí estaba.

Cambiaría la historia de mi vida y toda mi visión del mundo si resultase que estaba allí. Es una de esas cosas que, francamente, preferiría no averiguar, ya que las consecuencias serían irreversiblemente terribles.

—Yo no estaba en Florida. ¿Y por qué habría de dispararte? —está diciendo Lucy—. ¿Por qué querría hacerte daño? ¿Por qué iba a permitir que alguien te lo hiciera? ¿Y por qué me lo preguntas? ¿Cómo has podido pensar ni por un momento...?

—No es Kay quien lo piensa —la interrumpe Donoghue—. Y eso puede ser lo que tratan de demostrar. Puede que este sea el caso que pretenden llevar a un gran jurado. —Esto me lo dirige a mí—. Que Lucy estaba en Florida y estuvo presente cuando te dispararon porque es una cómplice de Carrie Grethen. ¿O algo peor, tal vez? Lucy es quien te disparó y no hay ninguna Carrie Grethen.

—Puede que la postura del FBI sea que Carrie sí murió en el helicóptero que se estrelló hace trece años —dice Janet mirando a Lucy, y la cosa parece algo más que una sugerencia—. Y que tú te lo has inventado todo sobre ella.

—Exacto —asiente Donoghue—. Esa es la posibilidad que debería preocuparnos a todos. Pero siento curiosidad —me dice—. ¿Qué pasa con Benton? Él vio lo ocurrido. Te salvó la vida. Tuvo que ver directamente a la persona que te disparó. Tuvo que estar muy cerca de esa persona.

—No la vio. —Se lo he preguntado a Benton muchas veces y su respuesta es siempre la misma—. Cuando se dio cuenta de que yo estaba en peligro, no se fijó en nada más. Estaba tan preocupado por mí que ella debió de evaporarse.

—Lo más probable es que se apartara un poco para observar —interviene Lucy.

—O sea, que, si se lo pregunto, Benton dirá que no puede afirmar que Carrie Grethen os disparó a ti y a los dos buzos de la policía —concluye Donoghue—. Estoy calculando lo que les ha contado a sus colegas del FBI, pues podéis dar por hecho que lo han interrogado hasta la náusea.

—Si Benton les ha dicho lo mismo que a mí en privado —respondo—, no habrá dicho nada más que lo que sucedió. Él sabe lo que me ocurrió. Y sabe que Lucy no estaba con nosotros.

—En mi opinión, el Buró quiere colgárselo todo a ella —dice Janet, y es más que una opinión.

Cree firmemente en ello.

—Creo que intentan demostrar que lo de Carrie Grethen es una artimaña, un espectro conjurado por Lucy para que le sirva de coartada —añade Janet.

—Pero lo que no entiendo es por qué querrían demostrar algo así —les digo mientras pienso en los vídeos del *Corazón depravado* y si son una prueba de que Carrie sigue viva.

No lo son. Debo admitirlo aunque la idea me subleve. Sé perfectamente que esos vídeos no significan lo que a mí me gustaría. Las grabaciones son de hace diecisiete años. Y lo único que prueban realmente es que Carrie estaba viva entonces, por no hablar de que ni dispongo de los vídeos ni de enlace alguno que me lleve a ellos. No puedo probar nada de nada.

—Venganza —dice Lucy.

—Dudo mucho que el FBI disponga del tiempo o la energía necesarios para conseguir una orden y hacer todo esto por ganas de vengarse. —Donoghue va dando golpecitos en el cuaderno con la punta del boli.

—Te sorprendería la capacidad del gobierno para mostrarse mezquino y despilfarrar el tiempo y el dinero.

—La venganza podría ser la guinda del pastel. Una guinda muy pequeña en un pastel igualmente pequeño. —Janet es siempre la voz de la razón y, en todo caso, tiende a infravalorar—. Pero desde luego, no es todo el pastel, puede que ni tan solo una parte relevante. Es más importante el hecho de que quieran a Carrie muerta. Lo desean con locura. Eso les importa más que vengarse de ti, Lucy. Solo es una opinión, pero tiene su base. Conozco a los federales. Fui una de ellos.

—¿Ahora quieren a Carrie muerta? ¿O quieren que siga muerta? —pregunto.

—Lo mismo me pregunto yo —dice Donoghue, que ojalá dejara de hacer ruidillos con el bolígrafo.

Ahora mismo, todo me pone de los nervios.

—¿La quieren muerta? —plantea Donoghue—. ¿O es que no quieren que nadie piense que en realidad nunca murió?

—Quieren que siga muerta —afirma Janet—. No quieren que nadie descubra que nunca desapareció.

—¿Y por qué motivo, aparte del bochorno evidente? —inquiero.

—Eso me gustaría saber a mí —contesta Janet—. Pero el motivo obvio ya es bastante malo para ellos. Sería como descubrir que Bin Laden aún anda suelto por ahí después de que nuestro gobierno nos haya asegurado que lo enterraron en el mar. Que es lo que le pasó en teoría a Carrie cuando el helicóptero se vino abajo.

—Entiendo por qué todo el mundo la quiere muerta —comenta Donoghue—. Desde luego, lo que te hizo a ti —me mira— demuestra su absoluto desinterés por la vida humana, su depravación. Podrías haber muerto. Te podrías haber quedado impedida para siempre. O, por lo menos, podrías haber perdido la pierna.

—Cierto —le digo—. Todas esas cosas.

—Si Carrie sigue viva, ya os podéis imaginar la cara que se le pondría al FBI. —Janet insiste en sus teorías.

—¿A qué te refieres? —le pregunta Lucy.

—No pretendía insinuar... —empieza a decir Janet.

—Pero lo has hecho. Has dicho *si* —le planta cara Lucy.

—Es complicado —dice Janet mientras yo pienso en la cinta que he visto hace unos momentos, una cinta que se ha perdido—. Yo no he visto a Carrie. No he visto ninguna foto reciente de ella, ni ningún vídeo. No he visto absolutamente nada que demuestre que está viva. Solo sé lo que tú has dicho. O lo que Kay dice que vio.

Contemplo a Lucy, estirada en un sillón: le asoma el vientre plano entre la camiseta y la cintura de los pantalones cortos de deporte. Pienso en su libélula y en lo que cubre, y luego pienso en el FBI y en otros motivos que pueda tener para registrar la propiedad de Lucy y requisarle las armas y los dispositivos electrónicos.

—Hablemos de su motivación. ¿Es posible que lo que pretendan realmente sea acceder a la base de datos del CFC, a todos nuestros archivos? —Verbalizo esa preocupación, y Donoghue deja de dar golpecitos en el cuaderno. Se lanza a escribir de nuevo—. Sin duda alguna, Lucy es un conducto a todo caso estatal y federal en el que yo haya trabajado.

—¿Y qué pueden andar buscando que no puedan obtener de manera menos espectacular? —Donoghue está tomando notas con su letra llena de curvas.

—Podrían ser muchas cosas.

—¿Y cómo sabes que el FBI no ha entrado ya en vuestra base de datos?

—Lo sabría —dice Lucy, y a mí me pasma esa no respuesta.

Decir que lo sabría si alguien hubiese violado nuestra base de datos no es lo mismo que decir que eso no ha ocurrido.

—Algo me pasa en el e-mail. Ha habido mirones —añade.

—¿Mirones? Esa es una manera muy suave de decirlo —comenta Donoghue.

—Sé que algunas veces ha sido Carrie.

—¿Y lo has dejado pasar? —Donoghue adopta un tono severo.

—No puede ir a ninguna parte y yo tampoco la dejo. Considérala una rata en un laberinto cibernético. No para de toparse con mis cortafuegos. ¿Y si los únicos e-mails que ve son los que yo quiero que vea? Pero las grabaciones electrónicas del CFC ya son otro asunto muy distinto. —Lucy tampoco responde a esa pregunta.

Sigue hablando de manera ambigua cuando se le pregunta si la seguridad de la base de datos del CFC se ha visto comprometida. Lo único que dice es que lo habría detectado de ser así. No está diciendo que todo vaya bien.

—¿Y el FBI? —Donoghue da un golpe de boli para hacerse notar—. ¿Podrían entrar en la base de datos del CFC y acceder a los archivos más sensibles a través de las redes que hay en tu propiedad?

—Estoy convencida de que ellos creen que sí. —Lucy sigue en su tono críptico.

—Puede que crean que eso es lo que van a hacer.

—¿Pero no pueden? —Donoghue observa atentamente a Lucy.

—No tengo enganches automáticos, nada que les ayude a mirar nada importante. Pero no me extrañaría que eso formara parte de su motivación. Quieren usar mi tecnología particular, mi *software* personal de comunicación, como puerta de entrada.

—Es importante asumir que no buscan una sola cosa. —La insistencia de Janet me está despertando la curiosidad.

—¿Qué podrían querer? —vuelve a preguntarme Donoghue—. ¿Una cosa, dos cosas, cuántas cosas? Por ejemplo, ¿qué pueden querer de lo que está en vuestra base de datos?

—Puede que no sepan lo que buscan —concluyo—. Puede que se trate de algo de lo que no saben lo suficiente como para incluirlo en la lista de la orden de registro.

—O sea, que han salido a ver qué pescan.

—Puede que estén tendiendo una red para atrapar algo sobre lo que no quieran llamar la atención o no tengan autoridad para exigir. O puede que no sepan ni cómo exigirlo o qué es o por qué, y que conste que pienso en todo tipo de complementos imaginables que les puedan llevar a acosar a Lucy —explico—. Es evidente que ella es el camino que les conduce hasta mí. Es evidente que Lucy es un medio para llegar a mí, para hacerse con una información extremadamente confidencial relacionada con la ley local y federal, y puede que en algunos casos con los militares y otras agencias gubernamentales, incluida la comunidad de espionaje.

—¿Tienes casos de la CIA o de la ANS en el ordenador? —Esto llama la atención de Donoghue.

—Tenemos datos de interés para el Departamento de Estado. Eso es todo lo que voy a revelar al respecto.

—¿Habéis tenido algún caso reciente de ese estilo? —pregunta.

—No puedo comentarlo. —Pienso en Joel Fagano, un contable forense de Nueva York que apareció muerto en un hotel de Boston el mes pasado.

La puerta de la habitación estaba cerrada desde dentro y del pomo colgaba un cartelito de NO MOLESTAR, pero lo que parecía un claro caso de suicidio por ahorcamiento no habría despertado mis sospechas si el gobierno federal no llega a aparecer por la autopsia. Resultó que los dos agentes del FBI acosaban a gente para la CIA y que no era la primera vez que sucedía algo así ni tenía pinta de ser la última. Los espías mueren en accidentes aéreos y automovilísticos. Se suicidan y los matan igual que los demás, pero hay una gran diferencia.

Cuando hay un operativo del gobierno, se da por sentado que ha habido juego sucio. Pero en el caso de Fagano no hubo ninguno. Cada descubrimiento coincidía con el tipo pasándose el cinturón por el cuello, cortando así el tránsito del oxígeno hacia el cerebro, y recuerdo el comentario críptico de Benton acerca de que Fagano recurrió al único poder del que disponía, como si hubiese algo a lo que temía mucho más que a la muerte. Y ahora me doy cuenta.

Ficción de datos.

El cadáver de Joel Fagano nos llegó con un *pen drive* en el bolsillo, y lo que contenía era *software* financiero que, según Lucy, era capaz de generar un fraude masivo que podría cargarse todo el sistema bancario de Estados Unidos. La recuerdo diciendo que la cosa consistía en aparentar que el dinero estaba presente o contabilizado, para luego despertarte un día y descubrir que no te queda nada. Te dicen que te lo has gastado todo, y para probarlo te enseñan un libro de contabilidad que también está generado por el *software* fraudulento.

¿Y si vamos a la guerra, apretamos el botón y tomamos decisiones de vida o muerte basadas en la ficción de datos?

Lucy dijo que el término está de moda en la Undernet en que los usuarios chatean sobre si aún es posible estar seguro de lo que es real. Actualmente, ¿cómo sabemos en qué confiar? Yo nunca considero nada fiable si no dispongo de pruebas empíricas. Así soy yo y así me han entrenado. La palabra «autopsia» es de origen griego y significa «ver las cosas por uno mismo, mirar, tocar, escuchar y oler». Yo no puedo hacer exactamente eso en el ciberespacio, y cuando cada detalle de nuestras vidas y trabajos se convierte en un símbolo electrónico, el resultado es tan cómodo como extremadamente peligroso.

La tecnología lo mejoró todo por un tiempo y ahora parece que la vida regresa a los tiempos oscuros. La comunicación digital ha empezado a hacerme sentir que me muevo más rápido que nunca aunque pierda el equipo de navegación de confianza con el que nací. Mis propios ojos. Mis propios oídos. Mi propio sentido del tacto. Echo de menos el papel y la pluma. Echo de menos las conversaciones cara a cara. Temo que estemos en camino hacia una colisión a escala galáctica con la duda y el engaño.

¿Y si finalmente acabamos desconfiando de todo lo que depende de los ordenadores? Eso incluiría los informes médicos, los servicios de emergencia, los tipos sanguíneos, los historiales de salud, los directorios profesionales, las huellas digitales, el ADN, las transferencias bancarias, la información financiera, los estudios de antecedentes y hasta los e-mails y mensajes de texto personales. ¿Y si ya no podemos creer en nada?

—¿Dónde estabas a la hora exacta en que dispararon a tu tía el quince de junio? —le pregunta incansablemente Donoghue a Lucy.

—Conducía mi helicóptero desde el condado de Morris, en Nueva Jersey. Volvía hacia aquí —dice ella.

—¿Y el ataque a qué hora ocurrió? —me pregunta Donoghue.

—A eso de las tres menos cuarto de la tarde.

—¿Estabas en el aire a esa hora exacta? —Nueva pregunta de la abogada para Lucy.

—Para entonces, el helicóptero ya estaba en el hangar. Yo estaba en el coche.

—¿En qué coche?

—Creo que ese día era el Ferrari FF. Puede que hiciese algunos recados de camino a casa. No recuerdo al minuto lo que hice.

—El problema está en lo de *no recuerdo* —dice Donoghue—. ¿Janet? ¿Tú sabes qué estaba haciendo Lucy ese día?

—No la vi. Por aquel entonces no estábamos muy a buenas. Ella me había pedido que me largara y yo me había ido a pasar una temporada a Virginia con mi hermana. —Janet tiene los ojos clavados en Lucy—. Natalie estaba muy mal. Dolorida y asustada. O sea, que era el momento adecuado para trasladarme allí, pero la pobre no duró mucho. —Aparta la vista de nosotros, con los ojos brillantes por las lágrimas—. Pero el motivo por el que me fui de casa no me hacía feliz. Dejémoslo en que fue una mala época.

—No quería que Carrie te hiciese daño —dice Lucy en voz queda.

—Pues me lo ha acabado haciendo.

—Tus problemas con Janet y el hecho de que ella se marchara tampoco son buenos para ti —le dice Donoghue a Lucy—. No tienes un testigo. Las dificultades domésticas apuntan hacia una inestabilidad personal, cosa que tampoco ayuda. Y con tus recursos, podrías haber saltado del helicóptero a un avión privado y plantarte en Fort Lauderdale en dos o tres horas. —Se hace la mala como si le divirtiera—. Dime que eso no era físicamente posible.

—Era más que posible. Con el viento que soplaba ese día podría haber llegado a Fort Lauderdale en dos horas.

—Y ese es un punto vulnerable que pueden explotar —me informa Donoghue—. Llenarán de agujeros la coartada de que no estaba en Florida cuando te atacaron. Dirán que pudo ser ella.

—¿Y no hay otras pruebas? —le pregunto a Lucy—. ¿Direcciones electrónicas, registros telefónicos, grabaciones de tus cámaras de seguridad? ¿No hay nada que te sitúe aquí, en Concord, por ejemplo, en tu propia casa? Ya sé que Janet no estaba, pero, ¿hay algo que te pueda situar aquí?

—Ya sabes lo buena que soy viviendo sin dejar huellas.

—Lo haces tan bien que desperdicias la oportunidad de disponer de una coartada cuando la necesitas —le dice Donoghue.

—No suelo pensar mucho en buscar coartadas.

—Pues ahora mismo es una lástima.

—No llevo una vida que requiera coartadas.

—Pero sí llevas una vida que parece exigir que cubras tus huellas para asegurarte de que nadie sabe dónde estás ni cuándo ni por qué. —Donoghue la está usando de saco de arena.

—¿Me estás preguntando si hay gente por ahí que va a por mí?

—No hace falta —dice Donoghue—. Es evidente que tú sí lo crees.

—No lo creo, lo sé.

—Lo importante ahora mismo es que tus eficaces medidas de salvaguarda de la privacidad me están complicando las cosas.

—Seguro que no hay gran cosa de mí que te complique el trabajo.

—Tus comunicaciones electrónicas nunca vuelven a una situación real, y no utilizas tu auténtico nombre cuando decides volar a algún lado y no quieres que nadie lo sepa. ¿Acierto?

—Te acercas bastante.

—A los espías les resulta muy difícil tener coartadas —le dice Donoghue—. Espero que lo tuvieses presente cuando empezaste a llevar esa vida supuestamente ilocalizable.

23

—No soy una espía. —Lucy da inicio al siguiente asalto verbal.

—Pero vives como si lo fueras —contraataca Donoghue.

—Lo aprendí hace mucho tiempo.

—¿Te enseñó Carrie?

—Yo era una becaria de universidad, una adolescente, cuando la conocí. Me enseñó un montón de cosas, aunque no tantas como ella dice. Cuando estuve de becaria en el ERF...

—¿Y eso qué es? —la interrumpe Donoghue.

—La Juguetelandia del FBI, donde se desarrollan las mejores y más recientes tecnologías de vigilancia, biométrica y, evidentemente, manejo de datos, lo cual incluye la red de inteligencia artificial que yo creé a finales de los noventa, CAIN. Todo eso fue cosa mía, pero Carrie se lo adjudicó. Me robó el trabajo.

—Y eso significa que ambas sois capaces de entrar en la base de datos del FBI, dado que las dos la creasteis.

—Hipotéticamente —dice Lucy—. Pero la parte creativa corrió básicamente de mi cuenta, por mucho que ella mienta al respecto.

—Las dos fuisteis amigas íntimas durante un tiempo. —A Donoghue no le interesan los méritos que hayan podido ser robados—. Hasta que al final te diste cuenta de quién y qué es en realidad.

—Me parece una descripción justa —le da la razón Lucy, y yo miro a Janet.

Me pregunto cuán duro será para ella que le recuerden que Carrie fue el primer amor de Lucy. Lo que Carrie dice en el vídeo es verdad, y no estoy segura de que Lucy haya llegado nunca a querer tanto a alguien. Es comprensible. La primera pasión es la más intensa, la más fuerte, y cuando Lucy empezó de becaria en el ERF, era emocionalmente inmadura. Era como una cría de doce años, y siempre cargará con la desgracia de que la supervisora que le asignaron acabara en la lista de los Diez Más Buscados del FBI. Me pasa por la cabeza la idea de preguntar si Carrie vuelve a figurar en ella.

—Esa es una manera de saber si el Buró se toma en serio su existencia —explico.

—Pues es una pena, porque no está en la lista —es Janet quien responde—. Hace más de dos meses que saben que ha pasado los últimos diez años en Rusia y Ucrania y que acaba de volver a Estados Unidos. Y no se la busca oficialmente. No la han añadido a ninguna lista.

—¿Lo saben? —pregunta Donoghue con intención.

—Lo de que ha vuelto, desde hace meses.

—¿Hace meses que lo saben?

—Saben que está involucrada en asesinatos en serie y que intentó matar a la doctora Scarpetta. —Janet sigue adelante con su argumento, y es como si se encendiera una lucecita en alguna parte lejana de mi psique.

Miro a Janet a fondo, su pijama viejo y arrugado, sus uñas sucias y su cara de falta de sueño. Los ojos le brillan con fuerza, y recuerdo lo reservada y estoica que puede llegar a ser. Y lo fuerte. Janet es muy fuerte. Es discretamente peligrosa, como una corriente marina en una zona en la que no deberías estar; tiene mucho peligro si te atreves a amenazar a alguien a quien quiera.

Hay algo que no nos cuenta.

—Sí, sí, el FBI sabe lo que le han dicho —sostiene Donoghue—. Pero eso no significa que lo acepten o se lo crean, como ya hemos señalado. Francamente, lo más probable es que no acepten que Carrie sea responsable de nada. En otras palabras, que lleva muerta diez años y esa es la explicación de por qué no ha vuelto a la lista de los Más Buscados ni a ninguna otra.

—Estoy de acuerdo —declaro—. Esa es la explicación de por qué no la buscan. El Buró no la tiene apuntada como fugitiva. No han pedido a la Interpol que le cambien el punto negro por uno rojo, que la pasen de fugitiva muerta a una muy activa y muy peligrosa. Lo sé. He estado comprobando periódicamente la web de la Interpol y su situación no ha cambiado. Ni cambiará hasta que el FBI lo haga.

—O sea, que el FBI la sigue considerando muerta —dice Donoghue.

—Sí —respondo—. Lo que nos conduce a la teoría de que se niegan a reconocer su existencia porque las consecuencias serían muy significativas, y puede que no tengamos ni idea de cuáles serían.

—Y la última vez que la visteis fue hace trece años, cuando creísteis verla morir en un accidente de helicóptero. —Donoghue nos dirige el comentario tanto a Lucy como a mí.

—Fue la última vez que creí verla. —Doy un sorbo a mi café—. Pero resultó que en esa ocasión no la vi de ninguna de las maneras.

—Lo único que vimos fue un helicóptero estrellándose contra el océano —dice Lucy de manera más precisa.

—¿Las dos? ¿Cada una lo vio por su cuenta?

—Sí —contesto—. Yo estaba en el asiento izquierdo. Lucy estaba en el derecho, pilotando. Estábamos en su helicóptero cuando vimos el otro, un Schweizer blanco, caer al océano Atlántico en la costa de Carolina del Norte.

—Cuando yo lo hice caer —me corrige Lucy—. El piloto me estaba disparando. Yo le devolví el fuego y el helicóptero explotó. La tía Kay y yo creímos que Carrie iba en él.

—Pues yo diría que no. —Donoghue no aparta los ojos de Lucy, y yo no sé si nos cree a ninguna de las dos.

—Como ya he mencionado —digo—, los restos recuperados no fueron identificados como los suyos, ni siquiera a nivel de posibilidad. Las únicas partes corporales y efectos personales que se encontraron eran del piloto, un fugitivo llamado Newton Joyce.

—El vídeo de cuando te dispararon con el fusil arponero... ¿Hay alguna posibilidad de que el FBI lo haya visto? —me pregunta Donoghue, pero quien responde es Lucy.

—No sé cómo. Nunca han estado en posesión de la cámara. Solo podrían haber visto el vídeo si alguien se lo hubiese entregado.

—¿De la misma manera que te entregaron la grabación a ti? —pregunta Donoghue—. Necesito saber con exactitud cómo la conseguiste, pero no quiero oírlo con Janet aquí presente. No está bajo protección.

—Podría irme —se ofrece Janet.

—Quédate —le dice Lucy—. La grabación no me fue entregada —informa a Donoghue.

—Explícate, por favor.

—Digamos que tengo acceso a ella y que el FBI no, a no ser que tengan la máscara. Y no la tienen.

—No sé cómo la podrían tener —coincido con Lucy—. Para cuando el FBI hizo acto de presencia, la máscara llevaba tiempo desaparecida. Los buceadores de la policía la habían buscado y, por lo que me contó Benton, no la encontraron. Lo más prudente es deducir que Carrie se hizo con ella. Debió de reconocer la minicámara empotrada. Debió de suponer que yo llevaría una.

—Si Carrie tiene la máscara —dice Donoghue—, entonces ha visto la grabación...

—Sí —dice Lucy, asintiendo—. Es lo más probable.

—¿Y no podría haber manipulado la grabación que tú tienes?

—No. Cuando la cámara estaba en marcha, emitía en directo a un dispositivo. No diré cuál ni dónde estaba —dice Lucy, y yo pienso de nuevo en su viaje a las Bermudas—. Pero en el momento en que la tía Kay encendió la cámara, esta empezó a emitir imágenes en directo a un dispositivo concreto. Ese enlace ha sido desactivado y el dispositivo es ilocalizable, pues cuenta con más cortafuegos que el Pentágono. ¿Me dejas ver tu teléfono, por favor? —le pide a Donoghue.

—¿Puedo preguntar por qué?

—Por favor —insiste Lucy, y Donoghue le pasa el móvil—. ¿Contraseña? Puedo averiguarla, pero acabaremos antes si me la facilitas.

Donoghue hace lo que le piden:

—¿Es una prueba para ver si confío en ti realmente?

—No tengo tiempo para pruebas. —Lucy escribe la contraseña y empieza a teclear en la pantalla de cristal—. Supongo que os gustaría ver lo que se grabó. —Nos mira—. Lo he mantenido fuera del e mail, fuera básicamente de Internet, exceptuando mi transmisión de los datos por una red inalámbrica segura con la que nunca me relacionarán, como acabo de explicar. En resumen, que los federales no disponen de esto. Y me he asegurado de que nunca lo tengan.

—¿*Esto*? —pregunto.

—Lo que grabó la cámara de tu máscara cuando Carrie te disparó —dice Janet, y es evidente que ella ya lo ha visto, lo cual me deprime.

No hace ni quince minutos, dijo que no había visto ninguna foto ni ningún vídeo que pudiera convencerla de que Carrie está viva. En ese caso, ¿a quién o qué vio Janet en la grabación de la que habla Lucy? Se intensifican mis preocupaciones con ese vídeo.

—¿Sabes dónde está Carrie? —le pregunto a Lucy de sopetón.

—No respondas a eso —le dice Donoghue con vehemencia—. A no ser que Janet y tú estéis casadas.

—No lo estamos —dice Janet.

—Pues ya te he advertido al respecto. Y tú no me escuchas. No hay privilegio conyugal. Lo que tú y Lucy habléis o presenciéis no está protegido. —Donoghue sigue insistiendo en el tema, pero es como si Lucy y Janet no la escucharan o les diese lo mismo.

—Estáis a punto de ver cómo Carrie se las apaña siempre para caer de pie. Estáis a punto de ver por qué los federales no pueden hacerse con esto. —Lucy toca el teléfono de Donoghue, que está sobre la mesa—. Puede ser un error fatal si no vamos con cuidado. Podría ayudarles a ellos y dañarnos a nosotras.

—Déjame hacerte una pregunta a quemarropa —dice Donoghue—. ¿Está la genuina grabación del ataque a tu tía en posesión tuya, físicamente hablando?

—No —dice Lucy—. Y nunca lo ha estado. No por completo. Solo las nueve décimas partes.

—Nueve décimas partes en tu poder —dice Donoghue—. Esa es tu definición de posesión.

—Ya sabes lo que dicen. Si lo tienes, es tuyo. Si es tuyo, lo tienes.

—No sé quién lo dice, pero entiendo por dónde vas. —Donoghue empieza a amargarse—. Creo que lo hemos pillado con claridad. —Me mira.

Pero no comprende y yo no voy a ayudarla a que lo haga. Lucy está diciendo que dispone de la grabación porque se las apañó para conseguirla. No está diciendo cómo y no lo va a hacer, y eso solo puede querer decir una cosa, por lo menos para mí. Lucy no tiene la máscara ni la cámara. Nunca las ha tenido ni las ha necesitado. Me apuesto algo a que la retransmisión en directo fue a parar a un dispositivo que no está en este país, lo cual me lleva a seguir pensando en las Bermudas. ¿Por qué se fue para allá recientemente? ¿A quién iba a ver?

—Instalaste la cámara en mi máscara hace cosa de un año —le digo—. Había buceado dos veces con ella. La inmersión en Fort Lauderdale fue la tercera.

—¿Puedes describir lo que pasaría cuando Kay encendiese la cámara? —le pregunta Donoghue.

—Me enviaría un e-mail informándome de que la cámara había sido activada. Parte de lo mismo que cualquier cámara para cuidar bebés. Solo que en esos casos las cámaras son sensibles al movimiento. En una máscara de buceo, eso no tendría el menor sentido. Si llevas la máscara puesta y has activado la cá-

mara, es evidente que quieres empezar a grabar y seguir haciéndolo hasta que salgas del agua y te quites la máscara. O sea —me
dice Lucy—, que tu cámara no tenía sensor de movimiento. Su
sensibilidad era de encender y apagar, por así decir. O grababa o
no grababa.

—Cuando Kay encendió la cámara al principio de la inmersión, exactamente hace dos meses —dice Donoghue—, ¿te llegó
un e-mail urgiéndote a mirar lo que se estaba grabando en tiempo real?

—No —responde Lucy.

—¿No?

Lucy niega con la cabeza.

—¿Por qué no? —inquiere Donoghue.

—Porque el mensaje fue desviado. —Lucy vuelve a ponerse
críptica, y luego cae en un silencio largo e incómodo.

—Si no has obtenido la grabación de manera legal —le digo
finalmente, con voz baja y sombría—, permíteme que te sugiera
que seamos especialmente cautos con lo que decimos. —Miro a
Janet.

—Creo que ahora sí debería irme. —Se levanta bruscamente
del sofá.

—Una imagen vale por mil palabras. —Lucy me acerca el
teléfono mientras Janet sale del cobertizo de la barca—. Sin
montar, tal cual. Intenté darles a las imágenes toda la nitidez
posible.

—¿Y cómo pudiste hacerlo sin disponer de la grabación real?
—le pregunta Donoghue.

—No obra en mi poder, no —responde Lucy mientras yo
sigo pensando en su reciente viaje y su historia sobre los funcionarios de Aduanas arrastrándose por todo su avión—. Lo que
ves es lo mejor que ha podido quedar.

—Lo dices de un modo que no inspira mucha confianza.
—Agarro el móvil y le doy al PLAY.

24

La grabación empieza a varios pies por debajo de la superficie del océano Atlántico.

Recuerdo mi gran salto desde la popa del barco. Revivo la sensación del agua que me salpica, y su salado sabor contra la barbilla mientras flotaba, avanzando hacia la cuerda del amarre, respirando a través del tubo con el sol azotándome los ojos. Parecía una inmersión rutinaria. Esa clase de misiones submarinas no era algo nuevo para mí. Recuerdo claramente haber sentido que no había nada de qué preocuparse.

Tenía una falsa sensación de seguridad. Le doy al PAUSE. Tengo que pensar largo y tendido en esto.

—¿Qué pasa? —Donoghue me echa el aliento en el pelo al hablar.

—Me sentía segura y no debería. Trato de recordar por qué.

La noche anterior había visto imágenes del asesinato de Bob Rosado en un vídeo sobre la embarcación llamada *Mercedes*. La mujer del congresista estaba en la popa del yate, tomándose un Martini, filmándole y bromeando con él mientras flotaba en la superficie. El hombre estaba a la espera de iniciar el descenso cuando una bala le impactó en el cogote y otra le agujereó el tanque de oxígeno, poniéndolo a dar piruetas en el aire. Copperhead.

Había todo tipo de motivos para sospechar que Carrie rondaba por la zona de Fort Lauderdale. Había llegado allí en avión, con un nombre falso, junto a su compañero de crímenes de la época, el hijo sádico de Rosado, Troy, de diecinueve años de edad, delincuente sexual, pirómano y último monstruito de Carrie. Yo era consciente de ello y, sin embargo, no estaba preocupada.

¿Por qué?

Y lo que aún es más relevante: no parecía pasarme por la cabeza que Carrie pudiera estar pensando en mí.

¿Por qué?

Soy cualquier cosa menos una persona descuidada e incauta.

¿Por qué te sentías a salvo?

Puede que solo me hallara en estado de *shock*. La noche antes de partir hacia Florida, estaba sentada en Nueva Jersey y acababa de saber, a través de Lucy, que Carrie no estaba muerta, que llevaba viviendo en Rusia y en Ucrania desde hacía diez años, por lo menos. Después de que el presidente pro ruso Viktor Yanukovich fuese derrocado, Carrie regresó a Estados Unidos. Bajo el alias de Sasha Sarin, empezó a hacerle el trabajo sucio al congresista Rosado y a vigilar a su atormentado y cada vez más violento hijo Troy. O sea, que yo me quedé pasmada al enterarme de esto y puede que me negara a aceptarlo. Tal vez por eso no estaba preocupada. Como no lo sé, sigo volviendo atrás, intentando recordar hasta el más nimio detalle.

Recuerdo estar flotando en brillantes aguas azules durante una tarde soleada e igualmente brillante, haciendo el muerto, esperando a Benton. Lo veo saltar de la plataforma, hundirse, flotar, sonreír, intercambiar conmigo la señal de que todo iba bien. Me puse el regulador en la boca y levanté la mano para encender la minicámara de la máscara submarina. No tenía miedo. Nada me preocupaba. Carrie acababa de matar a Bob Rosado. O igual había sido Troy. O igual Carrie también se había cargado a Troy, puede que en ese mismo sitio, a menos de una milla de la costa, pero yo estaba tan tranquila.

¿En qué estabas pensando?

Le doy de nuevo al PLAY y sigo viendo el vídeo en la pequeña pantalla, con el volumen lo más alto posible. La máscara choca con las burbujas, que suenan muy fuerte mientras agarro la cuerda del ancla y la sigo hacia abajo, apretándome la nariz para despejarme los oídos, y hacia abajo, hacia abajo. Atisbo mis piernas, las aletas, las manos enguantadas; el agua azul se va oscureciendo a medida que desciendo. Benton está por encima de mí y yo no levanto la vista para mirarle. Dirijo la atención hacia abajo. Miro directamente hacia abajo a través de las burbujas.

Hacia abajo, cada vez más oscuro. Recuerdo cómo se iba enfriando el agua a medida que bajaba. Podía notar el frío a través del traje submarino de tres milímetros de grosor. Podía sentir la presión del agua sobre nosotros, y ahora veo en el vídeo cómo no dejo de alzar la mano izquierda hasta la nariz para destaparme las orejas; y escucho el sonido de mi respiración, fuerte y artificial. La sombra es difusa cuando entra en cuadro, y luego se convierte en la nave hundida, en una carcasa retorcida, rota y putrefacta.

Centro mi atención en la oscuridad circundante, que se acerca cada vez más, y las imágenes me devuelven sensaciones, el asomo de inquietud cuando no vi por ninguna parte a los dos buzos de la policía que habían bajado dos minutos antes que nosotros. Los estoy buscando. Escudriño el entorno mientras me pregunto dónde deben de estar. Ahora Benton y yo estamos a casi cien pies de profundidad, donde el carguero alemán *Mercedes* está hundido en la arena cenagosa. Nos apartamos de la cuerda de amarre y encendemos las linternitas que llevamos atadas a la muñeca.

Pasan peces, engrandecidos por el agua, y Benton flota en horizontal a pocos centímetros del fondo marino, cual boya humana. Proyecta la luz contra un cebo de pesca, la antena de una langosta flaca oculta entre las rocas y los viejos neumáticos que, en teoría, deberían contribuir a la creación de un arrecife artificial. Un tiburón pequeño pasa tan tranquilo, esquivando los detritos y propulsándolos hacia arriba, y yo muevo suavemente las aletas para moverme hacia el barco. Barro con la linterna los agujeros del metal corroído.

Molesto a un pez que sale pitando, una barracuda grande y

plateada, y luego me quedo suspendida sobre la cubierta, para después colarme por una entrada que debió de ser una escotilla, y mientras veo la grabación, recuerdo perfectamente no haber entendido al principio lo que estaba viendo. La espalda cubierta de neopreno de un hombre. Los brazos colgando. La ausencia de burbujas. Y cuando lo moví, pude ver el arpón clavado en el pecho. A continuación, por debajo de él, la linterna descubre el segundo cadáver. Hay dos buzos de la policía muertos dentro del carguero. Salgo pitando de allí pataleando con fuerza.

Me acerco a Benton y le doy unos golpes en el tanque con mi cuchillo. ¡Clinc, clinc! Apunto la luz hacia el barco, y de repente estoy mirando alrededor. Recuerdo escuchar una leve vibración, como un lejano aparato eléctrico, y veo cómo las aletas aparecen en cuadro mientras intento ponerme del derecho y alejarme de allí. Ella está ahí. Apuntándome con un fusil arponero. Caos. Exploto en burbujas y oigo el ruido de algo que impacta contra mi tanque de oxígeno mientras la cámara se mueve como una loca. Segundo arpón, y la cuerda a la que va atado lleva directamente a la superficie, donde está enganchada a una boya que se mueve con la fuerte corriente, tirando de la pierna atravesada. Destrozos a granel. Burbujas desquiciadas.

Esto dura varios segundos, y tengo la impresión de que hay otro buceador, atisbo los brazos y la parte inferior de un cuerpo. Un fogonazo de una doble raya blanca en torno a una pierna, una cremallera para el pecho con una larga tirilla, y unas manos enguantadas de neopreno negro cerca de mi cara. Benton. Tiene que ser Benton, pero me entra la chaladura de que no recuerdo que su traje de buceo tuviese una doble raya blanca. A continuación, la única imagen es el agua, y luego nada. Había perdido la máscara. Tiro hacia atrás el vídeo y lo vuelvo a pasar una y otra vez mientras crece mi decepción. Esto no sirve para nada. De hecho, es peor que eso. Resulta extremadamente dañino.

Carrie debió de reconocer la minicámara incrustada en la máscara. Sabía que estaba siendo grabada. Estoy convencida de que, a estas alturas, ya sabe que no es identificable. La luz es escasa y yo la veo a través de las burbujas que salen del regulador. Estoy viendo mis propios movimientos mientras palpo alrededor, agarrada frenéticamente al cuchillo, y a continuación estoy apuñalando a alguien que no puedo ver, clavando el arma en el agua vacía y turbia.

—Por favor, dime que esto no es todo —empujo el móvil en dirección a Donoghue y me entran ganas de vomitar.

—Lo siento —dice Lucy.

—¿Y cómo vamos a saber que es ella? No podemos ver quién es. —Donoghue está tan cerca de mí que nos rozamos los hombros—. Y en ese momento, ¿estabas segura de que era ella?

—Por completo. Y sigo estándolo. —Me siento desposeída de cualquier esperanza que pudiese haber albergado—. ¿Qué es esto? —le pregunto a Lucy—. ¿Qué coño estoy mirando? La rajé con el cuchillo. Le corté el rostro.

—Ya sé que crees que lo hiciste —me dice—. Pero en base a esta grabación, no lo parece.

—¿Y quién te pasó esa grabación? —No puedo evitar un tono acusador en la voz.

—Lo importante es quién no la tiene. —La actitud de Lucy es fría y decidida—. Y puedo prometer que el FBI no la tiene. Mi esperanza inicial consistía en pasársela por las narices, pero eso no es posible. Lo único que conseguiríamos sería empeorar aún más las cosas. Lo siento, tía Kay.

—Recuerdo haberla rajado —insisto.

—Sé que crees haberlo hecho.

—¿Estás segura de que no podría haberlo eliminado con Photoshop?

—Lo estoy —dice Lucy—. No explicaré por qué, pero lo sé.

—No busco una explicación técnica hipotética. Y solo porque no está en la grabación no significa que no ocurriese. —Ahora parece que me encante discutir.

Estoy haciendo el ridículo.

—No sucedió. —Lucy me mira a los ojos mientras se abre la puerta.

Lucy no mira a Janet mientras esta vuelve a entrar, cerrando suavemente la puerta a su espalda.

—¿No pasa nada? —le pregunta a Donoghue—. ¿Se me permite volver?

—Probablemente sí que pasa.

—Siempre es educado preguntar. De todos modos, me quedo. —Se sienta en el sofá y me entra de nuevo la misma sensación.

Hay una tranquilidad en Janet que va más allá de su conducta habitual. Es como si hubiese decidido algo y se limitara a compartir nuestro itinerario.

—Desi tiene una habilidad nueva —dice, sonriendo y en tono alegre—. Tirar piedras. Marino le está enseñando a hacerlas rebotar en el agua.

—Si el FBI se hace con esto, afectará negativamente a lo que le has dicho a la policía en tus declaraciones. —Ahora Lucy me va a soltar un sermón—. Te das cuenta, ¿no? Porque eso es lo que me parece más importante y es el auténtico motivo de que te lo haya enseñado.

—Me temo que Lucy está en lo cierto —coincide Donoghue—. Da igual cómo consiguiéramos la grabación o quién la tuvo primero: lo que hay en ella es un problema para ti, Kay. Veámosla de nuevo y prestemos mucha atención al momento en que te atacan. Cuéntame todo lo que recuerdes.

—La vi sangrar en el agua. —Sé que fue así—. Lo vi después de acuchillarla.

—Viste tu propia sangre —contraataca Lucy—. Cuando fuiste a por ella, retorciste el arpón que llevabas clavado en el muslo y sangraste más.

—No era mi sangre. Sé lo que vi.

—Te voy a enseñar lo que pasó —dice ella—. Presta mucha atención.

Un movimiento repentino en torno a la masa hundida, y una sombra se convierte en una persona muy ágil con un traje de buceo de camuflaje con los apagados colores de un arrecife, moviéndose tan aerodinámicamente como un calamar.

Eso es lo que veo en mi cerebro, pero no es lo que aparece en el vídeo. No reconozco a Carrie Grethen en lo que estoy viendo. No es posible saber si la turbia figura es macho o hembra, ni qué clase de traje de buceo llevan él o ella. Lucy le da a la pausa.

—¿Qué ves? —me pregunta.

Observo durante mucho rato, tocando la pantalla para agrandar la imagen y volviéndola a tocar para reducirla porque la nitidez es escasa. Me echo atrás en el sillón y cierro los ojos, buscando el más leve detalle adicional de lo que recuerdo o creía recordar.

—Es indudable que la calidad es mala porque apenas había luz... Había tan poca que no se veían colores, solo turbias sombras marrones y negras. Es indudable que no puedo decir quién es y que, ya puestos, podría tratarse de un hombre. —Tengo la cabeza inclinada hacia el techo y sigo con los ojos cerrados.

—Troy Rosado —le dice Lucy a Donoghue—. Solo quiero descartarlo por si alguien sugiere que podría haber sido la persona que vio la tía Kay. Diecinueve años, metro noventa, sesenta y cinco kilos. Había desaparecido con Carrie, estaba en Florida sin duda alguna, seguro que rondaba por la zona y, probablemente, participó en el asesinato de su propio padre, que tuvo lugar en el yate de la familia. A continuación, Carrie y él se evaporaron.

—No fue él quien me disparó. No fue Troy Rosado —discrepo.

—¿Lo declararías bajo juramento? —me pregunta Donoghue.

—Estoy segura de que la persona que vi no era él.

—¿Lo habías visto antes? —pregunta la abogada.

—No, pero sí había visto fotos suyas. Y además, da lo mismo porque reconocí a Carrie. Ojalá recordara las cosas con más claridad. Lo que veo ahora en mi mente no está tan claro como lo estaba al principio. Las imágenes se han visto enturbiadas por lo que he averiguado desde entonces, y por el trauma.

—¿Crees que el ataque y lo que vino después cambió tus recuerdos del encuentro? —pregunta Janet.

—No lo sé porque nunca me habían disparado antes —respondo.

—A mí sí —dice ella—. Cuando acababa de empezar con el Buró y no llevaba ni un año fuera de la Academia. Una noche entré en un 7-Eleven a comprar un refresco. Tengo abierta la puerta de la nevera mientras pienso en qué me apetece. Me agacho para pillar una cola light y ese tío entra con una pistola y se pone a atracar la tienda. Me ocupé del asunto, pero salí herida. Nada serio. Solo que luego, cuando vi el vídeo de seguridad, resultó que el chaval no se parecía en nada al que yo vi.

—Estás insinuando que el trauma altera la realidad que percibes, ¿no? —comenta Donoghue.

—Así fue en mi caso. Yo sabía que el tío que maté era el que robó la tienda y me disparó, pero es francamente extraño que lo que recuerdo haber visto y lo que realmente vi no sea lo mismo. Estaba segura de que tenía los ojos oscuros cuando en realidad eran azules. Recordaba su piel de un color castaño suave y con pecas, pero en realidad era blanca y con pelusilla. Describí el tatuaje de una lágrima en su rostro y en realidad se trataba de una verruga. Creí que tenía veintitantos años y resultó que solo tenía trece.

—Eso tuvo que ser duro —dice Donoghue.

—No creas. Puede que fuera un crío, pero llevaba una Taurus de nueve milímetros muy adulta y dos cargadores de recambio en el bolsillo.

—¿Lo habrías reconocido en una rueda de sospechosos? —pregunta la abogada.

—Afortunadamente, no tuve que hacerlo, ya que tenía el cadáver allí tirado.

—¿Pero lo habrías reconocido?

—Sinceramente, no lo sé. Depende de quién más hubiera.

—¿Tenéis alguna fotografía de Carrie? —pregunta Donoghue—. ¿Hay alguna manera de ver qué pinta tiene? ¿O tenía?

Lucy extiende el brazo y se hace con el móvil que hay sobre la mesa. Escribe unos segundos y se lo devuelve a Donoghue.

—Cuando se supone que murió en el helicóptero estrellado,

esta era la foto de su expediente, la que le hicieron cuando la detuvieron el año anterior y la encerraron en Kirby, en la isla Wards. Wikipedia, por cierto. Esta foto está en la Wikipedia. Carrie Grethen cuenta con su propia página.

—¿Por qué? —pregunto—. ¿Por qué habría de tener ahora una página en la Wikipedia y cuándo sucedió eso?

—Recientemente —contesta Lucy—. Puedes mirar el historial y verás que la primera versión de su página se colgó hace seis semanas. Desde entonces, parece que siempre la revisa la misma persona, y no tengo la menor duda de que se trata de ella, de Carrie. Estoy segura de que es ella la que colgó su vieja foto del arresto y la imagen aérea del Centro Psiquiátrico Kirby.

—Que, como ya sabéis, está en una isla del río East. Es la única paciente en toda la historia del centro que se ha escapado de la unidad forense de máxima seguridad para perturbados criminales —le explica Janet a Donoghue—. De alguna manera, se las había apañado para contactar en el exterior con el psicópata antes mencionado, Newton Joyce. Resultó que se trataba de un asesino en serie al que le gustaba arrancarles la cara a sus víctimas con un cuchillo para recordarlas, y conservaba una buena cantidad en el congelador. Era piloto, disponía de su propio helicóptero, con el que aterrizó en la isla de Wards, y despegó de allí con Carrie. El resto de su historia no acabó muy bien, por lo menos para él.

—¿Se piró en helicóptero con un asesino en serie? ¿Cómo pudo organizar algo así? —Donoghue está impresionada.

—La pregunta siempre es cómo consigue las cosas —dice Lucy—. Y siempre hay una larga historia al respecto. Carrie es extremadamente lista y le sobran recursos. Es paciente. Sabe que conseguirá lo que quiere si se toma su tiempo y no cede a impulsos, caprichos y rabietas.

—Así que esta es la pinta que tenía... —Donoghue nos acerca el móvil a ella y a mí.

25

El rostro es juvenil y de una notable belleza, pero los ojos siempre la traicionaron. Me recuerdan unos molinillos de papel. Parecen girar mientras sus ideas aberrantes se forman tras ellos, canalizando ese ente malvado que habita en su alma.

Carrie Grethen es un cáncer. Me doy cuenta de que uso una metáfora patológica muy manida, pero en su caso es cierto. No le queda nada saludable, solo la malevolencia que ha consumido su vida imponiéndose sobre su psique. Apenas la considero humana, y en cierta medida no lo es, pues carece de esos rasgos fundamentales que le permitirían formar parte de la misma raza que el resto de nosotros.

—¿Y bien? —me dice Donoghue—. ¿Es eso lo que viste?

—Sí y no —respondo mientras se me cae el alma a los pies y parece ir a parar al fondo del mar, a algún lugar tan profundo y oscuro como aquel en el que estuve a punto de morir—. No podría jurarlo en un juicio. Basándome en esto, no.

La persona a la que observé a cien pies bajo el agua parece una Carrie algo mayor, pero lo cierto es que no puedo estar segura y que, posiblemente, ningún jurado la condenaría a partir de esta grabación o de lo que yo sostengo que ocurrió. No sé qué esperaba, pero creí que el vídeo tendría mayor resolución, más calidad. Creí que vería mi cuchillo rajándole la mejilla. Fue tan real...

Podría jurar que la herí de consideración. Nadie me lo preguntó en el momento, ni siquiera Benton. El FBI contactó a médicos y hospitales de la zona basándose en mi certeza de que Carrie estaba seriamente herida en la cara y necesitaría cirugía plástica. Aun así, lo más probable es que se quedara desfigurada de por vida, lo cual sería un destino fatal para ella, teniendo en cuenta lo que he descubierto hoy sobre su vanidad y sus temores a volverse vieja y nada atractiva. Pero no veo nada que sostenga lo que estoy convencida que pasó. Cada vez me siento más frustrada y ninguneada, y Lucy lo nota.

—Estaba oscuro allí abajo y no enfocabas directamente la linterna a lo que filmabas —me dice—. Y te movías mucho. Eso es lo peor. Que te movías.

—¿Qué me dices de procesar imágenes forenses? —le pregunta Donoghue.

—¿Qué crees que estás mirando? —responde Lucy—. Le he dedicado un montón de tiempo a esto. —No dice cuándo ni dónde—. Y como ya he dicho, lo que veis es lo mejor posible —añade—. La cámara que le instalé en la máscara era para grabar la recuperación de pruebas, y en tal situación, la tía Kay tendría la luz clavada en lo que estaba recogiendo. No instalé la cámara pensando en que la iban a atacar bajo el agua, no caí en que pudiese ocurrir algo así.

—¿Crees que Carrie vio venir que Kay pudiera estar grabando la inmersión y que el ataque acabara siendo filmado?

—De eso va lo del camuflaje, la capucha, los guantes —dice Lucy—. Se mimetiza con el entorno cuando la visión es escasa; y para responder a tu pregunta, pues sí. Carrie sabía exactamente lo que hacía y habría identificado la cámara montada en la máscara. Seguro que se le ocurrió que alguien pudiese estar filmando la inmersión. Nos conoce.

—Tal vez mejor que nosotras mismas —interviene Janet.

—¿Qué más? —Donoghue vuelve a dedicarme toda su atención.

—Recuerdo haberme alejado rápidamente de los cadáveres, de los dos buzos muertos que había dentro del casco —retomo la historia donde la dejé—. Evidentemente, alguien acababa de pasar por allí con un fusil arponero, alguien que también pretendía matarnos a todos. Esa fue mi reacción instintiva. Benton estaba peinando el suelo marino con una linterna, puede que a unos veinte metros de mí, y yo nadé hacia él y le golpeé el tanque con el cuchillo para llamar su atención. Y entonces la vi venir por un lado del barco hundido.

—Viste a *alguien* aparecer por un lado del barco hundido —me corrige Donoghue.

—Vi cómo me apuntaba con el fusil arponero —repito con insistencia—. Me di la vuelta y le ofrecí la espalda mientras oía un siseo y luego un impacto.

—Lo de darte la vuelta para protegerte llevó a que el primer arpón se clavara en el tanque —deduce Donoghue.

—No —responde Lucy por mí—. El primer arpón le dio al tanque porque eso era lo que Carrie pretendía.

—¿Por qué lo dices? —le pregunto—. ¿Cómo puedes saber cuál era exactamente su intención?

—Ya viste lo que pasó cuando el tanque de Rosado fue alcanzado mientras esperaba en la superficie a que su mujer lo filmara desde la popa del yate —contesta Lucy—. El aire comprimido estalló como un cohete, propulsándolo por los aires para dejarlo ahí arriba dando vueltas, y todo eso está filmado. Si no llega a estar ya muerto, lo más probable es que hubiese fallecido ahogado o por rotura de cuello.

—A su tanque lo alcanzó una bala, no un arpón —preciso.

—Eso es psicológico —afirma Lucy—. Carrie sabría que viste el vídeo de Rosado girando en el aire. ¡Clank! Le da al tanque y tú lo captarás de inmediato. Puede que a ti te ocurra lo mismo. Pero aún peor. Estás a trescientos metros bajo el nivel del mar, el tanque se perfora y el aire comprimido te cruje, ¿no?

—Un arpón no puede atravesar el acero.

—¿Lo sabías cuando ocurrió?

—No habría sido posible —respondo—. Aunque cuando sucedió, la verdad es que no sabía nada.

—¿Ni siquiera que se trataba de un arpón?

—Lo que recuerdo es un impulso agobiante de deshacerme del lastre y salir pitando de allí lo más rápido posible. —De eso me acuerdo perfectamente—. Y tal vez fue por eso. Puede que después de ver el asesinato de Rosado temiese que el tanque de oxígeno me explotara igual que el suyo.

—Y entonces, el segundo arpón te da en la pierna —dice Lucy—. Otro objetivo intencionado. Como también lo era el arpón atado a un flotador. Carrie lo enganchó para que la boya empezara a arrastrarte con la corriente. Te estaba tratando como a un pez arponeado.

Vuelvo a lo que dijo Benton después de los hechos. A Carrie le encanta degradar y humillar. Me llevó de un lado a otro como a un monigote y lo más probable es que aún se esté riendo a mi costa. Según Benton, cuando Carrie me mira, a quien realmente ve es a sí misma y su posible respuesta. ¿Echará a correr? ¿O me descuartizará? ¿Consistía el plan en debilitarme primero? ¿Y acabar conmigo después?

—Lo que quiero que consideres a fondo es la imagen de ella cuando pudiste verla apuntándote con el fusil arponero. —Lucy se hace con el teléfono—. Lamento no poder pasar esto en una pantalla grande. Pero ahora verás a qué me refiero. A un detalle muy importante que no se apreciaba en el vídeo antes de limpiarlo.

Nos devuelve el móvil y en la pantalla se ve la imagen borrosa de Carrie cuando la vi aparecer por primera vez en torno al barco hundido. La recuerdo mirándome a los ojos mientras levantaba el fusil y disparaba. ¡SPIT! Y luego un CLANK mientras yo me giraba y el arpón le daba al tanque. Lucy mira por encima de mi hombro y señala.

—Ahí. Échale un buen vistazo al fusil arponero. ¿Ves lo mismo que yo? —me pregunta.

—No lo sé. Solo parece un fusil arponero.

—En realidad es un *railgun* (arma de riel), de los largos, de por lo menos metro y pico de longitud, ideal para caza mayor. —Lucy toca la pantalla con dos dedos y la imagen se agranda—. Pero mira, hay algo más. No te pierdas cómo carga el arma. Apenas se ve nada, presta atención a sus brazos, y a las manos que tiran en dirección al pecho.

Vuelve a pasar varios segundos del vídeo para enseñárnoslo. Y aunque está turbio y borroso, veo a qué se refiere.

—Ahí. Tiene dos cintas eléctricas de goma, pero solo utiliza una —explica Lucy—. Así es más fácil y más rápido recargar. Pero para un arma tan grande, no hay suficiente potencia de fuego si aspira a la velocidad necesaria, y puedes estar segura de que cuando se cargó a los dos buzos de la policía usó las dos cintas de goma. Pero contigo no —me dice.

—Podría haberos matado a ti y a Benton —concluye Donoghue—. Era rápida e iba armada, a diferencia de vosotros. Pero por algún motivo te dejó vivir. ¿Es posible, Kay, que llegaras a la conclusión de que no te iba a matar? ¿Sabiendo lo que sabes de ella? ¿Y tras todos sus crímenes espantosos? ¿Y que, aun así, te pareciera razonable bucear en esa zona?

—Yo solo estaba haciendo mi trabajo. —No tengo otra respuesta, pero me doy cuenta de que no es muy sincera.

No estaba asustada cuando debería haberlo estado. Y sigo sin estarlo. Puede que se deba a que el temor es inútil. Tenerle miedo a Carrie Grethen no es de la menor utilidad. Puede ser que me deshiciera de las respuestas humanas normales hace tiempo y que no me haya dado cuenta hasta ahora.

—Es muy frustrante que la figura que señalas no sea identificable —está diciendo Donoghue—. Ni siquiera sé si es una mujer. Pero quienquiera que fuese, te dejó vivir.

—Yo no diría que me dejó vivir —respondo acalorada.

—Pero lo hizo. —Lucy para el vídeo y me mira—. Tanto si te parece bien como si no. Eso es lo que ocurrió. Carrie no os quería muertos ni a ti ni a Benton. Por lo menos, en ese preciso momento no quería porque no formaba parte de su plan a largo plazo.

—Cuidado al decir cosas así —la riñe la abogada—. Tienes que evitar la más mínima apariencia de que puedes pensar como Carrie o predecir su conducta.

—Pero es que sí puedo —dice Lucy—. Puedo pensar como ella y predecir lo que hará, y os prometo que lo que haya puesto en marcha no ha hecho más que empezar. No es una simple especulación. Es un hecho que estáis a punto de comprobar porque ya se está desarrollando mientras hablamos.

—¿Crees que Carrie tiene algo que ver con la presencia del FBI en tu propiedad? —le pregunta Donoghue.

—¿Y tú qué crees? —No es una pregunta, y Lucy pone el vídeo en marcha y luego tira hacia atrás.

Volvemos a ver emerger la figura encapuchada del casco naufragado, y Lucy nos explica que, enganchado al tanque de Carrie, hay un vehículo de propulsión submarina (VPS), un pequeño cilindro de plástico negro muy difícil de ver. No es manual, lo cual permite a Carrie maniobrar rápida y ágilmente bajo el agua mientras maneja el *railgun* y los arpones. El sonido que oí era la suave vibración del motor a pilas, dice Lucy, y ahora me entero. Siempre creí oír algo extraño, pero nunca supe lo que era o si no me lo habría imaginado.

El quejoso sonido del artefacto eléctrico procedía de esa especie de *scooter* submarino que utilizan los Navy SEALs, nos indica Lucy, añadiendo que ninguno de nosotros era rival para Carrie Grethen. No lo eran los dos buzos a los que asesinó. Ni Benton. Ni yo. No íbamos armados. No disponíamos de un ventajoso VPS que nos propulsara a 170 pies por minuto. No podríamos haberla atrapado. Y tampoco podríamos haberle dado esquinazo.

Ya son más de las doce cuando Marino vuelve con Desi. Oigo sus pisadas en el muelle. Luego cruzan la puerta y la cierran tras ellos.

—Me han pedido que te diga que tienes que mover el furgón —me dice Marino—. El K-nueve y otra unidad querían irse pero se encontraron la salida bloqueada. Están esperando junto a la verja y te advierto que están cabreados.

—¡Estaban muy enfadados! —dice Desi, excitado—. ¡Y también tenían armas!

—Ohhhhhhh, no. Qué miedo. —Lucy lo agarra y lo bambolea en el aire mientras el crío se ríe a carcajadas.

—Intuyo que he incrementado el problema —le dice Donoghue a Marino—. Tuve que dejar el coche ahí por el mismo motivo. Seguro que también está bloqueando.

—Pues sí —dice Marino—. Estás bloqueando el furgón y el furgón está bloqueando a un par de capullos.

—Si me pasas las llaves, me encargo del asunto —le dice Lucy a la abogada.

Donoghue las saca del bolso y se las da.

—Ni una palabra al FBI, a la policía ni a nadie. Nada de bromas. Nada de ofenderles de manera deliberada. Nada de gestos obscenos. —La abogada se pone dura con Lucy.

Pero no servirá de nada. Conozco a mi sobrina y la veo venir. Sé lo que la irrita. Sé cuándo la va a liar parda.

—Voy a insistir en que todas las futuras comunicaciones deben pasar por mí. ¿Estáis de acuerdo en eso? —pregunta Donoghue.

—A mí me da igual —declara Lucy.

—Pues yo necesito que no te dé igual.

—Es mejor pasar.

—No hace falta que tengas miedo, pero debes estar al loro.

—Ni tengo miedo ni me preocupo. O no como pretenden.

—Necesito que te preocupes como yo quiero que te preocupes —dice Donoghue antes de dar más instrucciones—. No vuelvas a la casa principal hasta que se hayan ido. Si quieren entrevistarte, en fin, yo no les indicaría que no pueden hacerlo...

—Pues claro que pueden. —Lucy la interrumpe de forma abrupta—. Y ahí está el problema principal: no quieren hacerme preguntas, no quieren interrogarme, no quieren escuchar mi versión de nada, nunca han tenido la menor intención de hacerlo. Les da igual lo que yo pueda decir. Lo único que les importa es levantar un caso que encaje con su política mezquina.

—Doy por hecho que quieren hacerte preguntas. Insistiré en que establezcamos un horario razonable y en que pueden hacerlo en mi bufete. —Donoghue no es nada alarmista y no acepta lo que Lucy acaba de decir.

En el manual de Jill Donoghue todo el mundo quiere hacer

preguntas. El FBI no despreciaría la oportunidad de interrogar a Lucy, sobre todo si pensaran que podían confundirla o pillarla en un renuncio. Si no pueden enviarla a la cárcel por unos delitos que no cometió, tal vez puedan manipularla para que haga declaraciones falsas. Es lo que yo llamo jugar a la lotería legal. Mi respuesta es: no les dejes echar una moneda en tu máquina tragaperras. Nunca les des la oportunidad de tener suerte.

—¿Qué vas a hacer con el teléfono? —le pregunta Donoghue a mi sobrina.

—Ya ha vuelto a la configuración de fábrica. —Lo que Lucy está diciendo es que se ha cerciorado de que el móvil se autodestruyó después de que Erin Loria se lo arrebatara—. Está exactamente en las mismas condiciones que si lo acabaran de comprar en una tienda —añade—. Al final del día tendré un número nuevo para que me podáis llamar de forma segura y privada.

—¿Y no descubrirán lo que has hecho? ¿Que te has comprado otro chisme? ¿Que tienes otro teléfono?

—Comprarse otro móvil no infringe la ley. Puedo hacer lo que quiera y, además, ¿qué van a encontrar? —Lucy observa desafiante a la abogada—. Me limitaré a seguir derrotándolos. Esto es una guerra. Han invadido mi propiedad y mi vida, y yo no pienso tolerarlo. ¿Quieren espiarme? ¿Quieren trincarme? ¿Creen que me van a dejar indefensa en mi propia casa con Carrie Grethen suelta? ¿Eso creen? Pues ya veremos qué ocurre.

—Ten cuidado. Pueden detenerte. —Donoghue no se corta con ella—. Tienen el poder del sistema judicial de su parte y tú solo dispones de tu ira y de tu condición de guerrillera.

—Rabia y guerrilla. Una forma muy elocuente de describirlo. Pero tú también deberías ir con cuidado, sobre todo a la hora de trivializar lo que no acabas de entender.

—Pretendo entenderlo todo. Pero tú debes hacer lo que te digo.

—Pues eso es algo que no me sale nada bien. —Lucy me toca el brazo—. Sígueme —me dice—. Vamos a desbloquear la salida.

26

Fuera, en el muelle, el aire es cálido y espeso. Siento la electricidad. Luego la lluvia, mientras unas venas tormentosas destellan en un cielo negro que pronto la emprenderá con nosotras.

Veo venir las tempestades y vamos a tener una de mucho cuidado. Espero que no haya granizo. Este verano ha habido unas tormentas muy violentas al caer la tarde, y han azotado mi jardín unas piedras del tamaño de canicas. El granizo se ha cargado varias tejas de pizarra del techo y dañado las nuevas tuberías que instalé recientemente.

—Nos va a caer una de padre y muy señor mío. —Levanto la vista y observo lo tranquilo que está todo, y luego recuerdo que el helicóptero ya se ha ido—. Por lo menos, ha pasado algo bueno gracias al mal tiempo. Escuchad. Ya se vuelven a oír los apacibles sonidos de la campiña.

La verdad es que no y que solo me he puesto algo sarcástica. Lo que oigo es el viento recorriendo los árboles y nuestros pasos en el muelle de madera y el roce del río contra los pilones. Pero digo lo que quiero porque, a estas alturas, ni Lucy ni yo mantenemos ya una conversación sincera. Estamos manipulando la realidad. Pero no de la misma manera. En absoluto.

Lucy sobreactúa de forma airada y agresiva, mientras que yo calculo cada palabra con una intención muy concreta. Imagino que Erin Loria está mirando y escuchando. De mí no va a sacar nada útil. Básicamente, pretendo llenarla de lo que yo llamo «leña muerta», demasiado frágil como para construir algo y demasiado verde como para que arda.

—Nuestra gran expedición de pesca. —Lucy camina lentamente para que yo pueda seguirla, lo que es de agradecer.

—Estoy segura de que a Desi le encantó la idea de irse de pesca con Marino un día de estos. —Trato de demorar lo que ya sé que Lucy hará a continuación.

La va a tomar con el FBI. Se lo va a pasar pipa. Cuando siente una ira homicida, hace esas cosas. Chulea y amenaza. Provoca e irrita. Lo hace a lo bestia y sin pensar en las consecuencias. Así es mi sobrina. Es una adulta, pero no exactamente, y así se va a quedar para siempre.

—Pretenden trincarme por cualquier cosa que crean que puedo haber hecho —dice en voz alta—. Por algo que esperan estúpidamente que haya estado haciendo cuando no miraban. Algo como... Vamos a ver. Ya lo tengo. Cavar un hoyo hasta China. Debe de ser eso. De ahí la búsqueda aérea. Ese pajarraco suyo está equipado al máximo. Hasta debe de tener un RPT (Radar de Penetración Terrestre). Estoy convencida de que esperaban detectar búnkeres subterráneos, o cuartos secretos, o escondrijos varios.

Con un tono de voz contundente, elevado y hostil, recita literalmente lo que pone en la orden: «Cualquier puerta oculta, incluyendo trampillas, pero sin limitarse a estructuras, construcciones, ascensores y pasillos que estén total o parcialmente bajo tierra o separados de la residencia principal.»

—Sí —respondo con más vaguedades y perogrulladas—. Es lo que yo llamo la táctica del fregadero. Pregunta por todo.

—Precedentes —anuncia Lucy mientras llegamos al sendero de entrada—. Nunca hay que olvidar cómo les funcionan esos cerebros rígidos y robóticos. Piensan en precedentes que no tienen nada que ver ni con la relevancia ni con la verdad, sino con algo que se ha hecho y que no era lo que se podía o debería haber hecho. Lo que podríamos llamar un estilo de vida basado en cubrirse las espaldas. Si nunca se te ocurre nada original,

¿cómo te vas a meter en líos? Si eres lo suficientemente banal y vulgar, seguro que te ascienden.

Dejamos atrás los equipos de vigilancia enganchados a farolas y árboles. Lucy no adopta la prudencia necesaria. De hecho, está mirando directamente a las cámaras.

—Si han encontrado un cuarto de seguridad oculto en otro caso, seguro que lo añaden a la lista, por ridículo que resulte. —Lucy habla con demasiada libertad y de manera sarcástica; no conseguiré nada aunque le haga alguna señal al respecto—. Hace un par de años hubo una redada de drogas en Florida que se lio enormemente en los tribunales y apareció en toda la prensa. Los federales hacían un registro rutinario y encontraron un túnel de escape y otras sorpresas ocultas que ni buscaban ni habían incluido en la orden. Hace aún menos, hubo un caso sobre una trampilla de huida. Ahora lo que más se lleva es buscar habitaciones secretas y túneles. Sobre todo, en el tema drogas. Igual recuerdas también aquel túnel que cavaron de San Diego a México. Hasta tenía vías de tren.

—¿El tema drogas? —Respiro con dificultad a causa del cansancio, y yo diría que la humedad y el punto de rocío deben de ser casi iguales. El aire está saturado. Esto parece una sauna—. ¿Cuándo ha salido ese asunto? —pregunto—. ¿Quién se lo puede creer?

—No se lo creen. Lo único que hacen es acoso y matonismo —casi grita Lucy, y me imagino a Erin Loria mirando y poniéndose de los nervios—. Buscan cualquier cosa que pueda ofrecerme la posibilidad de desaparecer en sus narices. ¡PUF! Porque todos sabemos que dispongo de un espejo como el de Alicia. Que tengo una BatCueva como la de Bruce Wayne y una cabina telefónica como la de Clark Kent. La Puta Oficina de Investigación busca cualquier cosa que me permita salir pitando o esconderme de ellos.

Por esta dirección el camino hace bajada y no me resulta muy fácil andar. Tengo que mirar por dónde piso. Tengo cuidado con el lenguaje corporal y con lo que pueda decir, y me gustaría que Lucy hiciera lo mismo. Pero está explotando como una granada y yo no voy a impedírselo. Lucy quiere dejar las cosas claras. O igual tiene ganas de amenazar.

—Deberías llamar a Benton —me dice—. Será interesante ver si te contesta.

Preferiría que no se comportara así, pero es evidente que me conoce a fondo. Sabe que estoy pensando en él, preguntándome qué ha estado haciendo mientras sus mandos se dedican al pillaje de las posesiones y la privacidad de su familia. Mientras el FBI eviscera la vida de las personas que ama. Mientras estamos todas aquí fuera, pasándolo mal y a punto de encajar un chaparrón, y yo me siento ofendida de una manera que no revelaré. En este preciso instante, no estoy nada contenta con él. Siento que me ha abandonado y, probablemente, traicionado. Siento que puedo chillarle si se me pone al teléfono; y el viento sopla con fuerza, proyectando el polen, la arenilla y las hojas de los árboles sobre el alquitrán de la carretera.

—¿Estás llorando? —Lucy me echa un vistazo.

—Es todo eso que flota por aquí —le explico mientras me seco los ojos con la manga de la camisa.

—Adelante, llámale —me anima, pero no le respondo—. En serio. Adelante. Puede que no lo pillaras hace media hora, pero me apuesto algo a que ahora sí.

—Como si supieras por qué.

—Adelante. Te apuesto veinte pavos a que se pone.

Llamo a Benton al móvil y lo descuelga.

No le saludo. Le digo que estoy en la propiedad de Lucy. Que llevo aquí una hora y media y que pronto partiré para Cambridge.

—Ya sé dónde estás, Kay. —La suave voz de barítono de Benton es tranquila y amigable, pero sé cuándo no está solo—. Soy plenamente consciente de lo que has estado haciendo. ¿Te encuentras bien?

—¿Y tú dónde estás?

—Aterrizamos en Hanscom. Nos vimos obligados, tal como

se estaba poniendo el tiempo. Las condiciones se han deteriorado a gran velocidad y tú tampoco deberías estar ahí.

Benton iba a bordo del helicóptero y Lucy, por el motivo que fuese, lo sospechaba o lo sabía. Eso explica su críptico comentario sobre la capacidad de Benton para ponerse al teléfono ahora y no hace un rato. Está con sus colegas del FBI, los mismos agentes que nos siguieron a Marino y a mí desde la casa de Chanel Gilbert en Cambridge.

—Sí, ya sé lo del helicóptero —le digo a continuación, pero solo obtengo el silencio por respuesta—. ¿Me puedes dar una explicación? —le pregunto, pero no me dice nada.

Cuando Benton se pone así, no hay nada que hacer porque no va a reaccionar de manera útil, no por teléfono, no con otros agentes escuchándole. Lo que suelo hacer en esos casos es recurrir a afirmaciones. De vez en cuando, abordará alguna, así que me pongo las pilas y me concentro más intensamente.

—No vas a contarme qué está pasando —lo intento de nuevo.

—No.

—No estás solo.

—No lo estoy.

—¿Tiene algo que ver con mi caso de Cambridge de esta mañana? Porque si no me he equivocado de helicóptero, tú rondabas por la zona mientras nosotros estábamos ahí —sigo adelante y me temo que me estoy pasando y que no va a responderme, como así sucede.

—Lo siento. Te estoy perdiendo —dice Benton en vez de contestar.

Lo dudo mucho. Pero ahora suelto la misma información como comentario y resumen de la situación:

—Estás interesado en mi caso de Cambridge, lo de la casa de la calle Brattle. —Evito mencionar el supuesto nombre de la muerta y cualquier otro detalle.

—Reconozco que es interesante.

—No me consta que sea un caso federal.

—Es normal que no te conste —dice con voz agradable.

—Aún no tengo respuestas. Hay muchas preguntas, pero ninguna respuesta, de momento.

—Ya veo. ¿Por ejemplo?

—Digamos que hay una serie de cosas, pero yo creo en la confidencialidad, Benton. —Lo que quiero decir es que carezco de privacidad.

No me pide que me extienda un poco más.

Pero lo hago de todos modos, aunque más con insinuaciones que con otra cosa:

—No le he practicado la autopsia y necesito visitar de nuevo la escena en cuanto acabe aquí. La primera vez me interrumpieron.

—Te entiendo.

Pero no puede entenderme realmente, y entonces se me cuela de nuevo en el cerebro: ¿sabrá algo de los vídeos del *Corazón depravado*? Sigo preguntándome si Carrie Grethen se los habrá enviado a alguien más, incluyendo el FBI.

—¿Te veré esta noche? —pregunto.

—Te llamo luego —dice Benton antes de colgar; me dedico a estudiar ese cielo enfadado que parece a punto de castigarnos.

Lucy y yo hemos llegado a la verja abierta. Aparcados enfrente están los dos monovolúmenes blancos, con el motor en marcha mientras los conductores del FBI nos esperan. Reconozco a uno de ellos como el agente con el que antes tuve unas palabritas, así que ni le sonrío ni le hago un gesto con la cabeza. Me lanza una mirada asesina. Tiene manchas de sudor en el polo y le brilla la cara de rabia. Yo abro la puerta de mi furgón y me subo a él.

Le doy al motor, que vuelve ruidosamente a la vida mientras llamo a Anne, mi radióloga forense. Quiero saber si ha aparecido algo insólito en el escaneo de Chanel Gilbert, ya que ahora me han entrado sospechas. El FBI está interesado en ella y yo quiero saber por qué. Dentro del vehículo, con las ventanillas subidas y el motor rugiendo, nadie puede oírme y disfruto de libertad para hablar.

—Esto tiene que ir rápido —le digo a Anne mientras controlo los espejos—. En unos minutos volvemos a la casa de Gilbert. ¿Hay algo que debería saber?

—No me corresponde decidir la clase de muerte —dice ella—, pero me inclino por el homicidio.

—Dime por qué. —Doy marcha atrás para poder hacerme a un lado y dejar sitio para que los coches crucen la verja.

—No sé cómo es posible que se cayera de una escalera, doctora Scarpetta. A no ser que se cayese tres o cuatro veces. Tiene múltiples fracturas craneales que alcanzan los senos paranasales, las estructuras del oído medio. Más abundantes hematomas.

—¿Cómo llevamos lo de identificarla?

—Los informes dentales están de camino. Es ella. Vamos a ver, ¿quién podría ser si no?

—Confirmémoslo.

—Se lo diré en cuanto lo hagamos.

—¿Ha empezado Luke el informe?

—Está en ello.

Enciendo la pantalla del portátil empotrado en la consola entre los dos asientos delanteros, y me conecto en un segundo al sistema de circuito cerrado del CFC, una red de domos panorámicos con ojo de pez situados en el techo de todas las habitaciones de ingresos y de todas las zonas de examen. Eso me permite controlar lo que están haciendo mis médicos e investigadores forenses en todo momento. Introduzco la contraseña y la pantalla del ordenador se divide en cuadrantes que cubren cada unidad de trabajo en la Sala de Autopsias A, que es donde trabajamos Luke y yo.

Oigo el chirrido de la sierra Stryker dentro de un amplio espacio de luces brillantes en lo alto, galerías de observación de cristal y acero inoxidable. Veo a Luke en su puesto, vestido con una bata verde, un delantal, una mascarilla y un gorro quirúrgico. Nuestros dos residentes médicos están al otro lado de la mesa, y Harold está abriendo con la sierra el cráneo de Chanel Gilbert; la hoja oscilante chirría al atravesar el hueso.

—Aquí la doctora Scarpetta. Os tengo en pantalla —digo como si hablara con alguien que va en el furgón.

—Hola. —Luke mira hacia la cámara del techo, pero el brillo de su escudo facial pone difícil ver su hermoso rostro y sus vívidos ojos azules.

El cuerpo ha sido abierto de las clavículas al hueso púbico. Los órganos descansan sobre una tabla, y Luke está abriendo el estómago con unas tijeras quirúrgicas. Vierte el contenido en un envase de papel plastificado. Le digo que estoy revisando cómo avanza el caso y le explico que pronto volveré a la escena. ¿Hay algo que debería saber? ¿Debería ponerme a buscar algo concreto?

—Desde luego, deberías buscar múltiples zonas de impacto. —Su voz con fuerte acento germánico resuena desde el ordenador, dentro del furgón—. Supongo que has visto las imágenes en pantalla, ¿no?

—Anne me ha hecho un rápido resumen. —El motor diésel me retumba en los huesos al hablar con la pantalla del ordenador—. Pero aún no he visto los escaneos en sí. Anne no cree que lo de Chanel Gilbert sea un accidente.

—Muestra contusiones y abrasiones en el cuero cabelludo que se ven claramente en las zonas en que le he afeitado la piel. —Apoya las manos enguantadas y manchadas de sangre en el extremo de la mesa mientras me habla—. Por la parte posterior, por las sienes. Evidentemente, aún no le he mirado el cerebro, pero en los escaneos hay hematomas subgaliales en las zonas parietal-temporal izquierda y occipital derecha, así como una contusión que añadir para difundir una hemorragia subaracnoide. Las fracturas son complejas y sugieren mucha fuerza, gran velocidad y múltiples puntos de impacto.

—Consistentes con impactos tan contundentes como los de alguien que le golpeara la cabeza contra un suelo de mármol.

—Sí. Y lo que ahora estoy viendo puede sernos de ayuda. —Levanta el envase que contiene jugos gástricos.

—Le doy al zum. —Es como si estuviese a unos centímetros de distancia, así que puedo distinguir cosa de doscientos mililitros de lo que parece una sopa de verduras con grumos.

—Parece que es marisco; probablemente gambas, y pimientos verdes, cebollas y algo de arroz. —Lo remueve con un escalpelo—. Algo que debió de comer poco antes de morir. Apenas había empezado la digestión.

—¿Qué me dices del nivel de alcohol en sangre?

—Poca cosa. Cero coma tres. Puede que se bebiera un vaso de vino con la cena. O igual solo es la descomposición.

—Desde luego, no estaba perjudicada, por lo menos no por la priva. Miraré a ver qué tiene en la nevera. Voy para allá. —Apago el ordenador y el motor y salgo del furgón de un salto.

Lucy ha aparcado el enorme sedán Mercedes de Donoghue a un lado del camino y viene trotando hacia mí.

—Ven —me dice—. Quiero enseñarte algo.

27

Caminamos en torno al ala sur de la casa, donde un estrecho sendero de hierba conduce a la espesura del bosque.

Una verja de más de tres metros de altura está cubierta de PVC verde oscuro y anclada por unos fuertes postes de acero bien hundidos en el terreno. Lucy abre otra verja mientras otro monovolumen del FBI desaparece camino abajo. Solo quedan dos vehículos del gobierno aparcados delante de la casa. Uno de ellos debe de pertenecer a Erin Loria. He estado al quite por si aparecía. Estoy segura de que sigue aquí. No se lo perdería.

—Ten cuidado —me dice Lucy—. Es muy fácil tropezar. Los jardineros nunca se acercan por aquí, así que la naturaleza se ha desbocado.

La sigo a través de la verja y ya estamos en el bosque. No hay una transición gradual. Su patio acaba en la verja y al otro lado ya hay hectáreas trufadas de rododendros, laurel de montaña y árboles vetustos. Los senderos que lo atravesaban desaparecieron años atrás, devorados por la vegetación. Avanzo con sumo cuidado y muy lentamente por la leve cicatriz de un caminito mientras Lucy atraviesa helechos, abedules y ramas caídas. Hasta que se detiene.

—Ahí. —Señala un árbol, un pino blanco con cámaras que captan el movimiento y que enfoca con la linterna—. Se han activado muchas veces, pero ahí no hay nada. Las cámaras no recogen nada.

—Preguntaré lo mismo de antes —respondo mientras me doy cuenta de por qué me ha traído hasta aquí—. ¿No podría tratarse de algún animal?

—Tengo los sensores preparados para reaccionar ante cualquier cosa que se mueva y que levante un metro del suelo, por lo menos, como un ciervo, un oso, un lince —dice ella mientras yo me quedo muy quieta, apoyando casi todo el peso en la pierna izquierda—. Las cámaras captarían algo de ese tamaño. Pero nunca lo han hecho.

Lucy está montando un número. Lo que realmente tiene en la cabeza es esa apoteosis final modelo «que os den por culo», y los fuegos artificiales empezarán en cualquier momento. Se ha vestido deliberadamente con un chándal del FBI, y por si eso no bastaba, piensa hacer algo más. Pero no hay explicación para el extraño objeto que observo, tan cerca de sus pies que está a punto de pisarlo. A simple vista, podría tratarse de una gotita de lluvia sobre unas hojas marrones situadas bajo una mata de laurel. Pero aún no llueve.

—No te muevas —le susurro.

Le sostengo la mirada para cerciorarme de que me entiende, como así es. Me acerco a un grupo de sasafrás, agarrándome a un tronco suave. Me rozan unas hojas verde pálido en forma de mitones y comento que en cosa de un mes se volverán de color amarillo, coral y naranja. La propiedad de Lucy se inundará con los colores del otoño, digo con mi mejor intención y por si hay alguien escuchando, y que luego vendrá la nieve y no podrá haber intrusos invisibles porque dejarían huellas.

—A diferencia de quien haya rondado antes por aquí —le digo no solo a Lucy, sino también al FBI—. Y sé que alguien lo hizo —sigo anunciando mientras rebusco en los bolsillos de los pantalones hasta encontrar un par de guantes nuevos.

Me los pongo y cuido de mi equilibrio mientras me inclino, moviéndome lo menos posible para no alterar el sotobosque o las hojas, perdiendo así lo que intento recoger. Ese trocito de algo parecido al cuarzo se me engancha al enguantado índice, y coloco la otra mano por debajo para asegurarme de que no se cae ni sale volando con el viento. No puedo evitar pensar que resulta milagroso que algo del tamaño de un grano de arroz sea tan visible, y sospecho que no lleva ahí mucho tiempo.

—A no ser que tú seas la fuente —le digo a Lucy—, alguien ha estado exactamente aquí. Y muy recientemente, con toda probabilidad.

Ese diminuto hexágono plano es discreto y opaco; lo sostengo en la palma de la mano para que lo vea Lucy. No está pulido y parece industrial; recuerda algún mineral o cualquier otro material utilizado en la fabricación o la ingeniería.

—¿Se te ocurre algo? —pregunto.

—No lo vi cuando estuve por aquí mirando. —Lo observa como si fuera venenoso—. No lo he visto hasta ahora mismo. Me sorprende que esté aquí. —Lo dice con suspicacia—. Igual lo han dejado a propósito. Eso es lo primero que pienso. Que se supone que debíamos hallarlo. —Lo dice lentamente, en voz alta, para asegurarse de que el FBI no pierde ripio.

—No puede proceder de nada que tú poseas. —Me lo paso a la palma de la mano para que Lucy pueda verlo mejor—. ¿Estás segura de que no procede de ti o de algo que hayas instalado? ¿Qué me dices del sistema de vigilancia? Estaba muy cerca de varias cámaras.

—Esto no tiene nada que ver conmigo. Desde luego que no: yo no sería tan tonta y descuidada como para dejarlo a la vista. —Ni lo toca ni se le acerca mucho.

Pero eso es lo único en lo que muestra cautela. Lucy mira alrededor, hacia las cámaras de los árboles. Está tan alegre y animada como si nos hubiésemos ido de pícnic.

—No parece provenir de alguna prenda de ropa. —Yo sigo a lo mío—. Ni de ningún objeto decorativo.

—Lo han reducido a ese tamaño y esa forma, y un agujerito lo atraviesa. Lo más probable es que llevara algo cosido. Ella ha estado aquí.

—Hablas de Carrie Grethen. —Confirmo lo que intuyo, y Lucy asiente.

—Esto viene de algo que está haciendo. No estoy segura, pero me hago una idea de lo que puede tratarse —dice Lucy—. Carrie siempre andaba en busca de la invisibilidad.

Lucy sospecha que lo que he encontrado es un metamaterial que se usa probablemente para crear objetos que tuercen y difunden la luz.

—Sabremos qué es cuando los del laboratorio lo estudien, pero yo diría que se trata de un cuarzo con calidad láser; o sea, calcita —dice Lucy.

—Es decir, que ya habías visto antes algo similar.

—Estoy muy al corriente de lo que anda por ahí. Carrie siempre ha estado obsesionada con la tecnología invisible, lo que se conoce como realidad aumentada o camuflaje óptico. —Lucy mira alrededor, como si hablase con los árboles—. Esos idiotas están tan obcecados con lo de ir a por mí que no le prestan atención al peligro real. Puede que Carrie haya descubierto cómo ocultarse con la intención de eliminar a quien le apetezca. Que puede ser cualquiera. Y teniendo en cuenta que es una maldita terrorista, el maldito FBI debería hacerle más caso. —Lucy pasa mucho de mostrarse moderadamente discreta.

De hecho, ya no habla conmigo. Está hablando con ellos. Con Erin Loria.

—Aquí es donde se dispararon los sensores de movimiento, ayer a las cuatro de la mañana y hoy a esa misma hora. —Proyecta la voz y utiliza un tono sarcástico bajo el que late la ira—. Cuando salió el sol di una vuelta por ahí, pero todo parecía normal.

—¿Puede ser que estuviese aquí y no la vieras?

—Puede ser. Sobre todo si va en plan Harry Potter. Pero eso no es una fantasía. Hoy día están fabricando toda clase de materiales capaces de cambiar la realidad tal como la conocemos.

—Yo creo que ya la han cambiado. —No tengo a mano mis archivos, así que improviso—. Puede que para bien.

Me hago con otro guante, meto dentro el metamaterial y lo

introduzco en uno de los dedos. Enrollo con fuerza el nitrilo púrpura y me lo meto en el bolsillo, observando que justo al otro lado de la valla están las ventanas de la habitación de Lucy que dan al sur. Si alguien dispusiera de unos binoculares con visión nocturna podría representar un problema.

—¿Siempre están así? —señalo al dormitorio de mi sobrina, preguntándole si suele tener las persianas cerradas.

—Da igual. Un aparato con sensores ultrasónicos puede ver hasta a través de las paredes —responde con la misma voz teatral—. El objetivo de un sistema así es seguir localizando objetivos aunque se pongan a cubierto.

—¿Y quién tendría algo semejante? —la interrumpo mientras me da un brote de impaciencia.

Me tienta decirle que baje la voz, pero no lo haré. No es muy inteligente por mi parte dar la menor muestra de que sospecho que el FBI está viendo y oyendo. No debo comportarme como si me sintiese culpable y tuviera cosas que ocultar, así que continúo largando cabalmente, para parecer que estoy tranquila y a gusto. Pero lo mío es cauto y deliberado y lo de Lucy no. No tiene el botón de «disimular», solo el de «luchar», cosa que estoy presenciando y que no puedo controlar.

—Ha estado aquí. Te lo puedo asegurar —lo dice con certeza y audacia, y veo la agresión en sus intensos ojos verdes—. De alguna manera, ha estado justo aquí gracias a alguna tecnología y por un motivo concreto. Puede que para espiar. Sé que no han podido ser los federales. No son tan listos. Se trata de Carrie. Puede rondar por ahí en estos mismos instantes, pero ellos nunca se lo creerán. Puede que nadie crea que es ella porque nadie quiere creerlo. Hasta mi propia compañera tiene sus dudas.

Entiendo lo doloroso que debe de ser esto para Janet, pero no lo digo en voz alta. No necesito recordarle a Lucy su historia con Carrie, ni todos esos años en los que nos hemos sentido seguras porque estábamos convencidas de que ya no representaba un peligro para nosotras ni para nadie.

—Tenemos que irnos. —Lucy levanta la vista hacia unas nubes tormentosas que se han extendido como un toldo, cuelgan

bajas y apuntan al suelo mientras se instala una sombra total—.
Vale, nos vamos —dice en voz alta, aunque no a mí, sino a quien
pueda estar escuchando.

Regresamos con cuidado y sin hablar. El viento sopla con
más fuerza y el olor a lluvia es tan fuerte que hasta lo puedo sa-
borear mientras pienso en todo lo que tengo que hacer. Luego
llevaré el metamaterial al laboratorio. Así, por lo menos, confir-
maré de qué está hecho, pero ya hay problemas. No recogí pruebas siguiendo mis propios e implacables protocolos. Mi ADN
puede estar en el metamaterial, o puede que el de Lucy. Un abogado defensor mínimamente competente dirá que lo que yo recogí está contaminado porque fue manipulado de forma inade-
cuada. El jurado no se fiará ni de mí ni de la prueba.

Las primeras gotas de lluvia golpean los árboles mientras
salimos del bosque a la hierba. En la distancia, estallan unos
truenos que relampaguean con fuerza, rajando el cielo de un
negro púrpura como si estuviese herido. Huelo a ozono y siento
el peso de la presión barométrica; y me sorprende algo que no
entiendo de entrada. De los micrófonos de vigilancia sale a todo
trapo una música que se extiende por toda la propiedad. La canción de Hozier *Take me to the church* resuena como un ataque
aéreo en el bosque, en torno a la casa y sobre el agua.

Miro a Lucy y veo que sonríe como si estuviésemos dando
un alegre paseo. No lleva el móvil. Ya no está al mando. Janet
debe de ser la responsable, y yo aprieto el paso mientras la música impregna cincuenta hectáreas de tierra protegida. La pierna
me ruge de dolor y me hago a la idea de empaparme. Le digo a
Lucy que se adelante para evitar el chaparrón, pero insiste en ir
a mi ritmo.

Se queda conmigo y, en cuestión de segundos, parece que las
entrañas de la tierra exploten con unos truenos que suenan
como disparos. Llueve a cántaros y sopla un viento brutal. La
temperatura ha bajado diez grados, por lo menos, y Hozier nos
rodea por todas partes como si Dios estuviese disfrutando de
un concierto pagado por el FBI.

«Nacimos enfermos, les has oído decir...»

—No soy la única persona por la que deben preocuparse.
—Lucy levanta la voz para imponerse a la música que palpita en
la lluvia y en los árboles—. ¡No nos toquéis los huevos! —le
grita a un cielo rabioso mientras yo me imagino a los agentes del
FBI dentro de la casa, donde Hozier debe de resultar ensorde-
cedor.

«Nací enfermo, pero me encanta...»

Y entonces, el palacio de madera de Lucy se oscurece de sopetón. No veo ni una luz encendida. Esa casa inteligente depende de un ordenador. No hay enchufes en las paredes. El FBI no
controla el sistema de audio. Ni las luces. Janet sí. De eso no me
cabe la menor duda, y Lucy se está tronchando bajo esa lluvia y
esa música que caen a plomo como si viviera el día más feliz de
su existencia.

«Amén. Amén. Amén. Amén...»

—Dile a Marino que lo espero en el furgón. —Enfilo el sendero de salida, con la camisa tan mojada que se me pega a la espalda—. No puedes quedarte aquí. Por un montón de motivos,
ni tú ni Janet ni Desi podéis quedaros. —Hablo sobre el ruido
del agua y el de Hozier en plan adorador, «como un perro ante
el altar de tus mentiras»—. Tenéis que mudaros con nosotros
por un tiempo —le grito a Lucy—. Y no pienso discutirlo.

28

La lluvia azota el tejado metálico como si tuviésemos encima a un loco tocando la batería. Empieza la tarde y ya está oscuro. Podría tratarse del alba o del anochecer. Parece que el mundo esté a punto de acabarse.

Me estoy poniendo de los nervios. Algo se desliza y da vueltas por la parte trasera de mi gran furgón blanco mientras atravieso la ventisca. Es un objeto duro y de metal. Se mueve un poco, topa con algo, se detiene y vuelve a rodar dependiendo de si tuerzo o si aminoro o acelero. Puedo oírlo perfectamente a través de la partición que separa la cabina de la zona de carga, pero ese ruido no estaba esta mañana, antes de aparcar ante la verja de Lucy. Empezó hace unos minutos, mientras girábamos en una curva cerrada.

CLANK CLANK CLANK.

—Tenemos que ver qué coño es. —Ya van varias veces que Marino me sale con esas, pero yo no puedo hacer nada.

Antes no había espacio para detenernos y ahora estamos en la Carretera 2 bajo una lluvia intensa y sufriendo el tráfico de los viernes. La visibilidad es prácticamente nula. Todo el mundo lleva encendidos los faros como si fuese de noche, y aunque quisiera desviarme, no hay por dónde. Aquí no hay más que una autovía, un enorme socavón embarrado en una obra que tengo a la derecha y tres carriles de coches y camiones a la izquierda.

Soy consciente de que estoy perdiendo el día. Tengo la impresión de no controlar casi nada, incluyendo mi propio tiempo.

—Ahora no puedo aparcar —le digo a Marino lo mismo que la primera vez que lo sugirió.

—Me suena a algún chisme.

—No puede ser.

—Igual es un destornillador o algo que da vueltas, topa con algo y luego sigue rodando.

—No sé cómo —replico, y el ruido se interrumpe súbitamente.

—Pues a mí me resulta siniestro y me irrita.

Baja un poco la ventanilla para fumar, para alejar lo siniestro y para dejar de irritarse, y el agua moja el interior de la puerta y el salpicadero. Le digo que me da igual que fume, pero que no quiero que las ventanillas se entelen. Ajusto el ventilador y la cosa mejora un poco, pero tengo un límite para el aire helado y, además, Marino también se queja al respecto. Él está acalorado y sudoroso y yo no quiero congelarme. Mantengo la temperatura algo por encima de tibia. No paro de hacer ajustes, despejando el vidrio y pelándome de frío, para luego calentarme y no ver nada.

Un agobio de lo más incómodo que hace casi imposible no mostrarse irritable y al borde del frenesí. Tengo la ropa mojada. Estoy pegajosa y desanimada. La pierna me duele de mala manera. Estoy asqueada con Lucy, asqueada de los secretos que guardo, y mantengo un debate interior a gritos que no acaba nunca. ¿Debería contarle a Marino lo de los vídeos del *Corazón depravado*? La verdad es que no sé qué hacer, y cuanto más nos alejamos de Concord por esa carretera inundada y en obras, junto a bosques empapados y envueltos en la bruma, me obligo a concentrarme en mi nueva norma:

Presta atención hasta cuando creas que ya lo estás haciendo.

Es una nueva regla que solía ser vieja hasta que bajé la guardia. Fui atraída hacia una falsa sensación de seguridad, y mientras intento rehacer mis pasos, veo el patrón. Lo veo claramente, y una parte de mí no perdona, mientras otra comprende lo sucedido. Nadie puede estar al quite las veinticuatro horas del día. El tiempo pasa y ciertas cosas se hacen más difíciles. Soy incansable controlando mi detector de enemigos, pero los del pasado son los más traicioneros. Sabemos demasiado de ellos. Empezamos a recrearlos a nuestra propia imagen, asignándoles atributos y motivaciones de los que carecen. Creamos relaciones con ellos. Nos engañamos creyendo que no quieren matarnos.

Ese pensamiento no me abandona. Si no hubiese dado por hecho que Carrie Grethen ya no estaba en este planeta, ¿habría dejado de buscarla? Me temo que sí. Es el camino más sencillo para relegar a los personajes de pesadilla a un frío archivo, de instalarlos en una zona tan remota de tu mente que ni pienses en ellos. No esperas nada de esa gente. No les temes, ni los ves venir, ni puedes predecir su actividad, ni te preocupas por ellos. Hace tiempo que me deshice de Carrie. Y no lo hice simplemente porque estuviera convencida de que había muerto en el helicóptero que se estrelló. Lo hice porque ya no soportaba vivir con ella.

Invadió mi psique durante años. Era una sombra proyectada por algo que yo no podía ver, una inexplicable corriente de aire, un ruido carente de sentido. Vivía constantemente a la espera de que sonara el teléfono y me transmitieran otra mala noticia. Esperaba que torturase y asesinara a alguien más, que se uniera a otro perturbado y se fueran de caza juntos. La buscaba constantemente, cuando estaba Lucy y cuando no. Hasta que paré.

—¿Quieres una calada? —Marino me ofrece su cigarrillo—. Tienes cara de que te sentaría bien, Doc.

—No, gracias.

—Me pregunto si sigue sonando la música y qué están haciendo los federales al respecto, porque te aseguro que no se estarán riendo. —Le da una profunda calada al pitillo y expulsa el humo por la comisura.

—Lucy y Janet no pusieron la música a tope ni apagaron las luces por que quisieran entretener a nadie que no fueran ellas —respondo.

Lagos y bosques se extienden a cada lado mientras dejamos atrás la ciudad de Lexington.

—¿Estás segura de que ha sido cosa suya? —pregunta Marino.

—Hombre, no creo que haya sido Desi.

—Te sorprenderías de lo que son capaces los críos con un ordenador. Hace poco hubo uno que se coló en la base de datos del FBI. Y creo que tenía cuatro años o algo así.

—Desi no ha tenido nada que ver con lo que acabamos de presenciar. Seguro que ha sido idea de Lucy. Es la clase de cosas que a ella le parecen graciosas. —Mientras digo esto, sigo pensando en esos enlaces de vídeo que se supone que debo creer que los envió su número ECE.

Estoy convencida de que Carrie está manipulando el teléfono de Lucy. Y vete a saber qué más puede haber intervenido, dónde puede haberse colado y de qué se habrá apropiado, como si nuestras vidas estuviesen a su disposición para mangonearlas, alterarlas, dañarlas y destruirlas. Recuerdo lo bien que se le da crear implosiones, fallos internos, averías y catástrofes. Si puede hacer que nos autodestruyamos, ¿qué otra cosa podría resultarle más gratificante?

Está intentando escribir nuestra conducta, y así es como empieza la cosa.

—Nunca superaré que la ficharan. —Marino habla de Carrie sin que yo le haya incitado a hacerlo—. Si te paras a pensarlo, los federales fueron el Frankenstein que creó al monstruo —añade, y en cierta medida tiene razón.

De algún modo, fue concebida, alimentada y transformada en un monstruo amoral por nuestro propio gobierno. Luego ella optó por traicionar a lo que la cuidaba, por demoler cualquier justicia y seguridad que le hubieran encargado defender en este mundo. Elegirá el bando que más le convenga en cada ocasión porque ya no siente la menor lealtad ni el más mínimo afecto por nada o nadie, a excepción de ella misma.

—¿Una experta en ordenadores del Departamento de Justicia destinada a Quantico? —está diciendo Marino—. ¿Y el FBI no se percató de que habían colocado a una psicópata peligrosa a cargo de su maquinaria y del manejo de sus casos?

—Así se llegó a un fallo imposible de arreglar.

La Red de Inteligencia Criminal Artificial conocida como RICA mutó en el programa Trilogía, un esfuerzo masivo del FBI por modernizar su vetusta tecnología de la información.

El proyecto se abandonó finalmente hace cosa de una década tras malgastar cientos de millones de dólares del contribuyente, y no puedo evitar preguntarme qué parte de la culpa corresponde a Carrie.

—Para ser más precisa —le estoy diciendo a Marino—, me pregunto cuánto se debe a ella, pues nada le cuadraría mejor que enfrentarse a un *software* inadecuado y a un manejo de datos que ella misma pueda haber manipulado durante su creación.

—Tienes razón y yo opino lo mismo. ¿Un sabio loco genial como ella? —dice Marino—. ¿De verdad crees que no podía introducir el caos en todo lo que le apeteciera? Sobre todo, si tiene que ver con tecnología de la información y ordenadores, ¿no?

—Igual que Lucy —le recuerdo—. Y pienso seguir insistiendo en esa desafortunada verdad. Ella creó RICA, y prácticamente todo lo que Carrie pueda hacer, Lucy también. Así lo vería el FBI. Y esa sería su justificación para ir a por ella. Pueden culparla y asignar medios y motivos a lo que se les antoje porque ella está capacitada para todo. Resulta creíble. Y a ellos les conviene, seamos sinceros.

—Entonces puede ser que Carrie pusiera la música para cabrearlos y meter en líos a Lucy. Doble placer, doble diversión —dice Marino—. Marranear el sistema de sonido es como agitar una bandera roja delante de un toro. No va contra la ley, pero es idiota. ¿Y si Carrie solo lo hizo para entretenerse?

—No digo que no sea capaz —replico—, pero apuesto a que fueron Janet y Lucy para darles una serenata a Erin Loria y sus compinches.

—No deberían hacer esas chorradas. Van a acabar en manos de Carrie.

—No podemos dejar que nadie decida cómo actuamos. Eso es lo que hay. Y es indudablemente cierto que Carrie quiere controlarnos y cambiarnos. Es lo que siempre ha deseado.

—Y yo que creía que lo que quería era vernos muertos...

—Al final, de una manera u otra, de eso se trata, estoy segura —le digo.

—Lucy tiene que ir con cuidado ahora mismo con lo de reírse en la cara de la gente. Igual puedes comentárselo cuando las cosas se tranquilicen. No tiene por qué empeorarlas más de lo que ya lo están.

—¿Y cómo podrían empeorar, Marino? El FBI ha aparecido con una orden. Los agentes se han ido de allí con sus pertenencias, violando toda su existencia. —Pongo los limpiaparabrisas a tope y suenan como un metrónomo en plena rabieta.

—Lo peor sería que la detuvieran y la encerraran sin derecho a fianza. —Marino apura el pitillo hasta el filtro—. Y son muy capaces de hacerlo. Lucy tiene un helicóptero y un jet. Es piloto. Tiene muchísimo dinero. Dirán que hay riesgo de fuga, y el juez le dará la razón al FBI. Sobre todo, si corre por ahí un profesional motivado, un juez federal como el marido de Erin Loria. Lo primero que deberíamos preguntarnos es por el momento elegido para la operación. ¿Por qué atacar justo ahora?

Me vuelve a la cabeza el día que es hoy. 15 de agosto. Hoy se cumplen dos meses del ataque de Carrie.

Pero lo que digo es:

—Tienes razón. ¿Por qué hoy? ¿O ha sido una decisión a boleo?

—No lo sé, pero la verdad es que no se me ocurre nada relevante.

—Hace exactamente dos meses que Carrie me disparó. —No debería tener que recordárselo.

—¿Y qué importancia tendría eso para el FBI? ¿Por qué les habría de motivar esa fecha? No veo la relación.

—Lo más probable es que a Carrie sí.

—Bueno, podemos estar seguros de que andan buscando un motivo para acusar de algo a Lucy. No sé de qué, pero creo que podemos intuir con quién está relacionado —dice Marino—. La cárcel sería el final de Lucy. No sobreviviría, y eso a Carrie le encantaría...

—No entremos en un ambiente tan fatalista. —No quiero escuchar sus predicciones del Día del Juicio, y apenas si me contengo a la hora de reconocerle la verdad.

Quiero hablarle de los vídeos aunque siga haciéndome las mismas preguntas inquietantes. ¿Y si el FBI los ha visto? ¿Y si el FBI me los envió para enredarme a mí y a cualquiera a quien yo pudiera involucrar? No sé en quién confiar; si me paro a pensarlo, no me fío ni de mi propia abogada, Jill Donoghue; y cuando dudo tanto de todo, soy muy cautelosa. Decidida y calculadora.

—El problema es que cuando una investigación se pone en marcha, cuesta horrores pararla. —Marino plantea más perspectivas aterradoras—. Los federales no sueltan nada a no ser que no les quede más remedio, a no ser que el gran jurado les diga que «no procede», y eso no sucede casi nunca. Lucy acabaría pringando. Ningún gran jurado va a mostrar la menor compasión por una agente federal a sueldo del gobierno que está podrida de dinero y se comporta como ella lo hace...

—Sugiero que centremos nuestra atención en lo que estamos haciendo. —No puedo soportar las siniestras posibilidades que Marino plantea para mi sobrina, y no necesito decirle que Lucy no inspira empatía alguna y ni tan siquiera se le concede el beneficio de la duda.

—Solo estoy enumerando los hechos, Doc. —Se deshace de la ceniza del pitillo, lo arroja en una botella vacía de agua, enciende otro y me lo ofrece—. Toma. Lo necesitas.

Pues sí, qué coño. Le acepto el Marlboro porque hay cosas que siempre se me han dado muy bien. Y una de ellas es fumar. Inhalo lenta y profundamente, y mi ascensor emocional llega hasta un piso que había olvidado que tenía. Es bonito, con vistas y mucha luz; y por un instante, me libro de la gravedad y ella de mí.

Sostengo el pitillo en dirección a Marino para devolvérselo y nos rozamos los dedos. Siempre me sorprende que su piel castigada por el sol y cubierta por un espeso vello cobrizo resulte tan suave y sedosa. Detecto su loción para después del afeitado, especiada y cubierta por una pátina de sudor y humo de tabaco. Huelo el húmedo algodón de sus pantalones cortos y del polo que luce.

—¿Alguna vez probaste la hierba de joven? —Da otra calada al pitillo, sosteniéndolo como si fuese un porro.

—Querrás decir cuando era *más joven*, ¿no?

—Venga, mujer, apuesto a que la probaste en la facultad de Derecho, dime la verdad. Todas las pijas ibais por ahí fumando canutos, hablando de interpretaciones y precedentes y aspirando a salir en la revista de la universidad.

—No fue esa mi experiencia en Georgetown. Pero tal vez debería haberla sido. —Mi tono de voz suena sombrío y distante mientras sigo revisando los espejos.

Fijo la mirada en los ruidosos limpiaparabrisas a lo largo de los brumosos carriles de tráfico; nos salpica el agua procedente de neumáticos situados por delante y al lado de nosotros. No rebaso el límite de velocidad. Estoy tensa y con los ojos clavados en los retrovisores por si aparece Carrie. Rodeamos el depósito de Fresh Pond, cuyas aguas encabritadas son del color del plomo. El ruido ahí atrás de algo metálico dando tumbos arranca de nuevo y se detiene; y yo no consigo quitarme de la cabeza a Carrie.

CLANK CLANK CLANK.

—¿Pero qué carajo pasa? —dice Marino entre una nube de humo—. Qué cosa más rara, ¿no?

—Todo está metido en cajas y contenedores. —Pienso en todas las posibilidades que se me ocurren relacionadas con el ruido—. Las camillas plegables están atadas. No debería haber nada suelto.

—Igual se ha abierto uno de tus archivadores. Igual es un frasco con pruebas, o una linterna, algo que esté rodando por ahí.

—Lo dudo mucho. —Carrie aparece en mi mente.

Veo su rostro. Veo sus ojazos enloquecidos y la lujuria que se apoderó de ellos cuando rajó a Lucy con la navaja del Ejército suizo. Así es como me miró cuando me disparó el arpón, y los ruidos en la parte trasera del furgón continúan. Marino está señalando que ese ruido antes no estaba.

—Y no ha entrado nadie —está diciendo—. Me refiero a que no hay manera de que alguien se colara aquí dentro mientras estábamos en casa de Lucy, ¿no? ¿Estás segura? ¿Seguro que el furgón estaba cerrado con llave mientras le bloqueabas el coche a aquel capullo del FBI? ¿No entraría alguno de ellos? ¿Y si buscaban una llave extra para poder moverlo? ¿Intentaría alguien abrir la puerta a la fuerza, rompiendo algo que es lo que oímos rodar por ahí atrás?

—Seguro que estaba cerrada con llave. —Eso creo, pero ahora que Marino ha sacado el tema, no puedo jurarlo.

Me empieza a agobiar la incertidumbre. Cuando recogí el equipo a media mañana, fue justo después de recibir el primer vídeo del *Corazón depravado*. Igual estaba distraída mientras metía las grandes cajas de plástico en la parte trasera del furgón. Igual me olvidé de cerrar las puertas de la zona de carga. Es algo que hago de manera automática con una llave que también enciende y apaga las alarmas.

Yo nunca me dejo abierta la puerta de atrás, ni la cabina ni las ventanillas. Por una serie de motivos. Los abogados defensores, por ejemplo. La tomarían conmigo al respecto cuando me tocara testificar. Habría miembros del jurado que pondrían en duda la validez de todas las pruebas por mí recogidas, incluyendo hasta el cadáver.

—Jesús —farfulla Marino mientras lo de ahí atrás vuelve a rodar y se detiene con un clank.

—Ya casi estamos —le digo—. Voy a mirar.

29

No hay muchos coches en Cambridge. Avanzan lentamente con las luces encendidas mientras conducimos junto al campus de Harvard, de regreso a la calle Brattle, una de las direcciones más prestigiosas de Estados Unidos.

Entre sus antiguos residentes se encuentran George Washington y Longfellow, y la bonita casa de madera de dos plantas en la que murió Chanel Gilbert se construyó a finales del siglo XVII. Pintada de azul oscuro, es una estructura simétrica con persianas negras, un tejado de pizarra gris y una chimenea central. Con el paso de los siglos, la mayor parte de la edificación se subdividió y vendió, y la única manera de llegar a ella es por un sendero compartido de viejos adoquines que forman una especie de escapulario.

Con suma atención, voy dando saltos en mi enorme furgón y aparco en la parte delantera, mientras oigo cómo la lluvia descarga y salpica. Miro alrededor con cierta inquietud. Esa inquietud me alcanza por oleadas. Vienen una detrás de otra mientras los árboles se agitan y crujen bajo el viento y la lluvia. Apago los limpiaparabrisas y los faros de delante y el cristal se inunda. Nuestro vehículo es el único que hay en el sendero, lo cual da que pensar.

—¿Dónde está todo el mundo? —pregunto, pues parece que estemos en un túnel de lavado—. ¿Dónde están tus refuerzos?

—Buena pregunta. —Marino está en alerta máxima mientras controla el largo y estrecho sendero, la parte frontal de la casa y esos árboles viejos y densos que se retuercen al viento que les arranca las hojas.

—Creí que habías dado instrucciones de que aseguraran la propiedad.

—Y lo hice.

—No hay ni un coche policial a la vista. ¿Y dónde está el Range Rover rojo?

—No me hables. Menuda mierda. —Marino le quita el seguro con el pulgar a la funda de cuero negro que lleva en la cadera mientras suenan rayos y truenos.

—¿No les dirías a Vogel, Lapin y Hyde que se lo llevaran al laboratorio?

—No había ningún motivo para eso. Hasta ahora no pensábamos que pudiera haber juego sucio. Igual Bryce optó por llevárselo después de que tú hablases con Anne y Luke porque concluyó que estaba ante un homicidio. —Marino recorre la lista de contactos de su móvil, levantando la vista de vez en cuando, con los ojos moviéndose sin parar.

—No hace ni media hora que hablé con ellos —le recuerdo—. No ha habido tiempo para mover el Range Rover, y desde luego yo no lo pedí y no hay manera de que Bryce lo haya hecho.

—Estoy totalmente seguro de que no le pedí a nadie que se lo llevara. —Despeja el vidrio entelado de la ventanilla para mirar hacia el exterior, controlando el retrovisor grande para comprobar qué tenemos detrás en ese tramo vacío de sendero castigado por la lluvia—. La llave del Range Rover estaba en el mostrador de la cocina y Hyde le echó un vistazo rápido al interior. Dijo que no había visto nada interesante. De hecho, no había gran cosa ahí dentro, y le dio la impresión de que igual hacía tiempo que no se utilizaba. Eso es lo que dijo, y no hicimos nada más porque partíamos de la base de que no se trataba de ningún crimen, sino de un accidente. A esas alturas, no tenía ninguna lógica analizar el vehículo.

—¿Y qué fue de la llave después de eso?

—La tengo yo. Y también la de la casa.

—Es evidente que hay otra llave, a no ser que el Range Rover fuese manipulado o se lo llevaran de aquí de otra manera. —Miro alrededor para ver si falta algo más o ha habido algún cambio desde que estuvimos aquí a media mañana.

La vetusta mansión está envuelta en una niebla gris procedente de la tierra empapada de agua, y me fijo en la solitaria cinta para escenas del crimen plantada ante los peldaños de ladrillo de la entrada. La frágil cinta de plástico amarillo tiembla bajo el viento y la lluvia, pero antes no estaba. Y lo que es más relevante: no hay cinta en ningún otro sitio. No impide el acceso a la puerta de la cocina por la que entramos esta mañana. No está atada a los árboles ni cruzando el sendero.

Entonces diviso un rollo gordo de cinta amarilla brillante abandonado en un parterre junto a las macizas puertas que supongo conducen a la bodega. Aparentemente, alguien se puso a asegurar el perímetro y abandonó a media tarea, dejando el rollo donde ahora lo veo, en ese parterre de flores marrones y púrpuras machacadas por la lluvia. Regreso mentalmente a cuando estaba sola en la entrada y se suponía que todo el mundo se había ido menos Marino y yo.

De manera inexplicable, escuché lo que parecía una pesada puerta cerrándose de golpe. La del sótano que llevaba al patio trasero estaba misteriosamente abierta, aunque el patrullero Vogel jurara que la había cerrado con llave. A continuación, la basura de la cocina había volado y la mesa estaba extrañamente puesta con un plato decorativo descolgado de la pared. Y ahora el Range Rover no estaba. Observo la vieja casa con sus oscuras ventanas de cristal esmerilado. Igual está encantada, pero no por un fantasma. Alguien ha estado en la propiedad desde que la visitamos por última vez.

—¿No te oí decirles a tus chicos que envolvieran este sitio con un gran lazo amarillo? —le digo a Marino—. Porque la única cinta que veo es esa de ahí. —Señalo a la parte delantera de la casa—. Una tira enganchada a dos barandillas no sirve exactamente para impedir el paso de la gente. ¿Sabes quién lo hizo y por qué el rollo de cinta anda por ahí tirado? Es como si la persona al cargo fuese interrumpida y decidiera dar la vuelta a la casa y arrojar el rollo al parterre antes de darse el piro. Desde aquí puedo ver que casi todas las plantas que hay al lado de esas puertas macizas están pisoteadas o aplastadas.

—Puede que Hyde o Lapin volvieran después de que tú y yo nos fuésemos a ver a Lucy.

—¿Y luego qué?

—Que me aspen si lo sé. —Marino está mirando el móvil—. Le envié un mensaje a Hyde cuando veníamos hacia aquí y no me ha contestado. Tampoco sé nada de Lapin.

—¿Cuándo fue la última vez que supiste algo de cualquiera de ellos?

—Hablé con Hyde cuando le llamé por lo de la basura de la cocina, puede que haga tres horas. Lo vuelvo a intentar. —Resopla frustrado cuando la llamada va directamente al buzón de voz—. ¡Maldita sea!

—No han aparecido y no sabes nada de ellos. ¿Deberíamos preocuparnos?

—Aún no estoy preparado para considerarlo. Si pongo en marcha la búsqueda de esos dos, podría liarse parda. Si quieres meter en líos a la gente y que te odien por eso, es justo lo que hay que hacer.

—¿Y la policía estatal? —Vuelvo a pensar en el patrullero Vogel—. ¿Es posible que hayan estado aquí? ¿Podrían haberse llevado el Range Rover?

—Joder, no.

—¿Y el FBI?

—Más vale que no hayan estado aquí sin decírmelo. Más vale que no hayan tocado nada ni se hayan llevado nada.

—¿Pero es posible? ¿Podría ser que los federales se hayan apropiado de la investigación sin que nosotros lo sepamos? La verdad es que parecen muy interesados.

—Si esta investigación fuera suya, a estas alturas ya estarían arrastrándose por todo el lugar como lo están haciendo en la propiedad de Lucy. No estaríamos aquí más solos que la una.

Lo más probable es que no nos hubieran dejado acceder al sendero, y mucho menos aún a la casa.

—Estaban por esta zona antes, en el helicóptero...

—Con Benton. —Marino no puede resistirse a recordármelo sin compasión—. Volaba justo por encima de nosotros cuando estábamos aquí y luego, más o menos, nos siguió hasta la casa de Lucy. Así pues, ¿a quién están vigilando en realidad? ¿A quién vigila realmente Benton?

—Probablemente, es una buena idea asumir que el FBI nos vigila a todos. —Apago el motor y unos vientos de fuerza nordeste agitan el furgón mientras la lluvia inunda el parabrisas frontal—. Aceptemos que los federales creen que Lucy puede estar implicada en lo que ha estado ocurriendo y que yo estoy compinchada con ella. Y puede que tú también. Puede que nos tengan a todos en el radar.

—O sea, ¿que Lucy es una asesina en serie? ¿O que lo son ella y Carrie juntas y nosotros lo sabemos, pero las protegemos? ¿Y que Lucy te disparó en la pierna y se largó con tus gafas de bucear? ¿O igual te disparaste tú misma? ¿O quizá fue Benton? ¿O puede que la culpa sea de Moby Dick o de un pez llamado Wanda? Cuánta mierda, ¿y cómo coño puedes estar casada con alguien que te espía y te trata como a una fugitiva?

—Benton no me espía más de lo que yo lo espío a él. Ambos tenemos que hacer nuestro trabajo. —Eso es todo lo que pienso explicar, así que me dedico a mirar fijamente esa mansión centenaria azotada por la lluvia.

La casa se ve muerta y solitaria, y yo siento lo mismo que cuando estuvimos aquí antes. No es fácil de describir. Es como una frialdad en el diafragma que me hace respirar superficialmente y de modo muy silencioso. Tengo el estómago cerrado como un puño. Y la boca, seca. El pulso, acelerado.

Me hago preguntas. No es la primera vez, pero últimamente parece que lo haga constantemente. ¿Estoy captando un peligro real? ¿O es cosa de mi imaginación tras haber sufrido un trauma? Pero da igual lo que analizo o pienso en silencio, pues mientras esté dentro del furgón soy incapaz de dispersar mi inquietud. Que va creciendo a cada momento que pasa. Siento una presencia maligna. Siento que estamos siendo observados. Pienso en la pistola que llevo en el bolso mientras sigo recorriéndolo todo con la mirada y Marino revisa sus llamadas más recientes.

Le da a ENVIAR y dice:

—En el móvil de Lapin también salta el buzón de voz. —Le deja un mensaje para que le llame enseguida, y luego me dice—: ¿Pero qué cojones les pasa? ¿Han sido abducidos por extraterrestres?

—Si están en medio de este temporal, puede que hayan guardado los móviles para que no se les empapen. O igual no los oyen sonar. A veces, la telefonía móvil no funciona con tormentas así. —Observo unos grandes arces azotados y maltratados por el viento, con el envés de las hojas de un color verde pálido—. ¿Pero deberíamos preocuparnos, Marino? No quiero causarles problemas, pero aún sería peor si resulta que no están bien.

—Siempre es el mismo no hay tu tía —dice él—. ¿No encuentras a un poli y pones en marcha una operación de búsqueda? Pues luego resulta que está viendo la tele en algún lado y zampándose un Big Mac. O que se ha emborrachado durante el almuerzo y se está follando a su novia.

—Esperemos que se trate de eso. —Miro hacia la lluvia, hacia el rollo de cinta amarilla tirado en el parterre.

—Confiemos en ello. —A Marino se le mueven los músculos de la quijada.

—Puede que uno de ellos estuviese asegurando la propiedad cuando empezó a diluviar y que por eso solo haya cinta en los escalones de la entrada y el rollo acabara donde está. Puede que la persona en cuestión saliera pitando de aquí. Es una tormenta de narices.

—Sí que lo es. Pero hay algo que no encaja. —Marino se acaba de marcar la simplificación del año—. Primero creemos que es un accidente de lo más obvio. Ahora es un homicidio y no podemos encontrar el Range Rover de la difunta y yo no sé dónde coño se han metido mis refuerzos. Debería haber un par de coches aparcados aquí fuera, echando un vistazo al sitio. Espera un segundo.

Marca otro número.

—Hola, soy yo de nuevo y sigo en la misma dirección —le dice a quien haya descolgado, intuyo que una mujer por su tono coquetón—. ¿Se ha enviado alguna unidad a la casa de Brattle desde que me fui a eso de las diez y media? Me refiero en concreto al dos-tres-siete y al uno-diez. ¿Se sabe algo de ellos?

Las unidades 237 y 110 son Hyde y Lapin, supongo, y Marino me mira a los ojos y niega con la cabeza.

—¿De verdad? ¿Ningún contacto? ¿No han respondido a ninguna llamada por radio en casi tres horas? ¿Y no han dicho que abandonaban el servicio ni nada? Porque eso es una jodienda. Volvían aquí del Dunkin', se suponía que debían asegurar el perímetro y vigilar el lugar... Pues el caso es que necesito hablar con ellos, y necesito saber quién ha estado en la propiedad desde que me largué, ¿vale? Llámame lo antes que puedas.

Veo el agua saltar sobre los adoquines. La lluvia cae prácticamente en horizontal.

—Podrías intervenirles los teléfonos —le sugiero.

—Eso requiere una orden.

—Tal y como ya te lo he visto hacer, no.

—Déjame ver qué descubre Helen.

—No sé quién es.

—La de la centralita con la que hablaba. Hemos salido juntos algunas veces.

—Me alegra que tengas amigas de utilidad. Necesitamos cercionarnos de que Hyde y Lapin están a salvo.

—Lo que no quiero es meterlos en líos, Doc. Y podría hacerlo. Les podría caer un buen marrón si resulta que están fuera de servicio sin avisar a nadie y les intervenimos los teléfonos y averiguamos dónde están y no tiene nada que ver con el trabajo.

—No quiero arriesgarme a que no estén a salvo —repito.

—¿Y crees que yo sí?

—No corras ningún riesgo, Marino. No mientras ella ande suelta. —No hace falta pronunciar el nombre de Carrie Grethen. Ya sabe a quién me refiero.

—La tengo presente y no creas que no me pasa por la cabeza. Pero se arma la gorda cuando disparas la alarma y todos los polis del nordeste de Massachusetts se ponen a buscar a alguien. Aún no estoy preparado para eso —dice—. No hay motivo suficiente. A algunos polis se les da mal la radio, o no siempre atienden al teléfono, o no te contestan *ipso facto*, y podría haber un montón de razones para eso. Pero no sueltas a las tropas si no estás seguro de algo. Y yo no lo estoy. Lo más probable es que tengan una buena explicación.

—Seguro que sí. Pero no des por hecho que sea positiva. ¿Tenemos algún motivo para pensar que alguien más haya podido acceder al Range Rover? —pregunto—. ¿Qué me dices de la asistenta? Me dijiste que se llamaba Elsa Mulligan, ¿no? ¿Es posible que se lo llevara por algún motivo?

—Más le vale no haberlo hecho.

—¿Te parece alguien capaz de hacer algo así? ¿Basándote en lo que te han contado?

—Hyde solo habló con ella unos minutos, y yo no hablé mucho con él cuando tú y yo llegamos aquí. Pero recuerdo que me dijo enseguida que la mujer estaba muy alterada y que él le dijo que se fuese a casa y que ya hablaríamos con ella más adelante. Le daba lástima. Seguramente porque es atractiva.

Recuerdo a Marino en la cocina con Hyde después de llegar aquí a primera hora de la mañana. No podía oír lo que decían. Yo estaba en el salón con mi cadáver. Estaba ocupada.

—¿Te dijo que era atractiva?

—Un cuerpo bonito. Una cara guapa con pelo moreno corto y gafas grandes de montura negra. Dijo que tenía una pinta muy Hollywood.

—Creí oírte decir que es de Nueva Jersey.

—Lo de que parecía de Hollywood es cosa de Hyde. Es lo que dijo.

—¿Y ella entendió que no debía tocar nada ni cambiar nada

de sitio ni volver aquí hasta que le dijeras que podía hacerlo? —le pregunto entonces.

—¿Pero de qué vas? ¿Crees que ya no recuerdo cómo hacer mi trabajo? —Mira fijamente hacia delante mientras la lluvia golpea el parabrisas.

—Ya sabes que no.

—Le dejé bien claro que no tocase nada y que no pusiera aquí los pies hasta que yo se lo dijera. —Vuelve a darle al móvil, escribiendo a toda velocidad con los pulgares.

—Eso no significa que te obedeciera —le replico—. Igual había cosas dentro de la casa que quisiera llevarse o poner fuera de la vista. O igual temió que cuando apareciera la madre no habría manera de volver a entrar. La gente hace toda clase de cosas aparentemente irracionales o estúpidas cuando se produce una muerte repentina. Por regla general, no intentan dificultarnos el trabajo. No pretenden causar problemas.

—¿Y ahora por qué tengo la impresión de que me estás soltando un sermón?

—Porque estás frustrado. Sientes impotencia y eso te pone rabioso e impaciente. Es comprensible.

—No lo es porque no me siento así. Te juro por lo que más quieras que no siento impotencia. El otro día, en el gimnasio, levanté unas pesas del copón. Eso no es exactamente impotencia.

—No me refiero a eso, evidentemente. —No reacciono a su grosería y sus fanfarronadas de machista bobalicón—. No pongo en duda lo fuerte que estás físicamente. Esto no va de cuánto hierro puedes levantar.

Abro mi portezuela y el ruido del agua al caer suena mucho más fuerte.

30

Una lluvia fría me azota la cara y me empapa el pelo y la ropa cuando salgo del furgón.

Mi atención vuelve al parterre, al rollo de brillante cinta amarilla. Voy hacia allá de manera automática, como teledirigida, y el viento que sopla en torno al alero produce un aullido silbante que te inquieta porque no parece de este mundo.

Me agacho junto a las macizas puertas de madera, pintadas del mismo azul oscuro que la casa y montadas en un ángulo escarpado y rodeadas de viejos ladrillos. La lluvia me golpea fríamente la cabeza y la espalda. Lo que me parecen cubos de agua me salpican las ya empapadas botas de nailon negro mientras miro alrededor, a esos ásteres rotos de color púrpura, a esas susanas de ojos marrones aplastadas y heridas. Mi opinión no varía.

Alguien se puso a asegurar el perímetro, llegó hasta la barandilla de entrada y se detuvo. Por algún motivo, esa persona dejó el rollo de cinta en el parterre situado junto a las puertas. Están cerradas, pero no sé si a cal y canto. Planeo el próximo movimiento mientras el viento gime a una octava menos.

No quiero rozar ni tocar las puertas con las botas o las manos desnudas, así que pillo una rama arrancada por la tormenta. La sostengo por el extremo roto, pasando el otro a través de los mangos de acero. Trato de levantarlos. Las puertas no se mueven. Se lo grito a Marino mientras este viene hacia mí bajo el diluvio.

—Una cerradura contra un candado —le digo entre la lluvia—. Puede que alguien haya estado utilizando estas puertas para acceder a la parte inferior de la casa. Las flores han sido aplastadas y echadas a perder como si alguien las hubiera pisoteado. Cuando estuviste antes en el sótano, ¿te fijaste en si estas puertas podrían haber sido cruzadas recientemente?

—No hay gran cosa ahí abajo y nada me llamó la atención.

—Lo veo desde abajo, con las manos en las caderas. El agua le cae por la cabeza afeitada, y los zapatos empiezan a chirriarle—. ¿Y si fue Hyde el que volvió aquí con la cinta? ¿Pero qué le llevaría a ponerse a pisotear un montón de flores?

—Pues parece que alguien lo hizo. Y hasta ahí llego. —Vuelvo a la parte de atrás del furgón, observando que el agua ya alcanza varios centímetros de altura en zonas bajas del césped y del camino.

—¿Y entonces le interrumpieron? —Marino va detrás de mí, chirriando y salpicando—. ¿Y ahora nadie lo encuentra, ni a él ni a su coche?

—Como ya te he sugerido, tal vez deberías intervenirle el teléfono. —Intento abrir las dobles puertas de atrás.

Están cerradas, como ya suponía. Encuentro la llave correcta, pero tengo los dedos mojados y resbaladizos. Abro la parte trasera. Las luces parpadean automáticamente y huelo el fresco olor cítrico del desinfectante y la lejía que usamos para lavar nuestros vehículos de transporte. Siempre insisto en que los frieguen y los descontaminen hasta que estén lo suficientemente limpios como para que se pueda comer ahí dentro, pero no de manera literal. Me pongo a localizar el origen del ruido misterioso.

No veo nada que haya podido causarlo. El suelo de acero plateado está vacío e impoluto, brillante como una moneda nueva. Las cajas de escena del crimen, los baúles de almacenaje y los gabinetes están perfectamente cerrados, tal como los dejé. Extintores, gabinetes químicos y herramientas grandes como rastrillos, palas, hachas y cortadores potentes están enganchados a los lados. No hay nada suelto, ni los ordenadores portátiles, ni las cámaras, ni el equipo de iluminación forense, ni los controles remotos para las múltiples pantallas planas que constituyen lo que yo considero mi oficina móvil. Aquí tengo todo lo que necesito, incluyendo una tecnología de la comunicación que me permite trabajar fuera del CFC durante la mayor parte del día, como estoy haciendo ahora mismo.

Me subo al furgón lentamente y de forma algo estrambótica, preocupada por la pierna y soltando agua mientras deambulo por ahí haciendo un ruido hueco en el suelo de acero. Registro la zona de atrás, de donde parecía surgir el ruido mientras conducía, con la atención puesta en la estación de trabajo empotrada y la silla giratoria clavada al suelo con corchetes. Encima del escritorio hay una torre de ordenador y unos monitores de pantalla plana con tapas de poliuretano duro y protectores de pantalla. A cada lado hay gabinetes de almacenaje a prueba de agua y óxido.

Abro el de la derecha. Nada inusual, solo una impresora en la bandeja extraíble y resmas de papel debajo. Me detengo un instante cuando a Marino le suena el móvil. Es la telefonista, la tal Helen.

—Vale. Lo que pensábamos. Es una lástima. No. Yo también. Sigo a la espera —le oigo decir a Marino—. Si no tengo noticias pronto, te lo digo. Gracias de nuevo.

Lleva el móvil metido en una funda a prueba de agua que se engancha en el cinturón de sus empapados pantalones cortos.

—No ha habido suerte —me dice—. Ninguna conversación por radio sobre ninguna unidad que viniera hacia aquí después de que tú y yo nos fuésemos a media mañana. Y nada sobre el Range Rover. Si no podemos hacernos una idea de qué ha sido de Lapin y Hyde, habrá que dar un aviso general.

—Helen intenta localizarlos por radio y no contesta nadie —resumo la situación mientras encuentro lo que andaba buscando en el gabinete de la izquierda.

—Unos minutos más sin noticias de ellos y apretamos el gatillo.

—Puede que te apetezca apretarlo ya —le digo.

La barra de cobre pulido mide cosa de un metro y tiene el grosor de un lápiz.

Descansa contra un montón de toallas azules, y a mí se me dispara una alarma en la parte más remota del cerebro. Observo una tiesa raya amarillenta en un extremo y lo que parece una garra de cuchillas curvas de afeitar en el otro. Me inclino para verlo mejor y detecto el hedor agrio y pungente de la carne en descomposición. Me pongo a abrir cajones hasta dar con una caja de guantes.

—¿Qué es eso? —Marino mira desde fuera de la puerta abierta mientras lo machacan la lluvia y el viento—. ¿Qué has encontrado?

—Dame un minuto. —Me pongo los guantes y un escudo facial—. Aquí hay algo que, desde luego, no debería estar.

—Voy a entrar.

—No. Es mejor que te quedes donde estás.

Imprimo una etiqueta para la regla de plástico blanco que utilizo como escala y tomo fotografías sin tocar ni alterar nada. Luego vuelvo al gabinete y saco una flecha que no se parece a ninguna que haya visto antes. No es funcional. No me imagino cómo podría serlo. ¿Qué arco podría disparar una flecha de cobre macizo que pesa casi medio kilo? ¿Y cuál sería, además, el motivo para hacerlo?

La sostengo en las manos enguantadas e inspecciono unas manchas de color marrón rojizo en el dañado extremo con tres cuchillas y el dardo laboriosamente tallado y pulido. Le doy vueltas a la flecha entre los dedos. El hedor procede de la zona que toca la cuerda del arco, pero no está hecha de plumas.

—¿Pero qué coño? —Marino está a punto de subir de todas formas, así que le vuelvo a decir que no.

—La parte trasera de este furgón se acaba de convertir en una escena del crimen —le digo—. En cualquier caso, habrá que tratarla así.

—¿Qué escena del crimen? —Adopta una expresión feroz—. Por el amor de Dios.

—Todavía no lo sé —le respondo mientras veo cómo lo va

asimilando, una cosa se convierte en otra y pasa de lo desagradable a lo inconcebible.

—Copperhead. —Repite el mote que ha calado en la prensa, el alias de un monstruo que sabemos que es Carrie—. Balas de cobre. Y ahora una flecha de cobre.

El agua que cae, el tamborileo constante sobre el techo de metal... Todo suena muy fuerte y tengo que chillar para explicarle a Marino que el extremo ancho de la flecha es un punto mecánico de juego. Se expande al contacto, de forma muy parecida a como lo hace una bala de punta hueca. El objetivo es infligir unas heridas catastróficas, matar de forma rápida y piadosa.

—Con la diferencia de que, como bien sabes, las flechas para cazar suelen estar hechas de fibra de carbono extremadamente ligera —añado—. Las plumas o paletas que deben estabilizar la flecha en el aire suelen ser plumas de verdad, o a veces sintéticas. Pero nunca de este basto material, sea el que sea.

Mide un par de centímetros, es de un color rubio pálido y muestra la firmeza de un cepillo de dientes, como si lo hubiesen barnizado. Me hago con una lente de mano y una linterna para observar mejor lo que podrían ser trozos de piel. No animal, sino humana; y a una luz brillante y bajo la lupa veo suciedad, fibras y otros deshechos, incluyendo unos gránulos de lo que parece azúcar moreno.

Veo restos de pegamento donde las tres finas tiras del dorso de cuero han sido enganchadas a unas muescas labradas en el dardo de cobre. Pienso en cueros cabelludos humanos momificados, y me asalta una fuerte sospecha de lo que es esto mientras cubro un mostrador con toallas azules. Coloco la flecha encima. El extremo ancho con las cuchillas ha sido utilizado. Las hojas manchadas de rojo están dobladas hacia atrás, como si la flecha penetrara en su objetivo y hubiera tenido que extraerse a la fuerza. Carrie ha herido o asesinado a alguien más. No puedo afirmarlo con total seguridad, pero no me cabe la menor duda y, además, no es ninguna coincidencia que yo no pueda llevar a cabo una prueba sencilla y rápida en busca de hemoglobina. El cobre es un problema imposible, y con Carrie casi nada es normal.

Recuerdo cómo solía mirarme de manera fría y calculadora cuando nos cruzábamos por Quantico. Daba igual lo que yo dijese de ciencia, medicina, derecho o cualquier otra cosa: ella siempre actuaba como si estuviera mejor informada que yo sobre el tema. Notaba que me estaba juzgando, buscando algo que pudiese certificar su superioridad. Era muy competitiva. Celosa y de una arrogancia infinita. Cuando quería, se mostraba extraordinariamente amable y encantadora, y yo la tenía por una de las personas más brillantes que jamás hubiese conocido. Conozco sus patrones. Igual que ella conoce los míos.

Se dedica a crear situaciones y luego sabotear cualquier esfuerzo que yo pueda hacer en su contra, y el cobre forma parte de su plan. Ya vi en los vídeos que Carrie cree que el cobre tiene propiedades curativas, o puede que hasta mágicas. Y también se ha dado cuenta de que crea el caos en las escenas del crimen. El reactivo fenolftaleína, más un par de gotas de peróxido de hidrógeno, se convertirá en algo de color rosa brillante, sin importar el material o el producto químico presente. En la típica prueba sanguínea, el cobre encabeza la lista de sustancias que reaccionan con un falso positivo.

O sea, que conseguiré una inevitable confirmación. Podría ser correcta. Y también podría inducir a confusión, que es la principal habilidad de Carrie. Es experta en generar confusiones, falsas esperanzas, decisiones erróneas, imposibilidades verosímiles, y está especialmente dotada para liarte en tu capacidad de deducción, para cargarse la ciencia y sus procedimientos. Brilla con luz propia a la hora de poner patas arriba nuestras rutinas y entrenamientos, y ahora tengo la impresión de que comparto el furgón con ella. Aunque sin pruebas empíricas, sé que lo que ahora pienso se confirmará muy pronto. Es inútil negar que todos los desastres del día de hoy compartan un mismo y único origen.

Carrie ha estado aquí. Puede estar aquí ahora mismo, ya puestos, y se lo explico a Marino mientras espera bajo el chaparrón, estoicamente de pie porque no tiene adónde ir, como no sea a sentarse a la cabina. No lo hará. Esperará. Siento cómo me mira mientras corto y doblo pesado papel blanco. No puede estar tan seguro como yo porque no ha visto los vídeos y desconoce su existencia. Pero puedo imaginar sus pensamientos mientras sello el paquete con cinta roja de pruebas sobre la que pongo mi inicial y la fecha. Me observa en silencio con la cabeza doblada bajo la fuerte lluvia. Su ánimo sombrío resulta de lo más palpable.

—¿Estás segura de que no podría llevar ahí un tiempo? —pregunta al final—. Igual es de otro caso y se perdió ahí por lo que fuera. O igual es una broma. Una broma siniestra.

—No hablas en serio.

—Soy más serio que un ataque al corazón.

—No es de otro caso y, desde luego, no es ninguna broma. Por lo menos, no lo que una persona normal consideraría como tal. —Echo mano al bolsillo de los pantalones para sacar el metamaterial envuelto en nitrilo que encontré en la propiedad de Lucy.

—Me agarro a un clavo ardiendo porque no quiero creerlo —dice.

—Yo tampoco quiero creerlo —coincido.

—¿Cómo coño se coló eso en el furgón?

—No lo sé, pero ahí estaba.

—Y crees que se trata de ella.

—¿Qué crees tú, Marino?

—Jesús bendito. ¿Cómo demonios se iba a colar en el furgón? Empecemos por ahí. Las cosas, de una en una.

—Alguien mete la flecha dentro del gabinete situado a la izquierda de la mesa. Es un hecho. No llegó hasta ahí sola. Eso es lo que te puedo decir sin asomo de duda. —Etiqueto una bolsa de plástico para pruebas con la hora y el sitio de cuándo y dónde encontré el diminuto hexágono como de cuarzo que metí en el dedo de un guante.

—¿Pero de qué estamos hablando? ¿De un puto Houdini? —Marino está rabioso y suelta tacos porque está de los nervios y los ojos se le disparan a todas partes, mientras no aparta la mano de la Glock del calibre 40 que lleva al cinto.

—Mi mayor preocupación es que haya muerto alguien más. —Me quito los guantes y el escudo facial y meto los paquetes dentro de una taquilla de acero para pruebas, cierro la puerta y pongo el pulgar en el escáner para el cierre biométrico—. Si las manchas y el penacho son lo que creo que son, tendremos otro problema. ¿De dónde ha salido ese material biológico? ¿A quién o qué pertenece?

—¿Podría ser de ella? —Se refiere a Chanel Gilbert.

—No le falta nada del cuero cabelludo y no tiene el cabello corto y teñido de rubio claro. Si lo que estoy viendo es sangre y tejido humanos, no son suyos.

Estoy segura de eso, y le digo que me siento en una encerrona. Le acerco dos cajas de plástico negro que rascan el suelo de acero plateado. Le explico que sería difícil probar que la flecha no la puse aquí yo misma.

—Vi cómo la encontrabas. Sé que no la pusiste ahí. —Marino levanta las cajas y las deja en el sendero inundado.

—No lo puedes asegurar. Estaba dentro de mi furgón —repito, y voy a tener que contarle lo de los vídeos porque ahora la situación ha cambiado.

Carrie acaba de hacer sentir su presencia. Y eso lo transforma todo al instante y por completo.

—Pero, desde luego, yo no coloqué ahí una flecha de cobre. Nunca la había visto antes. Te lo prometo —le digo a Marino.

—Te vi hacer fotografías y tendrán una fecha y una hora. Tienes pruebas de que ya estaba dentro del furgón. De que la encontraste porque se puso a hacer ruido.

—Di lo que quieras. Tanto si tengo pruebas como si no, me han tendido una encerrona. Esto es deliberado —repito mientras él me quita las llaves del vehículo—. Lucy siente que se la han jugado, y ahora yo también —añado, y voy a tener que contarle la verdad, toda la verdad—. Todos somos víctimas de una encerrona y más nos vale pensar muy bien y de maneras distintas en todo lo que hacemos. Empezando ahora mismo.

Marino da una lenta vuelta al furgón mientras yo espero dentro de la parte de atrás y pienso en cómo reaccionará ante mi confesión. Me dirá que debería habérselo dicho hace horas. Me dirá que no debería haber visto los vídeos sin él. Le oigo controlar cada puerta de acceso, abriéndola y cerrándola de golpe bajo la implacable lluvia.

Discuto conmigo misma sobre que no importa cómo vaya a sentirse o a reaccionar porque ante lo que está ocurriendo sería irresponsable no contárselo, y espero a que vuelva a la puerta trasera. Cuando lo hace, anuncia que cada panel y cada compartimento de almacenaje están cerrados y no muestran ninguna señal de haber sido manipulados. Luego empiezo con él.

—Marino, tienes que escucharme con suma atención. No te va a gustar lo que vas a oír.

—¿Qué? —Se está inquietando aún más, pero si cometo un error, ya no hay vuelta atrás.

La verdad es que no sé qué otra cosa hacer, y ese es el vórtice en el que estamos atrapados y es precisamente donde nos ha colocado Carrie y quiere que nos quedemos. Nuestras costumbres habituales, nuestros protocolos y procedimientos para manejar las menores tareas, están del revés, patas arriba, hechos añicos y transportados a otra dimensión. Ella ya lo ha hecho antes. Ahora lo vuelve a hacer, y me acuerdo de lo que mi jefe, el general John Briggs, director de los Examinadores Médicos de las Fuerzas Armadas, suele decir:

Cuando los terroristas encuentran algo que funciona, siguen haciéndolo. Es predecible.

Carrie Grethen es una terrorista. Está haciendo lo que sabe que le funciona. Crear el caos y la confusión. Hasta que perdemos el juicio y el enfoque. Hasta que nos hacemos daño a nosotros mismos y a los demás.

¡Piensa!

—Vamos a tener que ir improvisando sobre la marcha —le digo a Marino.

—No sé de qué carajo me estás hablando.

Piensa en lo que ella creería que tú harías ahora mismo.

—El modo habitual de hacer las cosas no es necesariamente relevante y asumible, y vamos a tener que mostrarnos flexibles y extremadamente atentos, como si volviésemos a empezar por el principio, como si tuviéramos que reinventar la rueda. Porque eso es lo que hay, en cierta medida. Ella ha leído nuestro manual, Marino. Y nuestro libro de cocina. Se conoce cualquier guía que hayamos leído para todo lo que hacemos. Tenemos que estar abiertos al cambio y pendientes de cualquier conclusión a la que ella pueda llegar basándose en lo bien que nos conoce.

Ella da por hecho que no se lo dirás a nadie.

—No iba a contártelo, pero ahora he cambiado de opinión porque mantenerlo en secreto es lo que creo que ella espera que haga. Hoy me han enviado tres vídeos. —Hablo en voz alta, de una manera lenta y tranquila que no consigue disimular lo que me corroe por dentro—. Grabaciones de vigilancia tomadas por Carrie, al parecer. Aparentemente, se filmaron clandestinamente en el cuarto de Lucy en 1997, durante su estancia en Quantico.

—¿Carrie te ha enviado unos vídeos de hace diecisiete años? —Marino se muestra incrédulo y airado—. ¿Estás segura de que no son falsos?

—No lo eran.

—¿Qué quieres decir con *no lo eran*?

—Hablo en pasado.

—Déjamelos ver.

—No puedo. Por eso utilizaba el pasado. En cuanto acabé de verlos, desaparecieron; y los enlaces caducaron. Luego desaparecieron hasta los mensajes, como si nunca los hubiera recibido.

—¿Correo electrónico? —Marino tiene el rostro pétreo y pálido, y los ojos inyectados en sangre.

—Mensajes de texto. Supuestamente, desde la línea de móvil de Lucy para emergencias.

—No me extraña. Vaya mierda. El FBI tiene su móvil. Verán lo que envió Carrie. Y creerán que fue Lucy la que te mandó los vídeos. Y habrá más de lo mismo: la culparán por algo que ha hecho Carrie.

—Esperemos que no aparezca nada. No debería, pues estoy

bastante segura de que Carrie está jugando con la línea ECE. Los textos no proceden realmente de Lucy ni de ningún chisme suyo.

—Deberías darme tu móvil. —Marino extiende la mano—. Tengo que sacarle la tarjeta SIM y la pila si quieres tener alguna prueba de que recibiste lo que dices. Tenemos que ser capaces de demostrar que Lucy no tuvo nada que ver.

—No.

—Tu tarjeta SIM puede ser la única constancia que tengas...

—No.

—Cuanto más esperes...

—No voy a desmontar el teléfono —le interrumpo—. Si lo hago, no podré ver nada más que tenga a bien enviarme.

—¿Te estás escuchando?

—Los enlaces de vídeo son el auténtico motivo por el que salí pitando de aquí esta mañana. Temía que Carrie tuviese el móvil de Lucy y lo que eso podría significar de ser cierto. Debo conservar mi teléfono.

Marino se inclina para mirar algo por debajo de mí, en la parte de atrás del furgón. Le ha llamado la atención una luz trasera.

—Cuando te cuente más sobre los vídeos, entenderás mi preocupación —sigo explicándole—, y Lucy no respondía cuando intenté contactarla. Janet tampoco. Ahora sabemos que era porque el FBI las iba llevando de un sitio a otro y haciéndose con sus cosas. ¿Qué pasa? ¿Qué has encontrado?

Marino presta atención a uno de los LEDs blancos de alta intensidad del furgón.

—Mierda —exclama en tono ominoso—. No me lo puedo creer.

—¿Qué ocurre?

—Justo delante de nuestras narices. Lo que suele decirse *a simple vista*. —Se inclina sobre la luz de posición de la izquierda, con las manos agarradas a la espalda como cuando quiere asegurarse de que no toca nada—. ¿Me pasas unos guantes limpios?

Le saco un par de la caja. Saco la cabeza al exterior para ver qué ha encontrado y la lluvia me ataca en serio. Me cae por la cara y por el cogote mientras cuento los tornillos que le faltan al aplique de cromo de la luz de la izquierda. Son cinco. Y el que queda está rayado y toqueteado.

31

Ruido de truenos. El agua sisea y salpica en torno a sus enormes bambas de cuero negro.

Marino habla por teléfono con Al Ajacks o Ajax, como le llaman. Intuyo más o menos lo que el antiguo Navy SEAL está preguntando sobre la casa en sí. Quiere saber por qué cree Marino que alguien puede estar ahí dentro. ¿Hay alguna posibilidad de que Hyde se encuentre ahí? ¿Puede que esté herido o que lo hayan tomado como rehén? Observo todo esto desde la parte de atrás del furgón mientras Marino exige formalmente la ayuda del SWAT; el pinganillo emite un parpadeo azul entre el húmedo estruendo. Soy muy consciente del riesgo que corre.

Si un equipo de operaciones especiales se despliega por la propiedad y resulta que no hacía falta, el bochorno posterior ante la dificultad de justificar el despliegue será de órdago. Y lo que es más, semejante espectáculo será otra cosa que explicar a la pudiente madre hollywoodiense de Chanel Gilbert. Y algo me dice que la señora es de aúpa. Estoy convencida de ello.

—La lente trasera está enganchada con tornillos Phillips de acero inoxidable del número uno, pero parece que alguien utilizó un destornillador normal o del número dos. —Marino describe por teléfono lo que ve en la dañada luz de posición izquierda—. O igual una navaja. O vete a saber qué. Lo digo por el único tornillo que queda. La cabeza está hecha un asco, como si no hubiesen usado la herramienta precisa.

Imagino a Carrie Grethen. ¿Usaría la herramienta equivocada? No es propio de ella, pero... ¿Quién más iba a dejar un regalito tan infecto? ¿Y cómo es el resto de la historia?

—Soy consciente de que no es muy probable, pero sí, creo que debemos considerar la posibilidad de que esté dentro. —Marino sigue hablando por teléfono sobre Hyde mientras observa fijamente la casa oscura y silenciosa—. ¿Pero cómo iba a entrar por su cuenta? No le dejé la llave. Y si está dentro e incapacitado, por ejemplo, ¿qué ha sido de su coche? Sí, sí. Exacto. Eso es todo lo que pido. Limpiemos la casa, pero hagámoslo con discreción. Quiero ser muy cauteloso con lo que se cuenta por ahí. No quiero un puto circo en una casa de millonarios junto al campus de Harvard.

Marino le dice que traiga suficiente ropa seca, y describe mi talla como una M de hombre antes de que le pueda decir que pareceré una tienda de campaña. Corta la comunicación y hace otra llamada. Me doy cuenta de que habla con su contacto en la compañía telefónica, probablemente el mismo encargado de operaciones técnicas al que siempre recurre cuando necesita una orden o quiere saltarse la espera. Marino recita dos números de móvil que supongo que pertenecen a Hyde y a Lapin. Quiere intervenirlos para localizarlos. Y luego toca esperar.

—Pasarán quince o veinte minutos antes de que sepamos nada, Doc. —Marino las está pasando canutas para ponerse los guantes en las manos mojadas—. Y ya me siento hecho una mierda. Espero no haber metido la pata a lo grande. Es como si nada de lo que hacemos nos salga a cuenta. Si nos vamos, mal. Si nos quedamos aquí, en el sendero, peor. Si entramos en la casa, fatal. Si pedimos ayuda, la cagamos, y si no la pedimos, también. No podemos hacer nada que tenga el menor sentido, como no sea esperar a que aparezcan Ajax y sus muchachos.

Saca el aplique de la luz de posición y lo deja en el parachoques; me doy cuenta de lo aislados y vulnerables que estamos. Si alguien quisiera quitarnos de en medio, ya lo habría hecho. Si Carrie quisiera matarnos, podría hacerlo ahora mismo. La verdad es que nunca he creído que pudiésemos detenerla. Cuando creíamos que había muerto años atrás, ni nos sentimos responsables ni nos colgamos la medalla. Simplemente, nos sentimos afortunados. Bendecidos.

—Hay que joderse —dice Marino—. Falta la bombilla. Y detrás de donde estaba enganchada hay un agujero de tamaño notable que yo diría que es por donde entró la flecha. Eso la situaría exactamente donde la encontraste, en el suelo y dentro del gabinete del escritorio.

—¿He estado conduciendo con una luz rota? Pues eso certifica que el furgón no ha podido tirarse mucho tiempo así.

—Exacto. La pregunta es, ¿cuándo se causó el daño? Porque nadie podría haber sacado el tornillo ni la bombilla mientras el furgón estaba aparcado en el camino de Lucy. A no ser que lo hiciera el FBI.

—¿Colocar pruebas, contaminar una propiedad estatal y federal? Esperemos que el FBI no sea tan poco ético o tan idiota. —Me agacho sobre el brillante suelo de acero, junto al gabinete abierto en el que encontré la flecha, mientras recuerdo lo que dijo Lucy sobre la obsesión de Carrie con la tecnología invisible.

Miro alrededor como si fuese ubicua y transparente como el aire; el viento agita el furgón y la lluvia lo azota con intensidad variable. Primero golpes, luego una paliza y al final, el diluvio. Marino está encorvado contra el temporal mientras yo me libro de sus iras, por el momento. Enfoco la linterna al interior del gabinete, pasando el intenso rayo sobre el agujero y sobre un montón de toallas azules baratas atadas con cuerda. Bajo la luz, el suelo de acero parece un espejo. Observo algo más.

El montón de polvo es lo que la gente suele definir como pelusa o borra. Es del tamaño de una aceituna, y tan esponjoso como unos hilos sacados de la secadora.

Otro par de guantes limpios y recurro a la parte adhesiva de un Post-it para recoger una muestra que puede acabar siendo un tesoro, un terreno microscópico plagado de detritos. Fibras, pelos, trozos de insecto y partículas que podrían ser cualquier cosa, supongo. Pero estoy segura de que el origen no puede estar en ninguno de mis furgones del CFC. No puede estar en los laboratorios ni en el aparcamiento rodeado por esa alta verja negra que se supone que es imposible de escalar. Luego sello la borra dentro de una bolsa de plástico y va a parar a la misma taquilla en la que metí la flecha y el metamaterial. Llamo a mi jefe de personal.

Durante todo un minuto, Bryce y yo mantenemos una conversación inútil sobre la cadena de pruebas, pero a mí ya no me queda paciencia para tanta cháchara. No dejo de interrumpirle. El CFC no está ni a diez minutos de aquí y quiero que me cambien *ipso facto* el furgón por un monovolumen. Que se encarguen Harold o Rusty ahora mismo. Me disculpo por las molestias, pero necesito que se lleven el furgón a la voz de ya. La cadena de pruebas debe ser respetada. No solo las que van empaquetadas, sino también el propio vehículo.

—No lo entiendo. —Ya van varias veces que Bryce me dice eso—. Porque, como usted misma ha señalado, están a diez minutos de aquí. ¿Está segura de que usted y Marino no pueden entregarlo en persona cuando acaben, doctora Scarpetta? Quiero decir que usted tiene que venir para aquí, ¿no? No pretendo incordiar, pero estamos hasta el cuello de trabajo, ¿sabe? La cosa se nos ha complicado esta mañana sin usted por aquí, y Luke acaba de ponerse con su tercer caso, mientras Harold y Rusty limpian estaciones de trabajo y suturan cuerpos para los demás médicos. Y dos de ellos decidieron sacar aquella caja del armario de los esqueletos, por así decir. ¿Recuerda el de la semana pasada...?

—Bryce...

—¿Los restos que aparecieron en la playa de Revere? Los antropólogos acaban de obtener los resultados del ADN y es casi seguro que se trata de la chica que desapareció de su casa flotante cerca del acuario el año pasado, ¿sabe? Tienen todos los huesos esparcidos como si fueran piezas de un puzle y...

—Bryce, por favor, calla y escucha. Parece que el furgón ha

sido atacado. Quiero que vaya directamente a la zona de pruebas para que lo procesen, y tengo pruebas adicionales en una taquilla que necesita ir al laboratorio lo antes posible.

Le doy una lista de lo que quiero que los científicos busquen primero.

—Parece haber materiales biológicos como sangre y tejidos, y quiero el ADN lo más rápido que se pueda —añado mientras estoy de pie en el furgón y Marino sigue encorvado bajo la implacable lluvia como Eeyore en *Winnie-the-Pooh*—. Y explorar bien las pruebas porque detecto suciedad, fibras y un material desconocido que parece cuarzo. Más unas marcas de herramienta en un tornillo.

—¿Cuarzo y un tornillo? Dios mío, suena de lo más estimulante.

—Que Ernie se ponga inmediatamente.

Ernie Koppel es mi examinador de pruebas más veterano. Es excelente con el microscopio, de los mejores.

—Le estoy enviando un mensaje mientras hablamos —me dice Bryce—. Y por cierto, ¿qué es ese follón que se oye al fondo? Parece que alguien le esté dando a un barril con un palo.

—¿No has mirado por la ventana?

Hay una pausa y me lo imagino mirando; luego escucho su voz sorprendida:

—¡Pues vaya! La acústica de este edificio es impresionante, ¿no? Aquí no oyes ni un terremoto, y además tenía las persianas bajadas porque el exterior es de lo más deprimente. Y de repente, ¡zas! Resulta que cae un diluvio. Y, si le parece bien, ahora mismo envío una nota a Jen para que le cambie el vehículo.

La verdad es que no me parece bien. Jen Garate es la investigadora forense que contraté el año pasado cuando Marino abandonó el trabajo en el CFC y se apuntó al departamento de policía de Cambridge. No puede reemplazarle, ni ahora ni nunca. No fue una buena elección, siempre con ropa apretada, bisutería y un deseo insaciable de atención. No soporto sus coqueteos ni su pasotismo. Llevo un tiempo pensando en despedirla, pero el verano se me ha echado encima.

—Muy bien —me rindo ante Bryce—. Dile que un equipo de respuesta viene hacia aquí y que no debe interferir su vehículo ni meterse por en medio.

—¿Un equipo de respuesta? ¿Algo modelo SWAT?

—Por favor, Bryce, limítate a escuchar. Alejaré el furgón todo lo que pueda para que ella lo rodee y aparque el monovolumen delante. Entonces podrá salir de su vehículo y yo del mío. No tiene por qué entrar en la casa. Debe llamarme en cuanto llegue, y nos veremos en la puerta de la cocina para intercambiar las llaves.

—Vale. Le acabo de decir que vaya hacia ti en uno de esos botes anfibios que usan los de Viajes Patito. Es broma —larga sin parar y no parece que necesite respirar—. Pero lo encuentro todo muy injusto. El otro día lo lavé todo. Tenía toda nuestra flota blanca y reluciente y perfecta... ¿Y ahora me salen con esto?

—Sí, Bryce, haces un gran trabajo al mantener limpios nuestros vehículos; por eso estoy totalmente segura de que la muestra de polvo que recogí procedía de otra parte y fue transferida al interior del furgón. Es importante que se lo digas a Ernie.

—Me encantan las pelusas. —Lo dice como si hablara de su mascota preferida—. Bueno, claro, siempre que no las tenga dentro de casa. Pero eso es imposible. En fin, a ver qué historia nos cuenta la pelusilla. Pelo, piel, células varias, fibras y toda clase de inmundicias que la gente va soltando por todas partes, ¿no?

Le pido que le explique a Ernie que un proyectil inusual fue dejado también en el furgón, una flecha, y que bajo una lente detecto suciedad, detritos y pegamento.

—Está en la flecha y, probablemente, también en el polvo; en ese caso, podría ser que todo procediera del mismo sitio —añado—. Todo puede haber estado junto en algún momento concreto. Deberíamos poder determinarlo con el microscopio y recurriendo a los rayos equis para que nos proporcionen también información química y elemental.

—Vale. Se lo explicaré a Ernie palabra por palabra. Sé que Anne ya le ha enviado algo. Bueno, no lo envió porque sí. Estábamos con la cadena de pruebas, ¿no? Lo hizo bien: se fue para allá, montó el numerito del recibo y toda la pesca por si alguien intenta buscarle las cosquillas en un juzgado, ¿sabe? Se lo digo para que vea que estamos defendiendo la nave.

El charlatán compulsivo que tengo como jefe de personal no solo muestra cierta tendencia a acabar sus frases con un interrogante, sino que es famoso por sus versiones equivocadas de expresiones comunes. Tengo una manera muy diplomática de corregirle que él nunca capta. Me limito a repetir lo que ha dicho, cambiando una o dos palabras.

—Te agradezco que defendáis el fuerte —le digo—. Y ya que estás en ello, me gustaría que revisaras las grabaciones de seguridad del CFC por si aparece alguien en el aparcamiento manipulando el furgón o lo que sea.

—¿Pero cómo iban a saltar la verja o a cruzar la puerta?

—Buena pregunta, pero, ¿en qué otro sitio se podría haber llevado a cabo la maniobra? ¿Qué día has dicho que se lavaron los vehículos?

—Déjeme pensar. Hoy es viernes. Pues fue antes de ayer, el miércoles.

—Creo que podemos llegar tranquilamente a la conclusión de que el daño fue causado durante el lavado del coche o después. De otro modo, un aplique de cromo sostenido por un solo tornillo habría sido detectado. ¿De qué iba el recibo que Anne le ha dado a Ernie? ¿Encontró algo importante?

—Ahora mismo me propulso al laboratorio para preguntarlo.

Cuelgo y le digo a Marino:

—No tenemos montones de polvo dentro de nuestros furgones. —Salgo al exterior de un salto y es como entrar en una catarata—. Tú sabes mejor que nadie lo meticulosamente que lavamos los trastos por dentro y por fuera. Es imposible que se formen pelotas de polvo, telarañas ni ninguna otra cosa en el interior de los vehículos.

—¿De qué coño estás hablando? —me pregunta; el aplique de cromo, la junta, la lente exterior, el sello de espuma y la cabañita están desenchufados, pero siguen conectados al arnés de la luz de posición.

—¿Has oído lo que le acabo de decir a Bryce?

—No se oye una mierda desde aquí. Me siento como si estuviera dentro de una lavadora. Pero es evidente que han marraneado el furgón porque nos han plantado algo dentro. Y la persona que lo ha hecho debe tener conocimientos de mecánica, y estar familiarizada con camionetas como esta.

—Puede que lo esté con esta en concreto. —Es como si estuviera bajo la ducha.

—Eso creo yo. Cuando quieres un vehículo de transporte grande para usarlo como oficina móvil y puesto de mando, siempre te va a caer el 4410. —Se refiere a los últimos cuatro números de la licencia del camión—. Suponiendo que esté disponible y en buen estado y con el depósito lleno. Todo el que sepa mucho de ti sabe que tu primera elección será un 4410 cuando acudas a una escena del crimen complicada.

—Y yo pedí exactamente este camión por la mañana porque sabía que Chanel Gilbert sería un caso que exigiría mucha dedicación. Aunque solo fuese un accidente fortuito, tenemos una escena llena de sangre y de preguntas. Tenemos una víctima de perfil alto y un vecindario de perfil igualmente alto en Cambridge. Y tenemos posibles complicaciones políticas.

—Era muy fácil deducir que este era el vehículo que manosear —dice Marino mientras me acerco a él.

Estoy metida en un charco hasta los cordones de las botas mientras examino el trazo rectangular sobre el chasis de metal blanco en que estaba incrustado el aplique. Miro el agujero con los cables cubiertos de plástico que lo atraviesan, y le doy la razón a Marino. La flecha habría cabido de sobra.

—Si este es el punto de entrada, como creo que es —concluyo—, la cosa tiene importancia porque sugiere que el responsable, sea quien sea...

—Sabemos quién es —me espeta Marino—. ¿Por qué no actuamos como si supiéramos que se trata de ella? ¿Quién quieres que sea, si no?

—Intento ser objetiva.

—No te tomes la molestia.

—Lo que iba a decir es que no se vio obligada a acceder al interior del furgón. O sea, que no necesitaba la llave.

—Exacto. Lo que hizo fue extraer la lente y toda la cabañita, dejando al descubierto el agujero en la carrocería y los cables que lo atraviesan —explica—. Ahora tienes una filtración, una manera de meter algo en el furgón sin tener que abrirlo. Eso le fue de miedo cuando hubo que introducir la flecha. Todo lo que tuvo que hacer fue mover la cabañita, dejarla colgando de un lado hasta que se viese el agujero, soltar la flecha dentro y volver a dejarlo todo en su sitio —me hace una demostración—. Solo le llevaría tres segundos.

—Y eso se llevó a cabo mientras estábamos aparcados en el camino de Lucy.

—Yo diría que el sabotaje de la luz de posición es anterior, puede que cuando el furgón estaba en el aparcamiento del CFC. Pero dudo que la flecha se dejara aquí al mismo tiempo, pues la habríamos oído rodar antes. Llevamos subidos a este trasto desde que nos vimos en tu oficina a primera hora de la mañana. No oímos ningún ruido hasta que volvíamos para aquí hace unos minutos.

—¿Quieres empaquetarlo ahora? —le pregunto.

Y Marino me dice que sí. Habrá marcas de herramienta. Deberíamos poner a Ernie a compararlas con las que encontramos en otros regalitos de Carrie. Balas de cobre. Casquillos de bala. Las monedas a las que sacó brillo y dejó en mi patio para mi cumpleaños, el 12 de junio. Los arpones que disparó a los buzos de la policía, y a mí con ellos, tres días después. Vuelvo a subir a bordo, de nuevo al furgón. Me pongo unos guantes limpios y Marino me pasa los componentes de la luz de posición. Arranco del rollo más secciones de ese papel blanco de carnicería que hay sobre el mostrador mientras salpico el suelo de agua.

—Lo más probable es que no te dieras cuenta de que solo

quedaba un tornillo, a no ser que se te ocurriera comprobarlo. —Marino habla en voz alta mientras yo empiezo a envolver—. Pero el aplique habría saltado enseguida si te llegas a topar con un obstáculo o algún socavón. ¡Joder! —Levanta la vista hacia el cielo oscuro y convulso, al agua azotada por el viento que le da en toda la cara—. Esta es la clase de temporal en la que se ahogan los pollos.

32

Cierro de un golpe la doble puerta y la aseguro con llave. Paseo la mirada por el terreno inundado por la lluvia mientras atravieso el chaparrón en dirección a la cabina del furgón.

En la distancia, los coches avanzan lentamente por la calle Brattle. Sus faros brillan entre la niebla. Espero al equipo táctico. Llegará en cualquier momento. Pero todo se me antoja una espera interminable mientras la lluvia cae con fuerza sobre los ladrillos. El viento chilla y gruñe en torno a la casa y entre los árboles, como si hubiésemos violado un mundo de espíritus, y Marino y yo volvemos a subir al camión. Estamos los dos tan empapados que ya da lo mismo, pero no me tranquiliza la llegada de refuerzos. No me siento a salvo.

Me da igual quién o qué esté de camino, coches patrulla o el SWAT. Ahora mismo, nada me proporcionaría serenidad porque no parece que estemos al mando de la situación. No somos nosotros los que tomamos las decisiones. Hasta cuando creemos que una idea es nuestra, acabamos descubriendo que igual no lo es. Estamos siendo manipulados y superados; Marino piensa lo mismo. Desde que le conté lo de los vídeos, ha llegado a la conclusión de que cuando nos levantamos esta mañana no sabíamos que el día pertenecía a Carrie Grethen. Pero así es, y ella se lo debe de estar pasando de miedo con su diabólico drama.

—Hay que joderse —dice Marino mientras cerramos las puertas y el diluvio se ceba con el techo de metal—. No podemos ir a ninguna parte, incluyendo el interior de la casa. No podemos esperar en el camino de entrada porque o nos ahogamos o nos convertimos en blancos perfectos. O sea, que estamos atrapados en tu maldito furgón. Llevamos todo el día aquí metidos. Y tengo la impresión de que podríamos quedarnos así lo que nos queda de vida.

—Debió colocar la flecha antes de que empezara la tormenta. ¿Con el FBI justo ahí? —No me interesa escuchar sus quejas.

Lo que me interesa es saber si es posible lo que he sugerido. ¿Qué hizo? ¿Es invisible? ¿Será lo que insinuó Lucy, que Carrie ha aprendido trucos nuevos desde que casi me mata en Florida?

—Exacto. Con el puto FBI justo ahí. —Marino enciende un cigarrillo y yo le doy al motor para que pueda bajar un poco la ventanilla—. Pero nadie pudo hacer algo así sin que lo captaran las cámaras.

—No estoy tan segura. Todo consiste en saber dónde están las cámaras y cuánto terreno cubren. O en tener una manera de colarse en el sistema y alterarlo de algún modo. O igual hay otra explicación. —Vuelvo a pensar en el metamaterial.

—Yo creo que la manera en que aparcaste pudo bloquear parcialmente la vista de la parte trasera del furgón, dado que el monovolumen de aquel capullo del FBI estaba por en medio —dice Marino—. Pero habrá que preguntárselo a Lucy, a ver si nos echa una mano. O a Janet.

—En teoría, ayer y hoy los sensores de movimiento detectaron algo, pero las cámaras no —le informo—. Lucy dice que la cosa sucedió las dos veces a eso de la cuatro.

—Puede que fuese una ardilla, un conejo, algo que va pegado al suelo. —Tira la ceniza por la rendija de la ventanilla.

—Eso no dispararía los sensores de movimiento. Había algo que estaba y no estaba allí. Ella dice que no sabe qué puede ser.

—Nunca me creo a Lucy cuando dice que no sabe algo. Erin Loria debería saber si las cámaras habían registrado lo que fuese.

—Estoy segura de que esa sabe muchas cosas. —Siento un arrebato de hostilidad y me doy cuenta de cómo la culpo y del rencor que le guardo.

—Puedes apostar a que ha estado controlando los monitores y viendo las grabaciones —dice Marino mientras pongo en marcha los limpiaparabrisas para despejar el vidrio—. Puede que viese algo que nos fuera de utilidad.

—No pienso pedirle nada. —Me pregunto cuánto recuerda Marino de los tiempos de Lucy en la academia del FBI—. Hubo un momento en el que ella era una agente novata en la residencia de Lucy —le recuerdo—. La Residencia Washington, y estaban en la misma planta.

—Cuando la vi esta mañana, no me sonaba de nada, y tampoco sé por qué debería habérmela cruzado por aquel entonces —dice—. Las únicas veces que fui a Quantico fue cuando trabajábamos en algún caso o iba a verte. ¿Por qué debería haber conocido a Erin Loria?

—No tenías por qué, realmente. Pero a partir de lo que he visto en los vídeos, puede que hubiese mantenido una relación sentimental con Carrie. —Le cuento que Carrie y Lucy tuvieron una de sus peores peleas por culpa de la exreina de la belleza, y que tal vez rompieron por su culpa, por esa mujer que acaba de asaltar la propiedad de mi sobrina y que ahora está casada con un juez federal.

—¿Agentes por todo el terreno y un helicóptero allí arriba? —Marino está muy ocupado recogiendo suciedad y trocitos de hierba mojada y hojas que se le han pegado a las piernas—. ¿Y nosotros también dando vueltas? ¿Pero ella consigue meterte en el furgón una posible arma asesina? —Ya no habla de Erin Loria, sino de Carrie—. ¿Para qué? ¿Para ayudarnos? ¿Para que pensemos en otra escena del crimen de la que aún no sabemos nada?

—¿Incluso si descubrió que yo podría estar hoy al volante? Debemos enterarnos de qué escena puede estar al corriente con antelación. —Pongo la marcha atrás y miro los retrovisores—. Voto por eso.

Tiro hacia atrás y luego hacia delante, maniobrando lo más lejos del sendero que puedo sin aplastar matojos ni darme con los árboles. Insinúo que debemos considerar la posibilidad de que Carrie haya planeado y organizado todo lo que estamos viviendo, incluyendo la escena del crimen en la que ahora nos hallamos. Ella sabía que yo respondería en persona y qué vehículo elegiría.

—Estoy en la ciudad —le sigo explicando—. Cualquiera que me vea sabrá que no estoy viajando. Que estoy aquí. Que he vuelto a mis casos, como de costumbre, y que eso habría sido imposible hasta hace un par de semanas.

—Ella sabría todo eso si se hubiese colado en el ordenador del CFC.

—Lucy dice que no lo ha hecho.

—Me da igual lo que diga Lucy. No significa que sea cierto. Sobre todo, si tienes presente de quién estamos hablando.

—¿Y si han intervenido la base de datos y ha sido Carrie? —replico—. Entonces sí. Podría saberlo todo sobre dónde estoy, cuándo y por qué.

—Tu calendario. Todo es electrónico.

—Cierto. Pero Lucy dice que la base de datos del CFC está a salvo. —Controlo los espejos y me sorprendo ante la visión de un Suburban con los cristales tintados más negro que Darth Vader.

Parece que tan espectacular monovolumen haya salido de la nada para aparcar detrás de nosotros con las luces y la sirena apagadas. El ruido del motor lo apagan la tormenta y el rugido diésel de mi furgón.

—Voy a tener que dejarles entrar en la casa, y tú te vas a tener que quedar aquí —me dice Marino mientras las puertas del Suburban se abren a la vez.

Abre la portezuela y pone el cigarrillo bajo la lluvia para apagarlo. Luego mete la colilla mojada en la botella de agua.

—Yo no me voy a quedar aquí sola. —Abro mi propia puerta—. No pienso quedarme aquí sentada mientras tú estás dentro.

—No te dediques a deambular por ahí —me dice Marino.

Se dirige a saludar a cuatro agentes del SWAT vestidos con todo el equipo. Las gafas de visión nocturna van enganchadas a los cascos de combate. Les cruza el pecho un rifle de asalto M- 4 con láseres verdes que solo son visibles en un espectro de luz infrarroja.

—Quédate conmigo todo el rato —me dice Marino.

El líder del equipo, conocido por el alias de Ajax, es joven y de constitución corpulenta. Atractivo, pero de los que asustan: mandíbula cuadrada, fríos ojos grises y pelo oscuro y corto. Reconozco la marca redondeada de la mejilla derecha: una herida curada, probablemente causada por metralla o una bala. Apenas me mira mientras le pasa a Marino una bolsa negra de basura con algo pesado dentro. Ni la menor broma habitual, nada del típico parloteo fanfarrón.

Nadie sonríe y el plan es sencillo. Su equipo despejará la casa, cerciorándose de que está segura, mientras nosotros nos quedamos atrás. Eso debería llevarles quince minutos, dependiendo de lo que encuentren, así que les seguimos hasta la entrada. Pasamos por encima de la cinta amarilla, y en el porche, Marino echa mano al bolsillo y saca una llave marcada como prueba. El sistema de seguridad empieza a sonar en cuanto abre la puerta.

—Por lo menos funciona —comenta mientras nos recibe de nuevo el mal olor—. No parece que nadie haya entrado en la casa desde que nos fuimos, a no ser que sepan el código de alarma.

Cierra la puerta a nuestras espaldas. Nada se mueve salvo los relojes que hacen tic, tac. Los cuatro agentes se mueven con agilidad sobre sus botas mientras enfilan el pasillo central y suben por la escalera, desplegándose en parejas con las armas dispuestas y dejándonos solos a Marino y a mí. Él es quien deja en el suelo nuestras cajas de escena del crimen. Abre la bolsa de basura de plástico negro. Extrae ropa táctica plegada que deja en el suelo.

El agua cae lentamente. Empiezan a formarse charcos en torno a mis botas empapadas mientras me mantengo junto a la puerta cerrada. Cuando estuvimos aquí esta mañana no oí los relojes.

TIC TAC TIC TAC.

Observo la escalera, la sangre oscura y seca que marcamos con banderitas de color naranja que ondean levemente en el aire helado que se cuela por los conductos de ventilación. Escucho el ruido anodino de la lluvia sobre el tejado de pizarra. Soy plenamente consciente de los relojes.

TIC TAC TIC TAC.

Son fuertes y desconcertantes. Observo las esquirlas de vidrio de las bombillas y la antigua lámpara de cristal que se supone que Chanel Gilbert rompió cuando perdió el equilibrio y se cayó. Eso es lo que se espera que demos por hecho. ¿De verdad? ¿Se supone que hemos de picar? ¿Se supone que debemos descubrir que nos están enredando? Puede que la respuesta sea doble. Es todo eso y nada; levanto la vista hacia la base plateada de la araña con las dos bombillas que faltan. Me acuerdo de la que desapareció en mi furgón. Me acuerdo de Carrie. Es como si esa mujer me hubiera infectado. Como si se hubiese apoderado de mi vida. Y se me acelera un poco más el pulso.

TIC TAC TIC TAC TIC TAC.

Brillan las astillas de cristal, y el tétrico resplandor azul del reactivo que esparcí esta mañana ha desaparecido por completo. La zona de mármol blanco vuelve a estar limpia, como si ahí no hubiera nada. Marino encendió el aire acondicionado esta mañana, antes de irnos, y tengo un frío que estoy a punto de tiritar bajo la ropa empapada. Empiezo a caminar y casi ni me reconozco en el espejo barroco situado a la derecha de la puerta de entrada. Miro a esa mujer que me mira desde ese vidrio de plata corroída enmarcado en doradas hojas de acanto.

Observo mi reflejo como si fuese alguien a quien no conozco: el cabello corto y rubio se me pega a la cabeza, haciendo que mis facciones, ya fuertes de natural, parezcan más pronunciadas y dominantes de lo que me imagino. Mis ojos son de un azul más profundo, de un azul sucio que permite intuir un humor negro e intenso, y puedo apreciar la tensión en los músculos de la frente y en torno a la boca decidida. Mis prendas de trabajo de color azul marino, con las iniciales CFC grabadas, están mojadas y pegajosas. Parezco una niña abandonada, una aparición, así que me aparto del espejo.

Mi atención se desplaza desde la escalera al salón, y veo a qué se refería Marino cuando hablaba de Chanel Gilbert o de alguien con intereses inusuales. A ambos lados de una chimenea de piedra hay sendas ruecas antiguas de tres patas y asientos de madera, y detecto una más junto al sofá. Me fijo en los relojes de arena y las gruesas velas que hay sobre la chimenea y las mesas, y cuento los relojes convencionales. Hay por lo menos seis. Relojes de pared, relojes de pie, relojes de estantería. Desde donde estoy, junto a la puerta, puedo ver sus pálidas esferas lunares y observar que todas sus ornamentadas manecillas marcan la misma hora, la una y veinte.

—¿Te fijaste en los relojes esta mañana? —le pregunto a Marino mientras presto atención a otros posibles sonidos de la casa.

No oigo al equipo táctico. Esos tipos son tan silenciosos que parece que no estén. Todo lo que capto es el aire que corre y los relojes.

TIC TAC TIC TAC.

—¿Te fijaste? —persisto—. Porque yo no, y debería.

—No me acuerdo. Pero pasaban muchas cosas. —Marino se ha situado entre la escalera y la puerta de abajo, la que lleva a la bodega.

—Estoy bastante segura de que me habría fijado. Me extraña que tú no.

La respuesta de Marino consiste en mirar al techo con la cabeza torcida, mientras presta atención, y la mano derecha junto a la pistola. Seguro que está pensando lo mismo que yo. Ajax y su equipo están silenciosos. Demasiado silenciosos. Si les ha pasado algo, luego nos tocará a nosotros. Siento cierta resignación al respecto, una sensación muy oculta que no contemplo con frecuencia. Pero está ahí. Y resulta familiar. No es una sensación excesivamente triste o desagradable, sino más bien una aquiescencia, la aprobación tácita de que puedo sostener el destino en mis manos como si fuese una calavera y mirarla a los ojos sin pestañear.

No puedes destruirme si me da igual.

Este día podría ser el último, y si lo dicen las cartas, que así sea. Impediré todo el mal que pueda. Esa es mi misión en la vida. Y también sé cómo aceptar el final, cómo rendirme ante lo que no puedo ni plantearme cambiar. No quiero morir. Pero me niego a tenerle miedo a la muerte. La espero sin temor porque carece de lógica vivir una tragedia antes de que ocurra.

—La verdad es que no recuerdo haber oído ningún reloj, pero los vi al entrar —dice Marino mientras espero a ver qué dice—. Y estoy bastante seguro de que todos marcaban una hora distinta. —Mi expectación se intensifica mientras espero lo que está a punto de suceder.

Va a pasar algo. Si es que no ha pasado ya.

—Me percaté cuando estaba en el salón —sigue Marino—. No me podía creer todas las rarezas que había, las ruecas, las crucecitas hechas de clavos e hilo rojo, los relojes de arena. Cuanto más lo pienso, Doc, la verdad es que no puedo jurar que los relojes funcionaran.

—Pues ahora sí, y a los relojes antiguos hay que darles cuerda manualmente. Y hay que ajustarlos constantemente para que estén en sincronía. —Escucho todo lo que pasa a nuestro alrededor mientras oigo el aire correr y los relojes sonar.

—Aquí ha estado alguien —dice Marino.

—Pienso lo mismo.

—Alguien que tiene llave y se sabe el código de la alarma.

—Probablemente.

—Probablemente, no. Seguro, a no ser que hables de un fantasma capaz de atravesar las paredes. —Marino está agitado y tenso mientras recurre al móvil para buscar un número.

33

Deberíamos irnos. Estoy agazapada junto a la puerta principal, a ver si oigo al equipo de respuesta. No detecto voces, ni puertas que se abran y se cierren, no oigo ni el crujido de una tabla del suelo. Solo el viento y la lluvia y los relojes. Consulto el mío. Los del SWAT llevan en la casa exactamente seis minutos. Es como si hubiesen desaparecido.

TIC TAC TIC TAC.

Lo único que podemos hacer Marino y yo es volver a enfrentarnos a la tormenta. Es más seguro que quedarse aquí o, por lo menos, eso es lo que creo mientras le observo dándome la espalda. Está hablando con uno de sus contactos, yo diría que una mujer, y me doy cuenta de que se trata de la empresa de seguridad de Chanel Gilbert.

—Voy a repetirlo —dice Marino—, y lo vamos a apuntar.

Quiere decir que yo lo voy a apuntar, así que saco un cuaderno y un boli del bolso y recuerdo de nuevo que llevo una pistola. La saco también y la dejo sobre una caja de escenas del crimen.

—Fue recolocada a las diez y veintiocho de esta mañana —le está diciendo Marino a ese contacto al que llama «cariño»—, y no se registró ninguna actividad hasta la una y veinticinco, que es cuando desarmé el sistema.

Escucho un poco más, hasta que Marino cuelga y me dice:

—¿Y cómo se supone que podemos explicar algo así? Yo encendí la alarma cuando nos fuimos la primera vez, a las diez y veintiocho, y ahora la apago. O sea, que nadie ha tocado el sistema de alarma durante las últimas tres horas, a excepción de mí. Entonces, ¿cómo coño ha entrado alguien a dar cuerda a los relojes? Menos mal que hemos estado todo el rato juntos, pues si no, dirían que lo hice yo.

—No podrías y además es absurdo —replico.

—¿Estás segura de que no hay ninguna otra explicación para el hecho de que ahora oigamos unos relojes que no oímos antes?

—Como no se te ocurra a ti...

—Pero el sistema de alarma tenía que ser encendido y apagado. Y no ha sido así. ¿Cómo se han puesto en marcha los relojes?

—Lo único evidente es que les han dado cuerda desde que estuvimos aquí.

—Igual hay otra manera de entrar que se salta el sistema de alarma. —Marino está inquieto, mirando y escuchando mientras yo pienso en las puertas cerradas de fuera, junto al parterre.

Recuerdo el casco oxidado del *Mercedes* en el fondo del mar. Es como si el barco naufragado y las puertas fuesen lo mismo. Portales de entrada a un lugar maligno. Portales hacia la destrucción y la muerte. Portales hacia nuestro destino final. Y me pregunto si las puertas de fuera tienen contactos de alarma conectados al sistema. De no ser así, se podría acceder a la casa por ahí. No haría falta ningún código y no quedaría constancia de que nadie entrara o saliera.

—Mientras tengas una llave —le estoy describiendo eso a Marino—, podrías entrar por las puertas de fuera y, por lo menos, llegar al sótano, supongo.

—Y si tuvieses la puta llave, ¿no sabrías también el código de la alarma y no necesitarías entrar así en la casa?

—No necesariamente.

Abre el corchete de la funda de la Glock que lleva en el cinturón de sus empapados pantalones cortos y dice:

—Me pregunto si había alguna manera de que la asistenta

pudiese volver a la casa para echar mano a algo. Igual conoce algún modo de hacerlo sin tocar el sistema de alarma. De esa manera, podría haberse colado aquí y, ya puestos, darles cuerda a los relojes.

—¿Para qué molestarse?

—La costumbre. La gente hace cosas muy raras cuando está alterada. O puede que esté loca. —Los ojos se le salen de las órbitas y, en su estuche, la pistola apunta al suelo—. Todo ese material por todas partes me hace pensar que alguien está como una chota o es víctima de una maldición.

Nada me llamó la atención cuando estuve aquí esta mañana. Me fui muy bruscamente: no puedo dejar de pensar en los vídeos del *Corazón depravado* y cómo me hicieron sentir y reaccionar. Atónita. Amenazada. Y rabiosa. Sobre todo, me sentí superada por una sensación de urgencia. Me fui de aquí con demasiada rapidez.

Si hubiese tenido la oportunidad de echar un vistazo, me habría preguntado si Chanel Gilbert tenía problemas psiquiátricos o estaba metida en alguna religión pagana. Ambas posibilidades la harían vulnerable a una depredadora como Carrie. Sigo esperando oír al equipo de respuesta. Pero no oigo nada. Entonces suena el móvil de Marino, una sintonía pajaril que, por un instante, nos confunde a ambos.

—¿Qué cojones está pasando, Lapin? —le espeta Marino, airado, cuando reconoce su voz—. Sí, vale, lamento oírlo, pero me importa una mierda que estés enfermo. ¿Que parece que estoy en una tumba? ¿Pues sabes por qué? Porque lo estoy. Vuelvo a encontrarme en el salón donde apareció esta mañana una señora muerta, ¿lo recuerdas? Y la doctora y yo acabamos de estudiar el escenario de lo que ha resultado ser un homicidio. ¿Y sabes qué? El perímetro no había sido asegurado y los refuerzos me los he tenido que pintar al óleo. ¿Y sabes qué más? Pues el Range Rover de Chanel Gilbert ya no está en la casa. Me has oído bien, sí. No, no estoy de broma. No está en el sendero en el que lo vimos hace tres horas. Parece que alguien ha entrado en la casa cuando no estábamos. Puede que sea la misma persona que se ha llevado el coche... No, joder, no puede haber sido Hyde. No tiene manera de entrar.

Marino me mira mientras escucha. La conversación no ha empezado bien y va empeorando. Puedo captar su lucha interior. La veo en sus ojos, en cómo se le desencaja la mandíbula, y cada vez estoy más convencida de que Carrie nos toma por los Keystone Cops, por idiotas, y me imagino lo bien que lo estará pasando, su sonrisa burlona y sus carcajadas. Estamos en mitad de una pesadilla creada por ella, pues es a lo que se dedica mientras las personas decentes intentan vivir su vida y hacer su trabajo. Estamos aquí obedeciendo a un plan. Y el plan no es nuestro. Es suyo.

—Y no tienes ni idea —le está diciendo Marino a Lapin por teléfono—. No has hablado con él, y la última vez que lo viste, ¿no te dio ningún motivo para pensar que tuviese algo que hacer o algún sitio al que acudir? ¿No se te ocurre nada para explicar que no atienda ni al teléfono ni a la radio? Sí, yo también lo he intentado. ¿Estás en casa? Pues más te vale, ya que enseguida comprobaremos las coordenadas exactas de tu GPS para ver dónde estás. Sí, me has oído bien. Lo siento, colega. Pero eso es lo que pasa cuando desapareces del radar.

No es cierto. Marino está exagerando. Usar torres de telefonía móvil para determinar la situación exacta de alguien no aporta una total seguridad. Puede estar a cuarenta kilómetros o más, dependiendo del *software*, la topografía, el clima y quién maneja la señal, pues puede haber un cambio de centro regional en cualquier momento. Pero eso no le impide a Marino amenazar a Lapin: el control del teléfono siempre es una buena baladronada para asustar al sospechoso y que confiese.

—Esto es lo que sabemos —me dice Marino tras colgar, mientras se agacha para quitarse las bambas inundadas—. Lapin asegura que Hyde y él se fueron de aquí en sus respectivos vehículos mientras tú y yo seguíamos dentro de la casa. Eso habría sido hacia las diez y cuarto. —Tiene los tobillos blancos y marcados por el patrón de esos calcetines que se está quitando.

—Yo les vi irse. —Tengo tanto frío que empiezo a tiritar

mientras nos dedicamos a soltar agua junto a la puerta—. A ellos dos y también al patrullero Vogel. Unos quince minutos antes de que saliéramos nosotros.

Escucho a Marino y también al equipo táctico. ¿Cómo pueden unos tipos tan corpulentos y con todo el material que llevan encima no hacer el menor ruido? Las advertencias son rápidas y contundentes. No deberíamos estar aquí dentro. Pero hemos entrado y aquí seguimos. No paro de decirme que no podríamos estar más a salvo. *Esa gente es de operaciones especiales*, me digo mientras sigo preguntándome cómo es posible que no se les oiga. Son silenciosos como gatos. No escucho nada de nada, ni sus pies ni sus voces, y el corazón se me acelera.

Ha ocurrido algo. De repente, los dos buzos de la policía vuelven a estar frente a mí de manera vívida, horrible y suspendida, boca abajo dentro del casco del barco hundido.

Se llamaban Rick y Sam y vuelvo a ver sus jóvenes rostros muertos, los equipos colgando, el cabello flotando hacia arriba en aquellas aguas de un marrón turbio, mientras los ojos miraban fijamente y sin parpadear desde detrás de las gafas. No había burbujas. No llevaban el respirador en la boca.

Recuerdo mi sorpresa, mi electrizante explosión de adrenalina al darme cuenta de que lo que estaba viendo eran arpones clavados en sus torsos cubiertos de neopreno negro. Solo hacía unos minutos que ambos estaban vivos y en perfecto estado, controlando cuidadosamente cada uno el equipo de buceo del otro, saltando de la popa del barco y desapareciendo bajo la superficie. Bromeaba con Benton sobre la posibilidad de que sacaran la placa bajo el agua, para cerciorarse de que nadie nos molestara o interfiriese en nuestra misión. Teníamos una escolta submarina. Contábamos con seguridad subacuática.

Y de repente estaban muertos en el fondo del mar, víctimas de una emboscada, atrapados, y nunca logré averiguar qué los atrajo al interior del oscuro casco hundido. ¿Por qué se metieron allí? Supongo que Carrie los atrajo de alguna manera. Puede que los esperara dentro con el fusil arponero, mimetizándose con el metal oxidado, preparada para emerger del abismo, y yo me agarro a lo de siempre, a que no sufrieran mientras padecían una hemorragia interna y se ahogaban. Pero se me mezclan las cosas: mis ideas son cada vez más contundentes y decididas mientras se enfrentan siguiendo el ritmo de los relojes.

¡VETE QUÉDATE! ¡VETE QUÉDATE! ¡VETE QUÉDATE! ¡VETE QUÉDATE!

—Parece que Lapin empezó a encontrarse mal, le dolía la cabeza y le picaba la garganta —dice Marino mientras yo me obligo a escucharle.

¡Presta atención!

—Pasó por casa a por algo contra los resfriados y no se molestó en notificarlo por radio. Por lo menos, eso es lo que él dice. Y al cabo de unos minutos, por fin llamó para decir que estaba enfermo.

La intuición me dice que deberíamos largarnos, pero no puedo hacerlo. Tengo que acabar lo que he empezado. Que me aspen si permito que Carrie Grethen interfiera en mi manera de afrontar una escena del crimen.

¡VETE QUÉDATE! ¡VETE QUÉDATE! ¡VETE QUÉDATE! ¡VETE QUÉDATE!

—¿Y qué creía exactamente Lapin que iban a hacer cuando Hyde y él se fueron de aquí esta mañana? —le pregunto a Marino.

—Que Hyde iba a pillar un café, usar el retrete y volver aquí para asegurar el perímetro con cinta, que es lo que yo le había dicho que hiciera. Se supone que tenía prisa porque quería hacerlo antes de que empezase a llover.

—Pues si nadie más colgó la cinta ante los escalones de la entrada, parece que eso es lo que hizo. Se puso a ello y, de repente, se largó. Mira hacia otro lado, por favor —le digo a Marino; pero él, claro está, me mira fijamente—. Date la vuelta. No mires hacia aquí. —Empiezo a desabrocharme la camisa.

Me la quito, seguida de las botas encharcadas, los calcetines empapados y los pantalones cargo, dejándolo todo en el suelo, a una prudente distancia de la sangre y los vidrios rotos. Los pantalones tácticos que ha escogido el SWAT me van tan grandes que podría ponérmelos sin desabrocharlos, así que doblo la cinturilla para apretármelos un poco. Me pongo la camisa negra, que me sobra por todas partes y cuyos ojales se muestran tozudos. El algodón es nuevo y está muy tieso; pero, por lo menos, dispongo de un montón de bolsillos para cargadores de pistola, bolígrafos, linternas, navajas y todo lo que una pueda necesitar, pienso con ironía. Me miro en el espejo y observo que mi ropa de faena me cuelga por todas partes y parece prestada.

No tengo un aspecto muy amenazador sin chaleco antibalas, ni casco, ni gafas de visión nocturna. No dispongo ni del más pequeño fusil de asalto ni de una pistola que aloje más de seis cartuchos. Mi única esperanza es que si me ve la persona equivocada, no me dispare al dar por supuesto que soy peligrosa, cosa que es verdad. Pero en estos momentos no me siento así.

—Pues nada, Lapin se pone repentinamente enfermo gracias a ti. —Marino está de espaldas a mí, manoseando el móvil.

—¿Por qué gracias a mí? —Me siento en el frío mármol y me vuelvo a poner las botas mojadas, pero sin calcetines, y las envuelvo en unas bolsas desechables que me impedirán seguir soltando agua por la casa.

—Dijiste algo de que Vogel no se había vacunado contra el tétanos, pero que igual solo tenía esa tos saltarina. Lapin está justo ahí, a la escucha, y cae víctima del poder de la sugestión. Y de repente, se encuentra mal. —Marino vuelve a ponerse las bambas empapadas mientras le suena el móvil.

Deduzco de lo que dice que se trata de su contacto en la compañía telefónica. Marino se pasa un buen rato escuchando. Apenas dice nada. Puedo deducir que lo que le están contando no le sirve de nada. O igual no ve para qué podría servirle o lo encuentra poco plausible.

—Esto es de locos —exclama tras colgar—. Le intervenimos el teléfono...

—El de Hyde.

—Sí, pasamos mucho de Lapin. Sabemos dónde está, en

casa, escaqueándose del curro. La última llamada que hizo Hyde fue a las nueve y cuarenta y nueve de esta mañana, mientras estaba en el interior de la casa —dice Marino—. Según los registros, la llamada conectó con una torre de telefonía móvil que tiene exactamente las mismas coordenadas de GPS que esta casa.

—No lo entiendo —empiezo a decir.

—Pues claro que no lo entiendes, porque es evidente que no hay una torre de telefonía móvil en este sitio. No existe. —Marino levanta la voz, frustrado—. En otras palabras, la llamada de Hyde se conectó a una torre falsa, probablemente a uno de esos simuladores que hay, un localizador de teléfonos, una especie de cazador furtivo. Hoy día son tan manejables que los puedes llevar en el coche o en un maletín; o puede que haya uno escondido en algún rincón de la casa.

—Los malos usan esa clase de equipos. —Pienso en Lucy y en las ganas que tengo de hablar con ella.

Seguro que me informaría sobre dispositivos de vigilancia. Probablemente, podría explicarme con exactitud lo que ha estado pasando en su propiedad y quién espía o intercepta comunicaciones y por qué.

—Pero la policía también los usa —le estoy diciendo a Marino—. Ha habido mucha controversia sobre polis que recurren a esos dispositivos para captar contenidos, para localizar a gente y, a veces, para interceptar señales de radio.

—Cierto. Sirve para las dos cosas, para el espionaje y para el contraespionaje —dice Marino—. Puedes localizar a alguien e interceptar contenidos, o usar el mismo dispositivo para impedir que te localicen a ti. Si el FBI estuviera espiando esta propiedad, Benton lo sabría.

—Si tú lo dices...

—Pero intuyo que no te lo va a contar a ti.

—No creo que lo hiciera. —Le paso a Marino ropa seca, de la talla XXL—. Cámbiate. —Y añado un par de bolsas azules de Tyvek para los zapatos.

34

Aparto educadamente la vista mientras Marino deja caer prendas mojadas al suelo, formando una pila junto a la mía, y vuelvo a recordar lo poco caritativas que son las escenas del crimen. No tenemos derecho a la privacidad, ni a un vaso de agua ni a usar el retrete. No puedo hacerme con la secadora de ropa ni con una toalla de baño; y ni siquiera puedo sentarme en un sillón.

—Más vale que empecemos mientras esperamos. —Marino se sube la cremallera de los pantalones de faena prestados, que le quedan la mar de bien.

—No creo que sea lo más inteligente. —Me enrollo los puños de la camisa para que no me incordien—. Pillar por sorpresa al SWAT es la mejor manera de que te disparen. Te sugiero que no hagamos nada hasta que nos den permiso.

—No pasa nada mientras nos limitemos a habitaciones ya revisadas. Aún no vamos a ir arriba ni a bajar al sótano. —Marino da saltitos sobre un pie y luego sobre el otro mientras envuelve las bambas mojadas en las bolsas azules—. Ya lo haremos después de ellos.

Se pone la Glock, dentro de la funda, en el cinturón y se mete la radio en uno de los bolsillos de atrás. Salimos del salón, dejamos atrás las escaleras y vamos a dar a una sala de estar repleta de antigüedades magníficas y de alfombras de seda con brillantes motivos que cubren los suelos de madera de pino, y algo me atraviesa cual temblor sísmico.

Mi atención se centra en los seis cirios votivos de color blanco, metidos en sencillos receptáculos de cristal, que hay sobre la mesita de laca roja. Nunca han sido encendidos. No están polvorientos y parecen nuevos. Me inclino sobre ellos y consigo aislar los familiares aromas del jazmín, la rosa y la madera de sándalo. Reconozco el almizcle y la vainilla, la fuerte fragancia erótica del Amorvero, que es como los italianos llaman al «amor verdadero», el perfume inconfundible del Hotel Hassler, situado en lo alto de los peldaños de la Plaza de España de Roma, donde Benton se me declaró hace ocho años.

Tengo en casa el perfume, el aceite de baño y la loción corporal de Amorvero. Benton siempre me los regala para mi cumpleaños, y ahora resulta que doy con ese olor aquí dentro. Me huelo las muñecas para cerciorarme de que no me lo he traído puesto, aunque sé que es imposible: no me puse nada de Amorvero esta mañana.

—¿A qué hueles? —le pregunto a Marino.

Olisquea y se encoge de hombros:

—A casa vieja, puede que a flores. Pero tengo la nariz llena del polvo de este sitio. Es como si llevase cerrado mucho tiempo. ¿No lo has notado?

—¿Reconoces algo?

—¿Como qué?

—Como lo que has descrito como una fragancia floral. ¿Te resulta familiar?

—Pues sí. Ahora que lo dices, huele un poco como lo que tú llevas. —Se acerca a mí y olisquea unas cuantas veces más.

—Eso es porque se trata de la misma fragancia, pero ahora mismo no la llevo puesta. Es muy poco común y casi nunca la encuentro en ningún lado. Benton tiene que pedirla a Italia.

—Me estás diciendo que es tu perfume particular. —A Marino le está sudando la calva—. Y que la gente cercana a ti lo sabría.

—A eso me refiero —respondo, y él está pensando lo mismo que yo.

—Es como lo de los relojes —dice Marino—. Atravesé este cuarto esta misma mañana y sé que los relojes no funcionaban.

No los oí. Y no recuerdo haber visto esas velitas blancas ni haber olido a nada que no fuese polvo.

—Las velas no han sido usadas. —Apunto con un dedo enguantado hacia una de ellas, que está en una mesita auxiliar—. Y si cojo una —cosa que hago—, no queda ni una mota de polvo en el tablero. Parece que las velas se colocaron aquí recientemente y que la habitación lleva cierto tiempo sin limpiarse.

Marino recorre con la vista lo que le rodea mientras los relojes hacen tic tac, tic tac y la lluvia golpea con más fuerza el tejado, luego suaviza el ataque y después carga a lo bestia. El viento aprieta y gime mientras yo sigo a la espera de oír al equipo táctico. Enciendo los candelabros de alabastro y una lámpara de techo, que emiten leves destellos. Los centenarios cuadros al óleo de paisajes y los severos retratos colgados de las paredes de madera de roble están a oscuras, por lo que el salón resulta de lo más siniestro.

Una pantalla de diseño muy elaborado bloquea la profunda chimenea de ladrillo, y no detecto la menor indicación de que se use jamás. No capto ese olor acre y rancio de la vieja madera quemada. No veo serrín, astillas ni troncos, lo cual se me antoja muy sombrío. Lo sería incluso en un día soleado. No hay televisión y no puedo ver ni un equipo de sonido ni altavoces por ninguna parte; tampoco hay revistas ni periódicos. Aunque me resulte imposible pensar que aquí pueda uno leer o relajarse en compañía de un amigo.

La estancia es grande y se ha frecuentado muy poco. Mientras estoy ahí de pie, en silencio, detecto un vago espectro de otros olores. Mobiliario rancio. Bolas de naftalina. El polvo cubre cada superficie y queda suspendido bajo la luz del techo; me entran más dudas sobre la asistenta de Chanel Gilbert.

—La sala de estar no ha sido usada ni limpiada durante bastante tiempo —le digo a Marino mientras me acerco a una vitrina llena de animales de plata colocada sobre una mesa que hace las veces de pedestal.

Un caballo, una grulla, un pez con ojos de cristal, todos hechos a mano con sumo cuidado, pero fríos y deslucidos; no atisbo ni un asomo de fantasía. El decorado es espléndido, pero estático e impersonal, a excepción de lo que me parecen unos talismanes, símbolos y herramientas de adoración, y los relojes. Varios son tan viejos como la casa, incluyendo un reloj de lámpara y uno de estilo gótico suizo.

—No me parece que la asistenta haya cuidado adecuadamente de este lugar —añado mientras me vuelve a las mientes el equipo táctico y lo que esté haciendo.

—El dormitorio principal está bastante más atrás, siguiendo el pasillo. —Marino se acerca a una ventana y descorre una parte de las cortinas francesas de color rojo oscuro—. Hay un buen trecho hasta la puerta, si estás en la cama y llaman al timbre. —Mira hacia la tarde oscura y lluviosa mientras yo escucho el chaparrón y el viento y nada más.

—No sé cuánto le pagan a Elsa Mulligan ni cuántas horas trabaja, pero están tirando el dinero. —Insisto en ello porque Marino no se interesa por mis reflexiones domésticas y más le valdría hacerlo.

Intento ver a Elsa Mulligan a partir de cómo la han descrito. Me imagino sus gafas de montura grande y el cabello moreno y de punta. Hyde comentó que su primera reacción consistió en dar por hecho que se trataba de una amiga de la familia procedente de Los Ángeles, por lo que parece una elección más bien extraña para un cargo de asistenta. Es evidente que no es ni trabajadora ni minuciosa, por lo menos en lo que respecta a la limpieza. Si aparece cada mañana a las ocho y media, ¿qué hace mientras está aquí? Lo que le contó a Hyde me suena a otro cuento que nos tenemos que tragar aunque no acabe de encajar.

—Suponiendo que Chanel estuviese en la parte trasera de la casa y no llevara puesto nada más que una bata, cabe preguntarse cómo acabó su cuerpo tan cerca de la puerta de entrada —está diciendo Marino mientras la mente se me dispersa en varias direcciones y espero que cruja algún suelo, se cierre una puerta o se escuche una voz—. ¿No podría ser que la asistenta trasladase el cuerpo hasta aquí?

—Chanel no fue asesinada en un sitio y arrastrada o transportada hasta el salón, si eso es lo que preguntas.

—Pero la sangre fregada que pudimos ver cuando le aplicaste el aerosol al mármol... —considera Marino—. Igual hay más zonas que también han sido limpiadas.

—Sospecho que el objetivo de limpiar la sangre del salón era darnos la impresión inicial de un accidente. Si te caes de una escalera, el impacto no va a manchar todo el sitio de sangre. —Miro alrededor mientras sigo atenta al equipo táctico—. Si quieres confundir a la gente desde un buen principio, más te vale limpiar la sangre o cualquier otra prueba que no encaje con lo que estás montando —añado mientras esperamos alguna señal de que hay cuatro grandullones en el interior de la casa, con nosotros.

Escucho la lluvia y los relojes. Las ráfagas de viento azotan las ventanas. No oigo nada más.

—Y esa persona sabía que darías con la sangre fregada y que acabarías por llegar a alguna conclusión. —Marino se me acerca para decirme lo que ahora ya sé que es la inevitable y desafortunada verdad—. Es innegable que Chanel fue asesinada donde la encontraron. Resulta obvio, ¿no?

—Basándonos en el patrón sanguíneo, sí —le respondo—. Recibió las heridas fatales mientras estaba sobre el suelo de mármol. Pero eso no significa que el encuentro empezase ahí.

—Alguien pudo tirarla al suelo sin hallar mucha resistencia y empezar a machacarle la cabeza.

—Basándome en mi examen inicial, el escáner y lo que Luke me contó, eso es lo que parece.

—Esto ya lo hemos visto antes, Doc. —Marino no habla en general.

Se refiere a las muertes traumáticas contundentes que ocurrieron el pasado año cuando una agente inmobiliaria llamada Parry Marsico fue asesinada a palos en Nantucket; y la joven Gracie Smithers falleció de una manera parecida en una costa rocosa de Marblehead.

—Carrie Grethen tiene la costumbre de machacarle el cerebro a la gente tal que así. —La tiene enfilada y nada le aparta de ella.

—Sucede en un montón de homicidios.

—El de Nantucket del último Día de Acción de Gracias. —Apunta hacia allá mientras un cuervo echa a volar—. Luego, el de Marblehead en junio. Carrie mezcla sus *modus operandi*. Palizas, un apuñalamiento, disparos con un PGF o un fusil arponero. En interiores, en exteriores, en tierra, en un barco, bajo el agua. Donde cojones le apetezca.

Se acerca al pez de plata hecho a mano que hay sobre el pedestal y le da un papirotazo a la cola articulada con un nudillo envuelto en nitrilo púrpura.

—Esto es más bien raro. En realidad es una caja. —Se le nota la ira en el tono que emplea mientras coge el pez y la cola se mueve; clava los ojos en mí—. Pesa lo suyo, debe de ser de plata maciza. Pero no puedo abrirla porque está cerrada con pegamento. Puedo olerlo, así que no se lo aplicaron hace mucho. Puede que mientras estábamos fuera. Puede que cuando les dieron cuerda a los relojes. No oigo nada suelto en su interior. —Lo agita un poco—. Esto es lo que tengo que decirte, Doc. Lo que le ocurrió a Chanel Gilbert es personal. Es sexual. No se trata de un robo ni de ningún otro delito que se salió de madre y acabó en asesinato. Es evidente que estamos ante algo que es enfermizo y demencial; nos están llevando de un lado para otro y ya sabemos quién. Pero claro, eso son cosas mías. No soy ningún experto. No soy Benton.

Me he quedado junto a la chimenea para mirar los relojes y las estanterías llenas de libros encuadernados en cuero que hay a cada lado del ancho hogar de piedra.

—Todo gira en torno al poder —le digo a Marino mientras él se acuclilla junto a la caja de escenas del crimen y empieza a sacar bandejas—. Con ella todo va sobre el poder. Es lo que más ama. Es lo que la excita sexualmente y lo que la mueve. No hace falta ser experto en perfiles para llegar a esa conclusión.

Marino encuentra un frasquito de plástico con la etiqueta

ACETONA y vuelve a la mesita que hay junto al sofá de color cereza con almohadones de cuero negro. Coge la caja del pez plateado con las manos enguantadas.

—Esperemos que no se trate de una bomba —casi bromea—. Y si lo es, ya me puedo despedir de este mundo cruel.

—Encuentra equipo para cámaras.

—Y yo también, por cierto.

—Alguien pegó la tapa y no creo que fuese hace mucho. Quiero saber por qué. —Empieza a tomar fotografías de la caja—. La otra alternativa es traernos al escuadrón antibombas. Puede que a Amanda Gilbert le gustase mirar. Veamos qué más podemos hacer para ponerla definitivamente en pie de guerra.

Busca en las cajas polvo para huellas y cepillos. Yo hojeo libros vetustos mientras él revisa la caja de plata a ver si hay huellas latentes, pero no encuentra nada de nada. Se pone a buscar ADN mientras se va poniendo cada vez más airado y agresivo. Se siente manipulado y burlado. Detecto enseguida cómo le sube la presión a Marino, y ahora está a punto de explotar.

—Tú también piensas que es ella. —Abre, iracundo, un paquete de algodón—. A estas alturas, ya no te queda la menor duda. —No es una pregunta. Me lo está diciendo como una verdad incontrovertible. Y acierta. Lo sabemos.

—Sí —respondo.

—Y llevas pensándolo todo el día.

—Lo tengo presente desde que empecé a recibir los vídeos. —Saco los libros de las estanterías, los abro en busca de cualquier indicación de que puedan significar algo para alguien—. Creo que es una conclusión previa lo de a quién nos enfrentamos.

—Pero lo normal es que estuvieras al teléfono con Benton. —Marino moja un trozo de algodón en acetona—. Y exceptuando cuando nos íbamos de casa de Lucy, no has mantenido ningún contacto con él. Ni siquiera antes de que supieses que iba en el helicóptero. Lo has dejado fuera de todo.

No ofrezco respuestas ni explicaciones. No pienso hablar de Benton con él, así que continúo hojeando libros malolientes que son, sin excepción, de lo más peculiares. Pesca con mosca. Perros de caza. Jardinería. Construcciones de piedra en la Inglaterra del siglo diecinueve. Ya me he encontrado con misceláneas parecidas en casas amuebladas por decoradores que compran libros antiguos a peso.

—Casi todo lo que ves es impersonal —informo a Marino, pero está distraído—. A excepción de los relojes de arena, las ruecas, las velas, las cruces de hierro y los relojes convencionales —añado, pero sigue sin prestarme atención—. No forman parte del decorado. Parecen puestos ahí por algún motivo, probablemente simbólico. —No digo nada más.

Marino ha abierto la caja de plata y camina hacia mí. Tiene la cara de un airado color rojo oscuro. Sostiene ambas mitades de la caja plateada con una mano enguantada; la cabeza del pez apunta en dirección contraria a la nuestra. Se lleva un dedo a los labios en el mismo momento en que yo oigo movimiento en el pasillo central.

—Parece que leía cosas raras. —Marino habla por hablar, alertándome de que hay un problema.

Hemos estado hablando dentro de esta casa y no deberíamos haberlo hecho. Hemos hablado de este caso y de Carrie mientras alguien nos escuchaba. Y ya puedo imaginarme de quién se trata.

—No creo que nadie haya leído estos libros. —Me sumo a nuestra conversación banal mientras el pequeño dispositivo negro que hay dentro de la caja del pez continúa grabándonos.

En realidad, los ojos son objetivos para la lente de la minigrabadora y el micrófono, y eso me recuerda el sacapuntas eléctrico que había en el cuarto de Lucy en Quantico. Recuerdo el dragón de su jardín de piedra y los ojos granates a lo Mona Lisa que parecían seguirme. Siento que se me eriza el vello de los brazos y del cogote aunque me comporte como si aquí no pasara nada.

—Dudo que estos libros fuesen adquiridos porque alguien quisiera leerlos —le estoy diciendo a Marino mientras él traslada la caja de plata y su dispositivo de escucha oculto al otro extremo de la habitación—. Sospecho que lo que estás viendo es un ejemplo de la influencia de Los Ángeles. Es como si una gran parte de esta casa estuviera diseñada como un decorado de cine, con antigüedades variadas, alfombras y viejas pinturas de personas y lugares que, probablemente, no tienen la menor relación con nadie.

—¿Y eso qué significa para ti, aparte de que Chanel Gilbert es una ricachona de Hollywood? —Abre una bolsa de papel para pruebas mientras seguimos hablando como si todo fuese de lo más normal.

—Pues que ella aparcaba aquí, pero vivía en otra parte. Puede que de manera metafórica. —Siento una presencia y me doy la vuelta.

Los cuatro agentes con uniforme de combate están en el umbral.

35

Marino dobla la parte superior de la bolsa de papel marrón y la sella con cinta roja.

—Funciona a pilas, sin cables y, probablemente, no hace mucho que se instaló —le dice a Ajax, quien sugiere que llamen a la unidad de investigación cibernética para barrer la casa en busca de dispositivos de vigilancia.

—Deberíamos hacerlo lo antes posible —añade.

—No hasta que hayamos terminado y estemos fuera de aquí. No necesito más polis dando patadas por la casa. —Marino encuentra un Sharpie en la caja de escenas del crimen.

—Muchas gracias.

—No me refería a vosotros, sino al escuadrón de frikis; y ya puestos, también deberían buscar algo capaz de intervenir señales de radio y de redirigir el tráfico de la telefonía móvil. —Marino recurre a los dientes para quitarle el capuchón al Sharpie.

—Puede que alguien esté escuchando. Donde hay un dispositivo, lo más probable es que haya más —le advierte Ajax—. Tengo la impresión de que ahora hay cámaras por todas partes.

—Que escuchen. Y que les jodan, incluyendo a los federales. Hola, federales —dice Marino en tono alto y grosero—. Bienvenidos a la fiesta.

—Mientras estábamos mirando, nada me llamó la atención, pero eso no quiere decir que haya privacidad. Como ya os he dicho, nunca doy por hecho que disfruto de ella como no esté en mi propia casa, o así lo espero. —Ajax se dirige a nosotros dos—. E incluso ahí tenemos cámaras. Pero sé dónde están.

—Puede que Chanel Gilbert tampoco disfrutase de privacidad. Igual la estaban espiando. —Marino sigue hablando como si tal cosa—. O puede que estuviese bloqueando cualquier intento de espiarla. Sea lo que sea, deberíamos hacernos la misma pregunta: ¿quién coño era ella y en qué andaba metida?

—Aquí estáis a salvo —nos informa Ajax, pero ahora tiene los ojos clavados en mí.

Ya sé cuál es su opinión. No necesita verbalizarla y no lo hará por respeto a mí. Pero se le notan las dudas y es evidente cuál sería su consejo si se lo pidieran. Señalaría que si la situación merece un equipo especial de respuesta para registrar la propiedad, yo no debería estar aquí.

Para los de operaciones tácticas, para las tropas metidas en el combate activo de las operaciones militares y de castigo, formo parte del personal no necesario. ¿Y si la orden del día es matar o morir? En ese caso, la justicia y el modo en que algo puede funcionar en un juzgado no son temas prioritarios. Los Ajax de este mundo no son los excavadores, los científicos que deben interpretar y descifrar lo que descubren. Los de operaciones especiales se dedican a disparar a las cobras. Y si estas se lo merecían, determinarlo es cosa mía. En eso consiste mi trabajo. Y ayer lo abandoné antes de tiempo. No volverá a pasar.

—Ni rastro de nadie arriba o abajo. —Ajax continúa pasándonos el parte—. De hecho, no parece que nadie haya vivido aquí desde hace un tiempo. Exceptuando el dormitorio principal y la parte trasera de esta planta. Alguien la está usando, sin duda. O la usó.

Espera cerca del umbral, con los otros tres polis detrás de él, en el pasillo, con los antebrazos reposando en las negras culatas de los fusiles que les cruzan el pecho, con el cañón hacia abajo y las gafas de visión nocturna en el casco. Cuando se mueven o avanzan son sutiles y silenciosos. Son ágiles y no pierden la calma. Son disciplinados, estoicos, y yo les considero una mezcla perfecta y heroica de generosidad y narcisismo. Tienes que quererte a ti mismo cuando vas a luchar gloriosa y valientemente, si quieres sobrevivir a cualquier precio mientras proteges a una o más personas con tu propia vida. Es una contradicción. Parece ilógico. Pero no recurro al estereotipo ni al tópico cuando digo que los de operaciones especiales no son como el resto de nosotros.

—Bueno, pues si no necesitáis nada más... —le dice Ajax a Marino.

—Ahora mismo, no, como no sea averiguar qué le ha pasado a Hyde. —Termina de etiquetar la bolsa y le vuelve a poner el capuchón al Sharpie, dejándolo luego en la bandeja superior de la caja Pelican abierta—. He tenido noticias de Lapin, pero sigo sin saber nada de Hyde. Nos consta que esta mañana hizo una llamada desde aquí, antes de irse, pero resulta que es otra chaladura. Le intervenimos el móvil y el destinatario era una torre de telefonía móvil que está aquí mismo, pero no existe. Yo diría que alguien la está liando, interfiriendo señales de radio, convirtiendo esto en una zona muerta para las comunicaciones.

—Si no vuelve a utilizar el móvil, no descubriremos nada más. —Ajax se une a su equipo en el pasillo—. ¿Y si no le das al ENVIAR? Entonces no hay señal y no podemos encontrarte. Es muy raro que lleve tres horas sin usar el móvil. A no ser que estés enfermo, incapacitado o en algún sitio en el que debas apagarlo, vas a tener que recurrir al móvil para lo que sea.

—Sin duda.

—¿Estás seguro de que su móvil no se ha quedado por aquí? —pregunta uno de los polis—. ¿Hay alguna posibilidad de que se le haya caído o lo haya dejado en alguna parte y no obre en su poder? Nosotros no lo hemos visto por ningún lado, pero eso no quiere decir que no esté. ¿Qué pasa cuando le llamáis?

—Salta el buzón de voz, como si el teléfono estuviese apagado o sin pilas. —Marino vuelve a marcar el número de Hyde—. Directo al buzón de voz, como de costumbre.

—Sabe que le estamos buscando, a él y a su coche —dice Ajax—. Le está buscando todo el mundo de aquí a Tombuctú. Dejaré a un par de refuerzo por el perímetro para que no os sintáis tan solos.

—No vamos a quedarnos mucho tiempo. —Marino desliza el móvil en el bolsillo—. La doctora quiere recorrer las áreas de importancia, y luego nos largamos. Necesito que las unidades de refuerzo se queden en su sitio hasta que demos con Hyde, hasta que averigüemos qué ha sido del Range Rover de la víctima. Nadie sin autorización se cuela en la propiedad o dentro de la casa a no ser que yo se lo permita.

—Entendido —dice Ajax—. Ya sabes dónde encontrarme.

Marino y yo los vemos partir, desaparecer pasillo abajo, dejando atrás la escalera hasta llegar al salón. Oigo cómo se cierra de golpe la puerta. Apenas percibo el ruido de su monovolumen al ponerse en marcha. Soy plenamente consciente de que volvemos a estar solos, y siento el vacío y el silencio mientras Marino regresa al salón. Deja la bolsa de papel cerrada y otras pruebas junto a la puerta.

—Ya has oído lo que ha dicho —comento mientras vuelve a mi lado—. Si hay un dispositivo oculto, podría haber más.

—No me extrañaría. ¿Preparada? —Cierra la caja de escenas del crimen y se hace con ella.

De vuelta al pasillo. La primera entrada a la derecha da al comedor, que es pequeño y de techo bajo y consta de una mesa fabricada a partir de una vieja puerta de granero y ocho sillas rústicas de cuero marrón. Por encima hay una lámpara de araña Tiffany, y puedo ver las oscuras escenas pastorales al óleo bajo las luces de la galería. Los cuadros muestran vacas, colinas ondulantes, riachuelos y montañas de la Inglaterra y la Holanda de los siglos XVII y XVIII. Los platos de las alacenas georgianas son de una porcelana china muy antigua. Vuelvo a detectar la mano del decorador.

Unas cortinas damasquinadas de color oro pálido cubren las ventanas correderas de cristal. Aparto el tejido grueso y satinado. Observo un estrecho patio lateral con una verja de hierro forjado. La lluvia cae sobre unos profundos charcos que parecen pequeñas piscinas, y el suelo está trufado de pétalos de rosa con aspecto de confeti en tonos pastel. La verja termina en un alto y denso seto que hay en la parte trasera de la propiedad.

Veo ladrillos sueltos y piedras grandes, un atisbo de ruinas, puede que de una edificación exterior perteneciente a una era pasada y mejor, lo cual me recuerda a la gente de Nueva Inglaterra. Una gente que hace reformas y construye sobre el pasado. Un pasado del que nunca se librarán.

Y entonces lo vuelvo a oír. Un golpe ahogado. Como si alguien acabase de dar un portazo una planta por debajo de nosotros, en la bodega.

—¿Qué coño ha sido eso? —Marino se lleva la mano a la pistola—. Quédate aquí —me ordena, como si creyera que le voy a hacer caso.

—Yo no me pienso quedar sola en ningún rincón de esta casa. —Le sigo más allá de la escalera; abre la puerta que le vi usar esta mañana y enciende las luces.

—Estoy comprobando —me dice.

—Y yo estoy justo detrás de ti.

Las escaleras de madera que llevan abajo son muy viejas y están hechas polvo; las paredes son de piedra. Me siento como si descendiera a las tripas de un viejo castillo inglés mientras bajo los peldaños de uno en uno, lentamente, deteniéndome a cada segundo y preocupada por la pierna. El aire es frío. Huelo a polvo. Detecto fluctuaciones en luces y sombras, como si las nubes cubriesen el sol. Pero aquí abajo no hay nubes. Ni sol. La bodega ocupa un subsótano y carece de ventanas.

—¿Qué es lo que se mueve? —le pregunto a Marino—. Hay una luz en la pared que tiembla un poco.

—No lo sé. —Está ante mí con el arma en la mano.

Diez peldaños y luego un rellano. Cuatro escalones más y damos a un espacio vacío y sin ventanas con las paredes de piedra y yeso; veo unos arcos con pilares de piedra y un suelo basto cubierto por felpudos rústicos. Colgadas del alto y cavernoso techo con cuerdas retorcidas, hay unas lámparas de cerámica en forma de embudo, y la más cercana a las puertas de salida se balancea ligeramente.

Nos la quedamos mirando en silencio, y de ahí pasamos a las puertas dobles, cuya madera es grisácea a este lado; ha sido repintada en varias ocasiones y muestra unas manchas de agua seca. Mientras llovía, las puertas se abrieron en algún momento. Están empotradas en la pared, algo más de un metro por encima del suelo, y hay que acceder a ellas por una rampa de piedra muy limpia y muy seca. Observo que la cerradura es moderna y que la llave está puesta. No hay señal de que haya una alarma, así que Marino empuja las puertas con un zapato envuelto en Tyvek. No se mueven. Mira hacia la lámpara, que ahora se agita de manera imperceptible, como movida por una corriente de aire o por un espíritu.

—Lo que acabamos de oír no eran estas puertas cerrándose —concluye Marino—. Si alguien acabara de salir por aquí, no estarían a cal y canto. Ni estaría la llave en la cerradura. Y habría entrado la lluvia. Habría agua y porquería procedentes del parterre.

No si la persona en cuestión limpió después.

Marino sostiene la Glock en la mano derecha, con el cañón hacia abajo, mientras avanza hacia otra puerta, una que está en la pared más lejana, pintada de blanco y de lo más normal. Sube los cuatro escalones que le separan de ella.

—Cerrada a cal y canto. —Sus pies envueltos en Tyvek se deslizan sobre la piedra mientras vuelve a mi lado—. No sé por qué narices se movía esa luz, como no se diera con algo, puede que algo que volara. Seguro que aquí hay murciélagos.

—Hemos oído sin duda alguna lo que parecía una puerta al cerrarse, y no es la primera vez en lo que llevamos de día. ¿Insinúas que los murciélagos tienen la culpa de todo? —le digo mientras me suena el móvil y me sorprende que haya cobertura aquí abajo.

Miro la pantalla. Es Jen Garate. Está aparcada en el sendero de entrada y yo le digo que me espere en lo alto de los escalones del ala este de la casa.

—¿Por qué hay un rollo de cinta para escenas del crimen tirado en un parterre, junto a esas enormes puertas de madera? —me pregunta—. Supongo que lo habéis visto, ¿no?

—Mantente alejada de la entrada a la casa —le digo—. Quédate exactamente donde te he dicho y no toques nada.

Recurro al Tyvek como paraguas, sosteniendo una bata desechable de laboratorio sobre la cabeza mientras salgo al exterior. La lluvia sigue cayendo, pero sin tanta dureza, y el cielo se ve más claro hacia el sur.

Bloqueo la puerta abierta. Espero que si nos quedamos aquí fuera no nos captará ningún dispositivo de vigilancia interior que pueda estar oculto en algún lado. Aparte de eso, nada más puedo hacer, y no es la primera vez que me preocupo por toda clase de cámaras y demás chismes de seguridad de esos que cada vez son más comunes y fáciles de utilizar. Ahora, cuando trabajo en una escena del crimen, siempre me pasa por la cabeza que lo que hacemos y decimos puede no ser privado.

Jen Garate baja del monovolumen del CFC que ha aparcado frente a mi furgón. Vestida con ropa de lluvia, viene trotando hacia mí, con las botas de goma chafando el agua como si se lo estuviese pasando pipa. Hace ruido al subir los peldaños de madera. La veo muy excitada mientras intercambiamos las llaves y sus dedos mojados se mueven en todas direcciones.

—No accedas a la parte trasera del furgón como no sea para sacar pruebas empaquetadas —le advierto sin mostrarme especialmente amistosa; tampoco pienso dejarla entrar en la casa.

Pero eso es lo que ella pretende. Es evidente que se muere de ganas de entrar.

—Están en la primera taquilla —le explico, yendo al grano—. Que Ernie te extienda un recibo por los paquetes después de dejar el furgón en la zona de pruebas. A partir de ahí, ya se encargará él.

—Necesito más detalles sobre lo que le pasó. —Lleva el largo cabello negro recogido y, bajo la gorra de béisbol, sus ojos son de un intenso color azul; se me queda mirando y luego se dirige a la cocina.

—Ya te he dado toda la información que necesitas por ahora.

—Estaré encantada de entrar y echar una mano —dice ella—. Debe ser complicado, pues si no, no habrías estado aquí antes para acabar volviendo. ¿Marino está contigo?

—¿Lo está? —Es mi manera de recordarle que no le corresponde interrogarme.

—Mira, no me líes, que ya sé que está contigo —me chincha de forma seductora, hablando rápido, como si se hubiera apretado una anfetamina—. Le he oído por la radio. ¿Y ese agente que está buscando? ¿Cómo se llama? ¿Hyde, como el del doctor Jekyll? Para que lo sepas, ya corre por Twitter que el departamento de policía de Cambridge lo está buscando, que han emitido una orden de localización porque parece que se ha salido del radar y no dan ni con su coche oficial. ¿Tú sabes qué le ha pasado?

—No soy yo la que escucha la radio. Ilumíname. —No respondo a sus preguntas y no me gusta la manera en que sigue mirando por detrás de mí y acercándose a la puerta abierta.

—Puedo acabar el curro con Marino para que tú puedas volver. —No es una propuesta, sino que suena a orden, lo cual consigue que me desagrade aún más.

Jen Garate es guapa en plan chica mala: treinta y tantos, piel aceitunada y un cuerpo generoso al que sabe sacar partido. Cuando optó al trabajo, no le di mucha importancia a sus tatuajes, a su joyería gótica o a sus sucintos vestiditos, pero todo eso no es lo que realmente me molesta de ella. Lo que he llegado a detestar y lamentar es su actitud invasiva e histriónica. Todo lo que hace obedece a su idea particular del exhibicionismo. Puede estar excavando los restos de un esqueleto o recuperando un cadáver del río y convertirlo en un deporte muy sexy para el que esté mirando.

—Por favor, devuelve el furgón como ya te he dicho —le espeto—, y ya te veré a ti y a los demás muy pronto, espero.

Se demora en el escalón superior mientras la lluvia le moja el traje pluvial, que es de color azul oscuro y lleva escrita en la espalda la palabra FORENSE en letras amarillas. Sonrisita picarona, mueca en los labios.

—Lamento lo de Lucy —me dice, pero yo no reacciono.

Me hago la tonta mientras oigo las fuertes pisadas de Marino entrando en la cocina.

—¿Y qué es lo que dices que lamentas de Lucy? —le pregunto tranquilamente a Jen, como si en estos momentos no hubiese nada en el mundo capaz de alterarme.

—Bueno, por lo que he oído, el helicóptero que sobrevolaba su casa esta mañana no era el suyo.

—¿Y dónde puedes haber oído algo así? —le pregunto mientras oigo a Marino detrás de mí, en la cocina.

Me sitúo a su lado, resguardados de la lluvia, y la dejo a ella mojándose.

—¿Algún problema con Lucy? —Jen se queda mirando fijamente a Marino—. Creo que tengo derecho a saberlo. Hasta tú lo tienes, Pete. No importa que ya no estés en el CFC. Lucy y tú estáis muy unidos. Así que, si se ha metido en líos con el FBI, ¿no crees que tú deberías estar al corriente? ¿Que todos los de su círculo deberían estarlo?

—¿Y qué te hace pensar que tenga algún problema? —le pregunta él.

—REPAB.

La Radio de Emergencias de la Policía del Área de Boston incluye a más de cien agencias locales distintas, más la policía estatal y el FBI. No se me ocurre por qué nada relacionado con Lucy o su domicilio debería emitirse por REPAB.

—Sé que el FBI tenía un helicóptero en danza, y no era muy difícil saber por dónde —explica Jen—. La propiedad de Lucy en Concord ocupa lo suyo.

—¿Ah, sí? ¿Y por qué habrían de hablar los federales de uno de sus helicópteros tácticos por REPAB? —Marino la mira fatal—. La respuesta es que no lo harían. Estarían en la frecuencia del Control de Tráfico Aéreo.

—No se trataba de los federales. Eran los polis de Concord. Y además, había quejas con respecto a tu camionazo. —Se dirige a mí—. Bloqueaste un coche del FBI o algo así, ¿no? Parece que un vehículo de la policía de Concord comprobó qué hacía el helicóptero por encima de la casa de Lucy, y salió en la conversación que tu furgón bloqueaba un coche del FBI.

—No me digas —comenta sarcásticamente Marino—. ¿Pues

sabes qué? Nuestro trabajo no consiste en responder a tus preguntas. Tienes que irte.

—No estoy haciendo preguntas. Os estoy contando cosas que es evidente que ignoráis.

—No necesitamos tu ayuda.

—Igual no sois lo suficientemente listos como para pedírmela. —Mira fijamente a Marino y yo no doy crédito a mis ojos.

Marino le cierra la puerta en las narices. Lo último que veo de Jen es su boca abierta en señal de protesta. Me acerco a la ventana que está encima del fregadero. Me quedo ahí, mirando hacia fuera, mientras ella desciende los escalones. Sigue el caminito, se sube al enorme furgón blanco y se marcha. Siento una gran satisfacción al ver que las ruedas se deslizan por los ladrillos y acaban en el barro. Jen reacciona de manera un tanto aparatosa. La verdad es que yo conduzco ese trasto mucho mejor que ella.

36

El viejo dicho según el cual eres lo que comes tiene algunas implicaciones morbosas en mi caso. Puedo deducir muchas cosas sobre la gente a partir de lo que hay en su despensa y en su basura.

Ahora, Marino y yo estamos registrando la cocina mientras le advierto sobre Jen. No es la primera vez y me temo que tampoco será la última. El cubo de basura vacío está exactamente como lo dejamos, sin bolsa y con el chisme interior de plástico lo suficientemente subido como para mantener la tapa abierta.

—Preferiría que no lo hubieras hecho —estoy diciendo.

—Ya me conoces. Siempre soy sincero. —Cierra un cajón lleno de trapos de cocina.

—Por favor, no le des ningún motivo para demandar al CFC por ser un lugar de trabajo hostil en el que la gente le cierra la puerta en las narices, por ejemplo. Paso mucho de tu sinceridad.

—Me cae mal, pero no porque tenga mi antiguo trabajo.

Dentro del frigorífico, examino las estanterías con agua embotellada, zumos de frutas, vino blanco, paquetes de mantequilla y condimentos. Pienso en los contenidos gástricos de Chanel Gilbert. Parece que comió algo a base de marisco, probablemente un estofado criollo o una sopa, poco antes de que la mataran. Pero no veo verduras frescas como pimientos, cebollas ni nada que sugiera que cocinó algo así, y no hay ninguna caja de comida para llevar. Empiezo a preguntarme por esa basura que ha desaparecido. Se lo menciono con cautela a Marino, sabiendo que todo lo que decimos puede estar siendo escuchado.

Le informo de que no veo nada que indique que alguien haya comido o preparado algo de comer recientemente. La única excepción la constituyen los zumos de frutas. Hay cinco botellas de cristal con zumo, unos mejunjes de color rojo oscuro. Abro una y huele a jengibre, pimienta de Cayena, kale y remolacha. Tengo serias dudas de que esas pócimas puedan adquirirse en alguno de los colmados de la zona de Cambridge que yo haya visitado, y recuerdo de nuevo que esta casa está a menos de cuatro kilómetros de la mía. Apenas diez minutos en coche del despacho. Es posible que Chanel Gilbert y yo fuésemos de compras, pusiéramos gasolina e hiciésemos recados en los mismos sitios.

—Hay un montón de empresas dedicadas a los zumos de frutas —le estoy diciendo a Marino—, pero esta marca en concreto nunca la he visto en ninguna tienda.

Marino coge una de esas botellas llenas del rojo y oscuro zumo, le da la vuelta en la mano e inspecciona la etiqueta. La empresa se llama 1-Octen. Ahora recuerdo haber visto unas botellas iguales metidas en una bolsa que había en la parte de atrás del Range Rover.

—No viene la dirección de la empresa y no hay fecha de caducidad. Parece una etiqueta hecha con ordenador, ¿producto casero? —Devuelve la botella al frigorífico, se quita los guantes y echa mano al bolsillo en busca del móvil—. Y ahora la busco en Google y nada. Esa compañía no existe. Y menudo nombrecito. ¿Querrán decir «octano»? ¿Como un alimento o un supercombustible de alto octanaje?

—O como en «uno-octen-tres-uno» —le sugiero—. La composición molecular del odorante que, dependiendo de otras cosas, hace que la sangre huela a metal.

—¿Sangre?

—Esta mezcla particular de zumos va fuerte en remolacha, como se deduce de su intenso color rojo. Como la sangre, como la esencia, el fluido de la vida. Las remolachas tienen mucho hierro, y cuando la sangre nos toca la piel olemos a hierro. Uno-Octen es un nombre extraño para un alimento, y no resulta de muy buen gusto.

—Puede que Chanel Gilbert lo embotellara personalmente. Como ya he dicho, parece casero.

—Entonces hay que encontrar un exprimidor, un procesador de alimentos, un Ninja. Y no veo nada de eso en esta cocina.

—Bueno, igual practicaba el vampirismo, para completar el material ocultista que hay por todas partes —comenta Marino con sarcasmo.

—Parece que ella, u otra persona, era vegana y llevaba una dieta sin gluten. —Ahora estoy mirando la despensa—. No hay nada con trigo. Ni queso, ni pescado ni carne en el frigorífico o en el congelador. Mucho té de hierbas y mucho suplemento nutritivo. Una vez más, nada que caduque, exceptuando el zumo.

Me abstengo de comentarle los contenidos gástricos de Chanel Gilbert. Los veganos no comerían gambas ni ninguna clase de marisco, pero parece que eso es precisamente lo que ella comió antes de que la asesinaran. ¿Fue a algún restaurante anoche? ¿Pidió comida a domicilio o se la trajo algún conocido? ¿Habrá restos de su última cena en la basura que falta? ¿Realmente era vegana? No verbalizo esas preguntas. Si nos espía alguien, no quiero regalarle detalles de la autopsia.

Saco una bolsa para pruebas de la caja; he decidido llevarme una botella de ese zumo rojo porque no se corresponde con el contexto. Los zumos son frescos. Todo lo demás, no. Es como si nadie hubiera vivido aquí por un tiempo, pero sí ha estado alguien. Veo cosas que se contradicen. Detecto señales opuestas. De forma repentina, los relojes se ponen a sonar al unísono. Son las tres de la tarde. Luego viene un zumbido de cháchara radiofónica.

Marino sube el volumen, ajusta la sintonización y da con el informe de una pelea en marcha en un aparcamiento de la zona norte del bulevar Point.

—Dos varones blancos, probablemente menores, en un monovolumen rojo último modelo. Uno lleva una gorra de béisbol, el otro, una sudadera con capucha, aparentemente intoxicados y discutiendo en el interior del vehículo... —está diciendo el de la centralita; una unidad responde que se encuentra en la zona, y luego otra.

Marino vuelve a guardarse la radio en el bolsillo.

—Venga, Doc —me dice, suspirando—. Acabemos con esto de una vez.

Recorremos un pasillo de madera de pino que sospecho que ya formaba parte de la casa.

Las paredes son de estuco y de ellas cuelgan más muestras oscuras de arte inglés. Una puerta conduce a una biblioteca de madera de roble que es una galería de fotografías subacuáticas iluminadas por candelabros antiguos que han sido electrificados. Las estanterías empotradas están llenas de volúmenes de cuero con mucha solera que parecen comprados para decorar, y por un momento me quedo en el umbral, dedicada a mi gran inspección, como le llama Lucy.

Absorbo las vigas de madera oscura a la vista que hay en el techo de yeso, la chimenea metida en una profunda estructura de piedra. El suelo de tablas anchas está cubierto de alfombras rústicas como las que vimos en la bodega, y entre las dos ventanas con cortinajes hay un escritorio de caoba y doradillo. El ordenador que había encima ha sido llevado al laboratorio, según me informa Marino.

Empiezo a rodear la mesa de la biblioteca. Mide casi cuatro metros de largo; la parte superior es de entarimado, y la base está tallada a mano de forma muy elaborada. En el centro hay un decantador de cristal vacío, varios vasitos y otro reloj haciendo tic tac; este es de concha de tortuga, dorados y esmalte colorista, puede que de finales del siglo XVIII y con música. Miro mi propio reloj. Son exactamente las tres y cuatro minutos. El reloj ha sido sincronizado con los demás.

—¿Había alguna otra indicación de que Chanel Gilbert trabajase aquí? ¿Qué más había en el escritorio? —Me pongo a mirar las fotos enmarcadas de tortugas marinas, mantarrayas y barracudas.

Hay peces loro de color arcoíris, langostas españolas, una almeja reina y un mero enorme junto a las sombrías carcasas de unos barcos hundidos. El agua es de vivaces tonos verdes y azules, y la luz del sol se filtra a través de ella desde la superficie.

—Aquí nos hicimos con el ordenador, uno de esos Mac Pro de mesa. —Marino me ve mirar las escenas submarinas vibrantemente reflejadas en los candelabros espejados—. Y además tenemos su teléfono. También tiene un *router*, pero no servía de nada llevárselo, como la tele y demás aparatos electrónicos. En ese momento, no.

—¿Y qué me dices de un ordenador portátil, un iPad y demás artefactos?

Niega con la cabeza y yo me pregunto quién no tiene un portátil o un iPad en los tiempos que corren. Pero no lo comentamos. Me tomo mi tiempo observando a las criaturas marinas y los navíos hundidos mientras me asalta otra mala intuición desde los abismos de mi psique. Me voy dando cuenta lentamente de que lo que estoy viendo me resulta familiar.

Lo miro más de cerca y empiezo a reconocer los restos desperdigados del vapor griego *Pelinaion*, que se hundió durante la Segunda Guerra Mundial. Identifico el *Hermes*, el *Constellation* y muchos otros barcos naufragados en el Triángulo de las Bermudas. Donde tantas veces he buceado. Donde me dispararon el 15 de junio. Hace exactamente dos meses.

—No me dijiste nada de las fotos. —Se las señalo tratando de no parecer que le echo algo en cara, pero no me sale muy bien.

Donde me dispararon.

—Cuadros de vacas, fotos de peces. —Marino se encoge de hombros mientras echa un vistazo alrededor—. ¿Qué importancia tienen?

¡Donde me dispararon!

—Ese buceador. Aquí. Aquí... —Deambulo señalando, me late el muslo derecho—. Es la misma persona. ¿No es ella? ¿No es Chanel Gilbert?

La mujer se ve joven y ágil dentro de ese espeso traje de buceo negro de tres milímetros de grosor, con dobles rayas blancas en torno al muslo derecho. Las aletas y las gafas son negras, y su pelo, castaño, y entonces me percato de la cremallera. Me quedo clavada al suelo, pasmada. Rebusco en la memoria lo que vi en el vídeo que grabó mi máscara de bucear. Recuerdo las dobles rayas blancas en la pierna del traje submarino que Benton llevaba mientras intentaba meterme el respirador en la boca, y entonces caigo en la cuenta.

¿Cómo puedo estar segura de que se trataba de Benton? Él siempre ha dicho que me ayudó a salir a la superficie después de que me disparasen. Nunca he tenido ningún motivo para dudar de él hasta hoy, hasta este mismo momento, y vuelvo a ver lo que Lucy me pasó en la casa de la barca. La verdad es que no pude identificar al buceador que sale en el vídeo. No podría asegurar que fuese Benton, y tampoco me fijé en la cremallera del traje de esa persona. Pero en estas fotos que ahora estoy observando, el traje de bucear parece el mismo que he visto hoy... Y la cremallera va por delante. La mayoría van detrás y tienen una argolla muy larga para que puedas tirar de ella y ponértelo.

Las cremalleras en el pecho son relativamente nuevas. Hay gente que las prefiere porque el neopreno no constriñe tanto cuando la cremallera no recorre toda la espalda del traje. Yo suelo asociar las cremalleras delanteras con buzos profesionales, con policías y militares, y ni Benton ni yo tenemos trajes de buceo con la cremallera por delante. El del vídeo no era él. No era mi marido, el del FBI. No sé quién era ni qué hacía allí esa persona; ni si la buceadora que estoy contemplando ahora mismo en esas fotografías que hay en la biblioteca de Chanel Gilbert me salvó la vida y ahora está muerta.

Estudio atentamente cada foto, calculando que la mujer que aparece en ellas es de estatura mediana y pesa aproximadamente unos cincuenta kilos. Mira directamente a la cámara, y yo continúo introduciendo esa imagen en lo que he visto antes. Estoy casi segura de que son la misma persona, pero cuando examiné el cadáver esta mañana, el cabello estaba tan ensangrentado que no era nada fácil distinguir el color.

La nariz estaba rota; los ojos, hinchados y cerrados. La foto del carné de conducir de Chanel Gilbert no era reciente y se la veía más rolliza, con el pelo más claro y más largo. Pero creo que ella y la buceadora son la misma persona. No puede tratarse de una coincidencia. De hecho, forma parte del plan. Pero no es mi plan. Ni el de Marino. Es el plan de Carrie.

El Triángulo de las Bermudas. Donde me dispararon.

Se lo digo a Marino, pero lo descarta de inmediato:

—A ti te dispararon en la costa sur de Florida. Eso no pasó en el Triángulo de las Bermudas. —Mira en derredor, buscando dispositivos de vigilancia que no vamos a ver.

—Si trazas una línea desde Miami a San Juan, Puerto Rico, y de ahí a las Bermudas, ya tienes el triángulo de las Bermudas —le respondo, aunque la geografía no es mi fuerte.

¿Lo sabía Lucy?

Estuvo en las Bermudas la semana pasada. Cuando aterrizó en Logan, su jet privado fue registrado por los de Aduanas. De eso me gustaría hablarle a Marino, pero no lo voy a hacer. Me mira fijamente y luego hace lo propio con las fotos de la pared; detecto tráfico en la radio manual que ha metido en el bolsillo trasero de los pantalones negros que le han prestado. El altercado de la zona norte del bulevar Point era una falsa alarma. La policía ha abandonado el aparcamiento.

—Es evidente que Chanel estaba familiarizada con naufragios en las Bermudas. —Señalo una fotografía de la buceadora nadando cerca de un tiburón pequeño—. Cuanto más la miro, más convencida estoy de que es ella, a no ser que tenga una hermana gemela.

—No sé nada de que se dedicara a bucear —dice Marino—. Lo único evidente es que le debía de gustar la fotografía subacuática; a ella, a su madre o al decorador.

—Es bastante fácil averiguarlo.

Debería haber diplomas de la Asociación Profesional de Instructores de Buceo (APIB) o de la Asociación Nacional de Instructores de Submarinismo (ANIS). Ella habría seguido sus cursos. Tendría diplomas y su nombre debería figurar en listas de miembros. Debería tener el equipo de buceo en casa, a no ser que lo guardara en otro sitio, así que vuelvo a sacar el tema.

—¿Tiene más casas? —pregunto, poniendo a prueba mi tozuda calma.

—Buena pregunta.

Lo que realmente quiero saber es si ella y Lucy estuvieron juntas recientemente en las Bermudas. Lucy dijo que fue allí a bucear, pero nunca lo haría a solas. Lucy nunca se sumergiría sin un compañero de buceo, y puede que se tratara de Chanel Gilbert; la persona que Lucy describió como una amiga de Janet. Habrá que averiguarlo. Los dispositivos electrónicos recogidos aquí han sido depositados en el laboratorio de Lucy o lo estarán antes de que acabe el día.

No puedo ponerla a revisar los ordenadores de Chanel, ni su teléfono, ni sus lápices de memoria ni ningún equipo de vigilancia si resulta que tenían una relación personal. Pero incluso mientras le doy vueltas a eso, una parte de mí ve más allá. Puede que Lucy no vuelva a mi oficina. Jamás. Ahora mismo, no sé qué le pasa. No tengo ni idea de lo que puede ocurrir a continuación, ni lo lejos que puede llegar el FBI para arruinarle el resto de su vida.

Pero nada de esto le comento a Marino porque si lo hago, se lo estaré diciendo también a quien pueda estar escuchando. Se lo estaría diciendo a Carrie. O al FBI. Y lo siguiente que me viene a la cabeza es que igual Lucy no sabe que Chanel está muerta. Suponiendo que realmente la conociera. Aún no hemos informado de su identidad; decido que más me vale comprobar que no corra nada al respecto por Internet. Vuelvo a llamar a Bryce. La conexión deja mucho que desear. Le pregunto dónde está.

37

—Aquí nunca hay buena cobertura —me dice—. Cosas del campo magnético, ¿sabe? ¿Se imagina una bandada de estorninos saltando de los árboles al unísono? Pues lo más parecido a esa enorme nube negra de pajarracos demoníacos son todos esos pequeños electrones que van por ahí jodiéndote el móvil. Podría llamarla por el fijo, si lo prefiere.

—Va a ser que no —le respondo.

—La estoy perdiendo, así que voy a ir al grano.

—Soy yo quien llama, Bryce.

—¿Oiga? Doctora Scarpetta, ¿me oye? ¿Me oye o no? Esto es Fort Knox.

—Solo dispongo de un minuto.

—Lo siento. Me he movido un poco. ¿Me oye mejor? Me está dando una especie de mareíllo. Debe de ser por falta de oxígeno. Yo creo que todo empeora después de pasar el aspirador: para mí que esos movimientos de aire igual alteran el nivel del laboratorio. ¡No me extrañaría! Estoy sentado y me acabo de dar cuenta de que no he comido nada en lo que llevamos de día. Peor aún: me he zampado unas patatas fritas que llevaban demasiado tiempo en el cajón.

El charlatán de mi jefe de equipo está con Ernie en el laboratorio de pruebas, cuyas paredes, techo y suelo de cemento están reforzados con acero. Por eso la cobertura nunca es buena por ahí. No es culpa del Microscopio de Análisis por Electrones (MAE) ni de la espectroscopia Fourier de Transformación de Infrarrojos (FTI) ni de ningún otro artefacto de alta tecnología que utilicemos para identificar materiales desconocidos. Es imposible que mareen a Bryce. Pero el hombre no necesita la ayuda de circunstancias, lugares o equipos especiales para encontrarse mal.

—Empieza a tú con las novedades. —Soy consciente de que cualquier grabadora oculta que haya en la casa de Gilbert solo tiene acceso a mi parte de la conversación.

Lo que Bryce diga no será escuchado. A no ser que me hayan intervenido el móvil. A no ser que Carrie o el FBI le hayan metido mano. Me propongo mantener la calma y la serenidad, concentrarme en lo que estoy haciendo y en por qué estoy aquí. Pero cada vez es más difícil, prácticamente imposible. Chanel Gilbert se sumergió en el Triángulo de las Bermudas. Lucy también rondaba por allá. Ahora Chanel ha sido asesinada y la propiedad de Lucy ha sido asaltada por el FBI. Un agente de policía ha desaparecido, y Marino y yo volvemos a estar solos en esta mansión cuyos relojes se ponen misteriosamente en marcha, la mesa se pone sola y las puertas se abren y se cierran por voluntad propia, según parece. Es como si aquí no pudiésemos escapar de la gravedad. Nos atrae como un agujero negro.

—Bueno, el titular es algo muy chachi que ha descubierto Anne. —Bryce se lanza a explicarme qué pinta en el laboratorio de pruebas.

—Espero que no hables en sentido literal y que haya salido algo en la prensa.

—¡No! Pero es tan estimulante que debería salir, y estoy convencido de que será la bomba cuando acabe haciéndolo.

—Ahora no. Hasta que yo lo diga, nada.

—Se expresa usted como si la estuvieran apuntando a la cabeza con un arma o fuese un personaje chungo de una película cutre de animación. Me refiero a que el Gran Hermano la vigila y que la privacidad es algo que ha dejado de existir. Así pues, más vale que hable yo. Anne encontró una extraña pieza de cristal envuelta en sangre, lo que me lleva a preguntarme: Dios mío, ¿qué pudo pasar? ¿Cómo llegó eso al cuerpo de Chanel Gilbert? Me consta que vivía en una casa que se remonta a cuando aún ahorcaban a las brujas, pero a no ser que se hallara más material así en su interior...

—¿Más material?

—La huella mineral que apareció en el MAE.

—¿Podrías ser un poco más preciso? Supongo que estás con Ernie, ¿no?

—Vale. No se retire.

Oigo al fondo la voz de Ernie, y luego vuelve Bryce con la respuesta:

—Para ser más preciso, cuarzo de arena, ceniza de soda y piedra caliza. Es decir, cristal. Con restos de plata y oro —repite como un loro lo que le va diciendo Ernie—. Prácticamente indetectables. Pero podrían venir de simple suciedad, claro está.

—¿Qué suciedad?

—Bueno, ese trocito de cuenta rota lleva cientos de años en algún sitio donde nunca brilla el sol. El oro y la plata podrían estar entre el polvo y, por consiguiente, no formar parte del vidrio, pero también podría ser que sí. Se capta a simple vista; lo que él llama «un susurro de metales preciosos». Que es una manera muy poética de hablar. Y también hay plomo.

—¿Ha identificado algo que pueda indicarnos dónde estaba ese elemento en concreto antes de que acabara donde lo hizo?

—Pienso en cada palabra, aunque me tiente no hacerlo.

Ella quiere controlarte.

—Un trocito diminuto de un ala de cucaracha; por eso hablé de suciedad en lugares asquerosos y escondrijos llenos de liendres —dice Bryce—. Oh, Dios mío, ¿y si la auténtica fuente es la propia casa? La madre que la parió. ¿Ha detectado insectos? ¿No será un caso de dejadez? Espero que no salga a la luz que la hija de Amanda Gilbert vivía como uno de esos pringados que salen por la tele con su mierda, sus mascotas muertas y bichos por doquier...

—Dile a Ernie que le llamaré directamente.

—Un momento. Está diciendo algo. ¿Qué...?

Vuelvo a oír al fondo la voz de Ernie. Distingo la palabra italiana *millefiore*. Se refiere a un tipo de cuenta que se fabricaba siglos atrás en Venecia y que se usaba como moneda.

Le cuelgo a Bryce y marco el número del laboratorio de Ernie. De repente, mi rey del microscopio preferido aparece por el pinganillo, y el sonido de esa voz familiar me aporta consuelo y alivio.

—No hace falta aclarar que esto no es algo con lo que me suela cruzar, Kay, pero sí me resulta familiar —explica—. No soy arqueólogo y no aspiro a serlo, pero con el paso de los años me he ido convirtiendo en un teórico del asunto, una especie de Sherlock a la hora de analizar los detritos de la sociedad. Cuando has trabajado en un montón de casos, ya no te queda mucho por ver, incluyendo restos del pasado. Como esas bolas de mosquete que pueden acabar por error en el laboratorio, o esos botones y huesos que resulta que pertenecen a la Revolución Americana.

—Y tú crees que eso viene de ahí, del pasado.

—He visto artefactos parecidos. Ya sabes que siempre he disfrutado mucho explorando, ya fuese con el microscopio o de otros modos, e igual recuerdas que hace un par de años me llevé a la familia a Jamestown, a la excavación que tenía allí. Dimos una vuelta personalizada al lugar y acabamos en el laboratorio para ver todos los artefactos. Y ese es un motivo de que el trozo de cristal de tu escena del crimen de la calle Brattle me resulte familiar. Nos retrotrae al uso de cuentas de colores para el comercio que practicaban nuestros primeros colonos para engatusar a los indios. Las que tenían más éxito eran las azules como el cielo. Supongo que las colaban como si fuesen mágicas o trajeran buena suerte.

—Estás hablando de finales del siglo XV, principios del XVI —le digo.

—Tu cuenta rota puede ser así de antigua.

—Te agradeceré más detalles, Ernie.

—Lo que tenemos es un fragmento de tamaño decente y

multifacético, hecho a base de tres capas de cristal, probablemente moldeado al calor de una lámpara de aceite en vez de optar por el vidrio soplado, que requeriría un lugar de trabajo adecuado y cierto equipamiento, como un horno. Tiempo atrás, la fabricación de cuentas era una especie de industria doméstica, como si imprimieras tu propio dinero, y lo más habitual a la hora de terminarlas era añadir unos puntitos de cristal coloreado o unas finas vetas de oro, cobre o plata, que le daban un toque especial a tan perfecta chuchería.

—¿Cuánto mide? —Sigo hablando de forma imprecisa, pero me está subiendo la presión y me estoy calentando de lo lindo.

—Cinco milímetros por tres, de una cuenta que supongo del tamaño de una perla pequeña. Seguramente, de unos nueve o diez milímetros, lo cual encaja con lo que llamaban cuentas para el comercio o cuentas esclavas. Se supone que Cristóbal Colón las cambiaba por vituallas y permisos para navegar por aguas hostiles. No me admires, lo acabo de encontrar en Internet. Las cuentas como la tuya también eran la principal moneda de cambio para el tráfico de esclavos en África Occidental. Ya sabes, endilgar unos abalorios resultones y largarse con el barco lleno de oro, marfil y seres humanos robados.

—Has hablado de colores. —Es indudable que lo que está describiendo no guarda ni el más remoto parecido con el metamaterial similar al cuarzo que encontré en la propiedad de Lucy.

—Sombras de azul con un poquito de verde —dice Ernie, haciéndome pensar en el ala de la cucaracha.

No he visto insectos, ni vivos ni muertos, dentro de esta casa, a excepción de las moscas, pero recuerdo la pelusa que había en mi pulcro furgón. Pienso en el detrito adherido a las plumas de la flecha en plan sorpresa sangrienta. Una prueba trasladada desde otro sitio, y puede que sea lo mismo en el caso del fragmento de cristal. Nada de lo visto hasta ahora me daría motivos para pensar que la cuenta rota procedía de esta casa; por lo menos, no de las habitaciones que hemos registrado.

—Llámame en cuanto tengas algo más —le digo a Ernie—. Jen debería aparecer pronto por ahí...

—Ya lo ha hecho, justo después de dejar el furgón en el hangar, y luego debo encargarme de eso también. ¿Tienes alguna instrucción especial aparte de las que me ha pasado Bryce?

—Trabaja lo más rápido que puedas.

—Ya estoy abriendo uno de tus paquetes mientras hablamos.

—Tengo curiosidad por un posible origen compartido. —Soy tan críptica que casi no se me entiende, lo cual me cabrea—. ¿Tiene sentido lo que digo? —Parezco un motor a punto de explotar.

—Por supuesto. Quieres saber si todo o una parte podría proceder del mismo sitio.

—Y qué clase de sitio. Rápido y con todo lujo de detalles.

—Si puedo decirte el sitio y darte una dirección exacta, así lo haré —bromea y no bromea.

Ernie se pondrá manos a la obra de inmediato porque me conoce. Llevamos años trabajando juntos. Es paciente y sabe escuchar, lástima que no pueda decir lo mismo de Bryce. Vuelvo a hablar con él y le digo en un tono que indica claramente que no estoy para tonterías:

—Dispongo de diez segundos. Cuando estuve aquí esta mañana, no vi nada parecido a lo que Ernie y tú me estáis describiendo.

—No me extraña.

—¿Dónde estaba? —Me resisto a pronunciar las palabras «cristal» o «cuenta»—. ¿En qué punto concreto del cuerpo? —Estoy a punto de emprenderla con él a gritos.

No le des esa satisfacción a ella.

—En la sangre, como ya te he dicho. Inmersa en el pelo ensangrentado —dice Bryce.

—Vale. Harold creyó ver algo así, pero luego no pudo encontrarlo.

—Pues Anne lo encontró con el CT. Se iluminó como Times Square, pero en diminutos puntitos, como un guisante partido. Resulta impresionante verlo ampliado quinientas veces en el MAE. Puedes distinguir las marcas de las herramientas donde lo sostenían mientras fundían el vidrio. —Lo dice alegremente, como si estuviésemos manteniendo una entretenida conversación.

—Bryce, necesito cerciorarme de que el nombre de Chanel Gilbert y cualquier otra información sobre ella y el caso no se han dado a conocer públicamente.

—Por nuestra parte, seguro que no. Pero ya sabes que está en Twitter, claro está.

—No lo sabía.

Lucy debe de saber que está muerta.

—Pues sí. Desde hace muy poquito. Pero no me sorprende. Ya no hay nada secreto —me recuerda Bryce.

—¿Y qué están diciendo?

—Solo que la hija de la famosa productora Amanda Gilbert ha sido hallada muerta esta mañana. No sé quién lo tuiteó. Supongo que una pila de gente.

Cuelgo y me encuentro mirando fijamente la fotografía de un tiburón martillo. Grande, con ojos muertos y dientes al descubierto. La buceadora está casi encima. No tiene miedo. Puede que sonría.

No le entregues tu miedo. No le des lo que quiere.

En otra foto, la misma buceadora está sacando un hilo de pescar hecho un gurruño de la boca de un tiburón tigre. Chanel Gilbert. Valiente y aventurera. Buena con los animales, según parece. Sin miedo alguno. Segura de sí misma. Puede que demasiado confiada. Puede que nunca le pasara nada hasta que la mataron a golpes sobre el suelo de mármol. Me imagino un ataque relámpago. No lo vio venir.

Estaba en el salón, apenas vestida, y no se sentía físicamente amenazada. No he encontrado heridas defensivas que indiquen que intentó protegerse. Y de repente, estaba en el suelo recibiendo golpes. Estaba confiada por algún motivo. No estaba en guardia y creyó que no tenía nada que temer, pues si no, no habría estado en el recibidor casi desnuda. Es improbable que estuviese tan poco vestida y tan vulnerable caso de hallarse con un extraño.

Conocía al asesino.

El patrón sanguíneo muestra que fue asesinada donde la encontraron. Pero eso no significa que el cuerpo no se tirara allí un buen rato. Eso explicaría que la hora de la muerte no tuviese la menor lógica, y me viene otra imagen. Carrie volviendo al recibidor para disfrutar del espectáculo. Podría haber compartido la casa con la muerta durante horas o días.

Su relación era sexual. Por lo menos, para ella.

—¿Las ves? —Señalo las fotografías.

—Sí, creo que tienes razón. —Marino está mirando por encima de mi hombro—. Es Chanel Gilbert. Es obvio que era una gran submarinista.

—No parece tenerle miedo a casi nada.

—O eso o era idiota. Y en mi opinión, cualquiera que intente sacarle de la boca el anzuelo a un tiburón es un idiota.

—No creo que fuese una idiota. Y tenemos que preguntarnos en serio quién era en realidad. —Consulto el reloj y veo que son casi las cuatro.

—Los informes dentales... —empieza a decir Marino.

—Sí, parecen confirmar que se trata de Chanel Gilbert, pero creo que es como todo lo que estamos viendo, Marino. Nada es lo que parece. Ni ella.

Salgo de la biblioteca antes de que pueda responderme. No espero a que recoja su caja de escenas del crimen.

—¡Oye! ¡Espera! —me grita, pero yo ya no le espero a él ni a nadie.

Se apresura detrás de mí, agarrado a la caja, con los pies envueltos en Tyvek golpeando y resbalando sobre el pasillo de madera. Acaba en el ala principal, un añadido con suelos de roble y unas paredes de un material distinto al que he visto en otras estancias. Los elementos estilísticos son neogóticos, seguramente de mediados del XIX, y la puerta cuenta con un arco puntiagudo de lo más elaborado. En el interior hay columnas de claustro y molduras decorativas. Las cortinas están corridas.

Enciendo las luces y me convierto en un espectro, en una presencia silenciosamente vengativa que introduce los dedos en unos guantes de nitrilo negro. No me muevo del umbral mientras contemplo el interior, esa antigua cama revuelta ornamentada con animales tallados en la madera que vigilan la habitación como si fuesen gárgolas.

38

Las sábanas están apartadas, como si Chanel Gilbert se acabara de levantar y fuese a volver en cualquier momento. Suponiendo que fuera ella la que dormía aquí.

Ella —o alguien— no se molestó en hacer la cama o, por lo menos, arreglarla un poco. No se vistió. ¿Qué ocurrió? ¿Apareció alguien de manera inesperada? ¿Estaría ya su asesino dentro de la casa? Las preguntas se suceden una tras otra, y me pregunto si Chanel tenía por costumbre dormir desnuda. ¿Se levantó y se puso la bata de seda negra que llevaba cuando se encontró su cadáver? ¿Iba desnuda por algún otro motivo?

Detecto el hedor de la carne en descomposición, pero es un fenómeno olfativo, de la misma manera que hay dolores fantasma. Es un recuerdo. Lo estoy imaginando. El olor se ha disipado y la verdad es que no puedo captarlo desde esta remota parte de la mansión. Pero pensar en él me recuerda un hecho inevitable que lleva reconcomiéndome todo el día. El avanzado ritmo de la descomposición indica que Chanel Gilbert no murió a última hora de anoche ni, desde luego, a primera de esta mañana. Las condiciones *post mortem* no se mantienen inalterables en plena ola de calor, cuando el aire acondicionado ha sido apagado.

Pero el significado de ese fenómeno tan morboso puede ser malinterpretado si se nos da una información errónea, como creo que ha ocurrido, y eso es lo que me lleva hasta sus contenidos gástricos. Las gambas, el arroz, las cebollas y los pimientos apenas habían empezado a ser digeridos. El estofado criollo de marisco sería un desayuno muy extraño, pero eso tampoco quiere decir gran cosa. La gente come de todo a todas horas, según le da por ahí. Lo que puedo afirmar con total certeza es que almorzó, cenó o picó algo, que seguramente se bebió una copa de vino y que inmediatamente después le pasó algo. Se murió. O estaba tan traumatizada y alterada que le dio un patatús y la sangre se le fue a las extremidades. En cualquier caso, se le interrumpió por completo la digestión.

Lo cual podría sugerir que comió con su asaltante, seguramente dentro de la casa y probablemente sentada a esa mesa de la cocina sobre la que ahora destaca un plato de coleccionista descolgado de la pared. Probablemente, Chanel se levantó después de comer y, al cabo de unos momentos, fue asesinada a palos. Si hubiese salido a cenar y la hubieran atacado después de volver a casa, lo más probable es que su digestión estuviera más avanzada; y entonces me acuerdo de la bolsa de basura desaparecida. Me imagino que alguien se presentó en la casa con comida para llevar. Podría haber sido la misma Chanel. O podría haber sido su asesino... Podría haber sido Carrie Grethen.

Me imagino a Chanel comiendo, seguramente unos minutos antes de ser atacada o asesinada, y me resulta curioso que no haya pruebas de su última ingesta en la basura de la cocina, que tampoco está en los contenedores laterales de la casa. Tampoco hay ningún recibo de un restaurante. Pero lo cierto es que no necesito pruebas así, por útiles que puedan serme. El contenido del estómago de Chanel es suficiente para decirme lo que ingirió antes de morir. No sé si el asesino previó correctamente lo que íbamos a encontrar en la autopsia. Es posible que ni tan siquiera Carrie esté versada en las sutilezas de la digestión.

Si no fuera por lo que asegura la asistenta, yo situaría el asesinato de Chanel Gilbert unas veinticuatro horas antes de lo que se supone que debemos creer. Ni esta mañana ni ayer, sino el mediodía o la noche anteriores. O sea, que podríamos remontarnos al miércoles. El mismo día en que Bryce hizo lavar y adecentar nuestros vehículos del CFC. Probablemente, el mismo día en que se cargaron la luz de posición del furgón.

«La asistenta se confunde o miente.»

—¿Qué pasó realmente aquí? —le susurro a la habitación vacía.

El suelo de tablas muestra en el centro una alfombra oriental. El techo, unas vigas. Las cortinas de seda de color marfil están corridas, al igual que la pantalla opaca de detrás.

—Oh, oh. —Tengo a Marino justo detrás de mí—. Cuando empiezas a hablar con muertos, es el momento de dar por concluida la jornada.

Entro y huelo a flores y especias. Sigo mi intuición y a mi nariz. El aroma me lleva a una cajonera.

—Me gustaría abrir esos cajones —le digo a Marino.

—Por mí, adelante.

—¿Los miraste cuando estuvimos aquí la primera vez?

—No tenía motivos para registrar todos sus efectos personales, y tampoco había tiempo para ello. Solo era un accidente. Y luego tuvimos que salir pitando hacia la casa de Lucy.

—Ya, pero ahora hemos vuelto.

—No me digas.

Siento que me mira. Le noto el humor sombrío y lo tenso que está mientras encuentro lo que busco en el primer cajón que abro.

Está vacío a excepción de un pote de cerámica en forma de bola. Lo cojo y distingo los perfumes de la lavanda, la camomila, la verbena y algo más que no espero y no sitúo. Es fuerte, pero sutil, lo cual es muy raro en una fragancia doméstica.

—Puede que hubiese algo entre ellas. —Marino no me quita la vista de encima—. Y creo que ya sabes de qué te hablo, Doc. No hace falta que siga.

Ya sé de qué habla y no hace falta que siga. Le entiendo más por cómo lo dice que por lo que dice. Marino sugiere que Chanel y Carrie podrían conocerse. Y puede que a fondo. Ha llegado a esa conclusión él solito.

—El *pomander* es una antigüedad, pero la mezcla no lleva ahí dentro mucho tiempo. Es reciente. —Tengo la impresión de que alguien más que Chanel ha estado utilizando la casa.

Lo cual sugiere más cosas desagradables, por decirlo suavemente. Si Carrie conocía a Chanel y esta conocía a Lucy, ya tenemos un enlace entre las tres. Chanel ha sido asesinada. No hay pruebas de la existencia de Carrie. Eso deja a Lucy a merced del FBI. Me temo que ese puede ser el motivo de todo, pero no logro columbrar por qué.

—¿El po- qué?

—Es un frasco en el que se meten hierbas aromáticas, al natural o en bolsitas. —Abro más cajones—. Este *pomander* es antiguo. No es una reproducción y parece de la misma época que cuando se añadió esta ala a la casa, en torno a los años de la Guerra Civil, probablemente algo antes o algo después. No estoy segura. Pero, desde luego, no es del siglo XVII. Pero tampoco es moderna.

Paseo los dedos enguantados por unas prendas de atletismo pulcramente dobladas, puede que haya media docena de tops y algunos pares de mallas. Talla pequeña. Algunas prendas aún llevan puesta la etiqueta. Ninguna es barata.

—Entre mediados y finales del XVIII, calculo —le sigo explicando a Marino lo que veo y lo que pienso—. Lo importante es que las hierbas secas, las flores o los aceites utilizados son frescos, pues en caso contrario no olerían tanto.

—¿Quieres llevártelo al laboratorio? —Levanta los cierres de la caja.

—Sí... —De repente, me entra la sensación de hallarme dentro de un pub.

Lo dejo todo por un momento para concentrarme. Y entonces me viene a las mientes.

—Huelo a lúpulo —le digo a Marino y a quien pueda estar escuchándonos.

—¿Como en la cerveza?

—Como en la fabricación de la cerveza. —Mi voz es fuerte y audible, pero me doy cuenta de que suena agresiva.

Donde juega uno, juegan dos, ¿no?

—Suena a deseo repentino. La verdad es que yo me apretaría un par de birras ahora mismo —dice Marino.

—El lúpulo tiene otras utilidades, incluyendo las medicinales —le explico en tono ausente, como si me importase un rábano.

Marino olisquea el aire que me envuelve:

—No huelo nada, pero eso no es nada nuevo cuando estoy contigo. Yo creo que fuiste un perdiguero en una vida anterior. Será interesante ver si Chanel tenía algún problema. Si podía estar enferma.

—No lo creo. Por lo menos, no hemos visto nada que apunte en esa dirección. Ya veremos lo que sale en histología, pero Luke lo habría mencionado si hubiese encontrado indicaciones de que tenía una enfermedad o algún otro problema serio.

—Bueno, yo no soy un experto —dice Marino—, pero mucho de lo que estamos viendo en esta casa es lo que yo suelo asociar con gente preocupada por la mala suerte, la mala salud o la muerte.

Carrie hizo un pacto con Dios para no sufrir un destino parecido.

La oigo hablar en el vídeo, explicando la historia de su vida como si yo pudiera compadecerme de sus desgracias. No es así. Con ella no valen la humanidad ni la comprensión. Me da igual lo que le pase. Veo su piel pálida y su corto cabello platino mientras lee su guion en voz alta y sostiene un frasco de esa poción protectora especial que, en teoría, la mantiene joven.

—Con toda probabilidad, lo que estamos viendo indica una preocupación por la salud o un problema físico de algún tipo; posiblemente, algo que causa incomodidad, dolor o algún tipo de vergüenza, como un tic, un temblor o una deformidad —sigo explicándole a Marino, pero me dirijo a ella—. Podemos deducir que esa persona tiene un sistema de creencias de lo más atípico —o sea, que ve visiones— sobre el poder curativo de las plantas y otros elementos naturales, como los metales.

Cobre.

—La planta del lúpulo es en realidad una prima del canna-
bis, y se ha utilizado para reducir tumores o para ayudar a dormir. —Veo el *pomander* encima de la cómoda—. Sospecho que
Chanel, o alguien que ha vivido aquí, sufría de insomnio, ansie-
dad, depresión o cualquier otro desequilibrio mental. —Me
imagino la reacción de Carrie si está escuchando.

«No se toma muy bien los ataques a su narcisismo. Y los
soluciona muy mal. Por regla general, matando a alguien.»

—Pero la marihuana medicinal no encaja con eso. No se trata de una superstición. No es una chaladura —añado—. ¿Y ahí
es donde la guardaban? No me parece un escondrijo a prueba de
nada.

Marino tiene el armarito abierto y veo que hay muy poca
cosa dentro, solo unas cuantas camisas y chaquetas y algunas
bolas de naftalina para desanimar a las polillas. Está levantando
un botiquín de caoba por sus deterioradas asas de plata. Lo deja
sobre la alfombra y levanta la tapa enmarcada en terciopelo rojo.
No está cerrado. No se adivina la menor preocupación por la
posibilidad de que alguien robara la medicación de Chanel, si es
que eso es suyo.

Dentro de la caja, los compartimentos de madera y los pequeños cajones están llenos de cuentagotas con tinturas de can-
nabis, infusiones para mascar y contenedores de plástico con
brotes. Indica. Sativa. Varias mezclas de cannabidol (CBD).
Cojo un frasco. El nombre de la compañía es Cannachoice.
Nada en la etiqueta indica dónde se fabrica, pero coincido con
las teorías previas de Marino.

—Esto no es de por aquí. —Devuelvo el frasco a su debido
compartimento—. Estoy bastante segura de que no se vende
nada de esto en ningún dispensario de Massachusetts, y no hay
manera de que los cuidadores tengan acceso a tinturas de tan alta
calidad. Dudo mucho que se pueda encontrar algo así en toda la
costa Este. Puede que en el futuro sí, pero ahora mismo no.

—Me huele a California. —Marino vuelve a dar por sentado
que la fuente es la madre ricachona y bien relacionada.

—Podría venir de allí o de Colorado. Lo más probable es

que del estado de Washingto. —Cojo otro frasco, una mezcla a base de quince partes de CBD y una de TCH: el sello de plástico del cuello está roto.

Desenrosco el tapón y saco el cuentagotas. La tintura de dentro es espesa y dorada. Huele a hierbas dulzonas y no se parece en nada a algunos de los extractos caseros que he visto hasta ahora, esos pegotes negros que parecen de alquitrán y que resultan demasiado amargos como para ponérselos bajo la lengua o mezclarlos con comida o bebida. Recordar por qué me puse a investigar todo eso me sienta como una sacudida. Y me pilla por sorpresa de un modo tan rápido como triste y potente.

No hace mucho, aprendí más sobre la marihuana medicinal de lo que nunca pensé que necesitaría saber, hablando con expertos, navegando por Internet y pidiendo todos los productos legales posibles tras haber descubierto que a la hermana de Janet le habían diagnosticado un cáncer de páncreas en fase 4. Hablé con médicos especializados en tratamientos alternativos. Leí todos los artículos de prensa que pude hallar. Nada de lo que pudiese conseguir legalmente le iba a ser útil a Natalie, cosa que me hacía sentir fatal. Y sigo sintiéndome así cada vez que recuerdo las discusiones a altas horas de la noche, la injusticia, la desgracia y el tono combativo de Lucy cuando le dije que habíamos hecho todo lo posible. Dentro de la legalidad, así era.

«A la mierda. Mira lo que viene ahora.» Esa fue su respuesta, y recuerdo que cuando la pronunció, Janet y ella estaban sentadas en el banco circular que hay en torno del gran magnolio de mi jardín trasero. El sol se estaba poniendo y bebíamos bourbon mientras ellas hablaban de quimioterapia. Natalie no podía comer. Apenas podía digerir el agua. Sufría dolores, se sentía angustiada y deprimida y lo que necesitaba era marihuana medicinal. Que no es legal en Virginia. Aquí, en Massachusetts, sí lo es, pero hasta ahora no existe ningún producto a la venta. Solo hay brotes, que según Lucy resultan más arriesgados que las falsificaciones.

«La hierba es más difícil de ocultar a los perros policía y a la gente que está en contra», señaló.

Estábamos cenando en mi casa cuando Lucy dijo eso después de que la conversación se calentara. Lucy planteó ciertas amenazas sobre las que no me gustaría que me preguntasen bajo juramento. Puedo imaginar a las Jill Donoghue de este mundo emprendiéndola conmigo:

«Doctora Scarpetta, ¿su sobrina le ha hecho alguna declaración referida a su falta de respeto por la ley?»

«Solo cuando la ley era idiota.»

«¿Eso es un sí?»

«Solo en parte.»

«¿Qué dijo ella exactamente?»

«¿Cuándo?»

«Recientemente, sin ir más lejos.»

«Dijo que no obedece leyes idiotas redactadas por gente idiota y corrupta. Y no hace mucho de eso.»

«¿Y no le sacó la bandera roja?»

«Literalmente, no.»

Los tecnicismos logísticos y legales no van a detener a Lucy cuando ya ha tomado una decisión; y según su manera de pensar, el fin justifica los medios. Siempre. Sin excepción. Da igual cómo llegue a esa conclusión, así que me puedo imaginar perfectamente lo que hizo durante esos meses en los que Natalie se moría. Lucy nunca me ha contado nada. Y yo jamás le he hecho preguntas al respecto. Se fue a Colorado en su jet privado. También recurrió al helicóptero para salir de Virginia, pero no me lo contó y yo no se lo pregunté; pese a que, habitualmente, siempre puedo llamarla para hablar.

Le habría preguntado por Cannachoice y si sabía de dónde venía. Porque podría saberlo y eso constituiría una información importante, ya que hay frascos de esa sustancia en una escena del crimen que probablemente está diseñada por Carrie Grethen. Normalmente, yo estaría ahora al teléfono con Lucy, haciéndole un montón de preguntas. Pero las cosas no son exactamente normales, y si alguien ha puesto una trampa, mi intención es asegurarme de que no es mi sobrina quien cae en ella. No sé si el FBI seguirá en su propiedad. No sé si Erin Loria sigue ahí, intentando interrogarla o leerle sus derechos o vete a saber qué. No quiero empeorar las cosas.

Y además, me digo, muy pronto nos enfrentaremos a un bochorno de los buenos cuando nos toque hablar estando ella en mi casa. Lucy, Janet, Desi y *Jet Ranger* se quedarán con Benton y conmigo, y también estará *Sock*, el galgo que rescatamos. Todos juntos por un tiempo, y me consuela pensar, aunque sea sin base alguna, que lo superaremos todo.

No soy obtusa. No soy ingenua. Pero es como si acechara sobre mi propio destino, viendo desde arriba la espantosa y negra sombra de algo que no soporto ver de cerca o identificar, y sé que me estoy engañando a mí misma. Me confundo con lo más importante, que son Lucy y Benton. Y Marino. Y toda la gente a la que quiero.

—Llevémonos todo esto al laboratorio —decido sobre el contenido del botiquín de anticuario—. Lo analizaremos y veremos exactamente lo que hay.

Me acerco a la cama y huelo la misma fragancia floral y especiada de por aquí, pero con un elemento añadido.

Peppermint.

39

Las dos almohadas parecían haber sido utilizadas. Bajo la izquierda, la más cercana al baño, hay una bolsita de satén negro cerrada con un hilo.

Parece un saquito hecho en casa: más de lo mismo. Me recuerda a los zumos naturales, las velas del salón y los relojes a los que se dio cuerda. Aquí hay alguien muy trabajador en lo relativo a la fruta fresca, las verduras, las hierbas y los remedios homeopáticos, pero no hay pruebas de que todo ese esfuerzo se haya llevado a cabo en el interior de la casa.

«Es un preparado para la regeneración de la piel... Úsalo para no destruir por completo tu suave y tierna piel», se filmó Carrie diciéndolo.

Está obsesionada con su salud, su juventud y, sobre todo, su poder, y está muy dotada para moverse como Pedro por su casa sin dejar huella. A no ser que pretenda que encontremos esa huella. Como la grabadora que había dentro de la caja de plata. Como la sangre latente que reacciona ante un agente concreto. Sabe que yo la buscaría. Sabe cómo pienso y funciono, y soy muy suspicaz con respecto a lo que significa todo esto y a lo peligroso que podría resultar quedarse dentro de la casa.

Ella te quiere aquí.

No puede haber dudas al respecto.

Deberías largarte ya.

Deshago aún más la cama y observo atentamente las sábanas: son de fino algodón de color crudo y las cubría un edredón gris pálido. Arrastro las sábanas del todo y doy con una chaqueta de pijama de seda negra del revés. Chanel estaba desnuda porque se quitó el pijama. O alguien lo hizo. ¿Y dónde está la parte de abajo? No estaba ni en los cajones ni con el cuerpo. Le pido a Marino que me recuerde lo que dijo Elsa Mulligan, la asistenta. Según ella, Chanel salió de aquí a eso de las tres o tres y media de la tarde. Recuerdo que Marino ya me lo dijo, cosa que él me confirma. Dice que eso es lo que le dijo Hyde cuando llegamos a la casa por primera vez, a eso de las ocho y media de esta misma mañana.

—Como ya te dije, la asistenta y Hyde hablaron unos minutos —dice Marino—. Y eso fue todo.

—Y para cuando llegamos nosotros, ella ya se había ido. —Me parece un detalle que va ganando importancia—. ¿Qué pasa si intentas llamarla? ¿Sabemos si de verdad puedes dar con ella?

—Aún no lo he probado. Hemos estado un pelín ocupados. Se supone que la asistenta mencionó que Chanel, anoche, se quedó en casa trabajando —repite la misma historia—. Se supone que nada indicaba que pudiese estar esperando a alguien; y se supone que rompió con un novio la pasada primavera. Se supone que Elsa y Chanel se conocieron en Nueva Jersey hace un par de años.

—Veo que *se suponen* muchas cosas.

—Pues sí, un montón. Ahí le has dado. Pero a estas alturas yo ya no me creo nada.

—¿Ha hablado alguien con su supuesto exnovio? ¿Sabemos con seguridad si existe ese exnovio?

—Carrie Grethen estaba en Nueva Jersey hace dos meses, justo antes de irse a Florida —repite ese dato.

—Y esa era mi siguiente pregunta. ¿Le preguntó Hyde a la asistenta cómo conoció a Chanel? ¿O ella misma se lo dijo?

Sabemos que Carrie estaba en Nueva Jersey hace solo dos meses. Sabemos que antes ya había matado allí a una mujer, a tiros, mientras esta salía de su coche en el ferry de Edgewater.

No puedo evitar preguntarme si no será otra amenaza lo de que la supuesta asistenta mencionara Nueva Jersey. Es un tema muy emotivo para mí. Yo estaba en Morristown cuando me enteré de que Carrie Grethen seguía viva y matando gente por motivos tan propios como retorcidos. Cuando Lucy me lo contó, estábamos sentadas en el mismo bar en que había estado Carrie.

—No lo sé porque yo no los vi hablar. —Sigue explicándome Marino que él no llegó a interrogar a la mujer que decía ser Elsa Mulligan—. Estaba contigo en ese maldito furgón tuyo.

—¿Y qué podría pasar si trataras de llamar a Elsa Mulligan ahora mismo? —Tengo la impresión de que ya me sé la respuesta.

No pasará nada. Nunca le echarás el guante.

—No pienso hacerlo hasta que acabemos aquí —dice Marino—. Pero ya sé adónde quieres ir a parar. Todo lo de esa mujer chirría.

—Exacto. Así es. —Mis ojos recorren lentamente la habitación, buscando cualquier atisbo de algún dispositivo de vigilancia oculto.

No los voy a encontrar si Carrie no quiere, y noto el cambio que se ha apoderado de mí. Es inusual y siempre sucede del mismo modo. No detecto la transformación hasta que ya ha tenido lugar y es irreversible y definitiva. Como un motor al encenderse. Luego viene un breve y escalofriante silencio. Una sensación de flotar. Una calma perfecta. Y entonces las señales de advertencia brillan en color rojo y se disparan las bocinas y aúllan las sirenas porque estoy a punto de chocar. Pero lo que estoy oyendo es la radio de Marino. La tiene en la mano y la está ajustando.

—Algo en el River Basin —anuncia en un tono entre molesto y cansado—. El mismo monovolumen rojo con los mismos adolescentes borrachos de los cojones, me temo. Solo que ahora uno de ellos puede que tenga un arma.

—¿Qué clase de monovolumen rojo? —me escucho preguntar antes de haberlo pensado.

—Último modelo, puede que de gama alta. Eso es todo lo que sé, por lo que he oído en la radio.

—Los mismos delincuentes juveniles y el mismo monovolumen. Ya han salido varias veces, ¿y no hay más detalles al respecto? ¿Qué clase de monovolumen? —pregunto de nuevo.

—No hay más información —dice Marino—. Lo normal es que hubiese un número de matrícula, una marca, un modelo o algo así.

Estoy pensando en el Range Rover desaparecido y lo menciono. Soy la primera en reconocer la improbabilidad de que esos chavales lo robaran mientras diluviaba, después de que la policía estuviese en la casa durante casi toda la mañana. Todo parece indicar que las llamadas al 911 sobre un monovolumen rojo, último modelo y de gama alta, y un par de gamberros no tienen nada que ver con lo nuestro.

—¿Y si hay una relación? ¿Y si esos dos no son lo que aparentan? —pregunto—. ¿Y si es un juego?

Ya sabemos quién puede jugar a algo así y por qué; y el River Basin está cerca de aquí. A solo unos minutos de la residencia Gilbert.

—Supongo que habrá que contemplar la peor de las posibilidades —dice Marino antes de ponerse a la radio—. ¿Algo nuevo sobre el monovolumen rojo y los mendas de dentro? —le pregunta a la telefonista, aunque de una manera menos coqueta que de costumbre—. ¿Tenemos un número de matrícula, una marca, un modelo?

—Negativo. Nada nuevo. —La telefonista (Helen, supongo) también suena apesadumbrada, como si hubiesen anunciado en alguna parte que en este mundo no funciona nada.

—¿Tenemos el número de teléfono del denunciante? —Marino está apretando los músculos de la mandíbula.

Helen recita un número con un prefijo que no me suena. Pero no es de aquí. Marino llama a ese número y el teléfono suena, suena y sigue sonando.

—No hay buzón de voz —me dice—. Lo más probable es que sea un móvil chungo y desechable. Seguramente se trata de unos chavales que se lo están pasando en grande incordiando a la policía.

—Te mueres de ganas de creerlo, ¿verdad?

—Siempre es mejor que la alternativa de que alguien se esté paseando en el Range Rover rojo de una muerta, ¿no?

—O que sea el asesino de Chanel quien llame al 911. O su supuesta asistenta.

—¿Estás pensando que son la misma persona? —Clava los ojos en mí; ambos sabemos que estamos considerando esa posibilidad.

Una posibilidad aterradora. Significaría que Carrie asesinó a Chanel Gilbert y que, en un momento dado, cuando mejor le vino, llamó al 911. Luego abrió la puerta cuando apareció el agente Hyde. Se quedó lo justo para responder a algunas preguntas, pero ya hacía tiempo que se había largado cuando llegamos Marino y yo. Me hubiese bastado con mirar a los ojos a Elsa Mulligan para saber si se trataba de Carrie. Marino igual no, pero yo hace solo dos meses que la vi dispararme.

—Creo que deberíamos terminar. Revisemos la cama. Puede que no estuviera sola antes de morir —propongo.

Marino abre una caja de herramientas de lo más contundente hecha con plástico duro de color negro. Encuentra un kit que contiene una Fuente Alternativa de Luz: un equipo de lo que parecen pequeñas linternas negras de diferente anchura de banda.

—¿Por dónde quieres empezar? —Deja en el suelo una caja de guantes y se hace con un par nuevo.

—Ultravioleta.

Los fluidos corporales pueden ser fluorescentes a las largas longitudes de onda de la iluminación con luz negra, así que Marino me selecciona esa luz. Me pasa unas gafas tintadas en ámbar y me las pongo. Las lentes tienen un fulgor violeta, y yo empiezo a pintar una luz invisible sobre la cama, empezando por el cabezal. La almohada de la izquierda, la que tenía el saquito debajo, se vuelve más oscura que el vacío.

—Caramba —dice Marino—. Nunca lo había visto antes. ¿Por qué se ve negra? No es el caso de las sábanas ni de la otra almohada. ¿Qué es lo que podría volverse negro bajo los rayos ultravioleta?

—Normalmente, lo primero que me vendría a la cabeza sería sangre —respondo—. Pero es evidente que la funda de la almohada no está cubierta de sangre.

—Pues no, joder. Cuando la luz se apaga, parece absolutamente limpia. Solo un poco arrugada, como si alguien hubiese dormido en ella.

—Empecemos haciendo fotografías, y luego todas estas sábanas tendrán que ir al laboratorio. —Mientras digo esto, oigo el mismo golpe, como si una puerta maciza acabara de cerrarse de golpe en alguna zona remota de la casa, probablemente la bodega.

—Jolín, eso me está empezando a asustar —exclama Marino.

Y entonces volvemos a oírlo. El mismo sonido. Exactamente el mismo, de hecho.

Me pregunto si no será el viento golpeando alguna persiana suelta. Marino recorre el cuarto con la vista mientras observo que le suda la calva.

—No suena como una persiana.

—Ahora no voy a ir a mirar. No pienso dejarte sola.

—Me alegra oírlo —dirijo la luz ultravioleta hacia otras zonas de la cama mientras él recoge la cámara.

Encuentra los espesos filtros tintados de ámbar, amarillo y rojo que hay que poner sobre la lente si queremos captar la fluorescencia en las fotos.

—La buena noticia —dice— es que Ajax y sus muchachos no se habrían marchado de aquí si existiese la menor posibilidad de que hubiera alguien. Si llegan a detectar cualquier cosa, por nimia que fuese, habrían puesto la casa patas arriba.

Pruebo con una longitud de onda más alta:

—¿Y qué me dices de Hyde? ¿Se sabe algo de él?

—Nada.

—¿Y de su coche?

—Hasta ahora, nada.

—¿Y su mujer no tiene ni idea? ¿Nadie cercano a él ha tenido noticias suyas?

—Nada de nada —dice Marino mientras unas manchitas se iluminan de un color blanco lechoso.

—Sudor reseco, saliva, semen, puede que fluido vaginal... —empiezo a decir, pero me interrumpe el tono de alarma de mi móvil.

El acorde que ya he oído tres veces en lo que llevamos de día.

—Espera un momento. —Marino baja un filtro amarillo del objetivo de la cámara—. ¿Cómo es eso posible?

—No lo es. —Me quito un guante y saco el móvil.

Se supone que es la línea de Lucy para casos de emergencia, pero no puede ser. Ella no dispone de su teléfono. Lo tiene el FBI. Y aunque se haya hecho con otro móvil, no tendrá el mismo número.

—Otro bromazo como los de antes —le digo a Marino con vehemencia—. Es lo mismo que ya ha ocurrido hoy otras veces, la primera cuando estaba en esta casa a primera hora de la mañana. Tiene exactamente la misma pinta. —Le muestro lo que aparece en la pantalla del móvil.

El mensaje no tiene texto, solo un enlace de Internet; me alejo de Marino en busca de algo de privacidad. Le doy la espalda mientras le doy al enlace y enseguida me sorprende la ausencia de la secuencia de títulos de esta entrega de *Corazón depravado*. Y entonces me doy cuenta de a qué se debe. El vídeo no ha sido producido. No ha sido escrito ni montado. No es una grabación. Es en directo y Carrie no aparece.

Pero Janet sí. La observo en la pequeña pantalla. Está en medio de algo, colgándose el móvil del cinturón del pijama quirúrgico hecho polvo que llevaba antes, caminando hacia Lucy. Están en el sótano, al que solemos referirnos como el refugio antibombas, solo que no lo decimos en tono ominoso, sino más bien como una referencia nostálgica y cariñosa a un pasado en el que no debería estar pensando ahora mismo. Mientras observo. En tiempo real. Como si estuviese allí.

Controla tus pensamientos.

Cuando conocí a Benton, trabajaba en la Unidad de Ciencias de la Conducta, su escuadrón de élite de perfiladores psicológicos, situado en el interior del antiguo refugio antibombas de Hoover. Yo solía bajar a las entrañas de la academia del FBI para comentar ciertos casos, y no se me daban nada mal las excusas. Cuando quería ver al agente especial Benton Wesley, no había límites para mí, y en muchas ocasiones Lucy estaba conmigo. Sabía lo que estaba pasando. Sabía desde hacía años que Benton y yo éramos más que colegas. Entendía por dónde iban los tiros.

Él estaba casado y tenía hijos. Desde el punto de vista profesional, resultaba conflictivo que la examinadora médica en jefe y el director de la unidad de perfiles del FBI durmieran juntos. Todo lo que hacíamos estaba mal. Se habría considerado vergonzoso y muy poco ético, pero nada nos iba a detener; ese inesperado recuerdo es muy potente. Me siento superada por una reacción que no pude ver venir y me doy cuenta de cuán herida me siento. El día de hoy ha sido de espanto y aún falta mucho para que termine, ¿y él dónde está? Pues con su tribu. Y su tribu es el FBI. No está con su familia. No está conmigo. Casi me matan hace dos meses y Benton está con ellos. ¿Cómo puede seguir siéndoles leal después de lo que ha ocurrido? ¿Cómo puede estar de acuerdo con lo que le están haciendo a Lucy?

¡Concéntrate!

En aquellos primeros tiempos en los que transportaba mis asuntos oficiales a Quantico y bajaba a aquella deprimente covacha, me sentía en el lugar más glorioso de la Tierra. Cuando le echaba de menos. Cuando solo podía pensar en él, cuando sentía por Benton lo mismo que Lucy por Janet, lo mismo que ambas sienten. Se aman. Siempre ha sido así, incluso durante todos esos años que estuvieron separadas. Les da igual saltarse las reglas, igual que Benton y yo, que no parábamos de hacerlo. Eso es lo que pasa cuando la gente tiene aventuras amorosas, y mientras miro lo que se emite en directo en mi móvil, sé que se me está mostrando por algún motivo.

Me mentalizo para lo que pueda ocurrir mientras recuerdo que las cámaras de seguridad que instaló Lucy tienen pilas de repuesto y discos duros insertados. Pueden seguir funcionando y grabando sin el servidor, sin electricidad externa. El FBI no

cerró la red de Lucy, aunque crea haberlo hecho. No la contro-
lan, aunque crean que sí. Esos nunca podrían ser más listos que
ella, pero hay alguien que ya lo ha sido.

Su sistema de seguridad y su red de comunicaciones han
sido intervenidos. Y están siendo utilizados para emitir lo que
esté haciendo en la privacidad de su hogar. Lucy no es consciente de lo que está pasando. No debe de tener ni idea. Nunca lo
permitiría, me repito a mí misma. Está siendo espiada del mismo modo que lo fue en 1997, y está tan en la inopia ahora como
entonces. Y mira que parece increíble que mi astuta, tozuda y
brillante sobrina pueda ser engañada por alguien.

Sobre todo, más de una vez.

Me crecen las dudas de manera exponencial mientras veo a
Lucy y Janet agachadas en una zona de suelo gris, examinando
unas enormes baldosas de piedra como si les pasara algo. Reconozco el amplio espacio en el que se encuentran, lo que Lucy
llama «el taller del travieso Santa Claus», que está profesionalmente equipado con material empotrado y cualquier herramienta que uno pueda necesitar para trabajar con armas y mu-
niciones.

Oigo respirar a Marino y siento su calor. Se me ha acercado
y está mirando por encima de mi hombro. Me aparto y le digo
que ni hablar. No puede mirar bajo ninguna circunstancia. Ya
es suficientemente grave que me hayan liado a mí. No hace falta
que él también se involucre.

—Por el amor de Dios. ¿Dentro de su propia casa? —No
puede apartar la vista—. ¿Quién más está viendo esto?

—No lo sé, pero no vas a ser tú. —Cubro el teléfono con la
mano—. Aquí no tienes nada que ver. Quédate por allí y no
mires.

40

No hay ventanas, y las lámparas del techo del taller son intensas y potentes. Puedo ver con todo detalle a Lucy y Janet. Puedo distinguir las expresiones de su rostro y cada gesto que hacen mientras se acurrucan en la misma zona del suelo: la luz brillante las trata con crudeza —es dura y nada amable—, y así es como se muestra ahora la vida.

Expuesta, insegura y trufada de engaños y mentiras: así me lo parece mientras observo a mi sobrina y su compañera en la privacidad de su hogar. Están deliberando, hablan de manera lacónica y críptica entre bancos de trabajo y altas cajas de herramientas giratorias de color rojo, un molinillo, un torno, una sierra de mesa, un pulidor de superficies, un tallador, una taladradora y unas máquinas de soldar.

No sé de qué hablan exactamente, pero me lo puedo imaginar. Han escondido algo ahí abajo; Lucy, probablemente. Drogas, armas de fuego, puede que ambas cosas, y mientras miro y escucho a mi sobrina, me doy cuenta de que sus sudaderas del FBI, de cuando iba a la Academia, me siguen pareciendo irónicas, pero no del modo habitual.

No son la amenaza en movimiento de hace unas horas, cuando la vi corriendo hacia mí por el sendero de entrada. Se ven gastadas y arrugadas, con manchas de sudor repartidas por toda esa grisalla de suave algodón, caídas y derrotadas cual banderas de viejas batallas en un día sin viento. La verdad es que

Lucy tiene un aspecto asaz lamentable, y su actitud ha cambiado por completo. Habla deprisa y de forma agresiva, como si estuviese a punto de salir por piernas, y yo sé lo que eso significa. Se pone así cuando está desesperada. Que es casi nunca.

—¿No te dije que nadie lo sabría nunca? Y se han tirado el día entrando y saliendo sin tener ni idea de nada. Ya te dije que no había nada de qué preocuparse. —Lucy va de sobrada, pero yo no me lo trago.

Está asustada.

—Todo es para preocuparse. —Janet está tranquila y se controla, pero intuyo algo más—. Han predicho que harás esto.

—Ya me lo has dicho cincuenta veces.

—Pues que sean cincuenta y una, Lucy. Pueden ver venir con bastante certeza cómo va a ser tu conducta después de la ofensa.

—Yo no he cometido ninguna *ofensa*. Ellos sí, joder.

—¿Quieres que me ponga a hablar como un abogado?

—No, no quiero.

—Pues lo haré de todos modos. Erin Loria sabe cómo funcionas. Es plenamente consciente de que no hay manera de que nos dejes en la posición que nos acaban de asignar... Que consiste en ser incapaces de defendernos. Sabe que no te vas a quedar de brazos cruzados y permitir que nos hagan daño o nos maten.

—¿Y por qué se trata de mi conducta y no de la de ambas? ¿Desde cuándo eres tú de las que se cruzan de brazos?

—También se llevaron mi arma —dice Janet como si así respondiera la pregunta.

Pero no. Simplemente, suscita otro problema legal. ¿Qué derecho tenía el FBI a confiscarle nada a Janet? No había una orden para ella, no que yo sepa. Pero claro, si se llevaron sus armas, se limitarán a decir que necesitaban probarlas. ¿Y si Lucy las hubiera usado para cometer un crimen? O la propia Janet, ya puestos. Lo de que los agentes se lleven las pertenencias de Janet es lo mismo que llevarse mi ordenador o cualquier cosa que hayan encontrado en la habitación de invitados. Dirán que cuando hay personas que viven juntas o bajo el mismo techo, todo lo que hay en la casa se puede requisar. El FBI no puede saber qué es mío, de Janet o de Lucy si todo se encuentra en el mismo sitio.

No me sorprende en exceso que el FBI haya decidido enviar al laboratorio las armas de Janet. Pero que ella se lo mencione a Lucy me suena a desvío estratégico, a *non sequitur*, a cháchara de abogado mucho más deliberada de lo que aparenta. Janet está eligiendo sus palabras con precisión y cuidado, y es posible que se comporte así de manera natural en situaciones de agobio. Pero me extraña el tono de su discurso: es como si supiese que alguien está escuchando, lo cual es verdad. ¿Pero quién más, aparte de mí?

Y entonces pronuncia la palabra «criminal». Dice que lo ocurrido es criminal, pero no se acaba de explicar. ¿Se refiere a lo que ha hecho Lucy o a lo que ha hecho el FBI? Y la respuesta de Lucy consiste en que los derechos de una persona solo se respetan cuando se violan.

—La justicia no nos servirá de nada si estamos muertas —dice—, y ya se encargarán de que la verdad no salga nunca a la luz. Si nos matan, será porque nuestro propio gobierno lo ha permitido. Y sí, joder, eso es un crimen. Básicamente, han encargado que nos ejecuten.

—Técnica y legalmente, estoy convencida de que no —responde Janet—. Te garantizo que no contrataron a Carrie para que matara a Kay el pasado junio ni para que nos eliminase a nosotras. Lo que han hecho es mucho más astuto y diabólico. Es una invitación general a cometer un acto violento; y sí, se trata de una negligencia deliberada. Muestras un absoluto desinterés por la vida humana y es la perfecta definición de un crimen propio de un corazón depravado —añade ante mi sorpresa—. Debería ser un asunto criminal. Pero se trata del FBI, Lucy. Y no tienen que dar explicaciones a nadie, a no ser que se perciba una obstrucción política, como un bochorno para el presidente de Estados Unidos.

Un bochorno de esas características tendría que ser un acontecimiento público. Si no lo es, entonces ya no hay bochorno.

Ya me imagino a qué clase de obstrucción política se refiere Janet, pues se me ocurre una de inmediato. El control de armas en este país se está polarizando mucho, y la mayoría de los americanos se está alzando literalmente en armas ante la perspectiva de perder su derecho a acogerse a la Segunda Enmienda.

¿Y si algún día se descubría que nuestro gobierno desarmó a ciudadanos que acabaron muertos? La catástrofe sería notable. Algo tan horrendo aportaría nueva energía a la batalla por el control de armas. Galvanizaría a los votantes conservadores. Se convertiría en un tema de primera para las próximas elecciones presidenciales.

—Es una mierda. Da igual la verdad sobre Pakistán, sobre armas desaparecidas, sobre lo que sea... Nada justifica esto —despotrica Lucy—. Hay mejores maneras de manejarlo. Lo que están haciendo es vengativo y destructivo a un nivel personal. Hay un niño y un perro en esta casa. ¿Qué han hecho para merecer...? Vamos, que es un mal que ni siquiera es necesario.

—Eso depende de a quién se lo preguntes —dice Janet—. Estoy segura de que es necesario para alguien.

—Para Erin.

—De manera directa sí, es necesario para Erin Loria. Pero esto llega más arriba. Está por encima de Benton. Cuando hablas de una farsa de esta magnitud, te pones en lo más alto. Se trata de directores de agencias que se ven metidos en asquerosas mentiras y conspiraciones, el Watergate, el desastre de Bengasi... Por no hablar de tratos con terroristas, o de intercambiar prisioneros de Guantánamo por un desertor. Estados Unidos no necesita más humillaciones, más escándalos, más misiones fracasadas, más violaciones constitucionales, más bajas... ¿Y si el daño colateral se reduce a ti, a mí o a Desi? ¿O a todos nosotros? Al Departamento de Justicia, al de Defensa o a la Casa Blanca no creo que les parezca un precio muy elevado, mientras la gente no se entere. Mientras no se descubra nunca.

Lo que Lucy y ella están insinuando es totalmente inadmisible, pero no tengo dudas de que podría suceder. Lucy parece creer que Carrie Grethen ha recibido un encargo. O tal vez una invitación sea una manera más precisa de llamarlo, si es que la han reclutado para matar a Lucy y puede que a quienes la rodean. ¿Y cuál es la manera más sencilla? Pues dejarles sin armas en cincuenta hectáreas bien aisladas. Dejémoslos en una remota propiedad que el FBI ha vaciado y dejado abierta de par en par ante un ataque que se interpretará como un fruto del azar, como la desmesurada pataleta de un psicópata violento.

Pero no como la desmesurada pataleta de Carrie Grethen. Cada vez estoy más convencida de que el FBI no piensa reconocer que está viva y saludable. La impresión que dan es más bien la contraria. No se la considera oficialmente una fugitiva. No figura en la Lista de los Diez Más Buscados. Su caso no se ha compartido con la Interpol. En su sitio web, Carrie lleva trece años siendo una pantalla negra. En la comunidad internacional de justicia parece que se la considera igual de muerta que cuando se dio por hecho que cayó con el helicóptero.

—Lo reducirán a una intrusión doméstica —le está diciendo Lucy a Janet, y se me agarrota el pecho—. Una de esas desgracias relacionadas con que tengo dinero. Y luego, la gente pasará a otra cosa. Nadie se acordará de lo que nos pasó, ni le importará lo más mínimo.

El corazón me late con fuerza mientras estoy de pie en el dormitorio de una muerta, a treinta kilómetros de mi Concord, que podría estar a un millón de kilómetros de la casa de Lucy. No podría plantarme allí con la rapidez necesaria si Carrie ya se ha colado de algún modo en el perímetro, si ya está dentro y las está vigilando mientras yo lo veo todo. Está acosando a su presa, a punto de saltar sobre ella, y yo soy su público, según deduzco horriblemente, y esto es para lo que lleva tiempo preparándose: el gran final.

Quiere que vea lo que les hace.

—¿Marino? —Ni me doy la vuelta ni insinúo lo que siento por dentro—. Necesito que te pongas al teléfono.

Se me vela la voz, como si estuviera algo ronca. Pero estoy totalmente serena y no parezco frenética.

—¿Qué pasa? —Marino se acerca.

—Llama a Janet. Si no descuelga, prueba con Benton, con el FBI, con la policía estatal...

—¿Pero qué coño pasa? ¿Estás hablando de Carrie?

—Pues sí, a ella me refiero exactamente. Me preocupa que pueda estar dentro de la casa de Lucy y Janet a punto de hacerlo.

—¡Mierda! ¿Y por qué tú...?

—Llama ya, Marino.

—Será mejor que pille algunos coches de la policía de Concord. Lo antes posible. Pueden estar allí en dos minutos. Y lo intentaré con Janet...

—Si no hay respuesta, tendrán que echar la verja abajo, y la puerta. Lo que haga falta. Janet y Lucy están bien, pero dudo que por mucho tiempo.

—Me pongo a ello. ¿Dónde están?

—Escaleras abajo.

—¿En el refugio antibombas?

—Sí. Pero Desi no. No lo veo.

—No deben de estar preocupadas si no lo tienen con ellas —dice Marino, y tiene razón.

¿Por qué está solo Desi?

No está con ellas aunque yo nunca haya visto a Lucy tan preocupada como ahora. No tiene lógica. Janet y ella sienten devoción por él. Tal vez se exceden al protegerlo. Así pues, ¿por qué no está con ellas? No querrán que vea lo que están haciendo. Esa es la respuesta lógica, pero no es lo suficientemente buena. Oigo a Marino al teléfono mientras veo a Lucy loca de pánico y de rabia, como una serpiente al recibir el primer impacto metálico del filo de una pala. Eso es lo que me viene a la cabeza mientras espío. Pasa otro segundo. Y luego dos. Y luego diez, y Lucy camina sobre varias baldosas de piedra como si pudieran estar sueltas. Salta suavemente sobre ellas.

—Completamente indetectable. Puedes pasarte el día pisando estas baldosas, como han hecho esos capullos, sin darte cuenta. —Lucy vuelve a saltar para cerciorarse.

Está obsesionada con el FBI. Está empeñada en superarles, y

eso no es inteligente. Lucy debería saberlo. Y Janet, sin duda alguna, es consciente de ello.

—Y aunque llegasen a encontrarlo, cosa que yo sabía que no harían, todavía tendrían que colocarse bajo cierta zona indetectable del suelo de metal y cavar cosa de un metro para encontrar la caja de las armas —dice Lucy—. Odio informarte de que ya te lo dije.

—Estoy de acuerdo en que no deberían habernos puesto en esta situación —dice, extrañamente, Janet.

Es como si se desligara de lo que ella y Lucy hayan podido hacer previamente y que las haya conducido ahora a esta zona de la casa. Janet sigue haciendo comentarios de forma rígida e imprecisa, como si supiese que alguien las está oyendo.

—Pero no tienes que hacerlo —está diciendo mientras a mí me sigue inquietando su manera de hablar y de actuar—. Vayamos arriba, hagamos las maletas y larguémonos a casa de Kay.

Es sutil, pero lo capto. Janet está actuando. Es como si estuviera en el escenario, pero no quisiera estar. Como un ciervo paralizado por los faros de un coche, pienso, y me pregunto si Erin Loria habló con ella a solas. Me pregunto qué pudo decirle el FBI a Janet mientras registraban la propiedad. Igual hicieron un trato con ella. En ese caso, no será un trato que le convenga a Lucy. Ya me conozco esos chollos. Puedes tener inmunidad mientras te veas capaz de echar a tu propia madre bajo un autobús; mi cautela se incrementa.

—Vayamos arriba. —Janet anima a Lucy, pero sin exagerar—. No quiero que te metas en más líos.

Lucy la contempla con incredulidad:

—¿Pero a ti qué te pasa? No me voy a quedar sin nada para protegernos. Esta mañana nos pusimos de acuerdo en que no les dejaríamos que nos hicieran eso. ¿Qué te ocurre? Tú eres la que mejor sabe cómo se las gasta Carrie.

—La verdad es que nunca la conocí —dice Janet, dejándome atónita.

Pues claro que conoció a Carrie. Janet sabía de su relación

con Lucy en su momento. Desde entonces, ha habido innumerables conversaciones al respecto.

—¿Pero a ti qué te pasa? —Lucy tiene las manos en las caderas—. Por supuesto que la conociste por aquel entonces. ¿Recuerdas aquella vez que estábamos almorzando en el refectorio y ella se sentó a nuestra mesa y ni te dirigió la palabra ni te miró? —Se muestra airada y acusadora—. ¿Y cuando tú y yo estábamos hablando en mi cuarto y ella entró sin llamar, como si esperara pillarnos? ¿Qué quieres decir con lo de que nunca la conociste? ¿De qué estás hablando? —Lucy cada vez está más cabreada.

—En el refectorio, por la residencia, corriendo... Siempre de pasada. —La voz de Janet es plana y ausente—. No estoy segura de poder reconocerla.

—La has visto en fotos. He usado el programa de envejecimiento para mostrarte el aspecto que tendría hoy. Y además, tú la recuerdas. La reconocerías. Por supuesto que sí.

—Reconozco su conducta. Pero de manera literal, no la he visto lo bastante como para reconocerla.

—¿Estás de broma?

—Estoy haciendo de abogada. Te estoy diciendo cómo me vería obligada a responder a la pregunta de si la he visto.

—Pero esto no es un juego —dice Lucy, y creo que ya lo huelo—. Ellos mienten y dicen que no hay pruebas de su existencia, ¿y tú piensas ayudarles diciendo que no la has visto?

—No la he visto desde finales de los noventa. Y no añado «probablemente». No la he visto y esa es la verdad —dice Janet, y ahora ya estoy segura de olerlo.

Recuerdo el margoso aroma del almizcle. Purpurina para el olfato. No lo huelo ahora, claro está, pero no solo era Lucy. También Janet. Cuando las abracé a ambas, me pasó por la cabeza que habían estado trabajando en el jardín. Hasta que recordé que ellas no hacen trabajos de jardín. Olían como si hubiesen estado cavando el terreno.

Las dos por igual.

No solo Lucy. También Janet, que llevaba una especie de

mono, y me sorprendió su cabello revuelto, sus uñas sucias y el hecho de que iba prácticamente en pijama. Esta mañana no se molestó en vestirse. Saltó de la cama y se puso a la faena. Sudó y se ensució. No se lavó antes de que apareciese Erin Loria en la puerta, y eso fue deliberado. Janet quería aparentar sorpresa. Quería parecer asediada sin aviso previo. Pretendía parecer atrapada, desmoralizada y víctima de una emboscada. Pero en realidad no era así. Y tampoco en el caso de Lucy.

Sabían que venía el FBI.

—No pillo a Janet —dice Marino a mi espalda—. Salta el buzón de voz.

El teléfono de Janet no suena. Lo estoy viendo en su cinturón y la pantalla no se ilumina como debería ante una llamada. Tampoco lo oigo.

Marino la está llamando y el móvil no suena. Janet no lo comprueba, y me pregunto si antes funcionaba. El vídeo empezaba con Janet devolviendo el teléfono al cinturón del mono. ¿Qué estaba haciendo con él antes de que yo empezara a verlo y por qué no parece funcionar ahora?

—Vale, lo vuelvo a intentar. Pero creo que Janet debe de tener el móvil desconectado. Si es que no se lo ha quitado el FBI.

—Marino no tiene ni idea de lo que estoy viendo.

No está mirando las imágenes en directo y no puede saber que el móvil de Janet no suena aunque él la esté llamando.

—Igual lo tiene sin sonido o se ha quedado sin batería, pero el FBI no tiene el móvil —le digo a Marino porque lo estoy viendo—. ¿La policía ya está en camino?

—Más les vale. Déjame que lo compruebe.

—No me rechaces —le está diciendo Janet a Lucy—. No me trates como si fuese el enemigo. Eso es lo que ellos quieren. Sobre todo lo que quiere Erin. Venga. Volvamos arriba. —Coge a Lucy de la mano, pero esta no se mueve—. Pillaremos algunas cosas y nos iremos a casa de Kay. Vamos. Nos iremos allí, nos tomaremos una copa, cenaremos bien y todo mejorará —dice la compañera de Lucy, su amante, su hermana del alma, colega y mejor amiga.

Han estado unidas en todo desde los inicios de su carrera en el FBI, cuando se conocieron en Quantico. Vivieron una serie de años juntas, y yo siempre he pensado que Janet es estupenda para Lucy, ideal, puede que perfecta. Tienen mucho en común y su motivación y su entrenamiento son similares. Pero Janet es más flexible y complaciente. Es tan paciente y decidida como la Esfinge, como le gusta decir, pero también brillante y cabal. No es una persona impulsiva o malhumorada y no parece tener mucho que demostrar.

Me enfadé cuando cortaron. Pero el tiempo todo lo cura, aunque yo necesité una década. Y luego Janet volvió. No sé cómo ocurrió exactamente, solo lo que me han contado, pero me pareció un milagro. Supongo que lo sigue siendo, y vuelvo a pensar en cuando Lucy, no hace tanto, le dijo que se largara. En primavera, creo, y la cosa tuvo que ser de lo más cruel.

Fue más o menos cuando Janet se enteró de que su hermana se estaba muriendo, y debió de parecerle que lo perdía todo en lo que dura un parpadeo. Habría sido algo muy difícil de perdonar. Comprendo el temor de Lucy a que Carrie la emprendiera con Janet y Desi. Pero también creo que lo que Lucy optó por hacer era injusto y dañino. Janet lo ha dejado pasar, como ha hecho con tantas otras cosas. A veces me pregunto si no habría que beatificarla.

—Te dije que no me siguieras aquí abajo. —Lucy echa a andar hacia un banco de trabajo—. No todo va a ser mejor, pero tampoco va a empeorar tanto. Vete arriba. —Abre un cajón—. Seguro que Desi tendrá ganas de ver una peli y zamparse unas palomitas. ¿Por qué no le vuelves a poner *Frozen*? Enseguida subo con unos amigos y nos vamos —añade, aunque *amigos* es un eufemismo de *armas*.

Lucy tiene armas escondidas que no ha encontrado el FBI.

Está luchando por su vida, por lo que según ella es la vida de todos, mientras Janet, en contraste, se muestra fría, reticente y algo distante. Siento algo más por debajo de esa apacible tranquilidad, por debajo de su amor y su lealtad incondicionales. Por un momento, me entra cierta desconfianza. Pero se me va enseguida. Janet está incómoda. Y no me extraña, pienso. Si se comporta de manera ausente, impasible y nada cooperativa es para equilibrar a Lucy, que en estos momentos está emocionalmente en sus antípodas. Tiene los puños casi cerrados. Todo su cuerpo está en tensión mientras amenaza y maldice al gobierno federal.

La veo abrir más cajones de un banco de trabajo que ocupa una pared entera. Detecto una plataforma hidráulica al fondo, con un coche encima, su Ferrari FF azul, modelo Tour de France. Ese supercoche es el que conducía dos meses atrás, cuando me dispararon. Lo comentaba antes con Jill Donoghue, cuando repasaban posibles coartadas sobre dónde estaba Lucy cuando yo casi me muero.

—No puedes dejarles que te digan cómo actuar. No importa lo que hayan hecho. —Janet se muestra firme, pero tranquila, y da gusto verla—. Subamos antes de que sea demasiado tarde. No tienes por qué hacer esto.

—Prefiero ser juzgada por doce que transportada por seis. —Lucy se refiere a que se inclina por un juicio antes que por un funeral—. ¿Y si no hay manera de protegernos? Sabes exactamente lo que va a ocurrir. Esto no está bien, Janet. Es de un asqueroso que indigna. El FBI nos quiere muertas.

—Soy consciente de que Erin lo ha organizado así. No le des lo que quiere.

—Mira tú qué conveniente. Si estamos muertas, Erin se quita de encima el mayor problema de su vida.

—Eso cree ella, por lo menos. Así pues, ¿sabes qué hay que hacer? Largarnos a casa de tu tía. Y hablarlo todo con Benton —dice Janet, y entonces me hago cargo de todo.

Me doy cuenta de qué he estado viendo. Janet no mira hacia ninguna cámara de vigilancia. Por el contrario, Lucy pasea la vista por donde se le antoja. Mira adonde están las cámaras y a donde no están. Me resulta evidente que no es consciente de que el FBI las está espiando. A Lucy ni se le ocurre que esté siendo captada por su propio sistema de seguridad, pero Janet se muestra consciente y cautelosa. Evita mirar a las cámaras, pero habla con total franqueza, lo cual me confunde. ¿Por qué ha mencionado a Erin Loria por su nombre? ¿Por qué tendría que hablar del presidente, de Bengasi y de engaños?

—No podemos ser tan emocionales. —Janet no aparta los ojos de Lucy.

—Seré lo que me dé la gana —dice Lucy—. Tú espera y ya verás lo que hago. Se pueden ir al carajo si creen que nos vamos a quedar aquí sin nada. Ni una pistola. Ni un puto cuchillo de carne. Esa nos deja aquí en bragas para que no podamos defendernos ni a nosotras ni a Desi ni a *Jet Ranger* de la peor guarrada imaginable. Y ellos la conocen. Vaya si la conocen: ellos mismos la crearon.

«Los federales crearon a Carrie Grethen como Frankenstein a su monstruo.» Marino lo dijo antes, citando a Lucy.

Mi sobrina se va hasta la zona del suelo sobre la que saltaba hace unos minutos. El metal suena contra la piedra cuando deja encima una palanca y una pala pequeña. Se quita la camiseta gris, hace una bola con ella y la tira encima del banco de trabajo. Se la ve fuerte y fibrada con el sujetador deportivo y el pantalón corto, pero yo siento su vulnerabilidad mientras me pregunto dónde están los polis.

—¿Sabes algo de la policía de Concord? —le pregunto a Marino—. ¿Aún no han llegado?

41

Los músculos de los hombros y de la parte superior de los brazos se le flexionan mientras encuentra una tela doblada y la abre, cerca de la zona del suelo sobre la que saltaba hace unos minutos.

Soy consciente de nuevo de la extremada agilidad y disciplina de Lucy. Casi nunca toma alcohol. Es vegana. Corre y hace gimnasia a diario, levantando pesas y usando máquinas. Atisbo la pequeña libélula en la parte baja del abdomen y pienso en lo que cubre tan caprichoso tatuaje. Carrie la rajó. La marcó para la eternidad. Carrie podría estar dentro de la casa. Podría estar a un par de habitaciones de allí. Lucy y Janet ni se lo imaginan, y yo no puedo avisarlas.

—No me he enterado de una mierda. —Marino responde a mi pregunta sobre la policía de Concord—. Déjame llamar otra vez al tío que tengo allí.

No conozco al dedillo todos los rincones de la casa que Lucy construyó después de que nos trasladáramos a Massachusetts hará cosa de cinco años. Pero sí estoy familiarizada con la zona que ocupan ahora Janet y ella y sé que está controlada por dispositivos de vigilancia. Lucy es muy sofisticada, técnicamente hablando, y muy meticulosa. Y Janet también. Solo hace unos meses que empezaron a hablar de adoptar a Desi y de mejorar el sistema de seguridad.

—¿De verdad? —Lucy se pone unos gruesos guantes de trabajo de cuero—. ¿Se presentan aquí, nos tratan así y se supone que nos hemos de quedar sin ningún recurso? —Coge la palanca—. Eso no es una pelea justa.

—No hay palabras para definir lo injusta que es —dice Janet.

—El regalito nos lo deben de haber dejado por aquí. Lo sabes, ¿no?

—¿Dijo Erin algo que te llevara a pensar que estaba plantando pruebas?

—Quería que lo pensara y que empezase a hacer las maletas.

—¿Dónde lo habría escondido?

—Puede que por el bosque: ahí ha estado alguien, aunque las cámaras no recojan nada —dice Lucy—. Igual está enterrado ahí fuera, como el tesoro de Barbanegra, para que el FBI lo encuentre por arte de magia y me envíe al trullo. Igual Carrie rondaba por ahí fuera, viendo cómo Erin se encargaba del asunto. Casi le veo la gracia a la situación.

—¿Cuándo viste realmente a Erin con el MP5K?

—Ni lo vi ni habría sabido nada al respecto. Pero Carrie tenía que fardar. No podía evitar pasármelo por las narices.

—Entonces, lo que Carrie dijo no es lo que tú viste. —Janet es abogada, pero no me esperaba verla ejercer de tal durante un momento a solas con su compañera.

—Lo hará parecer como que yo lo tuve todo el tiempo, cuando de hecho era ella quien lo tenía. —Lucy está hablando de Carrie cuando se hizo con la metralleta que yo le vi colgada al cuello en el primer vídeo—. Lo devolvió a su condición original y lo convirtió en una felicitación mortal de San Valentín el 14 de febrero de 1988, para su veleidosa exreina de la belleza. Al cabo de nueve años, ya sabemos lo que pasó.

—Pero Erin no se sinceró y te lo contó. —Janet parece estar preparando un caso.

—Largó lo suficiente como para que yo me hiciese una idea.

—Y no grabó la conversación, claro.

—Nunca lo hacen.

—¿Alguna vez viste a Erin con el arma en cuestión? Piénsalo bien, Lucy.

—No. Después de que le dijera a Carrie que se mantuviese alejada de mí, se puso farruca. Aseguró que había arreglado el MP5K y que le enseñó a Erin a utilizarlo, limpiarlo y demás. Era su regalo de San Valentín, un día en el campo de tiro con un arma peligrosa, y Erin era de lo más torpe. No sabía ni recargar un puto peine de pistola. Era incapaz de echar los cartuchos hacia abajo sin una maquinita o se lo tenía que hacer otro. No me la imagino con una metralleta.

—Pero la acabó usando. Carrie le enseñó cómo disparar un arma que ahora, según ella, procede de ti. O sea, que Erin miente. Y está colocando pruebas. —Janet se muestra abierta y contundente con Erin Loria; de manera deliberada, aunque no creo que Lucy lo haya pillado.

—Eso es lo que dijo Carrie en su momento —responde Lucy, y a mí ya no me quedan dudas de que Janet ha visto los vídeos del *Corazón depravado*—. Erin decía que la anterior primera ministra de Pakistán había sido asesinada. Y yo sabía exactamente a qué se refería. ¿De quién más podía tratarse? Y eso solo puede significar una cosa: que Carrie se habla con el maldito FBI. Y con Erin. No me extrañaría que le hubiese pasado a ella el MP5K, y no hace mucho, probablemente.

—Y entonces, de forma repentina, hay una bala que encaja por arte de magia. —Janet se toma muy en serio su siguiente comentario, una seriedad muy molesta para quien la pueda estar escuchando—. ¿Y por qué se llegó a hacer esa comparación? ¿Sobre todo ahora?

—Es el típico asunto que Carrie puede orquestar. Lo máximo que tiene que hacer es manipular algunas bases de datos, como las de la ANS, el FBI, la Interpol o la que le apetezca. Podría falsificar un informe forense, y hasta un disparo —dice Lucy mientras yo pienso en lo que me preguntó esta mañana Jill Donoghue.

Quería saber si yo había oído hablar de la ficción de datos. Y eso parece ser lo que Lucy está describiendo.

—Podría hacerlo fácilmente, y también conoce a gente en el colectivo de Inteligencia. Ahora se entiende que el Departamento de Defensa se te presentara en casa haciéndose pasar por Hacienda —dice Janet, y recuerdo al tipo oscuro del traje barato que aseguraba trabajar para los recaudadores de impuestos.

—Carrie acaba volviendo a Estados Unidos y se asegura de poder soltar un buen bombazo —dice Lucy—. Se mete en las bases de datos y monta un buen cristo político.

«No llevamos placas, ni armas, ni nada así de divertido», dijo el hombre que se presentó como Doug Wade.

Le mintió a Jill Donoghue y también a mí. Todo el mundo miente.

—Carrie encuentra un modo de asegurarse de que el resto del cartucho recuperado del asesinato coincide con una metralleta que tiempo atrás estuvo en manos del FBI —dice Lucy—. ¿Te das cuenta del tiempo que lleva rumiando todo esto?

—Es lo habitual —dice Janet.

—Y ella lo borda. Va recogiendo las cosas a medida que suceden y se agarra a ellas el tiempo que haga falta. Y luego pasa al ataque.

—El ritmo no es casual. —Janet mira fijamente a Lucy y evita mirar hacia cualquier otro lado.

—Por supuesto que no.

—De repente, se da una coincidencia entre el MP5K y una bala. De repente, Erin Loria se traslada a Boston y se pone a perseguirte hasta las puertas del infierno.

—Que es algo con lo que siempre me amenazó Carrie. Decía que cuando yo llegara a las puertas del infierno, no les dejara que me dieran un golpe en el culo al entrar —dice Lucy, y yo confío en estar malinterpretando lo que insinúan Janet y ella.

Parecen estar sugiriendo que el desaparecido MP5K pudo llegar a Pakistán a finales de diciembre de 2007. El arma podría relacionar a Estados Unidos con el asesinato de la anterior primera ministra, Benazir Bhutto.

Al final, Scotland Yard acabó metiéndose en el caso. Recuerdo que la conclusión fue que Bhutto murió de un trauma violento causado por un ataque terrorista a su vehículo.

Los fragmentos de bala fueron analizados. Habrían sido comparados con cualquier arma recuperada, y puede que una de ellas fuese una inusual metralleta que había estado en poder del FBI. Benton la tuvo. Y luego Erin Loria, aunque brevemente. Sería muy propio de Carrie Grethen asegurarse de que el arma creara cierto caos, sobre todo si el principal perdedor del asunto fuese el gobierno americano y, en concreto, el Departamento de Justicia.

Qué cosa tan espantosa que hacerle a un agente del FBI que no sea especialmente brillante ni magnífico, y por mucho que me desagrade Erin Loria, ni yo le desearía algo así. Ya me imagino la indignación internacional. Hasta el Buró podría verse afectado si se descubría que una antigua reina de la belleza, la agente especial Erin Loria, actualmente casada con un juez federal, estuvo en cierto momento en posesión de una metralleta utilizada para asesinar a una antigua líder mundial. Puede que esté intentando salvar su propio pellejo a costa del de mi sobrina. Si ha de caer alguien, que no sea Erin Loria. O eso cree ella.

—Carrie debe de estar hablando con alguien del gobierno —está diciendo Lucy—. ¿Cómo si no iba a estar al corriente del arma?

—Lo estás basando todo en cuatro vaguedades que preguntó Erin —le replica Janet—. O esa es mi impresión, ya que no estaba presente.

Lo dice como si estuviese recogiendo documentación, y me pregunto con quién está realmente hablando Janet ahora mismo. ¿Con Lucy? ¿O con el FBI? ¿O se está dirigiendo a mí?

—¿Por qué si no querría saber Erin dónde estaba yo el 27 de diciembre de 2007? Me preguntó por la metralleta que casi había *robado y escondido* en mi cuarto. ¿De dónde puede salir eso si no es de Carrie? —Lucy introduce el extremo curvo de la palanca entre dos baldosas.

—Me la imagino perfectamente diciendo algo así.

—Erin me preguntó qué fue de eso que ella definía como un prototipo de MP5K, aunque no lo era. Solo se trataba de un modelo primitivo, tanto que su número de serie es de un solo dígito.

—Sería muy propio de Carrie dejar que Erin se entretuviera con algo el tiempo necesario para que la afectara —dice Janet—. Carrie ha creado una obligación. Pero no solo para Erin.

—También para Benton. —Lucy no duda en pronunciar su nombre.

Pero hasta ahora, Janet ni lo ha mencionado. Sigo teniendo la impresión de que va con mucho cuidado. Habla como si supiese que la conversación no es privada.

—¿Te imaginas que un arma que tuviste en tiempos se hubiera usado ilegalmente, aunque solo fuese por un día, y se la relacionara con el asesinato de Benazir Bhutto? —añade Janet.

—Aunque Carrie mienta y fabrique informes falsos, sigue siendo un mal asunto si sale a la luz.

—Olvidémonos de la pesadilla de las relaciones públicas —dice Janet—. No va a haber ni una transgresión al estatuto de limitaciones en un caso así, y por eso exactamente estuvo aquí el majadero de Defensa. El FBI es un perro de presa para el Departamento de Defensa, y ya hemos visto bastantes casos semejantes. Crees estar haciendo una cosa cuando en realidad estás haciendo otra.

—Y ahora tengo al Pentágono encima —dice Lucy, y parece más molesta que otra cosa.

—Algo tienes encima. —Janet aún no ha mirado en dirección a ninguna cámara.

No puedo dejar de proyectarme en el cerebro lo primero que vi cuando cliqué en el enlace del vídeo. Janet devolviendo el móvil al cinturón del mono. Había estado haciendo algo con él. Y luego ya no parecía funcionar. Llamé a ese número y no sonó.

Activó el sistema de vigilancia. Luego apagó el móvil, asegurándose de que nadie pudiese contactarla.

—Pero esto es divertido. Tenía razón, ¿no? —Lucy levanta otra baldosa—. El radar subterráneo que llevaban en el superhelicóptero nunca podría haber encontrado nada aquí abajo.

Oigo piedra frotándose con piedra mientras Lucy aparta las baldosas, y luego levanta otras tres. Debajo de ellas hay una plancha de acero y una especie de caja de controles. Lucy introduce un código y aprieta un botón. Se pone en marcha un motor eléctrico. El subsuelo de metal empieza a moverse, a abrirse como un cascarón.

Mete la palanca y la pala, y ambas desaparecen en el vacío, haciendo un buen ruido al llegar al fondo. Hay una escalera, y Lucy se cuela en un escondrijo subterráneo del que yo no sabía nada. Es como su silenciosa casa de la barca y su jardín de piedra, al que ella llama el Cono del Silencio. Es como casi todo lo que estoy descubriendo. Oigo el rascar de la pala. ¿Quién más está viendo esto o acabará viéndolo? Me resulta increíble la idea de que sea Janet la que está interviniendo el número de emergencias de Lucy y asegurándose de que estoy mirando.

Ojalá pudiese hablar con Lucy ahora mismo.

—¿Todo bien? —le pregunta Janet—. ¿Tú estás bien?

—Sí a todo —La voz de Lucy se oye apagada desde ese lugar secreto en el que almacena posesiones que figuraban en la orden de registro, pero no fueron halladas.

Lucy sabe exactamente cómo llevan a cabo los registros los agentes federales. Cuando se pone, puede imponerse a todos sus procedimientos, protocolos y tecnologías. La veo levantar cajas de munición, pasarlas por la abertura y dejarlas en el suelo, apartándolas a un lado. Se hace con un bonito fusil de asalto con acabados de metal plateado, un Nemo Omen Win Mag 300 que deja suavemente sobre la tela.

Le sigue otro rifle con un acabado distinto en la culata, y reconozco esas armas de fuego que Lucy considera obras de arte letales. Las he usado antes, y la observo mientras persevera en su obstrucción a la justicia. Da igual que no la culpe. No tiene nada que ver que lo que le está haciendo el FBI sea indignante. Su conducta es delictiva y la detendrían al instante si supieran en qué anda metida. La veo salir del hoyo. El motor suena de nuevo mientras cierra el escondrijo. Suena muy fuerte un timbre. Hay alguien llamando a la puerta de la casa.

Por favor, Señor, que sea la policía.

—¿Quién está ahí? —Janet se acerca a un monitor de seguridad.

Lucy coge los dos fusiles de asalto, que pesan muy poco y son tan precisos como un rayo láser. Brillan en distintos tonos plateados, cobrizos y verdosos.

—Creo que es un poli —dice Janet—. ¿Qué hace aquí la poli?

—Mierda —dice Lucy—. ¿Y ahora qué?

No puedo distinguir lo que está en la pantalla partida. Está demasiado lejos. Janet toca la pantalla y pregunta en qué puede ayudar al que llama. A continuación, escucho una voz de hombre. Me resulta familiar. Cuando empieza a toser cual fumador empedernido, me doy cuenta de que es el mismo patrullero estatal que apareció esta mañana por la mansión Gilbert. Creí que estaba enfermo y en casa. Parece que no se retiró a su hogar, pero suena como si debiera haberlo hecho. El patrullero Vogel. Sigo sin saber su nombre de pila.

—¿Con quién estoy hablando, señora? —Tose de nuevo mientras Janet le contesta—. Tenemos un aviso y queremos cerciorarnos de que todo va bien por aquí.

—Estamos bien —dice—. ¿Qué aviso?

—Señora, tiene que abrir la puerta. Nos gustaría entrar para ver si todo el mundo está bien.

—Ábrela —le dice Lucy a Janet.

—Voy a abrir la verja —le dice Janet al monitor de seguridad.

—Nos vemos en la puerta de entrada —dice el patrullero Vogel mientras Lucy recurre al pie para empujar cajas de munición por el suelo, hacia un banco de trabajo.

Y entonces lo veo otra vez. Janet se saca el móvil del cinturón y se lanza a escribir con los pulgares; probablemente, está activando el teclado. En ese mismo instante, mi pantalla se queda en negro. Se interrumpe la emisión en directo. Cuando vuelvo a darle al enlace, ya está muerto. Levanto la vista y me pasmo al ver a Benton de pie en la puerta del dormitorio, comprobando algo en el móvil, con el pinganillo emitiendo un fulgor azul brillante. Me lo quedo mirando, sorprendida y alarmada. No tengo ni idea de cuánto tiempo lleva aquí, ni de cómo ni por qué ha entrado.

—Están a salvo, Kay. —Benton va vestido igual que cuando me fui de casa esta mañana—. La policía de Concord, la estatal y nuestros agentes están en la propiedad de Lucy ahora mismo o están a punto de llegar. Y hay refuerzos en camino.

—¿La policía ya está dentro de la casa? —No me creo que eso sea posible.

—Van de camino.

—Eso no es lo mismo que estar con ellas, físicamente, en este mismo momento. Ya sabes a quién nos enfrentamos, Benton.

—Lucy, Janet, Desi y *Jet Ranger*: todos controlados y a salvo. —Clava sus ojos ambarinos en mí y sabe muy bien de quién le estoy hablando—. No les va a pasar nada.

—¿Y cómo podemos estar ya tan seguros de ello?

—Porque te lo estoy diciendo yo, Kay. No están solos y no van a estarlo. —Se le ve alerta e imperturbable, pero no me cabe la menor duda de que le ha afectado.

Hoy no ha podido ser un buen día para él, y atisbo las huellas de la tensión y la fatiga en su revuelto y abundante cabello gris y en la rigidez en torno a los ojos y la boca. El traje que lleva es uno de mis favoritos, gris perla con rayitas muy finas de color crema, pero está muy arrugado. Igual que la camisa blanca. Probablemente, a causa del arnés de cinco puntos que llevaba puesto en el helicóptero, intuyo.

—Debemos asegurarnos de que están bien —insisto—. Ella querrá que creas que lo están, y cuando todo el mundo se siente a salvo, ya sabes lo que ocurre.

—Sé lo que ocurre. Sé cómo piensa —dice, y me doy cuenta de que no es el FBI el que tiene vigilada la casa de Chanel Gilbert.

Si el Buró estuviese espiando ese lugar, Benton lo sabría. No hablaría con tanta libertad. Lo haría de manera preparada... Que es como ha estado hablando Janet. O no diría nada en absoluto. Si alguien está espiando, es Carrie, y estoy llegando a un punto en el que ya me da igual. Total, parece que ella ya lo sabe todo sobre nosotros.

42

Cierra la puerta y ya estamos a solas en el dormitorio de Chanel Gilbert.

O en el dormitorio de alguien.

No sé muy bien de quién.

—Sé que estás molesta —me dice Benton—. Entiendo que puedas sentirte abandonada y desinformada por mí en estos momentos.

—¿Molesta? Yo usaría términos como desdichada, confusa, preocupada, manipulada. —No quiero hablar como lo hago—. ¿Quién era, Benton? He visto las fotos de buceo en la biblioteca. ¿Quién coño era?

No dice una palabra.

—He visto el traje de submarinista que llevaba puesto. Negro, con cremallera en el pecho, y eso es lo que vi en el vídeo que tomó mi máscara. Tú y yo no usamos cremalleras en el pecho. Nuestros trajes de buceo no llevan dos rayas blancas en la pierna, pero parece que el suyo sí, partiendo de lo que he visto en las fotos enmarcadas del naufragio en el Triángulo de las Bermudas. ¿Quieres que te refresque un poco más la memoria? —Sigo hablando pese a la supuesta falta de privacidad.

Tengo que saber si la persona que me salvó la vida en Fort Lauderdale el pasado junio está muerta. Asesinada. Probablemente, molida a palos por Carrie.

—Los informes dentales han confirmado su identidad —le digo a Benton—. Pero eso no quiere decir nada. ¿Quién era?

—Ya sé lo que parecen las cosas —responde finalmente Benton.

—Pues, ya puestos, igual podrías decirme quién es Doug Wade.

—No sé muy bien a quién te refieres.

—Me refiero al tipo que conocí en la propiedad de Lucy y que no trabaja realmente para Hacienda. Es del Departamento de Defensa, y Defensa no se involucraría en esto a no ser que tenga más que ver con la seguridad nacional que con algún caso criminal por la cara contra Lucy...

—Podemos hablar luego de eso...

—Pero no se me ocurre por qué podrías pensar que estoy molesta. ¿Por qué debería irritarme el no poder confiar en nada que haga o diga nadie ahora mismo? —Me está saliendo la vena emocional, que es lo último que necesito—. ¿Cómo has entrado aquí? ¿Te llevaste su Range Rover sin decirle nada a la policía? O igual se lo llevó un falso inspector de Hacienda.

—¿Su Range Rover? —Benton frunce el ceño.

—Uno rojo que estaba aquí antes y ya no está. —Noto que me vienen las lágrimas, pero les planto cara—. Pero no me creo que el dispositivo de grabación de la caja de plata sea tuyo. —Me doy cuenta de lo rabiosa que estoy; debo controlarme antes de que pierda el control—. Era muy chapucero, incluso para el FBI. Era una táctica para infundir temor. Lo de investigar un caso como este y estar siempre preocupada por si nos espían es terrorismo psicológico. Tú no les darías cuerda a los relojes.

—¿Que yo no haría qué?

—O poner velas. Tú no me harías esas gracias, pero igual tus colegas sí. Pero tú no lo harías y tampoco lo permitirías.

—¿De qué estás hablando, Kay?

—De varias cosas, Benton.

—No sé nada de una caja de plata.

—Me tranquiliza oírlo. —Me da igual si lo oye alguien más.

—Y las velas... ¿Qué velas?

—Deberías entrar en el salón para olerlas. Supongo que siguen ahí, a no ser que se hayan desvanecido en nuestras narices, como la basura de la cocina. Cirios votivos blancos que sospecho que se colocaron recientemente, puede que mientras rondábamos por la propiedad de Lucy, y relojes a los que se dio cuerda. Velas aromatizadas con mi fragancia favorita, Benton. La que siempre me regalas por mi cumpleaños.

—Nosotros no hemos sido. Acabamos de llegar aquí.

—Estás seguro de ello. Estás al corriente de todo lo que hacen tus colegas. Pues yo te podría contar un montón de cosas que ellos igual ignoran y que se remontan a mucho tiempo atrás. Cosas peligrosas.

No dice nada. No me pregunta por esas cosas peligrosas a las que me estoy refiriendo; me observa en silencio y le echa un vistazo al móvil.

—Creo que ya sé lo que ha pasado —le digo, y su silencio es la respuesta.

Sabe que existen las grabaciones. Las ha visto.

—Claro que el FBI no se coló aquí y lo redecoró pensando en mí, de manera personal, íntima. —Cada vez estoy más enfadada y más inquieta.

¿Qué has hecho, Benton?

—¿Para qué se iban a tomar la molestia de encontrar esas velas italianas tan especiales? —Me recorre un escalofrío—. Ellos no...

—¿Kay?

—Pero no me vas a contar nada. Estoy segura de que lo tendré que averiguar todo yo sola. Tengo que descubrir por mí misma lo que sabes y lo que no. No piensas reconocerlo, si es que eres el responsable de que a Lucy la acosen, de que a Marino y a mí nos siga uno de tus malditos helicópteros.

—¿Has acabado, Kay?

—Apenas he empezado, Benton.

—Me refería a lo de aquí. No pienso irme como no sea contigo. No te vas a quedar aquí sin mí.

Cuando se pone tan serio y tan intenso, me acuerdo de lo

alto que es. Parece proyectar su sombra sobre mí cuando se inclina al hablarme, con el fuerte mentón alzado y sus facciones adoptando el tono depredador de un águila o un halcón.

—No tenemos mucho tiempo —dice a continuación.

—¿Quién más está contigo?

—Les dije que me dejaran aquí. He entrado solo. Deberíamos irnos.

—Eso les dijiste a tus colegas del FBI. Con los que volabas justo antes de que el tiempo se pusiera fatal. Los que están tratando de inventarse un motivo para arruinar la vida de Lucy o, a ser posible, hasta ponerle fin. —No pienso dejarle olvidar algo tan imperdonable—. Tus colegas a disposición del Pentágono, que es exactamente lo que debe de estar ocurriendo. Si no, Defensa no aparecería por la propiedad de Lucy diciendo que es Hacienda. —Lo digo tal cual porque estoy convencida de que él ya lo sabe.

—Ahora no podemos meternos en eso. —Tiene el rostro sombrío, con los ojos muy intensos—. Tenemos un máximo de quince minutos antes de que vuelvan con más gente.

—El FBI se apoderará de esta casa. Se han hecho cargo de la investigación, como ya sospechábamos Marino y yo. Y ya sé lo que viene a continuación. Da lo mismo que yo disponga de jurisdicción federal. La colaboración no se puede legislar, y el FBI no se distingue precisamente por trabajar a gusto con otros. Se apoderarán de esta escena, y luego de las pruebas. Pueden hacer lo que les plazca.

—La casa aún no ha sido barrida —le digo a Benton—. Lo más seguro es que nos estén vigilando. ¿Pero por qué he de ser yo la que tenga que decírtelo?

—Me alegro de que lo hagas —me dice con fría ironía.

—Probablemente, hoy día deberíamos darlo por hecho en cualquier escenario. —Empiezo a deshacer la cama, y él no reacciona—. Pero eso también deberías saberlo. —Le echo un vistazo—. Es muy difícil ignorar algo que tú mismo has hecho.

—¿Qué he hecho, Kay?

Pero ahora soy yo la que se queda en silencio mientras dobla cuidadosamente la funda de almohada que se había vuelto negra a la luz ultravioleta. El papel hace mucho ruido mientras meto pruebas en sobres y Benton observa. Siento sus ojos clavados en mí. Noto que está muy ocupado con el móvil. Otro plan, otra manipulación: eso es en lo que no puedo dejar de pensar mientras le quito el capuchón a un Sharpie y huelo poderosamente a tinta. Me quito los guantes. Cierro la caja de escenas del crimen y la cojo.

«*Non fare i patti con il diavolo*», solía decir mi padre.

—Algo que aprendí de pequeña —miro a Benton a los ojos— es que no hay que hacer pactos con el diablo. Solo con hacerle caso, acabarás en un pozo del que no podrás salir. ¿O ya es demasiado tarde?

Benton sigue plantado ante la puerta cerrada. A juzgar por la cara de estupor que pone, no tiene ni idea de qué estoy hablando. Pero no es verdad. Tengo la fuerte impresión de que no lo es. Puede que no sepa todo lo que está pasando, pero sí una buena parte de ello. Es responsable de ciertas cosas, por lo menos, y me sorprende la posición en que me encuentro. No distingo la mala fe de Carrie de la del gobierno federal o la de mi marido.

—¿Para qué es demasiado tarde, Kay? —me pregunta Benton.

—Para lo que sea que hayas hecho —le respondo—. Y eso incluye los vídeos que he estado viendo hoy, contra mi voluntad, podría añadir, pues no los pedí exactamente. Y nadie ha confesado haberlos enviado. No sé si sabes de qué estoy hablando, pero sospecho que sí. —Cuanto más aludo a los vídeos del *Corazón depravado*, más callado se queda.

Lo sabe.

—Pues solo espero que sepas lo que haces, Benton. Porque estás jugando con fuego. No deberías bailar al ritmo que toca Carrie Grethen, ni dialogar con ella. —Le sostengo la mirada un segundo y oigo pasos lejanos por el pasillo.

Lo hecho, hecho está, y Benton no piensa escucharme. Me basta con mirarle para ver que es demasiado tarde para detener lo que ha puesto en movimiento.

—Tengo que apuntar pruebas y comprobar cajas. —Paso junto a Benton mientras se acercan los pasos del pasillo y oigo la voz de Marino—. Puedes venir conmigo a la oficina. A no ser que prefieras esperar a tus colegas —le digo a mi marido mientras abro la puerta.

—Tiene que esperar un poco. —Marino se muestra firme, pero muy discreto para lo que es habitual en él—. ¿Señora? ¿Me permite...? Es muy importante que sepan lo que me acaba de explicar.

—¡Joder si es importante! —Amanda Gilbert viene lanzada hacia nosotros, hecha una furia, y me cuesta reconocer a tan célebre productora.

Se la ve mucho más vieja de los sesenta y tantos años que tiene. El pelo rojo teñido está deteriorado a la altura de los hombros, está ojerosa y sus ojos son profundas charcas de dolor y de algo más que trato de identificar antes de que sea demasiado tarde.

—Largo. —Le tiembla la voz mientras me señala con un dedo—. Quiero que se vayan todos de mi casa.

Siento su odio y su furia, pero no son lo que espero en una situación como esta. Acaba de atravesar un recibidor manchado con la sangre de su hija, pero no hay lágrimas, solo ira e indignación.

—La asistenta —nos dice Marino a Benton y a mí—. No hay asistenta.

—¿Cómo que no hay asistenta? ¿Ninguna? —pregunto—. Entonces, ¿con quién habló Hyde cuando llegó aquí esta mañana?

—No tengo ni idea —reconoce Marino.

—Fuera quien fuese, conocía a Chanel. —Para Benton eso es un hecho.

—¿No hay asistenta? ¿Su hija limpiaba ella misma la casa? —le pregunto a Amanda Gilbert, pero es Marino el que contesta.

—Parece que Chanel no había estado aquí desde la primavera —dice—. Y prefiere encargarse ella misma de las cosas.

—¿Dónde estaba? —le pregunta Benton a la madre, aunque yo estoy segura de que ya lo sabe: es terrible pensar en cómo me han engañado y durante cuánto tiempo.

—¿Y usted quién coño es? —dice Amanda, y Benton le informa.

Luego le pregunta:

—¿Tenía un Range Rover rojo?

—No que yo sepa.

—Pues hay uno registrado a su nombre. Me temo que eso tampoco lo sabe.

—¿Qué está usted insinuando? ¿Suplantación de identidad?

—¿Quién le notificó la muerte de su hija? —pregunta Benton, que no se refiere en absoluto a ninguna suplantación de identidad.

Apunta más bien hacia el espionaje. La mujer asesinada podría haber sido Chanel Gilbert. Pero también era alguien más. Y lo más probable es que la madre no tenga ni idea de quién y qué era su hija realmente.

—Me enteré porque ella me envió un e-mail —dice Amanda Gilbert señalándome con el dedo, pero no es verdad—. La investigadora forense me envió un correo electrónico. O sea, un cargo político. ¿Y se supone que debo fiarme de una jodida funcionaria?

Desde luego, yo no le mandé ningún correo, y Bryce jura que nuestra oficina tampoco lo hizo.

—La verdad es que soy investigadora forense. Y no soy una funcionaria. Me pregunto si nos dejaría ver ese e-mail —le digo de manera tranquila y cuidadosa.

Lo encuentra en su teléfono y se lo enseña a Marino; cuando este mira, entiendo lo ocurrido. El e-mail del CFC ha sido pirateado. Probablemente, Carrie ha intervenido mi cuenta de correo electrónico y se ha metido en la base de datos de la oficina; en ese caso, la cosa será de un desastroso que ni me atrevo a imaginar. No puede haber otra explicación, a no ser que Lucy entrara en mi cuenta de e-mail y le enviara un mensaje a Amanda Gilbert, lo cual dudo muchísimo.

No hay ningún motivo por el que Lucy supiera de la muerte de Chanel Gilbert antes de que la noticia apareciese en Twitter no hace tanto. Intento imaginar adónde quiere llegar Carrie mientras Benton le pregunta a Amanda Gilbert cuánto hace que tiene esta casa. Como si no lo supiera ya, cosa de la que estoy casi segura.

—¿Dónde ha estado? ¿Se supone que debo contestar a eso de nuevo? —Amanda Gilbert se muestra francamente hostil con todos nosotros, pero parece que en quien menos confía es en mí.

—¿De nuevo? —Benton la observa cuidadosamente, y sospecho que las preguntas que hace son más para nosotros que para él mismo.

—¡No es asunto suyo, joder! ¡No tengo nada más que decirle al puto FBI!

¿*Nada más*?, me digo. Ha hablado con uno de los colegas de Benton. Ha hablado con alguien, y Benton nos hace el favor de preguntarle con quién.

—No recuerdo cómo se llamaba.

—¿No recuerda qué agente la contactó? —le pregunta—. ¿Un hombre? ¿Una mujer?

—Una mujer que era más tonta que un zapato.

Erin Loria.

—Parecía idiota y del sur —añade Amanda Gilbert.

—Me sería útil que me dijera de qué hablaron —dice Benton antes de que Marino tenga la oportunidad de hacerlo.

—Pues claro, hombre, déjeme serle *útil*. —Le tiembla la voz y los ojos se le llenan de lágrimas—. Chanel es una submarinista profesional y una fotoperiodista que viaja constantemente y se ve envuelta en encargos de los que no habla.

Es más que eso si estaba en Fort Lauderdale cuando me dispararon. Si Chanel es la submarinista del vídeo que grabó mi máscara, entonces estaba presente en el naufragio, cuando Carrie casi me asesina. La implicación es evidente, y sospecho que es la verdad. Chanel Gilbert era alguna clase de agente que, probablemente, trabajaba para la inteligencia militar o para Seguridad Interior. Lucy y Janet la conocían, y yo diría que Benton también, y lo que eso significa es que Chanel presenció el ataque.

Y ahora ha sido asesinada.

Podría haber corroborado la existencia de Carrie y la inocencia de Lucy. Pero Chanel Gilbert, o quienquiera que fuese, ya no puede decir nada.

Tal vez por eso está muerta.

—Esta es mi maldita casa —está diciendo Amanda Gilbert muy alterada, furiosa—. Yo crecí en esta maldita casa. Era el hogar de mi familia. Mi padre se la vendió después de que yo me fuese a la universidad, y cuando salió al mercado hace años, decidí comprarla para Chanel y su futura familia. Pensé que igual sentaba la cabeza, que a lo mejor le daba por la paz y la tranquilidad, que igual dejaba de irse por ahí y desaparecer.

—¿Y qué me dice de las Bermudas? —le pregunta Marino—. Me pregunto si tiene usted una casa por allí.

—Tengo un montón de sitios a mi disposición. Y Chanel siempre se las apañó para utilizarlos todos como apeaderos. Casi nunca estaba por aquí. No se ha quedado mucho tiempo en ningún sitio desde que la licenciaron de la Marina por un síndrome de estrés postraumático.

—¿Un desorden que tal vez trató con marihuana medicinal? —sugiero, y como ella no responde, añado—: Aunque a partir de lo que he visto, no conseguía la medicación a nivel local.

—Señora —le dice Marino—. Ya sé lo difícil que esto le resulta. Pero tiene que ayudarnos respondiendo a nuestras preguntas. Se supone que debemos creer que su hija nunca tuvo una asistenta, que cuidaba de sí misma. Así pues, déjeme que le pregunte una cosa: ¿quién era Elsa Mulligan?

—¿Quién?

—La mujer que dijo que era su asistenta —responde Marino—. La que encontró el cadáver de su hija.

—Nunca he oído hablar de ella. —Clava su atención en mí, con los ojos desorbitados—. ¿Quién la encontró en realidad? ¡Seguro que no fue una asistenta ficticia! Así pues, ¿quién fue?

¿Quién había dentro de la casa...? —Ha ido levantando la voz hasta acabar chillando.

Carrie ha estado viviendo aquí.

—¡No hay ninguna maldita asistenta! ¡Esa persona no existe, joder!

—Las velas, las ruecas, las cruces de hierro y los cristales. —Le hago fijarse en eso—. ¿Su hija era supersticiosa o le interesaba el ocultismo?

—¡Joder, ni hablar!

—¿Puede que su decorador, por ejemplo, colocara esos chismes aquí?

—¡No sé ni de qué chismes me está hablando!

—Los verá cuando entre en el salón —le digo, pero no puedo dejar de pensar en Carrie.

Los vecinos podrían haberla visto durante semanas o meses y nadie se habría olido nada. No habrían sabido que la mujer joven que conducía el Range Rover no era la dueña de la casa. Carrie ha estado haciendo lo que le daba la gana. Por eso hay esencias florales y detalles especiales en las habitaciones que ocupaba, y empiezo a intuir por qué la funda de almohada se volvió negra bajo la luz ultravioleta.

He oído hablar de ropa de cama tratada con óxido de cobre, y sobre todo de fundas de almohada. Se supone que impregnar un tejido con nanopartículas de cobre ayuda a combatir las arrugas y otras señales del envejecimiento, y no hay duda sobre lo mucho que le preocupa a Carrie su apariencia juvenil.

Ha estado durmiendo en la cama de Chanel.

—Alguien ha estado entrando y saliendo, según los vecinos —está diciendo Marino—. Tenemos informes acerca de que el Range Rover ha sido visto en el sendero de entrada. ¿Quién coño lo conducía?

—¡Pero cómo se atreve! ¡¿Pero cómo se atreven todos ustedes?! ¿Cómo han podido dejarles entrar? —Se acerca más a mí y noto que el aliento le huele a alcohol y ajo—. ¡Su sobrina sedujo a mi hija! Asesinó a mi preciosa hija a sangre fría, ¿y a usted la dejan entrar en la casa? ¡Y hasta le dejan manipular las pruebas!

Me aprieta el brazo con una garra de hierro. Tiene llenos de lágrimas los ojos inyectados en sangre, lágrimas que le caen por esa cara hinchada y desfigurada.

—¿Tiene usted la menor idea de lo que le harán mis abogados, y a Lucy Farinelli, y a toda su puta pandilla? —chilla mientras empieza a llorar de manera incontrolable.

43

Mi pierna vuelve a las andadas mientras estoy sentada a solas en el monovolumen que me dejó Jen Garate. El dolor me llega al hueso. Palpita al ritmo de la lluvia que cae lentamente sobre el techo del vehículo y se desliza por las ventanillas.

El Ford Explorer es blanco y luce el emblema del CFC: las balanzas de la justicia y el caduceo simbolizan lo que se supone que represento y defiendo, lo que he jurado respetar y jamás violar. Justicia y no hacer daño. Pero nada es justo y hay alguien a quien sí quiero hacer daño. No pasaría el polígrafo si dijera que no quiero ver muerta a Carrie. La quiero eliminada de manera definitiva y del modo que sea. Los ojos no dejan de movérseme. Los nervios y el pulso llevan todo el día amotinados, como líneas eléctricas de alto voltaje. No paro de controlar los retrovisores y la pistola Rohrbaugh que llevo en el regazo. Mientras espero. Mientras me hago preguntas.

Igual forma parte del plan que yo esté ahora conduciendo. Igual ha sido previsto, como el furgón que elegí esta mañana, y se me ocurre que el monovolumen también puede haber sido manipulado. Igual se le va la olla en la autovía o le da por explotar. Puede que eso sea lo que venga a continuación y que así terminen mis días en este planeta. Ya no estoy segura de nada, ni del curso natural o progresión de los acontecimientos ni de quién tiene la culpa. ¿Es esto lo que se supone que debe pasar?

¿Está predeterminado? ¿O solo da esa impresión? ¿Se trata de Carrie o de otra persona?

No pongas en duda tus propios pensamientos.

Y entonces pienso en Lucy, mientras se incrementa el estrés y se arquea como los fallos o sobrecargas eléctricas. ¿En qué podemos creer? ¿Qué es cierto? ¿Quién lo sabe? No sé qué ha sido manipulado y planificado, ni si habrá más sorpresas desagradables por el camino, así que me dedico a observar y a esperar a Marino y a Benton. Están dentro de la casa con una madre destrozada por el dolor y la rabia. Tiene el poder y el dinero necesarios para hacerme la vida imposible a su antojo. Y si me baso en su conducta, creo que lo intentará; sus acusaciones resuenan en mi cabeza cual coro desafinado que no piensa enmendarse.

¿Quién le metió en la sesera que Lucy había seducido y asesinado a su hija? ¿Por qué motivo tenía que sacar a colación Amanda Gilbert a mi sobrina? ¿Por qué debería saber nada de ella una productora de Hollywood? A no ser que Lucy y Chanel realmente se conocieran, pero eso también me resulta extraño. Si Chanel era una espía, ¿por qué habría de conocerla Lucy? ¿Qué hacían las dos en las Bermudas? Recuerdo que Lucy dijo que la persona que iba a ver allí era amiga de Janet. Chanel Gilbert debió de conocer primero a Janet.

Aunque no sé muy bien qué significa eso. Pero no tengo la menor duda de que alguien le dio a la madre algún motivo para temer que yo pudiera manipular las pruebas. No hay que pensar mucho para saber quién. Erin Loria va detrás de Lucy. Me imagino perfectamente a la sobrada y agresiva agente del FBI, con sus raíces sureñas y su acento metálico, llamando a Amanda Gilbert para transmitirle toda clase de propaganda, información errónea y mentiras sin paliativos. ¿Pero por qué exactamente? ¿Para asegurarse de que nos lleven a juicio? ¿Para montarle una encerrona a Lucy y conseguir que a mí me despidan? ¿Para enfrentarnos entre nosotros y ver cómo nos autodestruimos? ¿Qué pretende en realidad Erin Loria?

Tengo serias dudas de que lo suyo tenga nada que ver con el

ejercicio de la ley, con su maldito trabajo, y todas provienen de lo más hondo y oscuro de la desconfianza que me inspira. No puedo saber con certeza quién me está diciendo la verdad, incluyendo a mi propio marido, a toda mi familia, en el fondo; ajusto el dispositivo antiniebla y el cristal se despeja. Agradezco que la lluvia esté amainando y que el viento se vaya calmando. A lo lejos, los truenos se baten en retirada. Apenas puedo oírlos ya, y hacia el sur se van rompiendo las nubes, aplanándose como acostumbran tras interpretar su violento drama.

Echo un vistazo en el móvil al correo electrónico y los mensajes. Cuando suena, me doy cuenta de lo fácilmente que me altero en estos momentos. Estoy supervigilante y salto a las primeras de cambio. Reconozco el número desde el que me llaman, pero algo no me cuadra.

—Scarpetta —respondo.

—Detesto empezar con lo de «esto no te lo vas a creer» —me espeta Ernie sin decir antes ni hola.

—¿Por qué me llamas desde el laboratorio de armas de fuego? —le pregunto.

—Ahora voy a eso, ¿pero sabes qué encabeza la lista? —dice—. El metamaterial que enviaste puede ser del sistema de cámaras de Lucy, que es en plan *Star Trek*, pero de alta tecnología.

—Se lo pregunté y me dijo que no —respondo con rapidez.

—Pues yo nunca había visto algo igual en relación a un sistema de seguridad —afirma Ernie.

—Lucy me dijo que nunca antes había visto el metamaterial, pero que sospechaba que podía tratarse de cuarzo o de calcita.

—Así es —le da la razón Ernie—. Se trata concretamente de la calcita con calidad láser que suele usarse en aparatos ópticos de alta gama, como objetivos de cámara, microscopios o telescopios. Pero debo decir que la forma hexagonal es muy extraña.

—O sea, que no podemos saber de dónde procede el metamaterial si no contamos con ninguna fuente posible para comparar.

—Es exactamente así —responde—. Lo cual me conduce a tu fibra de búfalo. Me encantaría conocer su origen, ya que es evidente que es antiguo e interesante.

—¿Has dicho búfalo?

—Como los que salían en los westerns, sí. O en las monedas de la época de mi abuelo.

—¿Los búfalos tienen fibras?

—Igual que las ovejas. En aras de la simplicidad, te diré que lo que encontré es un pelo. Pero técnicamente es una fibra, y es la primera vez que me topo con algo así fuera de mi biblioteca de referencia animal —dice con orgullo, casi con amor—. Por eso llevo tantos años trabajándomela. Siempre que esperas que aparezca alguna rareza de interés...

—Los búfalos no son precisamente típicos de esta zona. —Miro fijamente hacia delante, hacia un monovolumen negro que viene de espaldas a mí por el sendero anegado.

No es el SWAT, creo. Parece una limusina.

—Creo que si tenemos en cuenta el contexto, Kay, este pelo es de hace muchísimo tiempo —dice Ernie—. Probablemente, de una piel de búfalo, de una alfombra o de un hábito que está en el interior de algún sitio o lo estuvo en una era anterior. La casa de Cambridge donde estuvo aparcado tu furgón cuando encontraste la nube de polvo y la flecha... Era muy vieja, ¿no?

—Sí. De hace más de trescientos años. —Mi atención está secuestrada por el monovolumen, un Cadillac Escalade con ventanas tintadas y una pegatina de permiso de caza.

Avanza lentamente de espaldas hacia mí, deteniéndose y poniéndose en marcha, con las luces de posición encendidas, mientras Ernie me cuenta que ha estado husmeando un poco. Ha estado excavando, según él, y me recuerda por enésima vez que debería haber sido arqueólogo.

—¿Y qué has descubierto? —Tengo los ojos clavados en el monovolumen negro, que cada vez está más cerca.

—Que la residencia Gilbert fue edificada por un inglés rico, propietario de una empresa de transportes —me dice—. Según lo que he averiguado, el sitio empezó como una propiedad de tamaño razonable en la época rural de Cambridge, cuando allí no había mucho más que una pequeña universidad llamada Harvard. La propiedad original incluía un almacén para ahumar, una casa de invitados, una zona para el servicio, una cocina y una norma, según la cual, las vacas había que mantenerlas en el sótano, al resguardo del crudo invierno. Las sacaban a pastar y luego las devolvían a los establos.

»No quiero ni pensar lo que debe de ser buscar pruebas en un sitio así. —Ya veo adónde pretende ir a parar. Pruebas como el fragmento roto de cristal veneciano que podría proceder de unas cuentas para el comercio —dice—, que podrían relacionarse con la empresa de transportes. Igual que las pieles.

¿Pero dónde se ha podido preservar algo tan frágil y efímero durante tanto tiempo y sin que nadie lo encontrara? Aún no he encontrado nada en esta propiedad que pueda ser considerado una cápsula temporal. La casa ha sido renovada y ampliada a lo largo de los siglos, y las construcciones exteriores han desaparecido: no queda nada más que los ladrillos y pedruscos desperdigados por el patio de atrás que descubrí mirando por una ventana. A continuación, vuelve a sonar en mi cerebro el estruendo del helicóptero y recuerdo lo que dijo Lucy sobre el radar capaz de penetrar el terreno. El FBI estaba registrando la propiedad de Lucy en busca de algo enterrado. Igual donde hay que registrar es aquí.

Resisto el impulso de salir del monovolumen y ponerme a estudiar los alrededores. Benton y Marino aparecerán en cualquier momento. No sería nada prudente deambular sola por ahí, así que me quedo donde estoy, con las puertas bien cerradas, mientras Ernie me cuenta lo que ha descubierto acerca de los primeros tiempos del comercio de pieles en América. Dice que ciertas fibras inusuales bajo el pelaje de un búfalo pueden ser convertidas en un tejido parecido al cachemira, y que esa es una de las causas de que las pieles fuesen una exportación de lo más popular hasta finales del siglo XIX.

—¿Conclusión? —añade mientras veo cómo se acerca cada vez más el Escalade, arrastrándose, como si le pasara algo al conductor—. Todo lo que estamos encontrando parece pertenecer al mismo entorno.

El agua salpica los enormes neumáticos y ensucia la brillante pintura negra. Los limpiaparabrisas están apagados y el cristal de atrás, empañado, así que no sé qué puede ver el chofer. Estoy a punto de saltar del monovolumen cuando el Escalade se detiene a escasos centímetros de mi parachoques delantero. Me ha bloqueado, cuando no podía estar más claro que no estoy aparcada aquí porque sí. Estoy de servicio, con el motor en marcha y las luces encendidas. Por no hablar de que estoy dentro del vehículo.

No aparto la vista del Escalade. Espero que salga alguien.

No sale nadie. La puerta del conductor no se abre y yo llego a la conclusión de que es la limusina de Amanda Gilbert. Igual la depositó aquí y se fue a otro lado por algún motivo. Y ahora ha vuelto.

—¿Dónde encontraste exactamente esa fibra de búfalo? —le pregunto a Ernie.

—En las plumas de la flecha —contesta—. El cabello rubio teñido.

—¿Humano?

—Como tú suponías, y lo lamento porque eso no nos lleva a nada bueno. El pelo está saturado de cola, así que ya te puedes imaginar lo que está enganchado —responde—. No sé decirte de quién es el cabello. Espero que el ADN nos informe al respecto. Evidentemente, podríamos estar hablando del ADN de alguno de nuestros primeros antepasados. El tejido y el pelo podrían ser realmente vetustos, supongo.

—No lo son. El cráneo está reseco, pero no momificado, y conserva un leve olor a descomposición. Yo creo que ha estado en algún lugar moderadamente fresco y seco, pero que es relativamente reciente.

—¿Cuán reciente?

—Días. Puede que semanas —respondo—. La cosa depende, claro está, de dónde ha estado desde que se lo sacaron de la cabeza a quien fuese.

—¿*Post mortem*? Porque eso espero, francamente. Aunque conociéndola, seguro que no le parecería tan divertido.

Ernie ha examinado marcas de utensilios y otras pruebas que creemos que dejó Carrie Grethen mientras cometía sus variados actos de violencia, entre los que se incluyen, solo en el pasado año, seis homicidios. Ernie sabe de lo que es capaz. Y no duda de su existencia. No le parece conveniente ni ventajoso políticamente acusar a Lucy de los crímenes de Carrie. No tiene ningunas ganas de combatirla porque sabe que acabaremos perdiendo, y me temo que eso es exactamente lo que ha pasado. Cuando Carrie se pone en acción, puede que ya sea demasiado tarde para detenerla.

«*Non fare i patti con il diavolo. Non stuzzicare il can che dorme.*»

—Ahora mismo, no te puedo asegurar que sucediera *post mortem* —le digo a Ernie.

«No hagas pactos con el diablo. No molestes al perro que duerme», solía decir mi padre.

—La víctima aún podría estar viva —explico—. Un desollamiento parcial no es necesariamente una herida letal.

—O sea, que se ha deshecho de alguien más o va a hacerlo —concluye Ernie.

—Esto no va de la necesidad de eliminar a gente por conveniencia o eficacia. —Siento cómo se agita el odio en mi rincón más profundo y oscuro—. Con ella, las cosas nunca van así, aunque le dispare a alguien desde una distancia de dos kilómetros. Esto va del poder y del control. Esto va de lo que alimenta sus insaciables compulsiones, las que causan inevitablemente el daño o la aniquilación a quien se cruza en su camino.

—Espero por lo más sagrado que no esté torturando a alguien al que tenga preso en algún sitio —dice entonces Ernie.

Si se le presenta la oportunidad, a Carrie le gusta arrancar la piel. Si le da por ahí, no espera a que se muera su víctima para trabajársela con una cuchilla afilada o, en un caso que conozco, con un escoplo bien cincelado. Todo depende de quién o cómo sea el afectado, y puede mostrarse muy impulsiva. Benton dice que puede ser caprichosa, un término excesivamente amable para la gente como ella. Pero tiene razón acerca de su habilidad para lanzar la moneda al aire, como lo he oído definir.

Si Carrie tiene un fallo fatal, se trata de lo emocional que puede llegar a ser. No se detiene hasta llegar al borde del precipicio. Si nos basamos en su historial, eso puede llevarle años antes de volver a desaparecer o de que nos equivoquemos y la demos por muerta.

—Cuando pueda mirar el tejido por el microscopio —le digo a Ernie—, debería ser capaz de determinar si hubo una respuesta vital. Podría decir con certeza si la herida es *post mortem* o no.

—¿Alguna idea de a quién pueda haber enfilado?

—Cualquiera que le convenga para asustarnos —respondo, pues no he dejado de pensar en el muchacho.

¿Qué ha sido de Troy Rosado? ¿Qué hizo Carrie con él después de asesinar a su padre el político, disparándole desde su propio yate mientras él esperaba en la superficie marina a punto de iniciar su zambullida? Le digo a Ernie que se cerciore de que el laboratorio del ADN tenga en cuenta mi siniestra sospecha. Sería muy propio de Carrie unirse a un adolescente trastornado y seducirle para que se sume a sus planes. Y luego darle las gracias a su manera. Que es repugnante.

—¿Qué sabes de la cola en la flecha? —Estoy a punto de bullir de rabia—. ¿Tienes ya un análisis químico de eso? ¿Algo especial?

—Cianacrilato. O sea, el Super Glue de toda la vida.

—¿Y qué más?

—Hasta ahora, es la típica prueba modelo macedonia. —Ernie parece contento mientras habla de los desperdicios vitales que considera un tesoro—. Pelo bovino, y creo haber mencionado que la gente solía guardar a las vacas en el sótano. También pelo de ciervo, que no es nada inusual. Y he encontrado lana, algodón y otras fibras naturales; polen y partes y fragmentos de cucarachas y grillos. Más nitrato de potasio. En otras palabras, salitre además de sulfuro, carbono y restos de hierro, cobre y plomo que lo han permeado prácticamente todo —dice, y ya entiendo qué hace en el laboratorio de armas de fuego.

Salitre, sulfuro y carbono son los componentes básicos de la pólvora. En especial, de la pólvora negra.

—Lo realmente extraño son unos globulillos de metal que se fundió en algún momento —dice Ernie—. Es lo que suelo encontrar en la piel, sobre todo en torno a las quemaduras de los que se electrocutan.

—¿Puede ser parte de algún residuo de un disparo? —Pienso en el gránulo que vi y que parecía un cristal de azúcar negro.

—El metal fundido es cobre y, en mi opinión, no tiene nada que ver con esos residuos de los que hablas. Como ya te he dicho, lo asocio con quemaduras eléctricas de las que se ven en electrocuciones definitivas. ¿Puedo ponerte el altavoz? —dice Ernie—. Vamos a dejar entrar a un genuino chiflado de las armas.

—¿Estás seguro de que no se trata de residuos de un disparo, de esa pólvora, quemada y no quemada, que solemos encontrar en los tiroteos? —rehago la pregunta—. Es decir, ¿podría ser un residuo de algo contemporáneo? ¿Hay algún desquiciado motivo por el que el residuo pudiera haber estado dentro de mi furgón? ¿Y que tal vez por eso aparezca en el laboratorio?

—Yo diría que no. Un no categórico. —Ya no es Ernie quien habla—. Nadie tiene unos vehículos forenses más limpios que nosotros, y si la pólvora negra en cuestión estuviese quemada, sería muy frágil. Lo más probable es que no la encontrásemos.

Esa profunda voz del medio oeste pertenece a Jim, el jefe del laboratorio de armas de fuego.

—La pólvora negra quemada es extremadamente corrosiva —me explica—. Especialmente, cuando está expuesta a humedades; por ejemplo, la condensación que se forma cuando se está enfriando el cañón de un arma. Se produce una reacción química que genera ácido sulfúrico, pero, ¿y si no lo sabes y no limpias la pistola de pólvora negra *ipso facto*? Hablo de horas. Lo que tenemos aquí no es pólvora quemada. Y desde luego, no es ningún residuo de bala.

Por el contrario, la pólvora negra sin quemar puede mantenerse viable de manera indefinida si está protegida en un arsenal abandonado o sellada por el óxido en un arma vieja, y eso es lo que Jim y Ernie creen que es lo que ocurre en este caso. Pólvora sin quemar que podría tener siglos de antigüedad, y pienso en las historias que he oído sobre armas de fuego antiguas cargadas de munición que la gente da por hecho que están inservibles hasta que se disparan por casualidad.

—¿Cuántas balas de cañón has visto usadas como topes de puerta o colgadas de las verjas, sobre todo cuando estabas en Virginia? —me pregunta Jim.

—Ojalá tuviese un dólar por cada una que vi —le contesto.

—La mayoría de la gente ignora que una bala de cañón de la Revolución Americana o de la Guerra Civil aún puede explotar, no son conscientes de estar decorando su casa con una bomba, básicamente.

—¿Podría ser moderna esa pólvora negra? —Planteo la cuestión porque es de una importancia crítica—. ¿Hay alguna posibilidad, por remota que sea? ¿Cómo podemos estar seguros de que nadie la está utilizando para fabricar un artefacto explosivo?

—La PN —así se refiere Jim a la pólvora negra— no es un juego de niños. Utilizarla para fabricar una bomba sería poco práctico y muy peligroso.

—Pero también es verdad que todo depende de quién estemos hablando.

—Mira, yo soy el primero en decir que nunca deberíamos subestimar ningún desastre en potencia. Más vale prevenir que curar. Y claro que alguien podría fabricar PN. Cuando yo era un crío, solía hacerme la mía en el garaje, como los pioneros. Es un milagro haber llegado a la edad necesaria para votar y comprar priva.

—La persona que más me preocupa puede ser capaz de fabricar sus propias armas y de recargar su propia munición —les digo a él y a Ernie—. En ese caso, habría restos de pólvora, plomo, hierro y cobre en su zona de trabajo y más allá, probablemente. Por eso estoy preguntando si estamos completamente seguros de que la pólvora negra es una antigualla y no procede de algún lugar en el que alguien pueda estar fabricando un arma de destrucción masiva.

—Personalmente, yo creo que es un viejo resto de la misma época que otras pruebas. —Es Ernie quien lo dice, y yo me pongo a rebuscar en mi memoria.

44

No recuerdo haber visto pólvora negra en ningún taller que Lucy haya tenido o en el que haya trabajado. Tampoco recuerdo haber visto su sustituto moderno, el Pyrodex.

Mi sobrina siempre ha controlado la tecnología más avanzada y lleva trajinando con máquinas y dispositivos electrónicos desde que empezó a andar. Nunca le han interesado especialmente las pistolas de pedernal ni los arcabuces. Nunca ha mostrado mucho interés por las cosas antiguas. Prefiere leer un libro de física que uno de historia. No colecciona antigüedades. No es nada sentimental con respecto al pasado.

Lucy carga ella misma su munición y suele disparar unas armas muy buenas. Siempre le he dicho que la seguridad es lo principal y que me haría muy desdichada verla trabajar con pólvora negra. Se enciende enseguida. Es de lo más imprevisible, y yo ya he tenido lo mío de catástrofes explosivas, cuando alguien decide fabricar una bomba sucia y acaba llegando a la morgue en una bolsa de plástico. Recuerdo mi sorpresa en los primeros días de mi carrera, cuando me di cuenta de que la primera pregunta en esos casos es ¿quién distingue al de la bomba de sus víctimas?

No siempre resultaba evidente a primera vista que el cuerpo eviscerado, sin manos ni cabeza, que estaba examinando, resultaba ser lo que quedaba de una cruel intención que, literalmente, le estalló en la cara al que la tenía. Ahora como entonces, quienes quieren hacer daño acaban haciéndoselo a sí mismos. No diré que se trate de justicia poética, pero así lo creo.

—¿Cuántos gránulos encontraste? —le pregunto a Ernie mientras pienso en si Carrie estará al corriente de lo que hemos descubierto.

¿O es la prueba en cuestión algo que ella dejó de forma deliberada? Porque podría ser. Vaya si podría ser. Y en tal caso, ¿a qué conclusión espera Carrie que lleguemos y qué confía que hagamos? No quiero seguirle la corriente. No quiero bailar, pero lo estoy haciendo aunque me diga a mí misma que debo resistirme. No debería haber empezado, pero lo he hecho, y no soy yo quien se ocupa de la sincronización. Yo no lo he coreografiado. A mí no me invitaron. Me han reclutado con engaños. Pero a estas alturas ya no importa.

«*I fatti contano piu delle parole.*» Otra cosa que solía decir mi padre.

—Cinco. —Ernie responde a mi pregunta—. Dos en el polvo. Tres en las plumas, el cabello humano teñido que estaba enganchado a la flecha. Y por cierto, Jim ha tenido que acudir a una declaración. Me dijo que le llamaras si necesitabas algo más.

Los hechos cuentan más que las palabras. Lo estoy demostrando aunque esté sentada aquí. Si no quisiera seguirle el juego a nadie, debería haber vuelto a mi oficina hace horas. Pero yo no soy así y Carrie lo sabe.

—Te acabo de enviar por e-mail un par de fotos —dice Ernie.

—Espera —enciendo el portátil empotrado en la consola.

Abro las imágenes que me ha enviado Ernie, y ampliados al 100 %, los gránulos de PN parecen trozos rotos de carbón, negros e irregulares. Al 500 %, parecen meteoritos lo suficientemente grandes como para que pueda aterrizar una nave espacial; rugosos y mellados, no hay dos iguales. Están mezclados con otros detritos, que parecen espesos cables y cuerdas y cristales de vivos colores. La porquería solo es porquería cuando no la vemos de cerca. Convenientemente ampliada, se convierte en un mundo arruinado de edificios y hábitats rotos, con los restos desintegrados de unas vidas pasadas que incluyen bacterias y escarabajos y seres humanos.

—Pues bueno, lo cierto es que no es como la pólvora sin humo, ni como cualquier propulsor manufacturado que yo haya visto. —Guardo las fotos en una carpeta—. Esos gránulos son de diferentes formas y tamaños, aunque uniformes, cosa que no ocurre en la naturaleza. No se parecen a nada de lo que me acabas de enseñar. Pero debo preguntártelo de nuevo, Ernie. ¿Es viejo o reciente? ¿Qué pasa si alguien fabrica PN? ¿Tendrá el mismo aspecto que la de hace siglos?

—Ella podría estar fabricándola —dice Ernie mientras veo abrirse la puerta de la mansión Gilbert—. Cocinándola ella misma, claro que sí. Jim dice que hoy día casi todos los que se dedican a la PN pertenecen al modelo hágalo-usted-mismo; es arriesgado de narices, pero no muy difícil. Basta con salitre, sulfuro y carbono, más un poquito de agua y, *voilà*, ya has hecho un pastel. Y yo siempre añado la advertencia de que no hay que hacerlo en casa.

Amanda Gilbert es la primera en aparecer en el porche, y yo experimento una profunda sensación de estar maldita que me afecta como un terremoto personal.

—Cuando está seca, la rompes y la haces pasar por un colador o lo que tengas más a mano en la cocina, como un secador de espaguetis. —Ernie sigue con su lección de cocina mortal mientras yo sigo pensando en Carrie Grethen.

Cuán cruel y taimado sería recurrir a una pólvora negra nada sofisticada y cargarla con metralla dañina como bolas y clavos. Preferiría que me dispararan. Como casi todo el mundo. Sin duda alguna, Carrie encontraría muy entretenida esa manera de matar mutilando. O puede que su objetivo consista en amputar y atormentar, en aterrorizar, en arrancarnos una pulgada de carne, un miembro o un trozo de cráneo: matarnos a plazos.

Observo a Amanda Gilbert, Benton y Marino hablando en el porche, a cubierto de la lluvia, mientras Ernie me habla de otros fragmentos microscópicos que le parecen significativos. Es posible que la pólvora negra hubiese estado almacenada en barriletes de roble, cree. Podría ser de cuando la Revolución Americana o la Guerra Civil. A no ser que sea de fabricación casera. La PN que ha encontrado Ernie no puede ser moderna. De eso está bastante seguro, pero yo me guardo la opinión. Si algo tengo claro en el día de hoy es que no puedo dar nada por hecho.

—Pienso en un cobertizo, o una bodega. —Una vez más, quiere saber si lo hemos registrado todo—. Resulta muy significativo que aún no haya encontrado nada que la relacione con la época contemporánea. No hay nada sintético, como poliéster o fibras de nailon.

—Revisamos el sótano. —Miro por la ventanilla y veo a Amanda Gilbert discutiendo con Marino en el porche—. Y está vacío y limpio. No está cerrado ni sellado. Es accesible a través de unas puertas que dan al jardín.

—Podría tratarse de un lugar que en una vida anterior fue una armería y luego se convirtió en otra cosa —sugiere Ernie—. Tenlo presente cuando eches un vistazo por ahí.

Amanda Gilbert, Benton y Marino bajan los peldaños de la entrada mientras cae una lluvia suave, pero continuada. Le digo a Ernie que debo dejarle mientras sale un chofer del Escalade, una especie de Mr. Magoo que achina los ojos y cuyas grandes orejas se le salen de la gorra del uniforme.

Veo cómo le abre la puerta de atrás a Amanda Gilbert, y la verdad es que no me sorprende su errática manera de conducir, sus paradas y puestas en marcha de antes. Marino y Benton suben a mi monovolumen y, como tiene por costumbre, Marino se hace con el asiento delantero. Sin hacer preguntas. Arranco después del Escalade, manteniendo la distancia.

—¿Qué es lo que acaba de pasar? —Conduzco lentamente sobre los adoquines encharcados.

—Lleva un cabreo del quince. —Marino se palpa los bolsillos como hace siempre que necesita un pitillo—. Eso es lo que ha pasado. Lo más probable es que nos lleve a juicio a todos.

—Esto es lo que puedo y voy a decirte —declara Benton a mi espalda mientras pasamos junto a otras viejas mansiones, donde viven los pudientes y bien relacionados vecinos de Chanel Gilbert.

Pero antes de que pueda continuar, le interrumpo:

—¿Os dio Amanda algún motivo de por qué cree que Lucy tiene algo que ver con el asesinato de Chanel?

—Puede que sea porque el FBI asaltó la propiedad de Lucy. —Marino se ha girado en el asiento para poder verme mientras hablamos, y como de costumbre, tengo que decirle que se ponga el cinturón—. Erin Loria es la víbora entre la leña, por así decir. Pero lo que no logro imaginar es cómo pudo saber nada al respecto tan pronto. Vosotros, capullos, ya estabais en el helicóptero antes de que nosotros supiéramos que se trataba de un crimen. —Esto se lo espeta a Benton.

—Tienes razón. No sabíamos nada del crimen, pero estábamos al tanto de la relación —responde Benton.

—¿Qué relación? —Aminoro para detenerme en la calle Brattle.

—Tenemos vídeos de vigilancia del aeropuerto del viaje de Lucy a las Bermudas. Sabemos cuándo aterrizó allí y cuándo regresó a Boston. Sabemos que, de hecho, Chanel Gilbert iba con ella a bordo del jet privado.

—Espera un momento. —Le miro por el retrovisor y sus ojos coinciden con los míos—. ¿Lucy se trajo a Chanel desde las Bermudas?

—Sí.

—¿Estás absolutamente seguro?

—Chanel Gilbert estaba en el manifiesto, Kay —dice—. Y cuando unos agentes subieron al avión en Logan, revisaron los pasaportes, como te puedes imaginar. No hay duda de quién iba a bordo del jet de Lucy.

—Todo lo contrario. Yo creo que hay un montón de dudas al

respecto. —Me concentro en la conducción, tratando de evitar los charcos más profundos y las ramas caídas más grandes.

Intento no ceder a lo que siento. Ya es bastante grave que Lucy haya podido verse con Chanel en las Bermudas. Pero si Lucy se la trajo a Boston en su avión, eso la convierte en sospechosa de homicidio. Y podría explicar parte de lo sucedido hoy. Aunque no creo que lo explique todo.

—¿Estamos absolutamente seguros de que era Chanel la que iba en el jet? —vuelvo a preguntarle a Benton—. ¿No podría tratarse de alguien que decía ser ella? Me pregunto incluso si no sería alguien que se hacía pasar por Chanel Gilbert. Si no es ella, ¿a quién coño han matado?

—Estamos seguros de su identidad —dice Benton, pero eso es como no decir nada.

Puede que esté seguro de su identidad. Pero eso no implica que me esté diciendo la verdad al respecto.

—¿Trabajaba para ti? —le pregunto a bocajarro—. ¿Era una agente encubierta del FBI?

—No trabajaba para nosotros, sino con nosotros.

—Tengo la impresión de que después de dejar la Armada no se dedicó simplemente a la fotografía —replico con sequedad y cierta retranca—. Pero es muy posible que sufriera de SDPT. Ya me imagino que trabajar para un servicio de inteligencia como la CIA es de lo más estresante. ¿Cuándo estaban Lucy y ella en el avión?

—Aterrizaron en Logan antes de ayer, miércoles —dice Benton.

—Supongo que comprobaste el *catering* además del manifiesto —le comento.

—¿Y por qué lo preguntas?

—¿Sabes qué comida pidió Lucy para su invitada?

—Gambas fritas con arroz. —En el espejo, sus ojos están clavados en los míos—. Además de lo que suele tener a bordo Lucy. Frutos secos, verduras crudas, humus, tofu. Su menú habitual.

—¿Alguien tomó comida china fría? Yo mismo lo he hecho

un millón de veces, directamente del recipiente —dice Marino, y yo aminoro mientras el agua golpea la parte inferior del monovolumen—. Pero no en un avión privado. Lucy no tiene una gran cocina y se niega a llevar a un asistente de vuelo. La fritanga me resulta de lo más extraña.

—Los contenidos gástricos de Chanel coinciden con la ingesta de gambas, arroz y verduras, pero los horarios no cuadran —comento—. Apenas había empezado a hacer la digestión. Y desde luego, no comió durante el breve trayecto entre las Bermudas y Boston. Pero lo que yo me pregunto es si se podría haber llevado la comida a casa para luego. Si llevaba meses fuera de casa, como asegura su madre, no habría nada de comer en el frigorífico.

—Como pudimos comprobar cuando revisamos la cocina —añade Marino.

—A excepción de los zumos de frutas, y tampoco podemos dar por hecho que fueran suyos. De hecho, sospecho que no —sigo diciendo—. ¿A qué hora aterrizó en Logan el avión de Lucy?

—Poco después de la una de la tarde —dice Benton—. Y tienes razón: Chanel no comió en el avión. Los pilotos la recuerdan llevándose parte del *catering*. Tuvieron que ir a buscarle una bolsa.

—Has hablado con los pilotos. —Me agarro a lo que acaba de decir y él hace una pausa, como si tuviera que elegir la información que puede compartir conmigo.

Y luego dice:

—Sí.

—Pues me pregunto qué te llevó a hacer eso, Benton. ¿Qué esperabas descubrir? ¿Les preguntaste a los pilotos por Chanel Gilbert? ¿O tus preguntas iban sobre Lucy y lo que fuese que buscaban los agentes de Aduanas en el registro del jet tras su aterrizaje en Logan?

—No eran de Aduanas, sino de la DEA.

—Ya veo. Pues la historia cada vez es más desafortunada y ofensiva. A ver si acierto. ¿La DEA apareció porque sospechaba que Lucy hubiese encontrado una manera de conseguirle marihuana medicinal a la hermana moribunda de Janet?

—Parece que Lucy pudo conseguirla a través de Chanel Gilbert.

—¿Y entonces cómo acabó dentro de una vieja caja de madera en el armario? —pregunta Marino—. ¿Quién coño la puso ahí si Chanel no estaba desde la primavera pasada?

—La primavera pasada fue, más o menos, cuando Lucy y Janet repararon en que necesitaban algo para ayudar a Natalie. Lo que habéis encontrado podía llevar en la caja de madera desde entonces —dice Benton—. Y hasta ahí llego.

—¿Y esa es la explicación de que Janet, Lucy y Chanel se conocieran? —pregunto—. A causa de Natalie y la marihuana medicinal.

—No lo es —dice Benton—. Eso no es relevante. La marihuana medicinal no tiene nada que ver con cómo se conocieron las tres, pero se convirtió en algo que tenían en común. Una vez más, a causa de Natalie.

Empiezo a pensar si Janet pudo haberle presentado a Lucy a una espía. Y me pregunto de qué podría conocer Janet a alguien así.

—Su madre debe de conseguirle el material en California o donde sea —dice Marino.

—Yo creo que Chanel era perfectamente capaz de conseguir cualquier cosa que quisiera —dice Benton—. ¿Pero quieres que te conteste, Kay? —Vuelvo a ver en el espejo sus ojos clavados en los míos—. Digamos que Lucy transportaba el *producto* hasta Virginia. Creemos que se lo estaba suministrando a Natalie durante los meses previos a su fallecimiento.

—¿Y si los federales dedicaran su tiempo y sus recursos a delitos reales? —inquiero—. ¡Qué diferente sería el mundo!

—Afortunadamente, no encontraron armas ni contrabando cuando registraron el avión de Lucy —dice Benton.

—¿Pero qué cojones? —clama Marino—. ¿Tus cenutrios del FBI solo quieren pillarla por lo primero que se les ocurra? Porque eso es lo que parece.

Benton no tiene respuesta para eso. Por lo menos, ninguna que ofrecer. En vez de eso, saca a colación lo que siempre hemos sospechado. No me sorprende, pero es brutal oír cómo lo confirma de una manera tan cruda. El FBI cree que Carrie Grethen es un invento, tan diabólico como ingenioso, que Lucy se sacó de la manga cuando se salió del redil. Puntos de presión. Propulsores. Turbulencias en una vida doméstica ya agitada, pues Lucy es inestable. Siempre lo ha sido. *Y reconozcámoslo, Kay, es una sociópata.*

45

—No soy yo quien lo dice, sino todos los demás —añade Benton como si eso me hiciera sentir mejor.

Por todos los demás se refiere a los mismos de siempre. Su gente. Los federales. Noto la presencia de Marino a mi lado, en el asiento del pasajero, con la radio portátil de pie en el muslo. Algo ha captado su interés y está subiendo el volumen.

—Esto no hay por dónde cogerlo y tú lo sabes, Benton. —Continúo observándole por el retrovisor.

—No te digo que no.

Entonces le recuerdo la metralleta H&K, un modelo muy antiguo con la culata de madera. Me acuerdo de que había llegado a estar tiempo atrás en mi casa de Richmond.

—La tenías metida en un estuche que yo daba por hecho que guardabas bajo llave en el mueble de las armas. En algún momento, debiste dejar a Lucy que se la llevara. —Explico lo que recuerdo vagamente.

—¿Y para qué iba a dejarle a una cría algo que era mejor mantener a buen recaudo?

—Lucy ya no era una cría —le contradigo, pero me preocupa no estar calculando bien la cronología.

—Si te refieres al MP5K, Lucy tendría entonces unos diez años. Cuando trajeron el arma a mi unidad, doce como mucho —dice Benton mientras yo pienso en cuando apareció con aquel ominoso estuche, que según él era como de película de James

Bond—. Resulta que yo lo llevaba encima una noche que llegué a tu casa. Y te lo enseñé porque era una novedad.

—¿Nunca informaste de su desaparición tras guardarlo con llave en el armero?

—Nunca lo guardé en tu armero y nunca fue mío, Kay.

—Pero llegó a estar en tu posesión.

—¿Mi posesión particular? —Su expresión en el retrovisor es imposible de interpretar.

—Sí.

—Solo una vez, en 1990, y por muy poco tiempo, que es cuando te lo llevé a casa. —Adopta esa cara que se le pone cuando sabe que lo que voy a decir es incorrecto.

—Porque últimamente estuvo relacionado con el asesinato de Benazir Bhutto —le informo, aunque me distrae la radio de Marino.

Hay una agente en el River Basin. Parece agobiada mientras pide refuerzos y un inspector.

—¿Te crees eso? —Benton pone cara de que le hace gracia lo que he dicho. Como si fuese algo divertido.

—Carrie lo tuvo. Y luego Erin Loria. Para acabar apareciendo en Pakistán. —Se lo digo mientras Marino revisa sus llamadas más recientes, buscando un número—. Erin Loria podría estar metida hasta el cuello en este fregado, y creo que ese podría ser un buen motivo para buscarle la ruina a Lucy.

—No sé quién te suministra la información —dice Benton—, pero la metralleta de la que hablas era de atrezo, se la dieron a mi unidad los del cine como agradecimiento por haberles dejado rodar *El silencio de los corderos* en Quantico, en 1990. A un par de nosotros nos cayeron juguetes de Hollywood como metralletas, esposas, pasquines de Se Busca y tal. Cuando Lucy apareció muchos años después a hacer de becaria, vio el MP5K falso en mi despacho y me preguntó si lo podía pillar. No le puse ningún problema porque el arma era completamente inútil, además de legal —añade, haciéndome sentir tonta—. Era un MP5K de verdad, pero con el cañón sellado y sin capacidad para disparar.

—¿Es posible que Carrie se hiciera con él, lo reconstruyera y lo pusiera en funcionamiento? —pregunto mientras Marino habla por teléfono.

—Sí, algo he oído —le está diciendo a otro agente—. ¿Qué está pasando?

—No le habría sido fácil, pero claro que podría haberlo hecho. —Benton sigue clavándome los ojos mientras continúo mirándolo por el espejo.

—Sería una encerrona muy ingeniosa, ¿no crees? Alguien le da una metralleta a la unidad de perfiles del FBI. Y el jefe de esa unidad se la presta a mi sobrina de diecinueve años. A continuación, Carrie la roba y años después se utiliza para cometer un crimen internacional que dejaría a nuestro gobierno en muy mala posición si se llega a saber. Por no hablar de cargarse unas cuantas carreras, sobre todo la de Erin Loria. ¿Estoy en lo cierto, Benton? ¿Es verdad lo de Bhutto?

—Desde luego, Erin debe de creer que sí. Yo no lo tengo tan claro y no sé si se trata de un bulo o de un ejemplo de manipulación de archivos. En cualquier caso, tienes razón. Si corre la voz, tenemos un problema de dimensiones considerables.

Ficción de datos.

—Más vale que lo hablemos luego —dice Benton.

—Tal y como van las cosas, puede que no haya un luego. —No quiero parecer indignada, pero lo estoy—. ¿Y si ese maldito MP5K acaba siendo relacionado con Lucy, aunque sea de manera indirecta? Da igual que el arma fuese de atrezo en un principio. Pudo ser restaurada a su condición original. Y yo diría que Carrie podría hacerlo con los ojos vendados —le digo a Benton, que no abre la boca—. Y menudos líos podría causar, tanto si los archivos han sido manipulados como si no. ¿Quién va a demostrar que los han alterado? Si hasta reconocerlo es una fuente inagotable de problemas. Ya sabes lo que dicen de la venganza. Que es un plato que se sirve frío. Así pues, ¿por qué no esperar unos años, casi una década o puede que más, para eliminar a todos los que odias?

—Supe lo que hacía Carrie en aquellos tiempos —dice Benton—. Lucy tuvo que explicar por qué no se devolvió el MP5K al muestrario de mi unidad. Dijo que lo tenía Carrie y que no pensaba devolverlo, y luego se separaron y se acabó lo que se daba. Hay papeleo sobre la desaparición del arma, o del *juguete*. Y claro que podía volver a ser de verdad, cosa que Lucy también sabía. Ya de adolescente era demasiado lista como para que la enredaran.

—No creo que fuese Erin Loria. Lo más probable es que no lo sea.

—No te lo voy a discutir.

—Si un objeto de atrezo volviera a ser un arma de fuego que ahora parece que fue utilizada para eliminar a alguien —le planteo una situación—, Erin es muy capaz de creer que tiene un problema muy serio.

—Sobre todo si Carrie ha hecho todo lo posible para fomentarle la paranoia —coincide Benton, que sabe mucho más de lo que dice.

—Lo cual podría explicar que organice un asalto a la propiedad de Lucy. Y también explicaría las órdenes de registro más chungas que he visto en mucho tiempo. ¿A quién se le ocurrió la idea de trasladar a Erin a Boston?

—Ella misma lo solicitó después de que te dispararan en Florida.

—No me extraña. Probablemente, fue cuando cayó en la trampa de creer que una vieja pieza de atrezo de una película, que ella había poseído ilegalmente, encajaba de repente con metralla recuperada de un asesinato en 2007 —respondo—. Pero aunque la idea de ir a por Lucy fuese de Erin, el Buró tiene que estar cooperando porque si no, no pasaría nada. O sea, que el FBI trasladó deliberadamente aquí a Erin Loria para que la emprendiera con Lucy.

—No niego que eso sea cierto —dice Benton mientras Marino me ordena que pare.

—Calle Cambridge con la avenida Charlestown —dice en voz alta y cargada de urgencia—. La vieja cantera de grava.

—No hay ningún buen motivo para haberse traído el coche

hasta el River Basin, sobre todo con este tiempo. No estaba respondiendo a una llamada. No había quedado con nadie. No oficialmente.

—El agente Park Hyde, de la unidad 237, nunca contactó con la centralita. No utilizó el teléfono ni la radio, ni informó a nadie por medio alguno, que nosotros sepamos, de que se dirigía a las compuertas de navegación de la Presa del Río Charles, por donde pasan los barcos que quieren acceder al puerto de Boston. La cantera abandonada es, desde un punto de vista optimista, un sitio aislado y horrendo, por lo que no es difícil imaginar la reacción del agente que descubrió el coche de Hyde oculto entre montañas de arena. Sin cerrar. Con la batería muerta. Sin Hyde dentro del vehículo. Pero el maletero tiene mala pinta y parece que nadie es capaz de abrirlo.

—No entiendo por qué no puede meterse ahí dentro —le dice Benton a Marino.

—¿Quién? —pregunto.

—La agente Dern —responde Marino—. Está en el escuadrón de delincuencia juvenil, motivo por el que probablemente atendió la llamada. Seguramente, creyó que se toparía con esos cabroncetes que andan por ahí dando vueltas en el monovolumen y a los que aún no hemos localizado.

—Sí, señor, un monovolumen rojo último modelo y de gama alta que puede muy bien ser el que ha desaparecido de la mansión Gilbert —comento—. El Range Rover que, en teoría, está registrado a nombre de Chanel Gilbert —añado—. ¿Hay que dar por hecho que Carrie le suplantó la identidad?

—Esa asumiría cualquier identidad que le conviniera para sus asuntos —dice Benton—. ¿Qué está ocurriendo en el River Basin?

—¿La llamada sobre esos tíos, uno de los cuales parecía tener una pistola? —dice Marino—. Pues entonces hubo otra llamada sobre disparos en la vieja cantera de grava.

—Sobre *supuestos* disparos —nos corrige Benton—. No podemos precisar quién ha hecho esas llamadas al nueve-uno-nueve.

—La agente se fue para allá y salió del coche a buscar cualquier prueba de que el monovolumen rojo y los capullos en cuestión habían rondado por allí. Estaba recorriendo el lugar cuando encontró el coche patrulla de Hyde. Debe de ser muy difícil de ver si no vas a pie. Yo me conozco la zona y nadie se acerca en coche a esas enormes montañas de arena y grava que llevan ahí toda la vida. Siempre hacemos bromas sobre la posibilidad de desaparecer por cualquier agujero. Estoy bastante seguro de que el vehículo fue arrojado ahí de forma deliberada por alguien que no quería que lo encontraran en un buen rato. Es imposible que Hyde condujera hasta allí.

—No entiendo por qué no puede abrir el maletero la agente Dern —dice Benton—. A no ser que lo hayan sellado de alguna manera.

—Dice que lo han encolado —apunta Marino, haciéndome pensar en la caja plateada en forma de pez que él mismo abrió con acetona—. Igual hay otra cámara dentro, ¿no, Doc? —Se le tensan de nuevo los músculos de la mandíbula—. O algún otro regalito. ¿Qué tal un poli muerto?

—Creo que ya nos podemos imaginar lo que se supone que hay dentro del maletero —dice Benton como si no debiéramos estar tan seguros.

—Si Hyde está ahí dentro, lo más probable es que esté muerto —les digo—. Pero no nos anticipemos, ni nos olvidemos de esa pólvora negra que ha aparecido. Puede ser muy antigua y no constituir un peligro para nadie, pero hay que cerciorarse de ello.

—Feliz Cuatro de Julio. —Marino coge el móvil para hacer una llamada—. Carrie pretende convertir este día en un puto espectáculo pirotécnico. Que le den.

Le escucho hablar con la agente Dern y ordenarle que no toque el maletero. Le pega unos ladridos para que se aparte del coche. No sé si ella le estará llevando la contraria. Todo poli que se respete no tiene más que una preocupación, la seguridad del agente Hyde. Si está dentro del maletero, hay que sacarlo cuanto antes. ¿Y si sigue vivo?

—¿Oyes algún movimiento? —le pregunta Marino a la agente Dern mientras bajo un poco la ventanilla y enciendo un cigarrillo—. ¿Hay alguna señal de que pueda haber alguien dentro? Vale. Llegamos en tres minutos. —Cuelga y nos dice a Benton y a mí—: ¿Cómo podría estar en el maletero sin dar patadas ni hacer ruido para salir? Dern me ha dicho que no se oye nada. Casi mejor que hagáis venir a Harold y a Rusty a toda pastilla, por si lo que sospechamos se confirma.

—¿Por qué no les llamas tú? —le sugiero—. Y ya puestos, diles que traigan un taladro eléctrico y que pillen una minicámara del laboratorio de armas de fuego. Supongo que el escuadrón antibombas tiene de todo, pero para ir más seguros...

—No puedes cargarte el maldito maletero con un maldito cañón de agua, a no ser que quieras acabar con el que está dentro. —Marino se siente tremendamente frustrado.

—Por eso hay que hacer un agujero y echar un vistazo —le digo mientras conduzco velozmente hacia el río—. Y me refiero a ti en concreto, Marino. Si hay pólvora negra por algún lado, yo no metería un taladro, a no ser que se encarguen los artificieros.

—¿Cuánto tiempo tenemos? —pregunta—. La respuesta es que no hay tiempo que perder ante la más mínima posibilidad de que Hyde esté vivo.

—Lo que sí sabemos es que el maletero ha sido sellado con cola por algún motivo —dice Benton—. Y ninguno bueno. Si no hay un cadáver ahí dentro, más vale hacerse a la idea de otra sorpresa desagradable, como una bomba.

—¿Y para qué sellar entonces el maletero? —dice Marino—. ¿Por qué no dejar que algún pobre poli lo abra y salte por los aires? Y a otra cosa, mariposa.

—Si no puedes abrir el maletero con facilidad, vas a tener que involucrar a más gente. Y cuanta más gente, más daños colaterales —responde Benton—. Igual te puedes cargar a doce en vez de a uno.

—O eso es lo que se supone que debemos pensar —concluyo.

46

Marino no podía estar más distraído. La cosa empeora a medida que nos acercamos a los viejos almacenes, los hangares y los difuntos mecanismos rodantes y elevadores de carga que hay por ahí delante.

Una verja alta y unos montones de grava y arena se elevan sobre unas oxidadas vías de tren y partes hechas caldo de la I-93 y la U.S. 1. Más allá pueden verse el puente Zakim, sostenido por cables, y el perfil arquitectónico de Boston: la cima de esas torres y edificios que se disuelven en la bruma. La lluvia no arrecia, pero se mantiene constante. La charca estará embarrada; y las zonas bajas, bajo el agua.

Miro a Benton por el retrovisor. Nuestros ojos coinciden, pero los suyos carecen de lustre y de alegría. Si está en contacto con sus colegas del FBI, la verdad es que no puedo precisarlo.

—¿Qué está pasando en tu división? —le pregunto mientras Marino mira por la ventanilla y habla con el jefe de su departamento de artificieros.

—¿Quince, veinte minutos? —dice Marino—. Sí, en general no tenemos que tocar nada y nos podemos quedar ahí plantados hasta convertirnos en esqueletos, pero no cuando un poli la puede estar diñando dentro del puto maletero. Sí, veníos para aquí lo antes posible, pero voy a empezar sin vosotros. Sí, me has oído perfectamente. —Cuelga y se deja el móvil en el regazo.

—¿Debería esperar ver a algunos de tus compinches por aquí? —le pregunto a Benton—. Pues preferiría que no.

—No les he contado nada —responde él, y Marino se da la vuelta para poder mirarle francamente mal.

—Y una mierda —dice mientras mira de nuevo por la ventanilla—. Uno de los míos está desaparecido o muerto, ¿y vuestra delegación de Boston no lo sabe?

—No me corresponde a mí notificárselo, a no ser que me lo pidáis vosotros —le dice Benton al cogote de Marino—. Si me invitáis a ayudar, reclamando así la asistencia de mi oficina, la cosa cambia.

—¿Cuándo os he invitado yo y cuándo coño habéis esperado vosotros una invitación? La verdad es que siempre hacéis lo que os pasa por los huevos.

—Esto no va de *nosotros* y *vosotros*. Va de que estoy intentando ayudar —dice Benton—. Y de lo que estoy seguro es de que se trata de un juego. Lo cual no quiere decir que no pueda ser mortal.

—Me has ayudado tanto hoy que no sé cómo darte las gracias. —Marino se pone sarcástico y grosero—. Me refiero a lo de revolotear por encima de la casa de Lucy, mirando cómo la asaltaban y lo requisaban todo. Y toda la planificación necesaria para la operación, pues debíais saber dónde estaba ella y cuándo y cuál sería el mejor momento para montar la emboscadita. Suponiendo, además, que no llegara antes la DEA.

Giro en un camino de acceso sin pavimentar: las luces de emergencia son una ola circular roja y azul.

—Seguro que os habéis tirado días conspirando, o semanas, y que nunca despreciasteis ninguna información a la que tuvierais acceso. —Marino sigue echándole la bronca—. A fin de cuentas, solo se trata de la familia. ¿Para qué coño nos ibas a decir nada?

Benton se mantiene callado. Sabe cuándo no enzarzarse verbalmente con Marino, que está que trina de rabia.

—Ahora mismo nos podemos topar con un agente muerto, tal cual. —No piensa callarse—. Y estoy completamente seguro de que no necesitamos la puta ayuda del FBI. De hecho, tal vez si vosotros, capullos, no hubieseis metido la nariz en los asuntos de Carrie Grethen, no se habría cargado a nadie más... Concretamente, a un poli.

—Ten cuidado... —dice Benton, pero Marino le interrumpe.

—¿Ten cuidado? ¡Ten cuidado! Es un poco tarde para eso, joder —le grita Marino mientras me doy cuenta de qué va esto.

Marino está aterrorizado. Teme que vamos a morir. Trata de no ceder al pánico, y su defensa es la ira. Una defensa mejor que ese miedo que debilita.

—¿Me estás diciendo que has tenido cuidado, Benton? Pues hablemos de Erin Loria. Si fuese poli, sería mala de cojones. Como agente del FBI, supongo que es la típica zorra mentirosa y manipuladora con un hacha que afilar y alguna vieja cuenta que saldar. Asignarla al caso de Lucy es como pedirle a John Wayne que te haga de canguro de los niños.

—Ya he dejado bien claro que no tuve nada que ver con el traslado aquí de Erin —dice Benton.

—Pues qué extraña coincidencia que Lucy la conociera de Quantico.

—Dudo que se trate de una coincidencia.

—¡Por los clavos de Cristo! Sueltas las mayores burradas como si fuesen lo más normal del mundo. ¿Así que dudas de que se trate de una coincidencia? Y te quedas tan tranquilo, viendo lo que pasa como si fueses un puto indio de madera.

—No me quedo tan tranquilo y sin mirar nada, a no ser que tenga algún motivo para ello —dice Benton mientras yo aparco a una generosa distancia de una media docena de vehículos policiales, oficiales y camuflados.

Salimos los tres y yo me voy a la parte de atrás del monovolumen, con las botas pisando grava crujiente y esquivando charcos. La lluvia cae con más lentitud y suavidad, hay polis con impermeables y monos herméticos congregados a algo más de treinta metros del coche patrulla de Hyde. Está mojado por la lluvia y salpicado de barro. Se ve muerto y vacío. Hagamos lo que hagamos, corremos un enorme riesgo. No encuentro ninguna opción que no incluya alguna posible consecuencia horrorosa, y a Marino le sobran los motivos para reaccionar como lo está haciendo.

Por regla general, cuando se sospecha de la existencia de un artefacto explosivo, los artificieros ponen a salvo el vehículo llevándoselo a otra parte dentro de un contenedor. Puede que lleven una máquina portátil de rayos X para determinar si hay explosivos dentro, en cuyo caso desactivan la fuente eléctrica, habitualmente con un cañón de agua. Pero lo que ha dicho Marino es cierto. Lo más probable es que, de hacer así las cosas, Hyde no sobreviviría, si es que está en el maletero y sigue vivo.

Rusty y Harold ya están aquí, así que corro hacia su furgoneta, que va dando saltos en el barro. Aparcan y yo abro la portezuela mientras ellos salen vestidos con monos herméticos. Busco el periscopio con cámara y el taladro eléctrico, que van metidos en sendas cajas de plástico negro, y luego me las coge Marino.

—Yo me encargo. —Ya me está dirigiendo, como hacía con la agente Dern.

—Piensa que si dispone de un control remoto o de algún otro modo de detonar una bomba... —le dice Benton mientras se acerca a nosotros.

Pero Marino no piensa escucharle.

—Alguien tiene que hacerlo. Si Hyde está inconsciente o, tal vez, desangrándose hasta la muerte, no hay tiempo que perder. Puede que se esté ahogando ahí dentro, así que ni pienso esperar a los artificieros —dice Marino entre mis protestas, pero tampoco pienso detenerle—. Y más vale que te alejes de la zona, Doc.

—Ni hablar —respondo—. Creo que precisamente ahora es el mejor momento para contar con la presencia de un médico.

—No te lo estoy pidiendo. ¡Largo de aquí ahora mismo!

—No me voy a ninguna parte, y tú tienes que esperar a los artificieros. Si el agente Hyde está en el interior del maletero, es poco probable que entrara por propia voluntad y que siga vivo.

Puede llevar ahí casi todo el día. Tu vida está fuera de duda en estos momentos, pero la suya no, desde luego. Deja que alguien con un traje que le proteja taladre el maletero. Si esto es una trampa, Marino, vas directo a ella.

—¿Y si no lo hago yo, quién lo hará? —Tiene los ojos desorbitados y vidriosos, y puedo ver lo que hay detrás, esa oscura sombra de la finalidad y el temor.

Marino sabe que la puede diñar. Está dispuesto a arriesgarlo todo por un agente al que apenas conoce porque eso es lo que hacen los polis. La hermandad de la placa, pienso, y aunque entiendo su motivación, soy incapaz de compartirla.

—Estoy al mando de la situación y te ordeno que te marches —me dice Marino, pero yo sigo ignorándole—. Rusty, Harold, tenéis que retroceder, salid por patas de aquí por si cuando me pongo a taladrar el coche patrulla explota.

—No tendrás que pedírnoslo dos veces —dice Rusty, y Harold y él salen pitando de regreso a la furgoneta—. Nos quedaremos a un par de manzanas —grita Harold—. Llama cuando estés listo.

—A no ser que oigáis una gran explosión. En ese caso, huid a las colinas. —Marino echa a andar a solas hacia el coche de la policía de Cambridge abandonado entre grandes montones de arena y grava.

Se detiene. Da la vuelta y me mira fijamente; y cuando se le antoja evidente que no me vuelvo a subir al monovolumen para largarme de allí, recurre a la radio. No puedo oír lo que dice mientras se acerca al coche de espaldas a mí. Pero aparece al instante un agente que corre en mi dirección, un poli joven que ya he visto antes.

De manera educada, pero firme, nos dice a Benton y a mí que tenemos que irnos ahora mismo, y cuando no le hacemos caso, nos dirige una advertencia. Si no nos vamos inmediatamente de allí, estaremos interfiriendo en una investigación policial. Como si realmente pudiese esposar a un agente del FBI y a una examinadora médica en jefe; así que paso de él y veo cómo Marino deja nuevamente de andar. Se da la vuelta y nos mira mientras la lluvia golpea y salpica con mayor lentitud. Pero suena más fuerte. Y parece más ominosa.

—¡LARGO! —berrea—. ¡SALID PITANDO DE AQUÍ, JODER!

Si sucede, no quiere que yo lo vea.

Echa a andar. Benton y yo volvemos al monovolumen, solo que esta vez él se sienta delante, y nos ponemos a observar entre un silencio insoportable. Marino ya ha llegado a la parte de atrás del coche patrulla. El barro le llega a los tobillos; deja las cajas en el trozo de suelo más seco que encuentra y las abre. Le veo agarrar el taladro inalámbrico y engancharle un paquete de pilas. Camina en torno al maletero, agachándose, incorporándose, estudiando cada detalle mientras decide dónde hacer el agujero.

En cuanto el taladro eléctrico le dé el primer mordisco al metal, el coche explotará.

—No es lo que creemos —dice Benton mientras Marino apunta al mismo centro de la tapa del maletero—. Esto no es lo que nosotros creemos, Kay. Es lo que *ella* cree. La fantasía es suya, y nosotros le reímos las gracias al prestarnos a ella.

—¿Insinúas que el coche no va a estallar? ¿Que todo es un farol?

—No sé la respuesta a eso, pero sí la conozco a ella. Yo diría que es un farol, pero nunca me atrevería a insinuarlo. Deberíamos irnos.

—¿La fantasía de Carrie? ¿Pero de qué vas, Benton? ¿No te parece muy peligroso creer que puedes pensar y sentir igual que ella? —Estoy tan preocupada por Marino que no sé si echarme a gritar o a llorar.

—¿No ves lo traicionero que resulta creer que puedes adivinar sus fantasías? —Oigo el agudo quejido del taladro dando vueltas.

Espero el agudo rugido del taladro, seguido de una negra explosión que se hincha y expande. Pero no pasa nada.

—Me sé la fórmula para definir quién y qué es y qué hace —está diciendo Benton—. Y ella cree que puede hacer lo mismo con nosotros.

—Pero no puede. —Subo la ventanilla y pongo la marcha atrás—. No es posible, no de una manera precisa. No dispone de una piedra Rosetta que la ayude a descifrar a gente como nosotros, por mucho que lo crea en su imaginación calenturienta. A Carrie le faltan muchas piezas morales. La conciencia, por ejemplo.

—Nunca infravalores su perspicacia, Kay —dice Benton.

—Y tú no infravalores su maldad, su enfermedad. Ella no es nosotros. —Tiro para atrás, apartándome de allí mientras espero que ocurra lo peor—. Y le resulta imposible pensar y sentir exactamente lo mismo que nosotros.

—Quieres decir que puede errar el tiro.

—Igual que nosotros —respondo, y Benton ni me da la razón ni me la quita.

Ya no puedo oír el ruido del taladro atravesando el metal mientras me alejo lentamente por el inundado River Basin, mirando por el retrovisor. Veo a Marino hasta que se convierte en una figurita a la que apenas reconozco. Desaparece cuando torcemos por un desvío, y me pregunto si lo volveré a ver.

—¿Enfermedad? —Benton vuelve al asunto—. No deberías dar por sentado que está chiflada.

—Me refiero a su salud física. —Igual nunca vuelvo a ver a Marino.

Por un momento, me siento demasiado enfadada como para hablar. Apenas puedo respirar mientras espero el ruido que hace el fin del mundo. No el mundo entero. Solo el mío. ¿Será un rugido o un susurro? ¿Cómo se anuncia la muerte cuando por fin nos llega la hora? Yo debería saberlo mejor que nadie. Pero no es así. Hoy no. Así no.

—¿Qué pasa con su salud? —vuelve a preguntarme Benton, pero yo no puedo superar lo que creo que ha hecho.

—Ernie detectó restos de cobre en la nube de polvo y en las plumas del arco —le contesto—. Dice que impregnan las muestras que recogí.

—Supongo que podrían venir de la flecha de cobre —dice Benton, pero en realidad está pensando en otra cosa, llevando a cabo otro cálculo peligroso que seguramente se revelará equivocado—. Quedarnos aquí es lo que ella espera que hagamos.

—¿En vez de lo que realmente estamos haciendo, que es salir pitando y esperar a que Marino la diñe? —me está saliendo la bilis.

—Debemos preguntarnos qué es lo que ella calcula que haríamos. —Benton tiene las manos en torno al teléfono de su regazo, y de vez en cuando mira lo que aparece en la pantalla—. Para empezar, Carrie podría predecir que dirías lo que acabas de decir —añade adoptando un personaje distinto, el que interpreta cuando conjura al demonio, cuando invita al mal a participar en la conversación.

—Si es cierto que sufre un desorden sanguíneo no tratado —le digo—, podría estar en peligro.

Mientras me lo pregunto, me devoran las dudas: ¿Por qué querría Carrie que yo supiera que su salud podría causarle problemas? ¿Por qué usaría los vídeos producidos por ella misma para revelar que tiene una mutación genética potencialmente mortal que ya se llevó por delante a su madre y a su abuela? Si es que decía la verdad, claro. ¿Por qué querría que yo supiera que sufre de policitemia vera? Al decírmelo, me ha dado motivos para sospechar de que sus amenazas físicas van más allá de cualquier herida que yo pudiese haberle causado en el fondo del mar, en Fort Lauderdale, el pasado mes de junio.

Le explico a Benton que si a Carrie no se le ha ido extrayendo sangre con regularidad, puede estar sufriendo jaquecas y agotamiento. Podría sentir debilidad, alteraciones visuales y graves complicaciones susceptibles de matarla o incapacitarla. Como un ataque, aunque me parezca imposible que semejante monstruo pueda acabar siendo derrotada de una manera tan vulgar.

—He hablado con médicos de la zona para saber si a alguien remotamente parecido a la descripción de Carrie le han estado extrayendo sangre —dice Benton ante mi decepción y sorpresa—. Y la respuesta parece ser que no. Pero ella es un genio del disfraz y de la creatividad.

—Entonces has visto los vídeos. —Vuelvo a retarle con las

grabaciones del *Corazón depravado*, pero no dice ni pío—. ¿Cuánto hace que sabes lo del desorden sanguíneo y los vídeos? —insisto.

—Sé que padece de policitemia vera —dice.

—¿Debo suponer que has tenido acceso a pruebas de laboratorio que muestran un incremento en los hematocritos y la médula ósea cargada de precursores de células rojas?

No dice nada.

—La respuesta es que no. Así pues, Benton, no sé cómo podrías haberlo sabido. A no ser que presenciaras lo mismo que yo en esas grabaciones que hizo de manera clandestina.

Las ha visto. Pero no piensa reconocerlo.

—Si lleva por esta zona desde hace casi un año, como sospechamos, tiene que haber encontrado algún modo de sacarse una determinada cantidad de sangre cada mes o cada dos —digo entonces, pues no me va a rebatir lo que él mismo ha orquestado y embarullado—. A no ser que haya encontrado una manera distinta de afrontar su problema.

—Podría ser —dice Benton, y ahora mismo me doy cuenta de que yo a mi marido lo conozco y no lo conozco.

Recuerdo que, para ganarme la vida, yo no podría hacer lo que él hace. Nunca me ha apetecido formar alianzas y pactar treguas con miserables, con monstruos. No hago como que los comprendo. No quiero ser amiga suya y tiendo a resistir la tentación de creer que puedo pensar como ellos. Casi seguro que no. Tal vez no lo haría aunque pudiese, o quizá ya lo sé hacer, pero me niego a reconocerlo. En el caso del amor de mi vida, del hombre con el que duermo, la cosa es muy distinta.

—¿Cómo coño ha pasado esto? —Hablo en voz muy baja, apenas audible, mientras espero el ruido de una explosión, de una bomba al estallar.

—Ha pasado siguiendo exactamente un plan —dice Benton, que es capaz de canalizar a gente como Carrie o, por lo menos, acercarse inquietantemente a ello.

A su particular y pasmosa manera, Benton no juzga a quienes persigue, y tampoco los odia. No son más que tiburones, víboras y demás criaturas letales que ocupan su siniestro lugar en la cadena alimenticia de las cosas. Acepta que su conducta está predeterminada, como si careciesen de voluntad propia. No siente nada por ellos. O sus sentimientos se nos escapan por completo a los demás.

—Nos obliga a elegir y cree saber exactamente cuál será nuestra decisión —dice mientras yo me encamino a la oficina. Por fin, cuando ya son casi las cinco y media.

Por lo menos, en el CFC estoy a unos minutos del River Basin, si llega a ocurrir lo peor, y como de costumbre, me pongo a imaginar la posible escena. Pero lo dejo correr. No soporto pensar en Marino muerto, ni mucho menos volado por los aires. Él siempre ha hecho bromas sobre lo mucho que sabía de la muerte y lo humillante que puede llegar a ser. Pero no le gustaría que la gente se riera viendo las imágenes de su autopsia.

«Asegúrate de que no pasan fotos de mano en mano para reírse de mí, ¿vale, Doc? Porque te aseguro que les he visto hacerlo con otra gente.»

—¿Quién está en la mansión Gilbert? ¿Queda alguien? —le pregunto a Benton mientras busca algo en el móvil.

—Tenemos a algunos agentes de plantón.

—Ernie se pregunta si hay alguna zona de la casa que no conozcamos y que pueda explicar ciertas pruebas que estamos identificando. Igual tus agentes podrían dar una vuelta por la propiedad a ver si encuentran alguna zona no especialmente visible. —Estoy diciendo esto cuando le suena el móvil.

—Sí —dice, y luego presta atención—. Tiene que venir de alguna parte —replica finalmente con crudeza y sin especial amabilidad.

Informa del cruce en el que estamos y cuelga.

Se vuelve a mí y dice:

—Tenemos a cuatro agentes allí y todos han oído lo mismo. Un extraño ruido de portazo que no pueden identificar.

—Marino y yo también oímos algo parecido varias veces.

—Sigo mirando los espejos en busca del humo sucio de una bomba de pólvora negra explotando.

Espero un tono de alarma en el escáner que pueda indicar una emergencia, pero ni veo ni oigo nada que me permita intuir mínimamente cómo le va a Marino. No dejo de repetirme que debe de estar bien, pues si no, me enteraría. A estas alturas, ya debe de haber hecho un buen agujero con el taladro y haber introducido por él la cámara para ver qué hay ahí dentro.

—¿Te importa que nos acerquemos? —me pregunta Benton, pero no sé de qué me habla.

—¿Perdona?

—La mansión Gilbert. Veamos de qué hablan. Ese ruido tiene que venir de alguna parte.

47

Giro por la calle Binney mientras van pasando los minutos. No sé nada de Marino y no lo puedo aguantar.

—¿Qué le está pasando? —le pregunto a Benton mientras vamos de regreso hacia el campus de Harvard—. No debería tardar nada en saber qué hay dentro del maletero. Para introducir la cámara, le bastaría con un agujero de nueve o diez milímetros, y eso no es gran cosa. A estas alturas, ya debe saber qué hay dentro —añado, y ya me he percatado de que no se oyen sirenas.

No he oído nada en el escáner que pueda indicar que Hyde haya sido encontrado en el interior del maletero ni que haya un escuadrón de rescate en camino. Tampoco he oído nada de Rusty y Harold.

—Lucy y Janet están a salvo fuera de su casa —dice Benton, como si estuviésemos hablando de eso; y no deja de revisar sus mensajes de móvil, recurriendo a una app encriptada del FBI que le permite comunicarse de forma segura y privada—. Sugerí que el mejor sitio para dejarla por ahora es tu oficina. No creía que debieran estar ya en nuestra casa, o en ningún otro sitio, hasta que sepamos mejor qué está pasando.

—¿Y qué me dices de Desi y *Jet Ranger*?

—Están todos a salvo, Kay. Me ha llegado un mensaje de Janet. Dice que Desi y *Jet Ranger* esperarán en tu despacho. Cuando llegues, todos te estarán esperando, y eso es un gran alivio.

—Está bien que te escribiera. Debe de saber que estamos juntos ahora mismo. Aunque no sé cómo.

—¿Por qué lo dices en ese tono? —me pregunta mientras mira fijamente hacia delante.

—A mí no me ha escrito. Debió de suponer que ya me informarías. Janet tiene que saber lo preocupada que estoy —respondo, pero él no dice nada—. Se me olvida con facilidad que ya erais amigos antes de que ella conociera a Lucy. De hecho, tú las presentaste.

—Una de mis mejores decisiones.

—Se apuntó al FBI por ti.

—Y me alegro mucho, pues si no, no habría conocido a Lucy; y no sé muy bien cómo estaríamos ahora de no ser por Janet.

—Y te escribe a ti, pero a mí no —insisto en lo mismo—. Y no te ha pedido que me comentes que están bien, lo cual me sorprende porque sabe perfectamente lo que siento. Estuve en su propiedad esta misma mañana. Por decirlo suavemente, está al corriente de mi preocupación.

—Siempre hemos estado muy unidos.

—Incluso durante los años que estuvieron separadas y sin mantener contacto.

—Janet se enteraba de cómo le iba a Lucy a través de mí —dice Benton—. Siempre ha sido la mayor protectora de Lucy.

—Incluso ahora.

—Sí. —Benton me mira—. Estaría bien que lo dejaras ahí.

—No puedo de ninguna manera. Me he dado cuenta de que Janet parece estar muy al corriente de las cámaras que hay en el interior de la casa, sobre todo en el taller, donde Lucy sacaba baldosas del suelo para extraer unos rifles que el FBI no encontró. Tuve la extraña impresión de que Janet sabía que estaban siendo filmadas.

Benton no responde, y yo oigo la voz de Carrie en mi mente. Veo sus ojos ardientes mientras le habla a la cámara.

«Y ahora ya sabes el carácter evolutivo de la psicopatía, ¿no?»

—Si no supiera que es imposible, pensaría que Janet intentaba hacer daño a Lucy, no ayudarla —me oigo decirle a Benton mientras recuerdo las grabaciones que he visto—. Porque no sé muy bien en qué beneficia a Lucy que la pillen en un vídeo obstruyendo la justicia y cometiendo un delito.

—Un vídeo que podría ser de lo más destructivo si llegara a hacerse público —dice Benton—. Los demócratas, en concreto, no necesitan indignar aún más a los de la Asociación Nacional del Rifle enseñándoles a dos mujeres jóvenes que temen por su vida y la de su hijo porque el FBI les quitó todas las armas sin un buen motivo.

«Nunca hemos mantenido una conversación sustanciosa. Ni tan siquiera una cordial. Y eso resulta chocante cuando piensas en lo que podría aprender de mí.»

Carrie hablaba con Benton. Muchos años atrás, ella hizo esas grabaciones teniéndolo muy presente; se lo digo mientras atravesamos el campus de Harvard y dejamos atrás el patio con sus viejos muros de ladrillo y hierro macizo.

—Si miro hacia atrás, resulta evidente que todo lo que he visto en las grabaciones secretas del *Corazón depravado*, donde ella nunca miraba a cámara, no iba dirigido a mí —le digo a Benton—; Carrie hablaba contigo.

—Hace falta ser extremadamente narcisista para creer que me interesa saberlo todo sobre ella. —Me confirma que ha visto las grabaciones, pero hay algo más.

—Lo hicisteis vosotros. Tú y Janet. —Estoy acusando a Benton y, al mismo tiempo, experimento un extraño alivio.

Me han mentido con la mejor de las intenciones. La familia es la prioridad de Benton en lo relativo a su lealtad.

—Vosotros dos estáis intentando salvar a nuestra familia, pero de una manera que igual nos destruye a todos. —Espero estar en lo cierto.

—No voy a participar en nuestra destrucción, Kay —dice Benton—. Y Janet tampoco. Y más vale que no sigas por ahí.

—¿Y qué me dices de la involucración de Lucy? ¿Cuánto sabe ella de todo esto, Benton?

—Tienes que dejarlo correr, Kay —me dice, pero yo no puedo.

—Has creado un archivo con el que confías limpiar el buen nombre de Lucy, mientras demuestras que Erin Loria es una agente muy poco fiable que intenta tenderle una trampa. —Le lanzo una mirada y crecen mis recelos—. Las grabaciones de 1997 son reales y no lo son.

—Están montadas.

—Las convertiste en ficción para manipular.

—Las convertí en lo que tenían que ser. Estamos en el siguiente ciclo electoral. El caso Bhutto resultaría de lo más inoportuno —dice él—. Y resulta mucho más creíble porque Janet sale en pantalla diciendo cosas que no ayudan a Lucy, sino que más bien le hacen daño. Eso le confiere autenticidad. Janet dice cosas que podrían incriminar a Lucy. Pero dará lo mismo cuando el Buró deba lidiar con el resto del asunto. Resulta terriblemente inoportuno; Carrie lo sabía cuando manipuló archivos relacionados con el caso Bhutto.

—Para el FBI, para el gobierno actual, sí, la cosa resulta de lo más inoportuna —le digo—. Pero para Carrie no. A ella le importaría un rábano lo que tú acabas de decir, dejando aparte el éxtasis derivado de haber conseguido orquestar un desastre. Bueno, ¿quién puso a Janet a filmar lo ocurrido en el sótano?

Regreso mentalmente a cuando estaba en el dormitorio de Chanel Gilbert y me percaté de que Benton se hallaba en el umbral. Ahora ya no tengo la menor duda de que estaba viendo el mismo vídeo en directo que yo. Janet y él son socios. Y puede que Lucy también. Los tres están en el ajo y a mí me han dejado fuera. Benton no reconoce nada, pero la cosa tiene lógica.

—¿Y los otros vídeos? —le pregunto entonces—. ¿Los que se supone que son cosa de Carrie? Necesito oírte decir que tú eres el motivo de esos vídeos... Que tú eres el que se aseguró de que me fuesen enviados.

—Contamos con el privilegio conyugal. —Benton se me queda mirando—. Nunca mencionaremos esta conversación. Pero sí. Y Janet ha estado ayudando.

—¿Y lo de que yo recibiera esas pequeñas bombas cibernéticas y que me preocupase que procedieran de la línea de emergencias de Lucy? Os habéis debido de tirar cierto tiempo preparando todo esto, y yo trato de intuir la conexión entre que tú me los enviaras y que Chanel Gilbert acabara muerta.

—Su asesinato es cosa de Carrie, no nuestra —dice Benton—. ¿Pero hay alguna conexión? Pues sí. Da la impresión de que Carrie sabía desde hace tiempo quién y qué era Chanel Gilbert. ¿Y si tienes en cuenta los contactos previos de Carrie con Rusia y lo que sabemos que hacía allí durante la pasada década, por lo menos? No me sorprendería que se hubiera topado con algunos de los nuestros dentro de la comunidad del espionaje.

—¿Carrie y Chanel mantenían una relación?

—No me extrañaría.

—Supongo que fuiste tú el que apretó el gatillo al cerciorarse de que me llegaban los vídeos del *Corazón depravado*, pues sabías que la casa de Lucy iba a ser asaltada esta misma mañana —digo entonces, pero Benton no me contesta—. Solo quiero saber que no has tenido nada que ver con el asesinato de Chanel...

—Por el amor de Dios, Kay, pues claro que no. —Me sostiene la mirada y vuelve a lo suyo—. Tienes que dejarlo estar. Debería bastarte saber que la información que hay en esos vídeos impedirá lo que Erin Loria intenta hacerle a Lucy. Y ahora es un buen momento para confiar en mí. Deberíamos dejar de hablar de esto.

—Qué tonta he sido al no averiguarlo. —Apago los limpiaparabrisas porque ya casi ha dejado de llover—. La bandera roja debería haber saltado cuando Carrie confesó tener un desorden sanguíneo, que podía sufrir una amenaza física. No hace falta ser una experta en perfiles para intuir que esa nunca querría parecer débil. No ante mí. Pero no pudo evitar confesártelo.

—Transferencia. No es muy distinto de lo que pasa entre un paciente y su psiquiatra.

Le miro:

—¿Cuánto hace que tienes esas grabaciones, Benton?

—Desde que se hicieron, prácticamente.

—¿Lucy lo descubrió?

—Al principio no. Si las escuchas sin editar, Carrie se dirige a mí por mi nombre. A ti no.

—Entonces Lucy también las ha visto. Tú, Janet y Lucy estáis confabulados en esto. Ya lo pensé. Vale. Por lo menos, ahora ya lo sé.

Una grisalla espesa emborrona las luces y elimina la parte superior de los árboles y los edificios más altos. Harvard Square está prácticamente desierta y envuelta en niebla.

—Creo que lo mejor es decir que todos necesitamos estar juntos en esto —afirma Benton.

—El MP5K era de atrezo, y los informes de armas de fuego que lo relacionan con un magnicidio son falsos, probablemente —digo a continuación—. Y resulta que los vídeos solo son propaganda...

—No lo son —me interrumpe Benton—. El metraje es genuino y Carrie llegó a ocultar cámaras en el cuarto de Lucy.

—Hace diecisiete años que tienes las grabaciones y, de repente, decides editarlas en fragmentos que me son enviados. —Sigo la pista hacia donde estoy segura de que me lleva—. Estás utilizando las propias grabaciones clandestinas de Carrie en su contra, y eso presupone que ella también ha visto los clips del *Corazón depravado*.

—Podemos suponerlo, sí.

—Entonces, eso puede querer decir una cosa. Carrie Grethen está metida en todo —le digo a Benton mientras veo el sendero de entrada a la mansión Gilbert ahí delante—. Está viendo todo lo que hacemos.

—Ahora estás llegando a la madre del cordero —dice él.

—Ficción de datos.

—De eso se trata —dice Benton—. Ese es el gran golpe de

Carrie. Sí, está viendo y manipulando casi todo desde hace cierto tiempo.

Saltamos y chapoteamos por los mismos viejos adoquines, atravesando los mismos charcos y socavones llenos de agua. Aparco detrás de tres monovolúmenes del Buró que hay en el sendero de entrada, junto a la parte frontal de la casa.

—¿Mantienes el contacto con tu gente? —Apago el motor—. Porque tal como está el patio, mejor no aventurarse por ahí dentro hasta que sepamos que tus agentes están vivos, en buen estado y controlados.

No hace falta repetir lo que ocurrió en Florida hace dos meses. No tengo por qué descubrir a lo bestia que Carrie se ha cargado a nuestros refuerzos.

—Te informo de que un par de los agentes que estaban en la propiedad de Lucy se encuentran también aquí, por la supuesta conexión entre Lucy y Chanel —dice Benton, y luego me explica que los cuatro agentes de dentro se han desplegado.

Aparte de ese ruido tan peculiar que suena como una puerta muy pesada al cerrarse de golpe, no han encontrado nada inesperado. Según Benton, eso es lo que Erin Loria le ha dicho; y ya estamos en el porche. Intenta abrir la puerta principal. No está cerrada con llave. El sistema de alarma está desconectado. Oigo un gorjeo al abrir la puerta, pero no se trata del sistema de alarma. Es el móvil de Benton.

Mira la pantalla. Me pone una mano en el brazo y me enseña una imagen que le han enviado, una fotografía del interior del maletero. No hay nada más que el habitual equipo policial pulcramente ordenado. Distingo un kit de primeros auxilios, un rollo de papel higiénico, un montón de toallas de papel, aerosoles de limpieza para toda clase de cosas, Windex, cables. Benton abre la puerta y accedemos al salón, donde el olor a descomposición se ha disipado bastante, y volvemos a oír el ruido.

Apagado, pero fuerte. El mismo que oímos antes, y luego suena dos veces más, en rápida sucesión.

¡BOOM! ¡BOOM!

Un potente portazo que suena vagamente metálico; parece

más fuerte de como lo recuerdo, como si hubiesen subido el volumen. Benton y yo miramos a nuestro alrededor. Ni vemos ni oímos ninguna señal de que haya alguien. Benton mete la mano bajo la chaqueta del traje y saca la pistola; atravesamos el recibidor. Nos detenemos a cada pocos pasos para escuchar, y mientras nos acercamos a la puerta que conduce al sótano, oigo voces. Benton abre la puerta: Erin Loria parece alterada.

48

La primera señal de peligro es que la luz de arriba de las escaleras no funciona. Llevo una linterna en la bolsa y me pongo a buscarla, junto a la nueve milímetros, mientras oigo chillar a Erin Loria por ahí abajo, dentro de esa bodega negra como el carbón.

—¡FBI! ¡Salga con las manos en alto!

Ilumino las escaleras y esas paredes como de cueva; una vez abajo, pruebo con otros interruptores, pero tampoco responden. Si hay más agentes dentro de la casa, no se les ve por ninguna parte. Me temo que estamos solos. Me temo que lo que estamos haciendo puede ser el peor error de nuestras vidas.

—¡FBI! ¡Salga con las manos en alto! —La voz de Erin Loria es una grabación, y luego viene el ruido de siempre, el golpe contundente, que parece proceder de la parte de atrás del sótano, más allá de los portalones que llevan a la parte trasera de la casa—. ¡FBI! ¡Salga con las manos en alto!

Carrie se está burlando de nosotros con una grabación de Erin Loria recitando lo que parece una frase sacada de una peli policíaca cutre. Los agentes del FBI no están aquí abajo; y si lo están, no dan señales de vida; mientras paseo la luz por la bodega vacía, me doy cuenta de que estamos donde se supone que debemos estar. Estamos aquí siguiendo un plan que no hemos diseñado nosotros. El plan de Carrie.

—Quédate detrás de mí —dice Benton, susurrando.

No puedo estar en ningún otro sitio. No puedo correr ni quedarme quieta en la oscuridad mientras él deambula por ahí con su pistola. Entonces, la luz cae sobre una zona de piedra que no está alineada con la pared que la rodea, lo cual también es algo deliberado. Llamo la atención de Benton hacia lo que parece una abertura secreta, y echamos a andar hacia allá mientras vuelve a sonar el golpe de siempre, un fuerte portazo, al acercarnos. Benton empuja la pared con el pie y esta se mueve, y vuelve a sonar el golpe mientras nos hallamos ante la boca oscura de un túnel muy viejo, puede que tanto como la mansión.

Huelo el aire frío y viciado de los espacios cerrados mientras proyecto la luz a través de la entrada en arco que tenemos a la izquierda. Suena otra vez el habitual ruido, y el túnel se ilumina como si hubiese estallado una bomba. Los gemidos de Troy Rosado se ven ahogados por el ruido, y no es posible que se le pueda oír en ninguna otra parte de la casa. Está bajo tierra, encadenado por las muñecas a unos aros de hierro que hay en la pared. Otra explosión. Un resplandor de luz cegadora y veo sus ojos enloquecidos, su pelo corto y teñido. Va desnudo, a excepción de una toalla atada con una cuerda a las estrechas caderas, como si fuera el taparrabos de Tarzán.

Colgando al alcance de cualquiera hay un móvil maligno compuesto de un osito verde...

Mister Pickle.

Y una navaja del Ejército suizo...

La que estaba en el cuarto de Lucy.

También hay una llave de plata, una botella de agua y una chocolatina. Están conectadas por cables de cobre enganchados de manera que le apliquen una descarga a Troy si busca bebida, comida o una manera de liberarse. Más cables pelados cuelgan del techo y le rozan la cabeza, los hombros y la espalda cual tentáculos de medusa; puedo oler su suciedad mientras nos acercamos a él. Al fondo hay un congelador industrial de acero inoxidable con paneles de cristal en las puertas dobles; puedo distinguir las unidades de sangre que hay dentro, colgando de los estantes, bolsas de medio litro, congeladas y de color rojo oscuro.

Carrie ha estado extrayendo su propia sangre.

Observo una zona de trabajo. Herramientas. Un procesador de comida. Botellas de cristal vacías. Sobre una vieja mesita de madera hay un pantalón de pijama de seda negra. Una especie de maniquí desnudo sobre un pedestal metálico parece un torso sin rostro. Veo el brillo plateado de los espejos por todas partes.

Troy emite un gruñido mientras se proyecta repentinamente hacia el móvil. Sus dedos espásticos rozan la navaja del Ejército suizo, que se balancea peligrosamente mientras suena otra vez el ruido y él grita y la luz parpadea como el flash de una cámara.

—¿Troy? —le digo; y sus ojos se agrandan cuando mira alrededor con el temor de un demente.

Ya sé por qué nos ha traído hasta aquí. Carrie espera que lo salvemos. Pero nos cobrará un precio que ya he decidido no pagar. Puede que Troy sea el único testigo capaz de certificar que Carrie está viva y es la responsable de lo que está ocurriendo, y estoy segura de que esa es la elección que se supone que debo hacer. Necesito a Troy por Lucy. Veo que Benton se está poniendo en posición de combate, como un piloto preparándose para un ataque aéreo.

—¿Troy? Por aquí. Date la vuelta y mira a tu espalda —ahora es Benton quien le habla; le toco el brazo a mi marido.

—No, Benton. —Le agarro con una fuerza que le indica que no debería acercarse más.

Veo los cables pelados y el agua en el suelo de piedra. Le digo a Benton que no podemos llegar hasta Troy sin correr el riesgo de ser electrocutados. Pero Benton está como estaba Marino hace unos momentos. *Debes hacer tu trabajo. Y arriesgar la vida. Hay que sacrificarse si es necesario, pues eso es lo que han jurado las personas como nosotros.*

Troy alza una mano machacada hacia la llave de plata. Intenta agarrarla débilmente, de manera espasmódica, como si estuviera medio despierto durante un sueño espantoso. Luego intenta pillar la navaja, y cada vez que el móvil se agita, completa un circuito eléctrico. Hay un ruido y una luz cegadora y Troy berrea. Mientras retuerce la cabeza, observo la herida lineal con huecos que le baja por la parte de atrás, una costra oscura y sangrienta a la que le falta parte del cuero cabelludo, cortado desde la coronilla hasta el nacimiento del cogote.

Su pecho blanco y estrecho se mueve rápidamente hacia dentro y hacia fuera mientras parece a punto de hiperventilar de puro pánico. Su rostro chupado muestra barba de unos días y un alborotado bigote, y el hombre se pone en guardia al oír unos pasos que se aproximan. Pero no vemos a nadie. Aquí solo parecemos estar nosotros tres, y llego a la conclusión de que lo que estamos oyendo debe de ser otra grabación que se cuela de manera infernal por donde a Carrie le apetece. Vuelven a sonar los pasos, más cerca esta vez, y la reacción de Troy es como la del perro de Paulov. Su acto reflejo es reaccionar con terror.

—¡No! ¡Por favor, no! —Se pone a emitir un sonido quejoso propio de un bebé: unos grititos intercalados de suspiros mientras el metal tintinea y rasca la piedra—. No —suplica mientras le ceden las piernas.

Resbala en el suelo de piedra mojada y pugna por recuperar el equilibrio. Parece demasiado agotado como para ponerse de pie mientras el peso del cuerpo amenaza con arrancarle los brazos de las junturas. Se ha desmoronado como una muñeca de trapo, pero ya está de pie otra vez, braceando y mirando ciegamente alrededor. Intenta pillar nuevamente la llave, pero le da a la botella de agua, que topa con Mister Pickle y se vuelve a oír el ruido de siempre y la luz parpadea cada vez que Troy encaja una sacudida.

—¡Otra vez no! ¡Por favor! —escupe por el espacio que habían ocupado sus dientes de delante—. Por favor, no me hagas más daño. Por favor... —Llora de forma convulsa y apenas puede hablar—. ¡Por favor...!

Intenta protegerse dándonos la espalda, y las largas quemaduras lineales que la atraviesan, así como a los hombros, se ven hinchadas y de distintos tonos de rojo. Intenta hacerse con la llave que está casi al alcance de sus castigadas manos, y entonces suena otro ruido. Chilla y se desploma, haciéndose una bola en el suelo mojado, como si fuese un ciempiés en peligro.

—¡NO! ¡NO! —grita—. Por favor. Seré bueno. Por favor, déjame ir. Haré cualquier cosa. ¡NOOOOO! —Sus berridos rasgan el aire mientras el ruido se repite una y otra vez y yo recuerdo lo que Lucy le dijo a Janet hace un rato sobre las puertas del infierno.

«No dejes que me golpeen en el culo al entrar.» Lucy repetía lo que, según ella, Carrie solía decirle, y ese es el sonido que me viene a la mente cada vez. Las puertas del infierno cerrándose. Una puerta de presidio que se cierra de golpe. Troy solloza compulsivamente y yo entiendo lo que ha organizado Carrie. Soy consciente de la decisión que se supone que debo tomar, y se trata de una maldición, de un castigo hecho a mi medida. Reparo en los montones de polvo que hay en el suelo.

Veo agua por todas partes, brillando y reluciendo cuando la linterna repasa la piedra sucia. Hay un cubo lleno de un líquido junto a los pies descalzos de Troy. Intuyo que no deja de tambalearlo, probablemente al intentar acercárselo, y puedo ver lo secos y agrietados que tiene los labios. Está deshidratado y hambriento, y Benton quiere salvarle.

—Benton, no te acerques más —le digo mientras Troy se lleva otra sacudida eléctrica; entonces caigo en la cuenta de que cada vez que oímos el ruido de puerta al cerrarse es que lo están torturando.

A estas alturas, tiene el cerebro tan lavado y condicionado que ya no parece capaz de distinguir el dolor real del que recuerda. Cuando retumba la grabación, Troy chilla y se protege porque sí, y yo huelo a amoníaco. Huelo el pestazo reciente de sus entrañas al abrirse cuando se lo hace todo encima y sobre el suelo que hay bajo sus pies sucios y desnudos de largas y retorcidas uñas, como si ese muchacho antaño hermoso se estuviese convirtiendo en una bestia parecida a una cabra.

—Tenemos que sacarlo de aquí antes de que se electrocute —me dice Benton mientras mira alrededor; ya sé lo que tiene en mente.

Quiere encontrar una caja de fusibles. Está buscando un cortador de circuitos. Se halla a escasos centímetros de la zona mojada del suelo, y yo debo cuestionar lo que pretende hacer. Benton va a intentar rescatar al chaval que echó una mano en el asesinato de su propio padre, a un chico que se dedica a los incendios y a abusar y a asaltar sexualmente a quien le plazca. Troy Rosado es basura y a mí no se me permite opinar así. En esta vida no ha hecho nada más que dañar a las personas, pero se supone que tampoco debo pensar eso.

—No te muevas. —Benton va a salvarle.

—No te acerques más —le advierto.

Troy está psicótico a causa del miedo y el dolor; agita débilmente una mano en el aire. Palpando a la caza de la pequeña llave de plata que cuelga de un largo cable de cobre. Busca la navaja y Mister Pickle baila lentamente en el aire. Está exactamente igual que como lo recuerdo, igual que en el primer vídeo que he visto esta mañana. Me horroriza recordarlo y busco con frenesí una manera de parar lo que está ocurriendo.

—Tienes que quedarte quieto —le dice Benton a Troy—. Tienes que quedarte inmóvil para que podamos sacarte de aquí, muchacho.

Pero Troy ha sido destruido y la persona que pudo haber antes ya no está. No puede entender lo que hacemos o decimos, así que sigue extendiendo las manos hacia la llave, hacia la botella de agua, hacia la chocolatina, hacia un osito tonto que rescaté de una tienda de saldos en Richmond hace décadas.

El móvil demoníaco está vivo en torno a su cabeza mientras él sigue chillando y encajando sacudidas; mi atención se desvía hacia el cubo; me agacho y lo recojo. Está lleno de agua y yo me pongo delante de Benton, con los pies apenas a un centímetro de la zona mojada del suelo de piedra.

—¿Qué estás haciendo? —me pregunta.

No pienso permitir que muera ninguno de los dos. Lo siento si Troy la diña, pero le arrojo el agua encima, así como contra los cables que le cuelgan por arriba, que chisporrotean y explotan al cortocircuitarse. Silencio y oscuridad; los portazos grabados se han interrumpido. Huelo a carne y cabello chamuscados mientras me hago con la llave que cuelga sobre la cabeza de Troy. Le abro los grilletes. Deposito en el suelo su cuerpo inerte y procedo a la reanimación.

Una semana después

Las imágenes y los sonidos son elementos desencadenadores.
El agua que cae en la pila. El clic de un fuego de cocina al
encenderse. La pantalla de la puerta que golpea. El tintineo de
las copas y de la cubertería de plata. Las botellas que chocan.
Los petardazos de los coches en la calle. Los acontecimientos
comunes y corrientes evocan lo insólito y lo anormal.

—¿Qué vas a tomar? —le pregunto a Benton mientras me
obsesiona la portada de mañana del *Boston Globe*.

No tengo ganas de discutir. No quiero preocuparme y trato
de no desperdiciar la energía en cabrearme. Benton ya me lo ha
contado todo sobre esa y otras historias, como debe ser si tenemos en cuenta que fue su división de Boston la que se las inventó. Ondeando la bandera. Poniéndose medallas.

EL FBI ATRAPA A UN ASESINO MÚLTIPLE
EN UN TÚNEL SECRETO

Ese es el tipo de titulares y cuñas radiofónicas que estamos
escuchando, y más que vendrán, y todo es mentira. Una absolu-
ta patraña. El FBI no atrapó a Carrie Grethen. Troy Rosado no
es un asesino múltiple. No mató a ningún agente del FBI o de la
policía. Tampoco es responsable de lo ocurrido en la bodega, de
nada en absoluto. No era más que una víctima. Pero el FBI no
sabe resistirse a sus propias versiones de los hechos. Puede que

hayan inventado la ficción de datos, pero están a punto de verse superados por ella.

—No lo sé. —Benton va mirando botellas, observando etiquetas—. No lo tengo muy claro. Igual no debería beber nada. Mañana va a ser un día de perros, cuando salga esa maldita noticia.

La noticia incluye fotografías del túnel, que se remonta a finales del XVII, cuando se plantaron cientos de hectáreas a cargo de un inglés pudiente llamado Alexander Irons. Casado, con ocho hijos y abundantes criados, tenía mucho que proteger. Los primeros archivos de la propiedad indican que contaba con bodegas secretas llenas de comida, pólvora y armas, así como con una fortuna en plata, oro y pieles. En su momento, hubo rumores de que podría haberse dedicado al comercio especializado, lo cual era un bonito eufemismo para la piratería.

Sabemos con certeza que tenía establos subterráneos que parecen bandejas de cubitos de hielo: celdas sin ventanas con paredes de piedra y suelo de tierra. Están debajo de la casa, a medio camino entre la cámara de torturas de Carrie Grethen y el muro de detrás, donde detecté piedras y ladrillos sueltos.

—Lo que me gustaría es un Martini, pero me temo que me quedaré frito para toda la noche. —Se crea una nube de vapor sobre el fregadero cuando vacío una olla de agua hirviendo y pasta en un colador.

—Priva, priva por todas partes y no puedo tomar ni una gota. —Las botellas entrechocan mientras Benton revisa un armarito con whiskies de malta y bourbons de producción limitada—. No sé. ¿Qué combina bien con el jamón de Parma y la mortadela?

—Todo. Pero hay una malvasía con burbujas, si la prefieres. —Agito el colador sobre el fregadero para quitarle toda el agua—. Va bien con el *antipasto*. También debería haber un Freisa de Asti. —Reparto los vaporosos *tagliatelle* en dos boles grandes—. Algo ligero y fresco estaría bien.

—No para mí. —Más ruido de botellas—. Creo que necesito algo más fuerte.

—Nada fuerte, pesado y turboso. —Arranco hojas de albahaca, y su aroma fresco y radiante me pone de buen humor hasta que recuerdo por qué no debería estarlo—. Me apetece algo suavecito.

Llevamos una hora hablando de cócteles, dándole vueltas al tema mientras yo cocino una cena vivificante a base de ragú alla contadina y su versión vegana. Es como si no fuésemos capaces de tomar decisiones sobre la cosa más nimia, pero sí de comentar tranquilamente los más recientes horrores. Hablamos muy en serio de salir pitando y empezar de nuevo, mientras exploramos con todo detalle la encarcelación, la minusvalía y la muerte. Pero no nos decidimos entre el vino y el whisky. No sabemos lo que queremos.

—Es raro que no se te ocurra nada que pueda calmarte. —Benton lleva varios días repitiendo este concepto; es más una observación que una queja—. No es que no estemos estresados cada día, pero en general no dura tanto. No es incansable. Empatizo más con la gente que siempre se siente así. No me extraña que se mediquen con alcohol y tabaco.

—Ahora mismo, lo de medicarse suena muy bien. —Le echo aceite de oliva a la pasta y la remuevo con cucharas de madera—. No estoy segura de recordar el tiempo que hace que no me siento calmada. —Añado parmesano reggiano recién rayado, pimienta roja molida y la albahaca.

—Yo sé cómo calmarte.

—Promesas, promesas. —El otro bol es para Lucy y Janet, así que no le pongo queso—. Como te decía, hace mucho tiempo.

—Pues eso no puede ser. No estés muy dormilona esta noche. —Benton encuentra copas en otra alacena—. Un tinto, Valpolicella tal vez, sería una opción civilizada, supongo. —Se acerca a la nevera de vinos, abre la puerta y la cierra sin sacar nada.

Vuelve al armarito de los licores e ilustra con exactitud lo que decía mi padre sobre los actos que dicen la verdad y la gente que habla con los pies. Benton coloca dos vasos altos de cristal junto a una botella de whisky, un Glenmorangie de dieciocho años. Le saca el tapón con un ruido seco.

—No hay peligro de que me dé por dormir. —Le añado tomates prensados a la salsa y la cocina se llena con el sabroso aroma de las cebollas, el ajo y las hierbas arrancadas de las macetas del porche—. Si alguien quiere vino, recomiendo el Rincione. Yo de ti abriría una botella. Así se aireará antes de que llegue Jill.

—Esa seguro que se lanza a por lo más fuerte —dice Benton; odio que me lo recuerde.

—Pongamos el Freisa de Asti en hielo. Así podremos hacer como si esto fuese una cena festiva y llena de agradables conversaciones, en vez de un interrogatorio pagado por horas.

—Intenta no ser tan negativa con ella.

—Oh, pero si no lo soy. Solo me muestro realistamente desgraciada ante la perspectiva de pasar una velada con ella.

—Está intentando ayudar. Haría cualquier cosa por nosotros, Kay. Yo la considero una amiga.

—Ya comprendo que no es culpa suya que me aterre verla. La pobre no puede evitar que yo no tenga ganas ahora mismo de escuchar su voz. Estoy convencida de que no ha elegido representar todo lo que va mal en nuestras vidas. Y tampoco es su maldita culpa que la asocie con el robo y la destrucción de todo lo que me importa.

—Nada ha sido robado ni destruido, Kay. —La voz de Benton es cordial, y sus ojos, suaves; puedo ver el amor que siente por mí—. No permitiremos que nos quiten nada que nos importe.

—No quiero que Desi se asuste con lo que pueda decir.

—Lo protegeremos. Te lo prometo. Pero ya ha oído cosas, Kay. Y lo cierto es que las está asumiendo.

—Puede que mejor que yo. —Añado vino a la salsa—. Pero no quiero verlo preocupado por si tía Lucy acaba en la cárcel. O por algo peor, que Lucy es mala, que usó la navaja del Ejército suizo para colarse en la trasera de mi furgón y que el osito de su infancia estuvo involucrado en torturas.

Las marcas del destornillador eran iguales que las del que se usó para sacar los tornillos de la luz de posición. La navaja roja del Ejército suizo y Mister Pickle son pruebas que podrían ser utilizadas en contra de Lucy. Estoy segura que eso formaba parte del plan de Carrie, pero no espero pasar una agradable velada.

—Acabemos de una vez con todo esto. —Benton me da un beso y sirve unas copas.

Jill Donoghue viene de camino y la visita no es de índole social. Va a ser todo bastante triste mientras la informamos de lo ocurrido y le preguntamos qué debemos esperar, que va a ser pura anarquía. Hay posibles cargos criminales que explorar y, claro está, me temo que Troy Rosado nos llevará a juicio, ahora que ya no se encuentra en condición crítica.

El resto están muertos, y no puedo dejar de ver sus cadáveres apilados en un viejo compartimento vacuno. Los veo perfectamente cuando menos me lo espero. Las imágenes están en mi cabeza y son como una inmensa pintura, como un mural siniestro que cubre todas las paredes. Veo muerte y destrucción y un futuro que ofrece escasa esperanza, y a nosotros frente a la fea realidad de que todo lo que hemos construido a lo largo de nuestras carreras peligra. Probablemente, ya ha sido pervertido y destruido por completo. Y lo peor de todo es pensar que cada caso en el que hemos trabajado será revisado, permitiendo que cierta gentuza recupere su oficio donde lo dejó.

—Un poco más de hielo, por favor. —Dejo el vaso de whisky—. Y que sea doble.

—Acaba de llegar. —Benton está mirando por la ventana que hay junto a la mesa del desayuno.

—Antes de tiempo. —Apago el horno.

Me quito el delantal y me paso los dedos por el pelo de manera ausente. En la cocina no hay espejo, pero ya me parece bien. Sé que tengo un aspecto horroroso. La primera parte de la semana pasada, no salí del despacho. No dormí. Y no fue solo por el caso y sus complicaciones asociadas, que son muchísimas. No me atreví a dejar la oficina ni a cerrar los ojos mientras Amanda Gilbert siguiera yendo a por mí y los federales apareciesen por todos lados.

El FBI ha adoptado una actitud frenética, tanto en la investigación como en sus relaciones públicas, a la hora de determinar cómo era posible que cuatro de sus agentes, incluida Erin Loria, hubieran sido asesinados sin ofrecer resistencia. Debieron ser atraídos escaleras abajo, igual que Benton y yo, y Carrie los electrocutó de algún modo, probablemente haciendo que pisaran el mismo suelo mojado por el que estuvo a punto de caminar mi marido cuando cortocircuité la trampa eléctrica que ahora estoy segura de que lo habría matado.

Siempre me preguntaré qué fue lo que oí. Sé que voy a pasar el resto de mis días en estado de confusión y angustiada. El ruido, los golpes que se sucedían rápidamente... Y mientras los recuerdo, me aterra la posibilidad de haber estado oyendo a cuatro agentes moribundos. Nunca lo sabré, pero siempre me atormentará pensar que Carrie los podría estar asesinando mientras Benton y yo ya estábamos dentro de la mansión Gilbert.

Carrie arrastró los cuerpos a lo más profundo del túnel y los apiló en el mismo establo donde acabaríamos encontrando a Hyde. Por lo menos, murió de una forma más humana que los demás: apuñalado en el cogote con la flecha de cobre que luego fue colocada en el interior de mi furgón. Es improbable que supiera qué le habían clavado. No sufrió. Le sajaron el espinazo. Fue bendecido con una muerte instantánea.

—¿Y si ponemos un poco de música? —Recupero el vaso de whisky después de que Benton le haya añadido algunos cubitos—. No sé si nos relajará, pero igual ayuda. —El licor me calienta la nariz y la garganta—. Tal vez *La flauta mágica*.

—Y de forma tan operística podremos recordar las desventuras que conducen al conocimiento. —Benton va hacia el equipo de sonido, que está en un armario del pasillo—. Antes de fundirnos con la noche eterna.

Da comienzo la obertura. Y yo corto apio entre el choque de los instrumentos de viento y las respuestas que aportan los argumentativos pícolos y las melosas cuerdas.

—Las bases de datos del FBI y del CFC han sido pirateadas. —Benton aparece con una bandeja de pan y embutidos y la deja sobre la mesa de teca del patio trasero a la que estamos todos sentados—. A saber qué más puede haber pasado.

—Tú crees que vamos a descubrir que Carrie ha entrado en otras bases de datos. —Jill Donoghue coge su vaso; puedo oler el final ajerezado del whisky al pasar junto a ella mientras reparto platitos y servilletas.

—Sí. —Benton se echa hacia atrás en su silla, junto a Janet, que mira a Lucy haciendo el ganso por ahí con Desi, *Jet Ranger* y nuestro recuperado galgo *Sock*.

Lucy pilla del suelo una pelota de goma verde y la lanza lejos; cuando se mueve y se agacha para jugar, atisbo una pistola del calibre 40 enfundada en el tobillo. *Jet Ranger* corre un poquito y considera que ya ha hecho bastante ejercicio. Se sienta mientras *Sock* se lanza hacia su rosal favorito y Desi corre a por la pelota riendo a carcajadas. Se la devuelve a Lucy mientras se cierra la pantalla de la puerta y aparece Marino bebiéndose una botella de cerveza Red Stripe. Lleva una pistola al cinto de sus tejanos. Janet y Benton también van armados. Todo eso me recuerda que nadie cercano a mí suele prescindir de las armas en ningún momento. No sabemos dónde está Carrie. No tenemos ni idea.

—No podemos confiar en que los casos no hayan sido manipulados y convertidos en ficción de datos. —Donoghue está presentando el caso tal como lo ve.

—Ahí le has dado —dice Janet—. Cada archivo y cada informe al que Carrie pueda haber accedido será puesto en duda. Los abogados defensores se lo van a pasar pipa.

—Así sería en mi caso.

—No es una posibilidad, sino una certeza —le dice Benton a Jill.

—La gente saldrá de la cárcel.

—En desbandada —contesta Benton.

—Miserables dispuestos a enviarles a Benton y Kay una nota de agradecimiento. —Janet le está dando al vino espumoso, con la vista posada en Lucy y Desi.

—Yo diría que se trata de una amenaza muy verosímil —dice

Donoghue—. No podéis saber quién es capaz de aparecer, y hoy día es muy sencillo averiguar dónde vive alguien.

—La típica venganza a lo Carrie —dice Janet.

—¿Y en eso consiste todo esto?

—Consiste en su necesidad de imponerse. Consiste en su necesidad de ser un dios —dice Benton—, y un sitio al que podríamos trasladarnos es California.

Podríamos mudarnos allá y estar más seguros que aquí. Es una posibilidad. Pero la perspectiva de largarse es agobiante y no creo que sirva para nada. No podemos huir de Carrie. Si no quiere que la encontremos, no lo haremos, aunque nos esté respirando en el cogote. Parece imposible que pudiésemos estar en la misma casa que ella sin percatarnos. Pero eso es lo que sucedió. Durante los últimos seis meses, ha pasado la mayor parte de su tiempo bajo tierra, en un túnel sellado desde la Guerra Civil. Lucy sospecha que Carrie lo descubrió del mismo modo que otra gente. A través de viejos documentos. Solo hay que saber mirar.

—Y lo mejor de hacerse con el poder —le describe Benton a Donoghue— es acosar, suplantar la identidad de alguien y, finalmente, quitarle la vida.

—Que es lo que le hizo a Chanel Gilbert. —Donoghue tiene la mirada ida y adopta una expresión pensativa, mientras ve a Lucy jugando al tira y afloja con *Sock*.

—¡Suéltalo! ¡Suéltalo! —dice Lucy, y el chucho deja caer la pelota verde y pone cara de aburrimiento.

Huelo el perfume de las rosas a lo largo del muro trasero que hay junto a nuestra casa de Cambridge; la brisa resulta algo fría para el mes de agosto. El sol castiga con su color naranja brillante las terrazas y los árboles, y pronto tendré que volver adentro para acabar de preparar la cena, pero no solo por eso. No quiero estar sentada aquí. Me resulta muy duro escuchar esas historias. Ya las he oído muchas veces y nunca mejoran al contarse de nuevo.

Chanel Gilbert era una fotógrafa submarina de la Armada que se salió del estamento militar para trabajar para la Agencia

Central de Inteligencia de Estados Unidos. Uno de sus alias era Elsa Mulligan, que es como Carrie se presentó cuando «encontró» el cadáver y aseguró ser la asistenta. Es una mala historia, la peor de las historias, y todo está relacionado con el terrorismo cibernético, con la ficción de datos. El hombre asesinado este verano en un hotel de Boston, Joel Fagano, también era de la CIA. Chanel Gilbert y él eran colegas y ambos eran espías. Janet conoció a Chanel antes que Lucy, pero nadie me ha explicado qué significa eso.

—No sabemos con exactitud cuándo alertó Carrie a Chanel. —Benton continúa hablando sobre lo que, en realidad, no puede ser explicado, no por completo.

—Probablemente fue cuando empezó a trabajar como asesora del servicio de seguridad de Ucrania —apunta Janet—. Y aparte de eso, ¿quién sabe por qué puede acabar alguien en el radar de Carrie?

—Es algo tan subjetivo y personal como elegir con quién salir. —Marino le pega un buen trago a su cerveza—. Es como sentirte atraído por alguien. O eso es lo que siempre he intuido.

—Las personas se parecen más de lo que se diferencian. —Benton se acuerda de que tiene una copa delante gracias al leve sonido de los cubitos al chocar—. Se enamoran de alguien que se parece a ellos. Chanel estaba en forma y practicaba deportes extremos. Era tremendamente atractiva, aunque un tanto andrógina. Ideal para saciar el narcisismo de Carrie.

—Así pues, ¿suplanta una de las identidades de Chanel, como mínimo, y hasta se hace con su propiedad aquí, en Cambridge? ¿Luego se las apaña para hacerse con un Range Rover, un monovolumen que ni la policía ni el FBI han encontrado a día de hoy? Hay que reconocer que es de una osadía increíble y que no sabe lo que es el miedo. —Donoghue suena irritantemente impresionada.

Me pasa por la cabeza que nada le gustaría más, probablemente, que representar a un monstruo de la categoría de Carrie.

—La mejor manera de esconderse es a simple vista —dice Benton—. Los vecinos vieron un Range Rover rojo que entraba y salía. Atisbaron a una mujer joven. ¿Por qué habrían de pensar que algo iba mal? Seguro que Carrie ha montado esos numeritos en infinidad de ocasiones y por todo el mundo.

—Por eso se hizo con la vida, o las vidas, de Chanel —dice Donoghue—. ¿Pero qué es lo que la llevó a matarla a su regreso de las Bermudas?

—Igual solo fue una cuestión de ser práctica —apunta Benton—. Chanel llevaba mucho tiempo sin estar por aquí. Así que Carrie se apoderó de su casa y luego la mató cuando apareció.

—Pero algo la llevó a tomar esa decisión. —Lucy vuelve con nosotros y toma asiento—. Y mi teoría es que cuando Carrie se quedó observando después de dispararte —se dirige a mí mientras se hace con la botella de Freisa de Asti que hay en el cubo de hielo—, vio cómo Chanel te ayudaba a llegar a la superficie y, básicamente, te salvaba la vida. Y ahí firmó la sentencia de muerte de Chanel.

Igual que Carrie decretó la tuya. Expulso esa idea de la mente. No quiero imaginar el tatuaje de Lucy con la libélula. No quiero ver a Carrie rajándola con la misma navaja del Ejército suizo que acabaría convirtiendo en una escultura cruel al cabo de unos diecisiete años.

—No estoy diciendo que no pensara acabar aniquilando a Chanel —añade Lucy.

—Lo habría hecho —dice Benton—. Pero cuando vio a Chanel salvándole la vida a Kay, se le fue la olla. Si es que se puede simplificar nada de lo relativo a semejante criminal, que no puede ser más retorcida.

Hace dos meses y una semana, cuando casi me muero, no sabía que otras barcas de buceo presentes en la zona pertenecían a los de operaciones especiales. Si ahora lo pienso, ya no me sorprende tanto, pues Benton sabe lo peligrosa que es Carrie. No nos habría permitido sumergirnos más de treinta metros en aguas turbias sin cerciorarse de que estábamos a salvo. Aunque luego resultó que no lo estábamos. Sobre todo, los dos buzos de la policía. Esos dos submarinistas se plantaron en el peor lugar en el peor momento, por citar a Marino. Pero me ayudaron a salvar la vida después de que me dispararan... Sobre todo, Chanel Gilbert.

—¿Qué pudo llevar a Carrie a matarla? —pregunta Donoghue—. Intento entender el motivo.

—No creo que lo consigas —le espeto.

—Celos. Resentimiento. —Benton echa un trago—. Chanel era el héroe. Le robó el trueno a Carrie. Eso es lo máximo que nos podemos aproximar a la decisión criminal de Carrie. Aquí no hay conclusiones evidentes.

—Eso es lo peor —dice Lucy—. No conocemos los detalles y puede que nunca los averigüemos. Sin ir más lejos, no sé muy bien en qué consistía la relación entre Carrie y Chanel.

—¿Mantenían una? —pregunta Donoghue.

—Ahí quiero ir a parar —dice Lucy—. Podría ser.

—Un problema típico de la gente que forma parte de la comunidad del espionaje es que nunca parecen saber de qué lado están —dice Janet mientras yo me levanto a ver cómo va la cena; y además, no puedo seguir escuchando—. Es una manera muy escurridiza de vivir —añade mientras yo me llevo la copa hacia la puerta de atrás.

Janet y Lucy preguntan si pueden ayudar, pero les digo que no. Le digo a todo el mundo que voy a poner la comida en la mesa y que se relajen y disfruten de los cócteles y del *antipasto*. Abro la pantalla de la puerta y siento algo frío contra la parte de atrás de la pierna herida, así que me doy la vuelta y acaricio el morro largo y aterciopelado de *Sock*.

—Ya veo. No piensas hacerles compañía —le digo mientras le dejo entrar en casa—. Pues no hay mucho que puedas hacer por ayudarme, pero agradezco tu presencia.

Sigo hablando con mi tímido galgo moteado mientras abro un cajón de uno de los refrigeradores y selecciono diversas verduras: lechuga agria y dulce y dos de mis queridos tomates cultivados en casa. Un enjuague y un meneo en el removedor de ensaladas, le explico alegremente a *Sock*, y una o dos pizcas de pimienta molida y sal marina.

—Y nos guardamos el vinagre para el final para que no lo

arruine todo —sigo hablando con el perro, que ni responde ni ladra, y luego oigo cómo golpea de nuevo la puerta de atrás.

Me inquieta, pero enseguida recuerdo que estoy en casa y que no estoy sola. Escucho rápidos pasos en el pasillo. Estoy cogiendo los tomates cuando Desi entra en la cocina y me pregunta por qué estoy llorando. Le echo la culpa a la cebolla Vidalia que estoy pelando en esos momentos, pero Desi es un crío muy perspicaz. Se queda en mitad de la cocina con los brazos en jarras y el pelo castaño despeinado sobre sus grandes ojos azules.

—Dice la tía Janet que te ayude a poner la mesa. —Abre un cajón y empieza a coger cubiertos—. ¿Quieres comer en el porche o tienes miedo?

El porche está rodeado de vidrio.

—¿Y de qué voy a tener miedo? —Estudio la selección de vinagres y acabo eligiendo uno de Burdeos.

No estamos sentados en el porche.

—De la señora mala que te hizo daño —dice Desi—. Igual nos ve por las ventanas si comemos en el porche. ¿Por eso lloras?

—También nos podría ver sentados en el patio —le recuerdo.

—Ya lo sé. Ya no puedes quedarte aquí, ¿verdad? —Saca una silla de debajo de la mesa del desayuno y se sienta—. Pero me llevarás contigo.

—¿Y adónde vamos?

—Tenemos que estar juntos, tía Kay —me dice el crío, aunque técnicamente sería su tía abuela, en caso de que hubiese entre nosotros lazos de sangre.

—Ya sabes dónde está el comedor. Sales por esa puerta y giras a la izquierda. —Le paso platos y servilletas plegadas—. Nos haremos los elegantes y cenaremos allí.

—No es por eso.

—Encenderemos la araña y pareceremos de la realeza.

—Yo no quiero parecer nada. Lo que pasa es que no quieres que nos sentemos junto a las ventanas. Por eso no comemos en el porche, ¿verdad? Yo no quiero que esa señora mala nos haga daño.

—Nadie nos va a hacer daño. —Cojo copas de una alacena y sigo a Desi fuera de la cocina; pienso en cómo les mentimos a los niños.

No puedo explicarle la verdad a Desi. No pienso permitir que viva con miedo. No estamos a salvo. Pero que Desi lo sepa no soluciona nada. Solo empeora las cosas.

—Ahora voy a enseñarte un truco. —Enciendo la lámpara de alabastro que cuelga del techo del comedor—. Suponiendo que quieras aprender un truco. —Corro las cortinas de los ventanales que dan a la parte lateral del jardín.

—¡Sí! ¡Por favor, enséñamelo!

Saco mantelitos individuales de la cómoda y le ayudo a poner la mesa. Le enseño a plegar servilletas de hilo en forma de árbol. De flor. De caballo. De pajarita. Para cuando llegamos a un elfo, ya se está tronchando. Se ríe a carcajadas. Luego pliego una servilleta en forma de corazón. Y la pongo en un plato.

—Este es tu sitio —le digo—. Y ya sabes lo que eso significa, ¿no? —Lo envuelvo en mis brazos.

—¡Significa que me siento aquí!

—Significa que te he entregado mi corazón.

—¡Porque me quieres!

—Sí. —Le doy un beso en la cabecita—. No me extrañaría. Puede que un poquito.

OTROS TÍTULOS DE LA AUTORA

El último reducto

PATRICIA CORNWELL

Undécima entrega de la saga protagonizada por la doctora Kay Scarpetta.

Es Navidad, y la forense Kay Scarpetta acaba de perder a su amante, Benton Wesley. El último caso del detective sigue abierto, pues no se ha conseguido esclarecer la autoría de una serie de asesinatos, achacados al mafioso Chandonne.

Una conspiración lleva la situación a límites insospechados, hasta el punto de que Scarpetta puede ser procesada por asesinato. Por otra parte, los indicios apuntan a una posible relación entre los crímenes y la muerte de Benton.

Atormentada, Kay Scarpetta se plantea abandonar su trabajo y empezar una nueva vida.

La mosca de la muerte

PATRICIA CORNWELL

Duodécima entrega de la saga protagonizada por la doctora Kay Scarpetta.

Deseosa de empezar una nueva vida libre de los lastres del pasado, Kay Scarpetta decide cerrar su etapa como forense en Richmond y elige Florida como destino donde alcanzar la anhelada tranquilidad.

Sin embargo, hay alguien que no está dispuesto a que la doctora rehaga su vida: Jean-Baptiste Chandonne, el psicópata que la aterrorizó tiempo atrás, la reclama ahora desde el corredor de la muerte.